Volte-face

C.J. CHERRYH

HESTIA	*J'ai lu* 1183/**2***
LES PORTES D'IVREL	
CHASSEURS DE MONDES	*J'ai lu* 1280/**4***
LES FEUX D'AZEROTH	
LES PUITS DE SHIUAN	
FORTERESSE DES ÉTOILES	
LES ADIEUX DU SOLEIL	*J'ai lu* 1354/**3***
LES SEIGNEURS DE L'HYDRE	*J'ai lu* 1420/**4***
CHANUR	*J'ai lu* 1475/**4***
L'OPÉRA DE L'ESPACE	*J'ai lu* 1563/**3***
LA PIERRE DE RÊVE	*J'ai lu* 1738/**3***
L'ÉPOPÉE DE CHANUR	*J'ai lu* 2104/**4***
LA VENGEANCE DE CHANUR	*J'ai lu* 2289/**4***
LE RETOUR DE CHANUR	*J'ai lu* 2609/**7***
LES LÉGIONS DE L'ENFER	*J'ai lu* 2814/**5***
CYTEEN - 1	*J'ai lu* 2935/**6***
CYTEEN - 2	*J'ai lu* 2936/**6***
VOLTE-FACE	*J'ai lu* 3144/**5***

C. J. CHERRYH

Volte-face

TRADUIT DE L'AMÉRICAIN
PAR JEAN-PIERRE PUGI

ÉDITIONS J'AI LU

Collection créée et dirigée
par Jacques SADOUL

Titre original :

RIMRUNNERS
Warner Books, N.Y.

L'APRÈS-GUERRE

Extrait de :
Les Guerres de Compagnie
par Judith Nye
2534 : Presses universitaires de Cyteen, Novgorod, U.T.
Bureau de l'Information réf. 9795 89 8759

En 2353, quand la Flotte de la Compagnie Terre appareilla de Pell sous le commandement de Conrad Mazian, l'Union et l'Alliance craignirent de voir cette Armada battre en retraite jusqu'à la Terre pour reconstituer sa puissance en puisant dans les importantes ressources humaines et matérielles de ce monde. Sur le plan stratégique, il était urgent de lui interdire l'accès d'un tel refuge.

Mais les mégaconsortiums de Station Sol, armateurs de la Flotte, ne souhaitaient pas que le conflit pût s'étendre à leur secteur et l'arrivée des vaisseaux de l'Union dans le Système de Sol contraignit Mazian à opérer un second repli avant que ses appareils n'aient pu bénéficier de la moindre réparation.

La force d'intervention de l'Alliance rejoignit peu après celle de l'Union et ses responsables entamèrent aussitôt des pourparlers afin d'inciter la Terre à se joindre à leur bloc politique. Les commandants des vaisseaux de l'Union, de retour des combats, étaient porteurs de propositions similaires. Les gouvernements de la Terre saisirent la rivalité des deux grandes puissances comme prétexte pour conserver leur neutralité. L'absence de politique cohérente de ce monde est considérée par certains comme un des facteurs à l'origine des Guerres de Compagnie, mais il ne fait aucun doute que sa longue expérience de la diplomatie permit de jeter les bases d'un traité de paix acceptable par les deux camps et élimina le risque de voir l'Alliance se désagréger.

On peut en effet avancer que si la Terre et l'Alliance subsistèrent de façon indépendante, c'est grâce à l'existence des deux blocs opposés. L'Alliance, alors constituée du seul système de Pell, revendiqua les Etoiles Postérieures : un chapelet de points de masse rapprochés entre Pell et la Terre indispensable à sa croissance économique.

L'Union, dont les industries avaient prospéré au cours du conflit, réclama les stations stellaires qui avaient le plus souffert des combats, parmi lesquelles Mariner et Pan-paris. Seule cette puissance politique et économique pouvait assumer le coût de leur remise en état. Elle se chargea de rapatrier et d'offrir des parts de station à ses ressortissants évacués vers Pell – une mesure limitée aux techniciens non compromis dans les spéculations illégales qui avaient été nombreuses à l'intérieur de la zone de quarantaine de Pell. Ce programme de rapatriement sans précédent dans l'Histoire, œuvre du Président du Conseil de l'Union Bogdanovich et du Conseiller de la Défense Azov, permit le retour de la plupart des professionnels qualifiés au sein de l'Union. Selon certains, ses auteurs auraient eu pour dessein de laisser à la charge de l'autre puissance tous les individus jugés indésirables.

Station Pell ne pouvait assurer la subsistance d'un si grand nombre d'indigents.

Afin de résoudre ce problème, l'Alliance prit exemple sur l'Union et leur proposa des parts dans les stations abandonnées des Etoiles Postérieures et un transport gratuit.

Les deux blocs espéraient que la Flotte de la Compagnie Terre resterait à court de carburant dans l'Espace-profond. Mais Mazian dut mettre le cap sur une base de ravitaillement secrète dès son départ de Sol, car son Armada effectua peu après un retour inopiné vers ce système. Les forces alliées stationnées dans ce secteur contraignirent une deuxième fois ses troupes à battre en retraite.

Après cette escarmouche, l'Union décida de priver les Mazians de toute possibilité de réapprovisionnement en les repoussant toujours plus loin au-delà de Sol. Pour le gouvernement de l'Union, la réouverture des stations des Etoiles Postérieures et la reprise des échanges commerciaux avec la Terre offraient à Mazian des opportunités de se ravitailler, car la Flotte n'avait pas hésité à arraisonner des cargos pour subvenir à ses besoins au cours de la dernière période du conflit. Mais la reprise du commerce constituait le seul atout de l'Alliance, qui décida de passer outre aux protestations de l'Union.

Ce furent des groupes de volontaires hétéroclites qui allèrent rouvrir ces stations abandonnées : des aventuriers, des survivants de la zone de quarantaine de Pell dévastée par les émeutes et quelques individus qui rêvaient de fonder un nouveau Grand Cercle mercantile...

L'Alliance proposa des primes aux petits transporteurs qui oseraient s'aventurer sur ces routes dangereuses : l'unique possibilité de survie pour de telles entreprises lors du rétablissement des échanges commerciaux de l'après-guerre. Ce nouvel ordre des choses fut alors bouleversé par la découverte au-delà de l'Etoile de Bryant d'un point de masse qui permettait de sauter quatre de ces stations et par la concurrence des supercargos de l'Union – tels que le Dublin Again – qui ne tardèrent guère à emprunter des voies plus directes, des vaisseaux capables d'éviter la totalité des Etoiles Postérieures en passant par le minuscule Point de Gaïa auparavant inaccessible...

1

Elle venait pointer chaque jour au Bureau d'embauche, et il finit par lui prêter attention. Elle était grande et élancée, guère différente des autres demandeurs d'emploi, ces hommes et ces femmes échoués dans ce trou perdu qui ne renonçaient pas à l'espoir de prendre ailleurs un nouveau départ, sur une station plus lointaine encore ou à bord d'un des rares vaisseaux qui faisaient escale à Thulé bien que cette base de ravitaillement connût son second crépuscule.

Elle portait une combinaison bleue délavée, raide et élimée mais d'une propreté acceptable. Ses cheveux blonds très courts sur sa nuque et ses tempes étaient coupés en brosse au sommet de son crâne et crépitaient d'électricité statique. Elle venait tous les matins signer sa fiche : *Elizabeth Yeager, spatiale, machiniste, temp,* puis elle allait s'asseoir à une table du fond, mains jointes sur les genoux. Seule, la plupart du temps. Elle fuyait les conversations et se contentait de regarder avec un air absent les rares individus qui recherchaient sa compagnie. A 17:00 chaque vrai-jour, quand l'agence fermait ses portes, elle s'en allait pour revenir à 08:00 le lendemain.

Vrai-jour après vrai-jour. Elle ne manquait aucun entretien d'embauche et obtenait parfois un poste temporaire, mais elle revenait ensuite, aussi régulière que la trajectoire de Thulé autour de sa double étoile sombre. Elle retournait alors s'asseoir sur son siège habituel, sans manifester la moindre émotion. Les autres demandeurs d'emploi pointaient puis repartaient vers les bureaux, les cales de radoub ou les rares vaisseaux à l'appontage. Pas Elizabeth Yeager.

Et sa combinaison – la seule qu'elle possédait, sans doute – perdait ses couleurs et ses formes. Cette femme désormais décharnée marchait plus lentement qu'autrefois. Elle se tenait bien droite, mais la faiblesse rendait à présent sa démarche pesante. Elle prenait toujours le même siège, à la même table, puis restait assise jusqu'à l'heure de fermeture des locaux. Rien n'avait changé, mais Don Ely lui prêtait depuis peu attention et tenait le décompte des vrais-jours qu'elle passait en ce lieu, entre ses rares périodes de travail temporaire.

Un soir, il la suivit des yeux quand elle sortit. Le lendemain matin, il la suivit des yeux quand elle entra et vint pointer : un demandeur d'emploi parmi quarante-sept autres. C'était le dernier vrai-jour ouvrable de la semaine et en l'absence de tout vaisseau il n'y avait pas âme qui vive dans le secteur d'appontage, nul sursaut d'activité dans l'économie mourante de Thulé pour lui offrir une opportunité d'embauche, même à titre provisoire. Dans toute la station régnait une atmosphère oppressante de désespoir, de renoncement. C'était le crépuscule d'une longue nuit, bien plus longue encore que la précédente : celle qui avait débuté lorsque les techniques FTL avaient provoqué la première fermeture de Thulé. On parlait désormais d'un abandon imminent de cette station et d'une modification de son orbite qui l'enverrait vers son soleil, car procéder à la récupération de ses composants n'eût pas été rentable et nul ne souhaitait la voir renaître une deuxième fois en tant que base des Mazians.

Aucun travail dans le secteur d'appontage et ailleurs, à l'exception des opérations de maintenance indispensables.

Il la regarda, assise à son endroit habituel d'où elle pouvait voir le moniteur de la chaîne d'informations, la pendule et le comptoir.

Il se dirigea vers un poste de travail vacant, s'assit et demanda son fichier : *Yeager, Eizabeth A., machiniste, cargo, 20 ans d'expérience.*

Informations complémentaires ? L'homme fournit une réponse affirmative.

Fille d'un spatial embarqué à bord du transporteur Candide, ressortissante de l'Alliance, âgée de 37 ans, niveau d'études 10, pas de famille, emplois précédents : divers cargos, maintenance systèmes internes, Pell.

Il pensa à ceux qui entraient dans la même catégorie que cette femme. Soit ils travaillaient à Thulé – les quelques écumeurs de la station nécessitaient un entretien constant – et gagnaient un nombre appréciable de creds, soit ils étaient repartis pour Pell ou Venture. Mais Yeager n'obtenait que les places qui n'intéressaient personne et ne réclamaient pas de qualifications particulières, pendant les absences des titulaires de ces postes. Elle semblait attendre une opportunité. Mais rien de valable ne se présenterait, désormais.

Elle resta assise tout l'après-midi. Quand vint l'heure de fermeture du Bureau d'embauche, il la regarda se lever et se diriger vers la porte d'une démarche mal assurée. S'il n'avait pas eu la preuve qu'elle était demeurée en ce lieu toute la journée, il l'aurait crue ivre, ou droguée. Elle se déplaçait avec raideur. Il ne l'avait encore jamais vue ainsi.

Il se pencha sur le comptoir.

– Yeager.

Elle se figea et se tourna. Son visage se découpait contre la clarté diffuse des docks, hagard, les traits tirés par la lassitude. Cette femme paraissait avoir bien plus que l'âge mentionné dans son dossier.

– Yeager, je voudrais vous parler.

Elle revint d'un pas plus assuré, mais son regard absent indiquait qu'elle n'entretenait aucun espoir, qu'elle s'attendait seulement à avoir des ennuis. Elle atteignit le comptoir et il put la dévisager de plus près et voir des cicatrices – deux marques en forme d'étoile au-dessus de l'œil gauche, une longue balafre sur la joue droite et une autre en travers du menton. Et ses yeux...

Il n'avait pensé qu'aux problèmes de cette femme et découvrait qu'il en avait un lui aussi, à présent qu'elle était si proche. Ses yeux lui faisaient penser à des contusions, meurtris et dépouillés de toute lueur de confiance et d'espoir.

– Je voudrais vous parler, répéta-t-il.

Elle le regarda puis hocha la tête, avec nervosité. Il la précéda dans un couloir interne aux parois de verre, jusqu'à son bureau. Il fit la lumière.

Peut-être se croyait-elle en danger. Il pensa à sa propre sécurité, aux risques de son métier, et il regretta de s'être isolé avec cette femme après les heures d'ouverture de l'agence. Il pressa une touche de son ord, désigna un siège à Yeager et s'assit derrière le rempart de son bureau en priant le Ciel pour que sa collègue ne fût pas encore partie.

– Nan, Nan, es-tu là ?

– Oui.

Un soulagement.

– Je voudrais deux tasses de coca, Nan, et ne lésine pas sur le sucre. Ça te fera des points de reconnaissance. Ça ne t'ennuie pas ?

Un délai.

– Dans les deux ?

Il prenait toujours son coca nature.

– Apporte-moi ce que je t'ai demandé, d'accord ? As-tu des biscuits ?

Une autre pause. Une réponse, un peu sèche:

– Je vais voir.

– Merci.

Il se carra dans son fauteuil et dévisagea Yeager dont l'expression n'était guère encourageante.

– D'où venez-vous ?

– C'est pour un boulot ?

Une voix rauque. Il se dégageait d'elle une odeur de savon désinfectant des toilettes publiques qu'il mit quelques instants à identifier. La lumière crue du plafonnier creusait les joues de son interlocutrice et se reflétait sur la pellicule de sueur malsaine de sa lèvre supérieure.

– Quel a été votre dernier emploi fixe ? demanda-t-il.

– Machiniste à bord d'un cargo, l'*Ernestine*.

– Pourquoi avez-vous débarqué ?

– J'étais en surnombre. Une période difficile. Ils n'ont pas pu me garder.

– Ils vous ont licenciée ?

Abandonner un membre de l'équipage à Thulé manquait pour le moins d'égards, mais peut-être avait-elle mérité ce sort peu enviable.

Elle haussa les épaules.

– Raisons économiques.

– Que voudriez-vous trouver ?

– A embarquer sur un cargo, si possible. M'occuper de la maintenance des systèmes internes serait parfait.

Un vague espoir modifia son expression. Il éprouva un sentiment de culpabilité car il se rendait responsable d'une nouvelle désillusion.

– Vous êtes ici depuis longtemps, dit-il avant d'ajouter, pour couper court à de vaines espérances : Je n'ai rien à vous proposer dans votre spécialité. Mais il y a des postes à pourvoir dans la station. Vous avez les qualifications requises. Cela vous permettrait de vous procurer les choses de première nécessité, comme un abri et de la nourriture, plus un transfert gratuit en cas de fermeture. Les repas laissent un peu à désirer mais nous ne sommes pas nombreux et la plupart des logements sont vacants. Vous n'aurez que l'embarras du choix. Une mécanicienne peut assez bien s'en tirer, si elle connaît son travail.

Elle secoua la tête.

– Raison ?

– Spatiale, fit-elle.

Il n'avait jamais pu comprendre. Sans doute avait-il entendu cette réponse une centaine de fois – de tous ceux qui choisissaient de crever de faim pour ne pas changer de statut et s'installer définitivement dans une station, ces hommes et ces femmes qui préféraient la mort ou la drogue à la perte de leur priorité sur la liste des demandeurs d'emploi, ce petit avantage qui leur permettait de se présenter les premiers aux entretiens d'embauche.

– Références ? demanda-t-il.

Car rien n'était porté dans son fichier. Une erreur informatique, sans doute. Cela n'avait rien d'étonnant. A Thulé, les ords tombaient souvent en panne.

Elle tapota sa poche.

– Voyons voir, fit-il.

Elle sortit un portefeuille qu'elle lui tendit d'une main tremblante, comme si elle était très âgée.

Il lui vint à l'esprit qu'il ne s'était pas présenté et précisa :

– Je m'appelle Don Ely.

Il ouvrit le portefeuille. Il ne contenait aucun document officiel, seulement une lettre.

A tout capitaine,

J'atteste par la présente la bonne volonté et les capacités professionnelles de Bet Yeager, qui a navigué à mon bord de 55 à 56. Elle a effectué avec diligence et attention tous les travaux qui lui ont été confiés : surveillance, garde, cuisine et entretien de la petite mécanique pour lequel elle possède toutes les quali-

fications requises. Comme l'ensemble de mon équipage, je regrette de perdre un si bon élément. Par son travail, Bet Yeager a couvert la totalité du coût de sa traversée et dispose à son débarquement d'un compte ord créditeur.

Elizabeth Yeager a dû embarquer sans papiers en situation d'urgence et j'atteste par la présente que les empreintes et la photo ci-jointes sont les siennes et qu'elle a donné toute satisfaction à bord de mon appareil. Par l'autorité qui m'a été conférée, ce document remplace sa carte d'identité perdue et en tient lieu selon les termes de l'art. 10 de la Convention de Pell.

Rédigé et signé par : T. M. Kato, capitaine commandant l'AM Ernestine.

E. Kato, commandant en second.

Q. Jennet Kato, chef techno, pilote IS.

Y. Kato, commissaire du bord.

G. B. Kato, supercargo, pilote IS.

R. Kato, W. Kato, E.M. Tabriz.

K. Kato...

Il regarda au verso. D'autres signatures. Le document s'ajourait aux pliures. Il n'y avait rien d'autre dans ce portefeuille, rien d'officiel à l'exception du tampon de l'*Ernestine*.

– C'est tout ?

– La guerre, répondit-elle d'une voix plate.

– Réfugiée ?

– Oui, monsieur.

– D'où venez-vous ?

– De l'*Ernestine*, monsieur.

Un refus d'en dire plus. Allez au diable. Monsieur.

Il vit derrière la paroi de verre Nan qui arrivait avec un plateau. Sa collègue le regarda, remarqua son signe de tête et entra.

Yeager prit la tasse que lui tendait la femme. Elle ne fit pas cas des biscuits et posa le coca sur la table placée près de son fauteuil, sans y avoir goûté.

Ely s'adressa à Nan :

– Mets ça là.

Il se référait au plateau et désignait la même table. Il prit sa tasse et but une petite gorgée du breuvage sucré pendant que Nan posait le reste à portée de main de Yeager.

– Prenez un biscuit, dit-il à cette dernière.

Elle le fit, puis but à son tour.

Allez au diable, intimait toujours son regard. J'accepte ceci, mais je refuse votre charité.

– Merci, dit-il à Nan. Attends-moi, d'accord ?

La femme se renfrogna et sortit avec une résignation mêlée d'irritation. Nan avait un problème, sans doute un dîner qui refroidirait dans le four s'il la retenait trop longtemps, ou un rendez-vous qu'elle risquait de manquer. En agissant ainsi, il était devenu pour elle un débiteur et un imbécile. Nan avait travaillé au Bureau d'embauche de Pell et vu défiler des centaines d'épaves du même genre que Yeager, pendant qu'il restait isolé dans la tour d'ivoire des Services de navigation de Mariner. Ils devaient côtoyer des individus bizarres. Tous avaient des problèmes. Certains en posaient.

Il plaça la lettre sur le bureau, devant lui. La femme baissa les yeux sur ce document, son premier signe de nervosité. Elle se reprit et le fixa.

– Depuis combien de temps êtes-vous à Thulé ?

– Un an. A peu près.

– Combien d'emplois ?

– Je ne sais pas. Deux ou trois, peut-être.

– Récemment ?

Elle secoua la tête.

– Je pense pouvoir vous trouver quelque chose.

– Quoi ? s'enquit-elle, méfiante.

– Ecoutez, Yeager, je vais être franc avec vous. Vous venez ici depuis... longtemps. Ceci...

Il donna une pichenette à l'attestation du commandant de l'*Ernestine*.

– Ceci prouve que vous savez travailler. Avez-vous montré ce document à vos interlocuteurs, lors de ces entretiens d'embauche ?

Un hochement de tête. Aucune expression.

– Mais vous ne voulez pas d'un poste dans la station.

– Non.

– Il n'est mentionné aucun diplôme, ou classification.

– La guerre. J'ai tout perdu.

– Quels vaisseaux ?

– Des cargos.

– Où ?

– Mariner. Pan-paris.

– Lesquels ?

Il était originaire de Mariner et connaissait les noms de divers appareils rattachés à cette station.

– J'ai travaillé à bord de plusieurs vaisseaux. Puis la Flotte est entrée dans le système et a tout détruit.

Une simple énumération de faits, débitée d'une voix privée de passion, rauque et distante, qui ébranlait les nerfs de l'homme. Pendant un instant certains souvenirs redevinrent trop vifs : les cargos où s'entassaient les réfugiés, la puanteur et les mourants.

– A bord de quel appareil êtes-vous partie ?

– Le *Sita*.

Il en avait entendu parler.

– Pas de références, pas de papiers.

Elle posa la tasse à peine entamée et fourra le biscuit dans sa poche.

– On me les a volés. Avec tout le reste. Merci quand même.

Elle se leva.

– Attendez ! Asseyez-vous et écoutez-moi, Yeager.

Elle demeurait debout, les yeux baissés vers lui. Elle se découpait contre la noirceur extérieure et la lumière du bureau de Nan se reflétait sur le masque de sueur de son visage.

– J'ai vécu la même chose, lui dit-il. J'étais à bord du *Perle* et je sais de quoi vous parlez. J'ai été en Q tout comme vous. Où vivez-vous ? Avec quoi ? Quels revenus ?

– Je me débrouille monsieur.

Il inspira profondément, récupéra la lettre et la lui tendit. Elle la prit d'une main tremblante.

– Vous estimez que ce n'est pas mon affaire. Vous refusez qu'on vous aide. Je vous vois venir ici jour après jour. C'est une longue attente, Yeager.

– Je dirais même interminable. Mais je ne veux pas devenir une stationneuse.

– Vous préférez souffrir de la faim. Vous a-t-on proposé d'autres emplois ?

– Non, monsieur.

– Vous n'avez donc refusé aucune offre ?

– Non, monsieur.

Ce détail eût été mentionné dans son dossier. Une indigente n'était pas autorisée à faire la difficile.

– Ces entretiens sont restés sans suite. Tous. Pourquoi ?

– Je l'ignore, monsieur. Je ne devais pas correspondre au profil désiré.

– Je vais vous proposer quelque chose, Yeager. Vous faites le ménage dans ce bureau. Vous vous débrouillez pour que les lieux soient propres et je vous donne un cred par jour.

– Je ne perdrai pas ma position actuelle dans la liste d'attente ?

– Vous conserverez votre priorité.

Elle réfléchit un instant.

– De la main à la main ?

Il ne pouvait en être autrement. Il hocha la tête et elle accepta. Il venait d'assumer la responsabilité de cette femme, une lourde responsabilité. En outre, son épouse lui demanderait pourquoi il versait sept creds par semaine à une inconnue. Le Bureau d'embauche de Thulé n'était pas un palace et si ceux de la Section bleue lui posaient des questions il n'aurait aucune réponse à leur fournir. Cette initiative contrevenait à plusieurs règlements. Deux exemples lui vinrent à l'esprit.

Engager du personnel sans le déclarer.

Omettre de signaler aux services de sécurité la présence d'une libre-consommatrice en puissance. Bet Yeager n'avait pas les moyens de s'offrir un dortoir chaque nuit. Elle devait survivre de manière illégale, puiser dans les réserves de la station sans rien fournir en échange.

Elle passait un vrai-jour après l'autre dans la salle d'accueil. Avec cette odeur de savon bon marché.

Il plongea la main dans sa poche. Il n'avait qu'un jeton de vingt creds, pas de monnaie. Il le lui tendit, à regret.

– Non, monsieur, refusa-t-elle. J'ignore où je serai dans trois semaines. Un vaisseau a été annoncé.

– Si vous trouvez à partir, vous me rembourserez la différence. Vous en aurez alors les moyens.

– Je ne veux pas avoir de dettes, monsieur.

– Les grands principes ne sont guère nourrissants, Yeager. Si vous ne reprenez pas des forces, vous serez dans l'incapacité de travailler.

– Je sais, monsieur. Mais je me débrouillerai.

– Ne soyez pas...

... *stupide,* manqua-t-il dire. Mais cela l'eût sans doute incitée à tourner les talons.

– Je veux vous voir demain matin. Avec l'estomac plein. Acceptez. Je vous en prie.

– Non, monsieur.

Ses lèvres tremblaient. Elle ne regardait pas le

jeton qu'il lui présentait toujours. Elle toucha la poche où elle avait remis son portefeuille.

– Je refuse la charité. J'ai tout ce dont j'ai besoin. Merci. A demain.

– A demain.

Elle inclina la tête, fit demi-tour et sortit.

Militaire fut le mot qui lui vint à l'esprit lorsqu'il tenta d'analyser son comportement. Il s'en inquiéta, car rien de tel n'était mentionné dans la lettre du commandant de l'*Ernestine*. Il ne régnait pas une telle discipline à bord des cargos, hormis sur les appareils les plus importants, au sein des milices de station... ou encore de la Flotte et des forces de l'Union si les faits remontaient à plusieurs années.

Il en fut angoissé. Les gros transporteurs armés étaient rares. Le *Norway*, seul véritable vaisseau de guerre de l'Alliance, était Dieu sait où et on pouvait en dire autant de la Flotte de la Compagnie Terre. Le moindre top imprévu des scanners à longue portée de Thulé donnait des sueurs froides à tous les stationneurs.

Il devait alerter les services de sécurité. L'ouverture d'une enquête n'entraînerait pas systématiquement l'incarcération de cette femme. Les autorités vérifieraient ses antécédents, s'informeraient, se renseigneraient afin d'apprendre si sur les trois mille stationneurs de Thulé aucun n'avait vu Bet Yeager à bord du *Sita* ou dans l'épouvantable zone Q de Pell.

Mais son arrogance lui vaudrait sans doute d'être arrêtée. Elle serait retenue et interrogée. Nourrie, c'était exact, mais soumise à un flot de questions auxquelles elle ne pourrait répondre : où vivez-vous ? Comment vivez-vous ? Et rien ne prouvait que Bet Yeager mentait, qu'elle avait commis un autre crime que celui de se laisser dépérir d'inanition dans les docks de Thulé. Mais si elle ne justifiait pas de revenus réguliers ils l'inscriraient sur les rôles de la station et lui factureraient ses dettes, ce qui ferait d'elle une criminelle.

Et cette spatiale finirait son existence dans une cellule exiguë de la Section blanche. Et cette spatiale qui endurait le froid et la faim pour rester dans le secteur d'appontage et conserver ainsi une opportunité d'embarquer un jour devrait renoncer à tous ses espoirs et travailler pour une station agonisante jusqu'au moment où les responsables décideraient de l'évacuer.

Voilà à quoi une telle enquête risquait de la condamner.

Il regagna la salle d'accueil et vit la femme pousser la porte extérieure.

Il n'avait pas la moindre idée du lieu où elle comptait se réfugier. Sans doute irait-elle se pelotonner dans le recoin glacial des docks où elle avait passé les nuits précédentes. Il n'était pas encore trop tard pour lui crier d'attendre, la conduire à son domicile, lui offrir un repas et lui permettre de dormir dans le salon. Mais il pensa à son épouse, à leur sécurité, à la possibilité que Bet Yeager n'eût plus tous ses esprits.

Il ne dit rien et elle sortit pour aller se perdre dans la clarté inactinique et les ombres profondes du secteur d'appontage.

Il reporta son attention sur la salle et sur Nan qui le regardait, debout à côté de son bureau.

Il désigna la porte.

– Tu la connais ?

– Elle vient ici chaque jour.

– Sais-tu quelque chose sur elle ?

Nan secoua la tête. Ils éteignirent les dernières lumières et sortirent à leur tour. La porte se verrouilla derrière eux et ils s'éloignèrent côte à côte, sous la lueur crue des projecteurs installés au plafond, dans la froidure et les relents d'huile et d'alcool.

– Je lui ai offert un jeton de cinq, un jour, déclara Nan. Elle l'a refusé. Tu crois qu'elle tourne rond ? Est-ce que... Ne penses-tu pas que nous devrions avertir la sécurité ? Il est évident qu'elle a des problèmes.

– Faut-il être fou pour vouloir partir d'ici ?

– Entretenir un tel espoir est insensé. Il lui suffit d'attendre. Dans un an, ils fermeront Thulé et nous diront de préparer nos bagages. Ils nous conduiront ailleurs, dans un endroit où elle aura autant de chances qu'ici de trouver un emploi. Sinon plus.

– Elle aura entre-temps cessé de vivre. Mais le lui dire est hors de question.

– Je n'aime pas la savoir dans les parages, déclara Nan.

Il souhaitait faire quelque chose. Il se demandait s'il n'aurait pas dû contacter la sécurité.

Mais elle n'avait commis d'autre crime que de souffrir de la faim. Depuis un an qu'il travaillait pour le Bureau d'embauche de Thulé, il faisait de son mieux pour gérer ce système qui donnait la priorité aux premiers inscrits. C'était à cette mesure prise dans un but humanitaire qu'on devait des cas comme celui de Bet Yeager. Certains chômeurs préféraient endurer des privations plutôt que d'être biffés de la liste d'attente et laisser quelqu'un d'autre prendre leur place. Nul spatial ne risquait de passer devant Yeager, sauf s'il en débarquait un du *Mary Gold*, le vaisseau en approche – mais il ne pouvait le dire à cette femme qui cherchait des emplois temporaires dans l'espoir de survivre un peu plus longtemps, alors qu'ils n'avaient plus rien à lui proposer. Sous peu, elle serait inscrite au registre de simple subsistance de la station : le système judiciaire débitait les libres-consommateurs de dix creds pour chaque journée d'insolvabilité et le compte de Bet Yeager avait dû cesser d'être créditeur peu après son arrivée.

La semaine prochaine, se disait-elle. La semaine prochaine, peut-être. Un vaisseau n'était-il pas annoncé ?

Mais on n'avait voulu d'elle à bord d'aucun des précédents appareils.

2

Bet se dirigeait vers son refuge, les toilettes pour dames du Dock vert, un simple placard à la destination modifiée après coup. Tout ici avait dû être improvisé : les bars, les dortoirs et les restaurants bon marché. Cette station conçue pour recevoir des appareils subluminiques avait été transformée afin de pouvoir servir d'escale aux FTL dont les besoins étaient totalement différents.

Le vestibule de ces toilettes puantes aux murs couverts de graffiti était faiblement éclairé, comme la pièce dotée de deux lavabos et de quatre boxes où les spatiaux du premier âge d'or avaient gravé leur nom et celui de leur vaisseau, la signature des messages laissés à l'intention de ceux qui leur succéderaient.

Meg Gomez du *Polaris*, disait l'un. Salut, *Golden Hind*.

Des appareils légendaires. Des nefs d'une époque révolue où les stations ne recevaient de la visite qu'à deux ans d'intervalle. Et les employés des services d'entretien avaient barbouillé ces inscriptions historiques de peinture.

Les imbéciles !

C'était son foyer, un terrier, un refuge. Les lieux étaient déserts, comme toujours, et elle se lava le visage puis but au ruisselet qui coulait du seul robinet utilisable.

Ses jambes la trahirent. Elle se retint à la cuvette, vacilla et s'affaissa contre le mur. Elle crut qu'elle allait perdre connaissance car la pièce dansait autour d'elle.

Elle n'était plus accoutumée à se nourrir. Le coca contenait du sucre, mais elle avait failli rendre aussitôt les quelques gouttes bues dans le bureau d'Ely et c'était à présent la moitié de biscuit que tentait d'expulser son estomac, pendant que ses yeux devenaient larmoyants et qu'elle luttait contre les renvois par des inspirations régulières et des déglutitions répétées.

Elle prit un fragment de gâteau brisé dans sa poche et le grignota. Il était insipide, comme tout le reste, et manger l'angoissait car elle craignait de vomir et de perdre le peu de nourriture absorbée, mais elle se forçait. Elle laissait dissoudre sur sa langue une miette après l'autre avant de l'avaler en grimaçant, écœurée par sa douceur.

Malin. Très malin, Bet.

Tu t'es fourrée dans un beau merdier.

A une époque, sur Pell, elle avait déjà dû se dissimuler ainsi. A une époque, sur Pell, elle avait été rongée par un désespoir aussi profond. Il devenait difficile de différencier les jours, quand tout allait si mal. On se contentait de survivre, tout simplement.

Elle avait surmonté cette épreuve, sans trop savoir comment, et elle se retrouvait dans ce lieu sordide, assise sur un sol glacé et occupée à tenter d'imposer ses volontés à ses entrailles. A condition de n'ingérer que des bouchées minuscules, on pouvait conserver la nourriture dispensatrice de vie, même lorsqu'on en était réduit à puiser des miettes dans sa poche et à se réjouir d'avoir obtenu un travail si mal rémunéré. Un cred représentait un sandwich au fromage. Un cred, c'était un pané de poisson et un verre de synthorange. Un cred garantissait la survie et pour y avoir droit il lui suffirait de tenir bon une nuit supplémentaire, rien de plus.

La veille, elle avait renoncé à l'espoir, à tout espoir. Elle était allée au Bureau d'embauche parce que les services de maintenance effectuaient une tournée d'inspection, qu'il régnait dans ces locaux une chaleur agréable, et qu'y faire acte de présence démontrait qu'elle désirait toujours trouver un emploi : la condition qu'un résident sans papiers devait remplir pour conserver un statut légal. Plus important, le fait d'aller pointer lui permettait de conserver sa priorité pour tout poste vacant à bord du cargo dont on annonçait l'appontage imminent. Entretenir cet espoir adoucirait sa mort, car agir ainsi qu'elle l'entendait, continuer d'attendre ce qu'elle désirait plus que tout, était pour elle primordial. Elle bénéficierait d'une belle mort. Elle avait vu des gens connaître une fin moins enviable.

Et si la situation devenait insoutenable, elle savait comment y mettre un terme. Il existait des moyens pour ne pas se retrouver à l'hôpital, en cas d'interpellation par les services de sécurité. Elle gardait un tel billet de sortie dans sa poche. Elle avait souvent pensé à cette possibilité mais jamais à passer aux actes. Il lui suffisait de savoir que si elle s'évanouissait et était embarquée par les meds, ou arrêtée et déclarée débitrice de la station... eh bien, il existait une solution. Elle fausserait compagnie à la justice en quittant ce bas monde.

A présent qu'une chance supplémentaire s'offrait à elle, Bet se félicitait de ne pas avoir renoncé. Ce n'était peut-être pas en vain qu'elle avait enduré tant de privations. Arriver à ses fins s'avérait encore possible. Qui aurait pu affirmer que l'équipage du vaisseau devant apponter la semaine suivante était au complet ? Un espoir subsistait.

Elle resta assise pour attendre qu'un bout de

biscuit eût atteint le fond de son estomac, puis elle comprit qu'elle devait se lever au plus vite car ses jambes et son dos s'ankylosaient. Elle s'agrippa au lavabo pour se redresser puis but un peu d'eau au goût métallique avant de gagner un des boxes et de s'asseoir. Elle croisa les bras sur ses genoux et y fit reposer sa tête, pour prendre du repos, essayer de dormir. En ce lieu elle bénéficiait d'un peu de chaleur, car les parois du box l'isolaient des courants d'air, et d'un peu de tranquillité car les usages la mettaient à l'abri des importuns.

Deux femmes entrèrent, à une heure tardive. Sans doute appartenaient-elles aux services de maintenance des docks. Elle entendit leurs voix, leurs jurons, leur discussion. Elles parlaient d'un collègue avec lequel elles auraient bien aimé sortir et semblaient un peu éméchées. Elles repartirent. Le calme revint et Bet sommeilla, en pensant que le lendemain soir il lui suffirait d'aller jusqu'au distributeur automatique le plus proche et de glisser son cred dans la fente prévue à cet effet pour recevoir en échange une boîte de soupe chaude... pour commencer. La faim n'était pas une nouveauté, pour elle. Bet savait qu'après un long jeûne il fallait se contenter d'aliments liquides, en ingérer très peu à la fois, proscrire les graisses. Son estomac n'avait toujours pas terminé d'assimiler le biscuit et le tiers de gobelet de coca, il ne savait plus comment procéder pour en venir à bout.

Au-dehors le secteur des docks entrait dans une période d'inactivité. Elle n'entendait plus de machines ni de véhicules. A Thulé les faux-jours différaient des temps d'éveil. La plupart des bureaux fermaient, car l'importance du trafic ne justifiait pas d'assurer une permanence, et les bars peu nombreux étaient presque déserts. A l'époque où il lui restait quelques jetons, elle allait chercher un peu de confort dans ces établissements. Fait commun à toutes les installations de ce genre, l'air était glacial. Pendant les faux-jours Thulé devenait une station morte, comme les petites villes de la Terre au cours de la nuit. Bet supposait que l'arrêt des machines et les besoins en chaleur des stationneurs rentrés chez eux étaient responsables du refroidissement de l'air qui circulait dans les docks. Il en découlait que peu de gens risquaient de descendre dans ce secteur et que les autorités s'en fichaient.

A l'extérieur le fret restait à sa place, nul bordereau n'était signé, rien ne bougeait. Tous attendaient pour reprendre leurs activités que la vraie-aube eût inondé les docks de sa lumière. Thulé agonisait. Les échanges commerciaux avec la Terre avaient repris après la Guerre, mais cette petite enclave de l'humanité ne jouait plus qu'un rôle secondaire. Les nouveaux supercargos géants tels que le *Dublin Again* n'avaient plus besoin de faire escale dans les Etoiles Postérieures, et la découverte d'un nouveau point de masse au-delà de Bryant ouvrait un raccourci qui permettait d'éviter Thulé, Venture, Glory et Bêta : plus de la moitié des stations remises en activité.

Cette route directe reliait Bryant à la Terre sans passer par Thulé. Quand elle avait débarqué de l'*Ernestine*, le commandant lui avait dit :

– Ne sois pas stupide, Bet. Nous devons retourner sur Pell, c'est tout. Notre marge de manœuvre est étroite, mais je sais que nous réussirons. Tu n'as rien de bon à espérer, ici, et plus loin c'est encore pire.

Je vous souhaite d'être arrivés à bon port, pensa-t-elle à l'attention du vieux Kato. Elle savait quelles étaient les chances de l'*Ernestine,* un minuscule cargo aux cales presque vides qui devait regagner Pell en luttant contre les conditions économiques, la malchance et sa masse, parce que la situation désespérée des Etoiles Postérieures entraînait la perte de nombreux petits vaisseaux et qu'après avoir dépensé tout son crédit de fret suite à une avarie importante Pell représentait son dernier espoir de salut : retourner là-bas, même avec les cales vides et seulement quelques passagers à même de rendre ses comptes créditeurs.

Mais Pell n'était pas la destination que Bet Yeager voulait atteindre.

– Sans moi, avait-elle dit. Sans moi.

Ses compagnons s'étaient efforcés de la raisonner, de la convaincre. Ils connaissaient eux aussi ses chances. Les spatiaux débarqués des autres vaisseaux avaient trouvé à s'enrôler et étaient repartis. A son départ à bord du *Polly Freas* Jim Belloni lui avait donné un tiers de sa prime d'embarquement. Il avait enivré Bet et laissé les jetons dans son lit.

Elle avait dépensé cette somme en beuveries. Elle n'avait jamais regretté cette extravagance, pas même quand des crampes d'estomac la tenaillaient. C'étaient de tels souvenirs qui lui réchauffaient le cœur, les soirs comme celui-ci.

Elle sommeilla un moment et fut réveillée par l'ouverture de la porte extérieure.

Son pouls s'emballa. Pendant le faux-jour et la vraie-nuit il était rare que quelqu'un vînt utiliser les toilettes de ce secteur désert. Les services d'entretien, peut-être ? Un plombier venu changer le joint du lavabo.

Elle remonta ses jambes et croisa les bras autour de ses genoux, transie de froid. Une démarche masculine. Un homme approchait, un type sans éducation. Il n'avait pas pris la peine d'avertir d'éventuels occupants de sa présence.

Elle entendit la porte claquer, une respiration siffler.

Elle sentit des relents d'alcool. Ce n'était donc pas un plombier.

Tu t'es trompé de toilettes, mon vieux. Qu'est-ce que tu attends pour t'en rendre compte ?

Il repartit vers l'entrée, s'arrêta.

Qu'est-ce que tu fiches, mec ? Va-t'en. Je t'en supplie.

La porte se referma. Elle laissa sa tête redescendre sur ses genoux.

Mais elle entendait toujours respirer.

Oh, mon Dieu !

Elle frissonna. Le seul mouvement de son corps.

L'homme revint vers le box. Elle vit ses bottes noires sous la porte, le bas de sa combinaison bleue.

Il tenta d'ouvrir le battant, le secoua.

– Fichez le camp d'ici ! ordonna-t-elle.

– Sécurité. Sortez de là.

Oh, merde !

– Dehors !

C'était bizarre. Il avait des manières trop brutales. Et il puait l'alcool.

– Sécurité, mon cul ! rétorqua-t-elle. Je suis une spatiale en escale. Sortez de ces toilettes si vous ne voulez pas avoir des ennuis, stationneur !

– Il n'y a aucun vaisseau à l'appontage, skuz.

Il se pencha. Elle vit un visage mal rasé, au nez crochu.

– Allons, allons, sors de là.

Elle soupira. Elle le regarda avec méfiance, agita la main.

– Je vais te dire quelque chose, mon gars. Si tu veux me baiser, offre-moi un verre et un bon lit et tu m'auras toute la nuit. Sinon, je ne suis pas preneuse.

Un sourire dénuda les dents de l'homme.

– D'accord, d'accord, je vais te donner du bon temps. Viens me rejoindre.

– Entendu.

Elle inspira profondément, posa les pieds sur le sol.

Elle l'avait deviné. Elle le savait. Il saisit sa cheville. Elle tenta de se dégager mais ses genoux cédaient sous son poids. Elle tituba. Il fit un nouvel essai, sous la porte.

Elle abattit l'autre pied sur la tête de son agresseur. Le nez de l'homme percuta le carrelage, mais il se tordit et rétablit sa prise sur la jambe de Bet.

Il occupait tout le sol et elle ne savait où poser les pieds. Il la tirait vers lui. Elle s'appuya à la paroi. Les doigts de l'ivrogne se plantèrent dans sa chair. Elle tenta de recouvrer son équilibre mais bascula contre la cuvette hygiénique. Un élancement déchira son flanc et elle grimaça de souffrance quand sa joue heurta le mur. Elle tomba sur le carrelage, contre le siège. Les mains de son assaillant glissaient sur elle, il rampait sous la porte et sur son corps. Il l'étreignit et elle ne vit plus que son visage et des lumières, une image indistincte. Il la frappa, et sa nuque heurta le sol à deux reprises. Pendant un instant il n'y eut plus qu'une explosion de couleurs, une haleine éthylique, un poids écrasant, des mains qui ouvraient ses vêtements.

Je suis dans de beaux draps, pensa-t-elle. Elle s'ordonna de rester inerte, flasque, pendant qu'il la dépouillait de sa combinaison et la caressait. Elle ne pouvait rien faire, ainsi coincée dans l'espace exigu qui séparait la cuvette hygiénique de la paroi du box.

Elle se contentait de prendre des inspirations, d'attendre la fin du feu d'artifice.

Il l'étranglait. Elle se débattit et glissa la main droite dans sa poche alors qu'il écrasait sa bouche sous la sienne et l'étouffait. Elle perdait conscience.

Ses doigts se refermèrent sur le manche du rasoir. Elle ne le lâcha pas malgré l'onde de souffrance et la nappe de brouillard qui envahissaient son cerveau. Elle ouvrit cette arme et lacéra la cuisse de son agresseur. Il recula en hurlant et s'adossa à la porte. Elle détendit sa jambe et lui donna un coup de talon. Il hoqueta et tomba sur Bet, qui put à nouveau utiliser son rasoir.

Il n'eut ensuite d'autre souci que de ramper hors du box. Elle n'intervint pas. Elle fit reposer son coude sur l'abattant de la cuvette, se souleva et tira la targette.

L'homme était à genoux et vomissait. Elle assura son équilibre en prenant appui sur le box et lui décocha un coup de pied à la mâchoire. Il heurta le lavabo et tomba sur le dos, les jambes repliées sous lui. Elle attendit l'instant où il essaya de se relever pour projeter à nouveau son pied vers sa gorge.

Il était perdu. Elle aurait pu l'achever pendant qu'il gisait sur le sol, mais elle se contenta de le regarder. Des élancements parcouraient son crâne. Un voile de grisaille lui dissimula la scène. Quand elle reprit ses esprits, de l'eau coulait dans ses paumes et elle en aspergeait son visage. C'était stupide. Elle se trompait peut-être sur la violence du coup qu'elle venait de porter à ce type. S'il avait un couteau, il risquait de se relever et de la tuer. Elle se tourna vers lui, sans faire cas de l'eau qui ruisselait sur sa figure, ses mains et son cou, et elle vit qu'il était toujours sur le dos, les yeux ouverts.

Mort. Elle fut prise d'un étourdissement. Elle jeta de l'eau froide sur le visage de l'homme, pour s'assurer qu'il ne jouait pas la comédie, mais il resta inerte.

Un autre vertige. Elle se souvint d'avoir hurlé. Quelqu'un avait pu entendre ce cri, à l'extérieur. Elle examina son corps, pour y chercher des marques. Des griffures striaient sa poitrine et sa gorge, du sang maculait sa combinaison et imbibait un genou de son pantalon. Elle se dévêtit et lava ces taches dans le lavabo tant que l'eau ne fut pas rose pâle et sa tenue presque propre. Elle défaillit et dut s'accouder à la vasque pour frotter le vêtement qu'elle tordit afin de l'essorer. Elle le remit. Les parties humides étaient glacées. Elle utilisa le souffleur pour se sécher. Il existait un risque, quelqu'un pourrait entendre les grondements de l'appareil.

Mais les caresses de l'air chaud étaient si douces qu'elle eût volontiers continué toute la nuit. Elle pressa le bouton poussoir, encore et encore, jambes écartées en face du cadavre étendu sur le sol, pendant que des vagues grises et rouges traversaient son champ de vision. Une traînée de sang allait du box à l'endroit où l'homme avait rendu son dernier soupir. Elle pensa au rasoir, et le trouva dans sa poche. Avec deux jetons-creds.

Elle s'éloignait dans les docks, sans savoir comment elle était arrivée jusque-là. Elle se souvenait des toilettes, et de rien d'autre. Puis elle se rappela l'homme sur le sol. Elle l'avait fouillé. Elle s'arrêta et regarda de tous côtés pour découvrir dans quel secteur elle se trouvait.

Ceux de la sécurité procéderaient à son arrestation, s'ils découvraient suffisamment d'indices. Ils disposaient de ses empreintes, dans la banque de données de la station. Mais nulle loi n'interdisait d'aller aux toilettes. Elle n'était pas la seule à l'avoir fait. C'était cet homme qui n'avait pas à y entrer. Elle repartit et pensa qu'un génotypage de ses ongles la trahirait. Mais ils devraient pour cela lui mettre le grappin dessus et ils auraient de nombreuses empreintes à identifier, de nombreuses idcartes à trier et de nombreuses femmes à interroger.

Un nouveau vertige. Elle chancelait. D'inanition, sans doute. Elle continua de marcher en mangeant des miettes détrempées de biscuit qu'elle grattait au fond de sa poche. Finalement, avec l'assurance apportée par les deux creds qu'elle s'était appropriés, elle entra dans un bar et commanda une tasse de soupe de poisson qu'elle réussit à avaler.

Elle était seule avec le barman. Elle s'assit et parla avec lui. Il ne s'intéressait à elle que pour sa conversation.

– Entendu, fit-elle.

Elle souffrait de migraines et de nausées, et elle était épuisée. Elle avait parfois couché avec un homme suite à un pari, jamais pour payer une addition, mais celui-ci semblait calme et solitaire. Peu lui importait même de connaître son nom. Il avait quelque chose à lui offrir et elle en était réduite à faire de telles choses en échange d'un abri où elle bénéficierait d'un peu de chaleur et d'une protection contre les représentants de l'ordre.

– Un endroit où dormir, dit-elle.

– J'ai ça, fit-il.

Elle l'accompagna dans la réserve. Il étala un matelas sur le sol et elle se coucha près de lui. Elle le laissa faire tout ce qu'il voulait et resta allongée en pensant à Pell et à d'anciens compagnons d'équipage.

Il s'appelait Terry. Il vit ses blessures et elle lui expliqua qu'elle avait eu un accrochage avec un docker, dans un dortoir. Il lui donna un cachet pour atténuer ses maux de tête et fut très doux avec elle. Il la laissa seule pour aller servir un client, revint peu après et recommença, pendant qu'elle sommeillait.

Elle n'avait pas à s'en plaindre. C'était un homme doux, en sueur et nerveux. Il l'éveilla deux fois, mais sa faiblesse l'empêcha de jouer un rôle actif dans leurs ébats.

– Je reviendrai demain soir, lui dit-elle. Je serai en meilleure forme. Tu peux faire ce que tu veux, si tu m'offres le petit déjeuner.

Il ne dit rien. Il était alors occupé. La nuit s'écoula ainsi, dans la pénombre de l'arrière-salle, et elle ne le sentit en elle qu'à deux reprises. Au matin il lui apporta son repas. Elle alla s'asseoir à une table du bar et grignota une tranche de pain grillé, en suivant les informations. On venait de découvrir le cadavre d'un homme dans les toilettes pour dames du Dock vert.

Terry faisait ses comptes avec le propriétaire. Il avait un air de chien battu et un peu d'embonpoint, et il n'était ni très séduisant ni très propre. Il n'osait soutenir le regard de son employeur mais il eut la présence d'esprit de régler le petit déjeuner de Bet en jetons. Rien ne prouvait qu'elle n'était pas une cliente de passage et son patron ne pouvait lui adresser le moindre reproche.

Elle apprit que sa victime, un docker qui résidait à Thulé depuis deux ans, s'était récemment retrouvé sans travail. La compagnie qui l'employait avait plié bagages. Il faisait désormais partie du personnel de la station. La veille, son supérieur l'avait mis à pied pour ivresse.

On précisait que sa trachée avait été réduite en bouillie.

Les autorités vérifiaient les empreintes trouvées sur les lieux. Naturellement. Lorsqu'on arriverait aux siennes elle déclarerait avoir passé toute la nuit ici, Terry pourrait confirmer que sa cliente n'avait pas bougé et peut-être même accepterait-il de préciser qu'ils s'étaient battus afin d'expliquer ses nombreuses contusions, si elle réussissait à entretenir l'intérêt qu'il lui portait.

Elle mangeait lentement, une petite cuillerée après l'autre. Son crâne la faisait souffrir. Tout son corps était meurtri. Elle n'avait encore jamais dû s'avilir à ce point en échange d'un lit et d'un peu de nourriture, pas même sur Pell.

Des mois s'étaient écoulés depuis l'appareillage du dernier véhicule qui avait fait escale à Thulé mais ils attendaient un autre vaisseau. Le *Mary Gold* apponterait dans une semaine et elle avait la ferme intention de repartir à son bord, bon sang.

Elle était prête à tout, pour cela. Elle accepterait n'importe quelles compromissions, pour pouvoir quitter cette maudite station.

3

Dès qu'elle la vit entrer dans la salle d'accueil, la femme qu'Ely appelait Nan se leva d'un bond de son bureau.

– Une chute, expliqua Bet.

Car son œil était poché, elle l'avait constaté dans les toilettes du bar. Elle se retrouvait en bien piteux état et devait garder son col fermé pour dissimuler les griffures sur sa gorge. Elle titubait encore et il se dégageait d'elle une odeur de sueur et de Dieu sait quoi. Mais au moins était-elle arrivée à l'heure. Elle pointa sans faire cas de la surprise de Nan puis redressa la tête.

– J'ai eu un étourdissement et je suis tombée, madame. Je regrette. J'ai eu la possibilité de prendre un petit déjeuner, ce matin. Un brave homme me l'a offert. Ça va aller mieux.

– Oh, mon Dieu !

Nan était sous le choc. Bet devait soutenir le regard de cette femme qui n'aurait eu qu'à contacter les autorités pour provoquer sa perte.

– Seigneur. Asseyez-vous.

– Je suis venue travailler. Mr Ely m'a dit qu'il me rémunérerait.

– Contentez-vous de vous asseoir, ordonna sèchement Nan.

Elle désigna un siège derrière le comptoir et apporta du coca et des biscuits sitôt que Bet se fut assise.

Elle les accepta.

– Merci.

Elle n'était pas en position de refuser.

– Je tiens vraiment à ce travail, madame.

Elle se sentait humiliée mais devait ravaler sa fierté.

– Je vais contacter l'infirmerie.

– Non.

Son cœur s'emballait. Elle faillit renverser la tasse.

– Non, ne faites pas cela.

– Vous n'êtes pas tombée.

Bet leva les yeux. Cette femme aux manières sèches et directes possédait un esprit un peu trop vif à son goût. Mais elle ne portait pas une accusation. Elle l'informait simplement qu'elle n'était pas dupe.

– On m'a poussée contre un mur. La nuit a été pénible. S'il vous plaît. Je ne veux pas de complications. Je n'ai que quelques contusions. Laissez-moi une chance. J'irai travailler dans les bureaux. Les clients ne me verront pas.

– Je dois en discuter avec Mr Ely. Nous trouverons une solution.

– Pas de meds. Je vous en prie. *Je vous en prie*, madame.

– Restez ici.

Nan la laissa. Elle se rassit et but le coca à petites gorgées. Sa bouche était fendue et le sucre agressait une dent déchaussée. Elle tenait sa tasse à deux mains et tentait de dominer sa panique, les yeux rivés sur le couloir aux parois de verre. Elle chassait de son esprit toute pensée qui se rapportait aux coms, aux services de sécurité et aux lieux du drame de la nuit précédente.

Mais son cœur s'emballait, des pulsations douloureuses, et elle avait des vertiges quand Nan revint avec Ely.

– Un mur, dites-vous ? Vous voilà salement amochée, Yeager.

– Oui, monsieur.

Il la dévisagea un long moment, les bras croisés.
– J'ai à vous parler. Venez dans mon bureau.
– Bien, monsieur.
Elle posa la tasse sur le comptoir.
– Merci, dit-elle à Nan.
– Emportez cette boisson, lui ordonna Ely.
Elle obéit et le suivit dans le corridor, puis dans la petite pièce.
Il s'assit. Elle l'imita. La chaleur du cola se communiquait à ses paumes.
– Ça va ? s'enquit-il.
Elle hocha la tête.
– Vous avez signalé l'incident ?
Un geste de négation.
– Vous a-t-on volé quelque chose ?
– Je ne possède rien.
– Ça va ? répéta-t-il.
Elle comprit le sens de cette question. A la façon détournée des stationneurs, il lui demandait si elle n'avait pas été victime d'un viol.
– Rien de grave. Un accrochage sans importance. Un ivrogne, qui a croisé mon chemin.
Seigneur, ils avaient dû entendre les informations et risquaient d'établir un rapprochement...
– Je tenais à peine sur mes jambes, hier soir. Cet homme m'a bousculée. Je l'ai injurié. Il m'a poussée et j'ai heurté le mur. Le choc m'a fait perdre connaissance. Il s'est excusé et m'a même offert un petit déjeuner.
Ely semblait mettre sa parole en doute. Il la regarda un long moment puis lui demanda :
– Où vivez-vous ?
Elle chercha désespérément une réponse. On ne lui avait pas posé cette question depuis un an. Elle se souvint du nom du bar.
– Rico's. Cette adresse en vaut une autre.
– Vous habitez là ?
– J'y reçois mon courrier.
– Qui vous écrit ?

Elle haussa les épaules. Son cœur tapait à coups redoublés. Mais rien n'obligeait cet homme à l'aider. Il n'était pas tenu de donner un cred à une spatiale sans le sou. Il n'avait pas à la traiter comme une amie quand il s'adressait à elle, avec respect, pour lui permettre de découvrir le fond de ses pensées et de savoir qu'il ne recherchait pas ses faveurs mais voulait faire une bonne action. Les altruistes étaient rares, dans les docks d'une station.

– Personne. Mais ceux qui voudraient me joindre pourraient le faire à cette adresse. S'il y avait du nouveau.

Il se contentait de la regarder. Finalement :

– Vous trierez les déchets. Vous ferez les courses. Vous pointerez tous les matins et vous comporterez comme une simple demandeuse d'emploi en présence de tiers. Il ne faut pas que les Services du personnel vous remarquent. Si on vous surprend dans le couloir, faites semblant d'aller aux toilettes.

Elle s'installa dans l'arrière-salle pour trier les ordures destinées au recyclage. Elle pesa chaque sac et nota son poids, car les récupérateurs n'étaient pas toujours très honnêtes. On le lui avait dit dès son arrivée à Thulé.

A midi, ce vrai-jour, Ely lui remit un jeton-cred qu'elle dépensa dans un restaurant pour s'offrir un autre bol de consommé.

Le soir venu, elle retourna au bar et Terry – elle apprit qu'il se nommait Ritterman – lui donna une bière et une tasse de soupe de poisson.

Il la conduisit dans la réserve. Elle se déshabilla et déclara qu'elle devait faire sa lessive. Il lui apporta un seau et elle lava sa combinaison et ses sous-vêtements, qu'elle mit à sécher sur la bouche de chauffage. Il en profita pour approcher par-derrière et la caresser. Elle ne dit rien. Elle le laissa agir à sa guise. Elle se plia à ses désirs et se contenta de fermer les yeux ou de fixer le plafond après qu'il l'eut couchée sur le sol. Quelqu'un entra dans le bar. Terry jura puis alla le servir.

Elle roula sur elle-même pour s'envelopper de la couverture. Elle s'endormit. Il la réveilla dès son retour.

De nouveaux clients arrivèrent. Terry s'absenta. Il revint s'allonger près d'elle. Bet pensait qu'il avait dû être privé de femmes pendant longtemps et qu'il finirait par se fatiguer, s'endormir, ou la laisser tranquille. Elle se trompait.

Au matin elle s'habilla et il lui apporta son petit déjeuner. Il lui demanda de l'accompagner à son appartement.

– Je dois aller travailler, répondit-elle.

Elle gagna son cred et envisagea de se chercher un autre abri pour la nuit. Elle avait repris des forces et n'aimait guère Terry, mais il lui faudrait alors se passer de souper et de petit déjeuner.

Aussi retourna-t-elle au Rico's Bar.

Telle était désormais son existence. Chaque vrai-jour elle touchait son jeton. Chaque vraie-nuit elle allait rejoindre Terry. Son comportement devenait de plus en plus étrange. Il tenait absolument à la conduire chez lui. Il déclarait vouloir lui faire visiter le lieu où il vivait.

Il lui fit part de désirs pervers, il souhaitait la ligoter.

– N'y compte pas. Je ne joue pas à ce genre de trucs.

Il feignit d'en être embarrassé. Mais elle hésita ensuite à accepter les boissons qu'il lui offrait. Coucher avec lui l'angoissait, désormais. Il caressait ses balafres et lui demandait tout en faisant l'amour en quelles circonstances elle avait reçu cette blessure, et celle-là, et sa conduite était très bizarre.

– Arrête, dit-elle finalement.

Elle le repoussa. Il en fit autant et le crâne de

Bet percuta le carrelage. Des myriades d'étincelles colorées envahirent son champ de vision. Elle s'immobilisa, car son subconscient la savait en danger – *ne réagis pas, ne fais rien, ce type est un malade...*

– La nuit de ton arrivée, dit-il. Ton œil au beurre noir et le reste.

Il lui fit mal. Elle libéra sa main droite et le frappa, sur l'oreille.

– Tu m'as fait mal, bordel !

Il tenta de saisir son avant-bras et elle lui donna un coup de genou. Il hurla. Elle se dégagea et ses épaules heurtèrent l'angle du mur et des étagères.

– Espèce de salope ! gronda-t-il.

– N'approche pas.

Elle se releva et alla s'asseoir sur un baril de bière. Il était froid. L'air aussi. Et tout puait, ici.

– Reste où tu es.

– Reviens.

– Bon sang, laisse-moi tranquille. Je suis lasse. C'est ma période de repos. Je travaille, le vrai-jour. Alors, garde tes distances.

– Cet œil poché. Le type qui t'aurait bousculée...

– Fiche-moi la paix, bordel. Je t'ai donné bien plus que la valeur de ton souper.

La sonnette de l'entrée tinta. Il resta assis, sans en faire cas, la respiration hachée.

– Tu as des clients, Terry.

– Les Services de sécurité recherchent une femme qui était dans le Vert, la nuit où tu es arrivée en si piteux état. Tu n'as pas d'idcarte, pas de papiers, tu es entrée et tu m'as dit : "N'appelle pas les meds." Tu ne voulais pas les voir... et je comprends pourquoi, à présent.

Quelqu'un s'avança dans le couloir, appela le serveur.

– Vas-y, bordel ! lui siffla-t-elle. Tu veux que la sec débarque ?

– C'est toi qui n'y tiens pas, chérie.

Il caressa sa jambe.

– Je fais ce que je veux, compris ? Je sais où tu vas pointer. Je t'ai suivie. Tu m'entends ? Je pourrais dire aux autorités où elles te trouveront, même si tu n'es pas fichée dans l'ord, ce que je serais prêt à parier...

– Va servir ces types avant qu'ils ne signalent ta disparition, bordel !

Il la caressa.

– Ne bouge pas d'ici. Et je te conseille d'être là, à mon retour. Je te tiens, et pour longtemps. Tu as intérêt à ne pas l'oublier.

De nouveaux appels.

– J'arrive ! hurla-t-il.

Il se releva et fit le tour de la pièce pour ramasser ses vêtements. Il sortit de l'arrière-salle d'une démarche titubante, en bouclant sa ceinture.

Elle resta assise sur le baril de bière, les bras refermés sur ses genoux, prise de nausées.

Elle réfléchit aux choix qui lui étaient offerts. Des bruits de voix lui parvenaient de l'autre salle. Elle se leva et alla prendre sa combinaison au-dessus du chauffage. Elle s'habilla et passa dans l'autre pièce où Terry servait une tablée de dockers.

Il la foudroya du regard. Elle gagna le comptoir, se servit un verre et écouta les commentaires grivois des quatre hommes, leur invitation à boire quelque chose avec eux puis à les accompagner dans un dortoir pour se livrer à des ébats exotiques.

Une proposition intéressante, tout bien considéré. Mais une question angoissante l'obsédait : le délai qui s'écoulerait avant que Terry ne décide de décrocher le com et d'appeler le Central.

Et avec ses empreintes sur les lieux du crime, son œil au beurre noir, ses égratignures et son statut de non-résidente sans domicile fixe, la sec n'aurait aucune difficulté à obtenir un mandat d'amener et à la soumettre à un interrogatoire en règle.

Sous tranks.

Elle fronça les sourcils et observa les dockers. Des manutentionnaires. Des pauvres types, mais certainement plus sains que Terry. Peut-être même des individus fréquentables et posés. Ritterman approcha et fit reposer sa main sur sa hanche.

Elle ne la repoussa pas. Elle se pencha sur le bar et but sa vodka à petites gorgées. Elle regardait les dockers et estimait que n'importe lequel d'entre eux eût représenté un meilleur choix que cet homme.

Elle prit une bouteille et alla remplir leurs verres. Ils protestèrent qu'ils n'avaient rien commandé.

– C'est ma tournée, dit-elle.

Elle envisagea de déclencher une rixe pendant laquelle un client tordrait le cou au barman. Mais la sec interviendrait. Elle subirait un interrogatoire.

Ils burent et elle leur fit du charme. Elle jubilait de la nervosité et de l'inquiétude de Terry, et elle fit tout son possible pour les retenir jusqu'à la vraie-aube et l'arrivée du propriétaire.

Terry débitait les tournées sur sa carte et bouillait de rage en lui intimant par gestes d'aller le rejoindre, mais elle n'en fit cas que lorsqu'il décrocha le com.

Elle se dirigea alors vers lui.

– Tu vas m'accompagner chez moi, ordonna-t-il en raccrochant. Tu me le paieras.

Elle ne fit aucun commentaire. Il lui pinça la hanche, et elle eut mal. Elle continua de regarder la pièce aux parois recouvertes de miroirs et quand il exigea une réponse elle se contenta de hocher la tête.

Les dockers partirent, quinze minutes avant la vraie-aube. Elle se servit un synthorange.

– Chez moi, dit Terry. Compris ?

Une nouvelle acceptation muette. Il referma la main sur son épaule. Elle tressaillit et alla s'asseoir pour prendre son petit déjeuner, pendant que le propriétaire s'installait pour vérifier les comptes. L'homme lui fit de l'œil et lui adressa un salut laconique.

– 'jour, répondit-elle.

Il venait de deviner pourquoi Terry avait débité son jus d'orange et son toast sur sa carte. Telle était la signification de son regard.

Et sans doute les suivit-il des yeux quand Terry vint la chercher et qu'ils partirent.

– Tu vas apprendre, lui dit-il.

Il la prit par le bras et ils marchèrent en amoureux jusqu'à l'ascenseur. Il devait se surveiller car ils n'étaient pas seuls dans la cabine. Mais il saisit sa main dès qu'il la fit descendre, à son niveau. Il broyait sa paume dans son poing moite. Il lui murmura qu'elle finirait par l'aimer et qu'ils pourraient s'entendre dès qu'elle aurait appris à mieux se conduire, qu'elle disposerait de son appartement et n'aurait pas à redouter les représentants de la loi tant qu'elle serait docile.

Elle ne dit rien, sauf lorsqu'il serra sa main avec encore plus de force et lui intima de dire oui. Elle obtempéra.

Il sortit sa carte-clé de sa poche. Il la guida vers une porte malpropre, dans un couloir sordide qui ressemblait plus à une coursive de vaisseau qu'à un corridor de Résidence de station. Il ouvrit le battant, pressa un interrupteur manuel pour faire la lumière et referma derrière eux.

Le logement était répugnant. Il y régnait un désordre indescriptible et une puanteur d'eaux usées, de vaisselle et de linge sales. Elle le regarda retirer sa veste et la jeter sur la table, les mains tremblantes.

Elle attendit qu'il se fût tourné et dirigé vers elle

pour saisir son poignet et le tordre. Il tomba sur le sol et l'impact fut violent.

– J'ai quelque chose à t'apprendre, lui dit-elle. Je viens d'un vaisseau qui s'appelle l'*Africa*.

Il ouvrit de grands yeux, se débattit pour se relever. Elle n'intervint pas. Il recula en titubant jusqu'au mur. Sans doute y avait-il un téléphone, au sein de ce fouillis. C'était presque certain. Elle décida de lui accorder une chance de l'atteindre. Elle s'appuya au dossier d'une chaise, pour lui en laisser la possibilité. Mais il s'était figé, livide.

– Tu mens, dit-il, les cheveux hérissés. Tu mens, salope !

– Je n'ai pu remonter à bord quand la Flotte a appareillé. Je me suis mêlée aux réfugiés et j'ai travaillé quelque temps dans les docks avant d'obtenir un passage sur un cargo.

Elle tapota sa poche de poitrine.

– J'ai même obtenu un certificat de l'Alliance. On peut y lire que j'ai perdu mes papiers. Il ne m'a pas été difficile d'arriver jusqu'ici. Je suis née spatiale, c'est un fait, mais on s'est chargé de faire de moi une Marine.

– Va-t'en ! Fiche le camp. Tu n'as rien à craindre. Tu sais que je n'aurais pas intérêt à parler de toi.

Elle secoua la tête, sans se presser.

– Désolée, l'ami, mais je dois te tuer. Et je tiens à te préciser que j'ai l'intention de prendre mon temps.

4

– Bonjour, Nan, dit-elle depuis le seuil du Bureau d'embauche.

La femme la regarda avec un air bizarre, pencha le cou et déverrouilla la porte.

– Vous semblez bien joyeuse, ce matin.

Bet hocha la tête. Elle alla prendre sa tasse de coca au fond des locaux pour ne pas être vue par deux demandeurs d'emploi entrés derrière elle. Le distributeur était réservé aux employés.

Rico serait surpris de ne pas voir son serveur, à la fin de ce vrai-jour. Peut-être téléphonerait-il chez lui et lui laisserait-il un message, mais il devait savoir qu'on ne pouvait compter sur les individus de cet acabit. Terry était du genre à venir travailler pendant un certain temps puis à s'attirer des ennuis et disparaître sans l'informer de ses intentions. Rico n'aurait guère de difficultés à trouver un autre barman de faux-jour avant le lendemain. Pour l'instant, Ritterman disposait toujours d'un compte créditeur car les distributeurs automatiques ne rejetaient pas sa carte. Bet n'était pas stupide au point d'entrer dans un restaurant et d'essayer d'usurper son identité. Elle se contentait d'acheter des denrées peu coûteuses à des machines afin de laisser croire – en cas de vérification – qu'il se promenait toujours à l'intérieur de la station et qu'il n'existait jusqu'à preuve du contraire aucune raison de s'inquiéter à son sujet.

Fallait-il s'étonner qu'un barman de faux-jour eût décidé de partir avec une fille peut-être plus riche que lui sans prendre la peine d'avertir son employeur qu'il ne reviendrait pas ?

Elle aurait pu survivre en puisant dans les réserves trouvées dans son appartement, mais elle voulait qu'il y eût des mouvements sur son compte. Pour cela, elle était allée jusqu'aux distributeurs automatiques du secteur des docks. Nul code n'était nécessaire, il suffisait de glisser la carte dans une fente pour obtenir un petit déjeuner. Ou un déjeuner. Ou un dîner. Elle avait également trouvé des jetons, dans la poche de cet homme. Huit creds. Elle comptait les utiliser pour s'acheter un sac de marin bon marché qui lui serait utile à l'arrivée du *Mary Gold.* Elle se procurerait les autres articles de première nécessité en puisant dans les creds d'Ely que cette carte lui permettrait désormais d'économiser.

Elle avait laissé le cadavre dans la chambre, coupé le chauffage, colmaté les bouches d'aération et les jours de la porte avec du ruban adhésif. La puanteur deviendrait sous peu insoutenable, mais il n'y avait pas de voisins et si des gens voyaient une spatiale peu reluisante entrer et sortir de chez Terry ils penseraient simplement qu'elle était folle de vivre avec un type pareil. Et nul ne faisait grand cas d'une cinglée.

Elle avait nettoyé sa combinaison et pris une douche, elle s'était coupé les cheveux et lavée avec une savonnette parfumée. Ely lui adressa un deuxième regard, lorsqu'il entra. Il paraissait agréablement surpris de la voir propre et joyeuse, comme si sa bonne action avait eu des résultats spectaculaires.

– Vous semblez en forme, Yeager.

– Tout s'ajoute, y compris les repas, répondit-elle en souriant. Se nourrir n'a jamais nui à personne.

Elle avait de l'affection pour les gens tels que Nan et Ely. Ils aimaient faire le bien. Elle fut désolée à la pensée qu'ils réfléchiraient à deux fois avant d'aider à nouveau quelqu'un dans la gêne, lorsque la sec aurait découvert le cadavre et reconstitué toute l'affaire.

Elle était dans de sales draps. Il lui faudrait monter à bord du premier vaisseau en partance, filer le plus loin possible, aller si nécessaire jusqu'à Sol en changeant de moyen de transport à la moindre opportunité, voyager aussi longtemps qu'il le faudrait pour pouvoir rester en vie.

Autrefois, son commandant avait dû appareiller de toute urgence. L'*Africa* était toujours opérationnel et peut-être aurait-elle un jour la chance de rejoindre ce vaisseau et le reste de la Flotte. Mais il lui faudrait entre-temps échapper aux lois de l'Alliance et à l'attention de Mallory. C'était cela qui lui donnait des frissons : cette traîtresse qui pourchassait ses anciens amis et le *Norway* qui faisait parfois escale dans ces stations. Mallory avait obtenu de la respectabilité en traquant ceux qui étaient restés dans le camp des perdants. Elle avait su tirer son épingle du jeu. Elle s'était dressée contre Mazian et, la chance aidant, elle se retrouvait entourée de puissants alliés et comblée d'honneurs. Une femme très adroite et une bonne capitaine, Bet devait le lui accorder. Si le hasard avait été de son côté, elle se serait portée volontaire sur le *Norway* et non sur l'*Africa*, et elle aurait à présent eu des états de service irréprochables, des crédits plein les poches, une affectation enviable et une couchette confortable – tout ce dont pouvait jamais rêver une skut. Peu importait que la capitaine du *Norway* fût une salope qui n'avait pas hésité à tirer sur les siens et à tenter de détruire l'*Africa*. Mallory et Porey n'avaient jamais pu se sentir. Ils s'étaient affrontés dans l'espace, et même à l'appontage. Le jour où Mallory s'était permis de faire arrêter trois Marines de l'*Africa*, un détachement de ce vaisseau avait ouvert le feu sur le *Norway* dans les docks de

Pell. Sans mentionner ce que les skuts de ce vaisseau avaient dû faire subir à leurs captifs.

Une mort lente, très lente, elle le savait.

Et si les représentants de la loi de cette station mettaient le grappin sur elle, ils la livreraient à cette femme qui lui porterait un vif intérêt.

Elle frissonna. Elle effectua son travail en pensant au vaisseau en approche. Elle se demandait quand il appareillerait à nouveau. Le *Mary Gold* arriverait dans trois ou quatre jours. Un laps de temps équivalent lui serait ensuite nécessaire pour faire le plein...

Une semaine, pendant laquelle la disparition de Ritterman risquait de plus en plus d'attirer l'attention, un délai suffisant pour que l'enquête sur l'assassinat de l'ivrogne découvert dans les toilettes des Docks verts permît à la sécurité de remonter jusqu'à elle.

On disait que les responsables fermeraient Thulé, feraient sauter la station et enverraient ses débris dans le soleil de ce système afin d'empêcher la Flotte de récupérer ses composants. Pour priver l'adversaire d'un poste avancé, les stationneurs seraient disséminés dans un rayon de douze années lumière et sans doute ne prendrait-on pas la peine d'emporter les fichiers. Tout disparaîtrait, y compris les dossiers jugés inutiles, et elle n'aurait plus à craindre de voir exhumer un jour cette affaire si elle réussissait à ne pas attirer l'attention sur elle pendant encore une semaine, en utilisant la carte de Ritterman pour convaincre les ordinateurs qu'il était toujours en vie. A Pell, des parents auraient pu s'inquiéter. Pas à Thulé, car les malheureux exilés dans ce coin perdu de l'univers n'avaient plus d'attaches. Ils étaient pour la plupart des rebuts de Pell, des survivants de la section Q, des réfugiés sans identité qui avaient espéré trouver en ce lieu une opportunité qui ne s'était pas présentée et qui ne se présenterait jamais. En outre, Ritterman n'était pas du genre à avoir beaucoup d'amis.

Se procurer le strict nécessaire, se donner un air assez respectable pour se faire engager à bord du *Mary Gold*, descendre à la prochaine escale et trouver un travail pour pouvoir rester sur place – n'importe où sauf sur Pell, le port d'attache du *Norway*.

Elle avait exprimé son désir de débarquer au vieux Kato sitôt après avoir appris que l'*Ernestine* allait prendre le chemin du retour. Sans doute ne s'était-il douté de rien lorsqu'elle lui avait déclaré vouloir tenter sa chance dans les Marches de l'espace, mais il avait des affaires pressantes à régler à Pell et un vaisseau criblé de dettes. Il avait dû simplement la prendre pour une idiote : adieu, camarade, évite les ennuis. J'espère que la chance acceptera de te sourire.

Enfer !

*

Elle regagna l'appartement et lut le seul message enregistré dans la mémoire de l'ord. La bibliothèque réclamait à Ritterman des bandes qu'il avait empruntées. Elle les trouva et les posa bien en vue sur la table, pour ne pas oublier d'aller les restituer en partant à son travail. Elle chercha l'adresse dans l'annuaire de la station.

Elle laissa la vid sur le canal du contrôle de trafic, se prépara un lit confortable sur le canapé de Ritterman, but la vodka de Ritterman, mangea les pommes chips et les bonbons de Ritterman et se changea les idées grâce aux revues de Ritterman jusqu'au moment où elle alla se coucher.

*

Le lendemain matin elle retourna dans les docks, en bas vers la batterie d'ascenseurs et la rangée de distributeurs automatiques. Elle avait la bouche pleine de feuilletés au fromage quand le meuglement prolongé d'une sirène signala qu'un vaisseau venait d'entrer dans le système, et elle fit glisser la nourriture avec une gorgée de soda avant de prendre une inspiration.

Ce fut sans se presser qu'elle gagna l'angle des couloirs où était installée la vid publique, car l'information reçue par le scanner à longue portée provenait d'une bouée zénithale située à une heure lumière et demie de distance.

L'étoile double de Thulé était un point de saut peu fréquenté, pas un lieu de trafic intense. Si l'appareil en question était bien le *Mary Gold*, il avait pris un jour et demi d'avance sur les prévisions et continué sa route en vitesse de saut résiduelle depuis l'émission de cette information. Mais il lui restait à effectuer un voyage de plusieurs heures puis à procéder aux manœuvres d'appontage.

Le *Mary Gold* leur apportait le ravitaillement expédié de Pell. De Thulé, il repartirait pour l'Etoile de Bryant. Il devait transporter une masse moins importante que prévu, pensa-t-elle. C'était suffisant pour lui faire gagner une journée. Dieu merci.

Mais lorsqu'elle arriva à l'angle des corridors et put lire les informations qui défilaient sur l'écran, elle apprit que ce vaisseau s'appelait le *Loki*.

Sa surprise fut telle que son cœur rata un battement.

Quel est cet engin, ce Loki *?*

Elle mit deux feuilletés au fromage dans sa bouche, but une gorgée de soda et suivit la progression de cet appareil sur l'écran. Elle n'était pas la seule à être intriguée. Des dockers se regroupaient autour d'elle, eux aussi déconcertés.

Il arrivait très vite et son nom indiquait qu'il appartenait à l'Alliance.

Son estomac en fut retourné. Elle entendit déclarer que c'était un cargo de l'Union qui venait de changer de camp.

Impossible, se dit-elle, *sauf si nous avons affaire à un petit transporteur qui provient d'un bras perdu de la galaxie. L'Etoile de Wyatt, par exemple, loin aux frontières de l'Union.* Elle connaissait tous les appareils qu'il était utile de pouvoir identifier : leur nom et leur classification, leur capacité de chargement et de tir. Les skuts bloqués dans l'entrepont de l'*Africa* en discutaient souvent. Ils ne participaient pas aux combats, dans l'espace, mais pour ceux qui devaient rester sanglés dans leurs couchettes en sachant que l'engagement allait débuter sous peu, savoir qui commandait l'appareil ennemi ne manquait pas d'intérêt. Et lorsqu'il fallait ensuite se lancer à l'abordage et s'ouvrir un chemin dans d'étroites coursives pleines d'embûches, mieux valait être informé d'un maximum de détails. Une évidence.

Elle mangeait et regardait défiler les données, quand elle pensa au temps écoulé. Elle quitta l'attroupement de dockers pour se diriger d'un pas rapide vers le Bureau d'embauche.

– Je commençais à me demander si vous viendriez, lui dit Nan à son entrée.

– Désolée.

Elle se rappela la règle qui interdisait de manger et de boire dans la salle d'accueil.

– Mon petit déjeuner. Je vais jeter tout ça dans une poubelle. Excusez-moi.

– Vous savez quelque chose sur cet appareil ?

Elle secoua la tête.

– Je croyais pourtant tous les connaître. Un vaisseau fantôme.

Une expression militaire. Bien des civils l'employaient depuis la Guerre, mais elle regretta de l'avoir prononcée. Elle s'éloigna dans le couloir où Ely vint à sa rencontre pour lui demander :

– Vous savez ce que c'est ?

– Je viens de répondre à Nan que je n'en ai jamais entendu parler, monsieur.

Il semblait préoccupé. Et il avait d'excellentes raisons de s'inquiéter. Elle alla dans l'arrière-salle, fourra les dernières miettes de feuilletés dans sa bouche et termina son soda, puis elle fit disparaître le sachet et la boîte dans la poubelle de recyclage et retourna vers la vid.

Et les autres : Ely, Nan et trois demandeurs d'emploi venus pointer, tous le nez levé vers l'écran qu'ils regardaient sans mot dire. Elle attira l'attention des stationneurs qui avaient dû reconnaître en elle une spatiale et donc une éventuelle source d'informations.

– Savez-vous... commença l'un.

Elle secoua la tête.

– C'est la première fois que j'entends parler du *Loki*, mes amis. Je n'ai pas la moindre idée de son origine.

Elle croisa les bras pour regarder les chiffres défiler. Une femme déclara que l'approche semblait normale, que les données ne laissaient pas présager une attaque.

Tu ne peux pas le savoir, pauvre idiote. Tout dépend de la masse, du vecteur d'entrée et d'un tas de paramètres. Il faut parfois manœuvrer. Et nous avons trompé ces bouées, très souvent.

Comme les stationneurs, elle restait debout et pensait à la possibilité que ce fût un élément de la Flotte. Mais dans son cas c'était une source d'espoir.

A condition que ce ne fût pas un appareil de Mazian venu attaquer et perforer la station.

Elle espérait même voir d'une minute à l'autre des tops d'écho se détacher du principal, l'écran virer au rouge et un message d'alerte se mettre à clignoter, pendant que l'*Africa* encadré par ses vedettes de débarquement adresserait un ultimatum à Thulé : la voix de ce vieux Junker Phillips qui annoncerait aux stationneurs pris de panique qu'un vaisseau de la Flotte allait apponter, avec ou sans leur consentement.

Elle regardait. Elle se mordit la lèvre et secoua la tête lorsqu'on l'interrogea sur la signification des nombres qui apparaissaient sur l'écran. Elle tendit l'oreille quand le flux-com de la station intercepta celui du nouvel arrivant et que les contrôleurs de vol lui demandèrent posément de compléter son identification et de diffuser une déclaration d'intention, à présent que l'appareil n'était plus qu'à quelques années lumière et se déplaçait plus lentement.

Les chiffres indiquaient qu'il poursuivait sa décélération.

– Hmm, fit-elle.

Tout laissait supposer qu'il ne se passerait rien d'important pour l'instant et elle alla s'asseoir, ce qui parut rassurer les stationneurs.

Elle se détendit. Suivre une telle approche sur une vid était moins éprouvant pour les nerfs qu'écouter de simples informations audio en restant coincé dans un entrepont pendant que le vaisseau décélérait, que les couchettes et les cloisons gémissaient, que les rivets lâchaient et qu'un barda non arrimé lors de l'alerte tombait avec un fracas comparable à celui d'une salve de missiles.

Nan et Ely retournèrent travailler. Un des demandeurs d'emploi regagna le comptoir pour compléter un formulaire, mais les deux autres restèrent sur place, les yeux levés sur la vid.

– *Ici le commandant du* Loki, entendirent-ils au sein des bruits de friture des parasites du flux-com. *Avons bien reçu vos instructions, station Thulé. Le* Loki *est un quinze-réservoirs, et nous sommes à court de carburant*.

Seigneur ! Cet engin avait une sacrée autonomie.

– *Ici le Maître de station de Thulé. Nous attendons un autre appareil, le* Loki, *et nous ne pourrons vous fournir qu'un ravitaillement partiel.*

Bet restait assise, les pieds sur une chaise en plastique éraflée. Elle tendait l'oreille, pendant que son cœur s'emballait, que son cerveau traitait les données et que le délai de transmission entre le vaisseau et la station se réduisait lentement.

Un appareil inconnu doté de tels réservoirs et censé appartenir à l'Alliance.

Le contrôle de trafic signala que le nouvel arrivant venait de procéder à la décélération prévue.

– *Maître de station de Thulé, ici le commandant du* Loki. *Nous avons priorité pour ce plein. Veuillez nous diriger vers votre cale d'appontage principale.*

Les stationneurs comprirent à quoi devait correspondre cette priorité et manifestèrent de la tension. Bet savait qu'il ne se passerait rien de nouveau pour l'instant et resta assise, les pieds sur l'autre siège, les bras croisés, le cœur battant et lesté de plomb. C'était le calme qui précédait la tempête.

Priorité. Thulé n'avait qu'une seule cale d'appontage dotée d'un système de pompage permettant de procéder au plein d'un FTL. Bien que vieille de deux siècles, cette installation fonctionnait, mais son débit très lent et les faibles capacités de stockage de la station ne permettaient pas de procéder au plein de deux appareils de forte capacité la même semaine. Il faudrait un certain temps aux trois écumeurs de Thulé et à son pousseur pour reconstituer le stock de glace nécessaire.

Si le *Loki* avait bien un statut prioritaire et appartenait effectivement à l'Alliance, il devait accomplir une mission officielle. Peut-être était-ce Mallory qui l'avait envoyé, si son commandant disait la vérité et n'utilisait pas cela comme prétexte pour atteindre les docks et tous les envoyer en enfer.

Et s'il restait dans la cale d'appontage pendant les cinq journées nécessaires pour boire jusqu'à la dernière goutte de carburant contenu dans les cuves de Thulé, le *Mary Gold* devrait attendre de pouvoir prendre sa place et repartirait avec une semaine de retard.

Ou deux, ou trois.

Le Central de la station transmettait des informations. Ils reçurent une image vid.

– Seigneur ! s'exclama Nan.

Et Bet resta assise, les bras croisés sur son estomac désormais noué.

Des quartiers d'équipage minuscules, un moyeu fin et dépouillé, un bloc de propulsion démesuré.

Qu'est-ce que c'est ? se demanda Bet avant de poser un pied sur le sol. *Merde, ce monstre entre dans quelle catégorie ?*

Ely sortit de son bureau pour venir regarder la vid avec eux. La même image apparaissait sur son écran personnel mais les êtres humains avaient tendance à se regrouper sitôt qu'ils craignaient de voler en morceaux.

– Oh, Seigneur ! Oh, Seigneur ! répétait quelqu'un.

Bet se leva pendant que le flux-com audio se poursuivait, un échange courtois de paroles entre Thulé et ce qui avait des allures de vaisseau de guerre.

– Qu'est-ce que c'est, Bet ? voulut savoir Nan.

– Aucune idée. Je ne sais pas.

Elle scrutait les détails du poste d'équipage englouti par les ombres, le longeron central, l'énorme empennage.

– C'est un reconditionné.

– D'où vient-il ? demanda un civ.

Bet secoua la tête.

– Je l'ignore.

– Quel camp ?

– Je ne peux pas non plus me prononcer. C'est la première fois que je le vois. On n'établit jamais de contacts visuels avec les autres appareils, lorsqu'on est dans l'espace. On ne fait que les entendre. On se parle dans les ténèbres.

Elle croisa les bras et prit sur elle-même pour se détendre et aller s'asseoir au bord de la table. Rien ne trahissait ses origines. Le terme "vaisseau fantôme" désignait un type d'appareil, pas le bord auquel il appartenait.

Mais sans doute n'ouvrirait-il pas le feu sur eux. Pas s'il voulait réellement faire un plein. Pas si ses réservoirs étaient aussi vides que le déclarait son commandant. Et soit il transportait une masse si bien répartie qu'elle en devenait invisible, soit il venait d'effectuer une longue, très longue traversée.

Le flux-com reprit. Les stationneurs se rapprochèrent de la vid. Ils se rappelaient ce qu'aucun d'entre eux n'aurait pu oublier, car ils avaient connu trop de drames, trop de bouleversements, trop de combats.

Ils n'étaient ni des imbéciles ni des lâches, mais ils avaient souvent servi de cibles dans des stations privées de moyens de défense.

Bet gardait les bras croisés, et si son cœur battait lui aussi la chamade, sa panique n'avait pas les mêmes causes que celle des stationneurs.

5

A Thulé, un appontage prenait du temps – personnel réduit, petite station. Le processus s'éternisait, un échange interminable de messages mystérieux entre le vaisseau et le Central, entrecoupé de longues pauses pour permettre aux ords de la base et de l'appareil de s'adresser des données et de les traiter. Tout était pour l'instant normal et les stationneurs voyaient leurs pires craintes disparaître. Les visiteurs effectuaient des manœuvres d'approche au lieu d'ouvrir le feu.

Les docks retrouvèrent leur animation et les rassemblements se dispersèrent autour des vids publiques. Bet alla prendre son déjeuner aux distributeurs installés près des ascenseurs.

Elle attirait les regards, parce qu'elle était une spatiale et que ces derniers acquéraient brusquement de l'importance aux yeux des stationneurs. Sans en faire cas, elle prit un sandwich et un soda, ainsi que des pommes chips qu'elle fourra dans sa poche, puis elle s'avança dans le dock numéro un de Thulé où une batterie de projecteurs illuminait le portique de levage. Ici, des équipes procédaient aux préparatifs avec le manque de méthode et de rigueur propre à cette station.

Elle exprima son mépris par un haussement d'épaules et avala une bouchée de sandwich qu'elle fit glisser avec une gorgée de soda.

Merde, l'arrivée du *Loki* lui posait un problème, un sérieux problème. Il mettait sa vie en danger. Il devait effectivement appartenir à l'Alliance – la chance refusait de lui sourire depuis deux années – mais son cœur s'emballait et il y avait longtemps que son sang n'avait pas couru aussi vite dans ses veines. Sa vie ne tenait qu'à un fil. A cause de ce maudit appareil, la sécurité disposerait d'un délai supplémentaire pour l'arrêter, la faire inculper, l'incarcérer et la livrer à Mallory, mais il lui semblait qu'une partie de son être avait déjà quitté la station et était à bord du *Loki* – et même si cela devait la conduire à sa perte, cette sensation de liberté irrationnelle subsisterait quelque temps.

– Merde, marmonna-t-elle.

Car une telle réaction était stupide et embrouillait ses pensées, qu'elle remplaçait par les souvenirs de certaines odeurs, de l'écrasement subi en phase d'accélération et de décélération, des bruits constants d'un vaisseau...

Elle avala le reste du sandwich et regarda autour d'elle. Elle regagna l'instant présent, à la fois angoissée par les dangers et soulagée sans raison.

Bet retourna au Bureau d'embauche et alla vers Nan pour lui dire, le dos tourné aux stationneurs qui attendaient derrière le comptoir :

– Je dois tenter ma chance.

– C'est un *Rimrunner*, Bet. Nous attendons un cargo... il ne va pas tarder à arriver. Cet appareil...

Elle semblait s'adresser à une droguée impatiente de se shooter...

– Je le dois. Il le faut, Nan, insista-t-elle.

Pour des raisons qui la privaient de discernement, elle ne pouvait en douter. Cependant, sa folie lui insufflait du courage – comme si la Bet Yeager à laquelle ils avaient eu affaire jusqu'alors et celle à qui Nan s'adressait à présent étaient deux femmes différentes – et elle possédait assez de bon sens pour faire appel à ses amis, ne pas se couper de la seule aide dont elle pourrait espérer bénéficier si la situation se dégradait.

– Vous leur transmettrez ma demande ? s'enquit Bet.

– Ouais, grommela Nan.

Elle s'inquiétait pour elle, et peu de gens prenaient la peine de s'intéresser à son sort.

Elle ressortit.

*

Le secteur des docks grouillait d'activité, les machines brillaient sous les projecteurs, les équipes se hâtaient de terminer les branchements de ces installations trafiquées pour satisfaire aux exigences des vaisseaux stellaires de la dernière génération. Il n'y avait pas de simples badauds. Les stationneurs de Thulé n'avaient pu oublier les raids, les cadavres qui jonchaient le sol, les éclairs qui embrasaient la fumée, et nul oisif ne s'était aventuré dans ce secteur dangereux. Elle n'y voyait que des dockers et l'inspecteur des douanes.

Bet se dissimulait dans les ombres des poutrelles, les mains dans les poches, pour assister aux préparatifs. Elle inhalait un air glacial où flottaient des relents d'huile et surveillait sur le boîtier de contrôle de la pompe l'écran gris pâle où défilaient des chiffres. Elle se sentait revivre.

Les grappins se déployèrent et la cale d'appontage gronda, les vérins hurlèrent et crissèrent, la flèche gémit et l'impact de la prise de contact remonta le long des bras métalliques, se communiqua au pont et ébranla l'unique spectatrice.

Un appontement en douceur, vu les dimensions réduites du cône d'arrimage et la faible épaisseur de la coque de Thulé. C'était une manœuvre délicate, et une autre raison de la faible fréquentation de ce lieu. Bien que négligeable, le risque qu'un choc pût ouvrir une brèche dans la paroi existait, comme celui que la pression pût faire exploser une pompe et Dieu sait quoi d'autre encore. Il y avait une douzaine de façons différentes d'être expédié en enfer, à Thulé. Pour Bet, de telles considérations passaient au second plan. Elle envisagea d'aller jusqu'aux distributeurs pour se constituer une réserve de nourriture qu'elle dissimulerait dans les nombreuses cachettes offertes par les recoins de ce secteur, afin de disposer d'une zone de repli si les autorités découvraient le cadavre de Ritterman. Elle pourrait ainsi attendre le départ de cet appareil puis tenter sa chance auprès du *Mary Gold* quand ce cargo arriverait, s'il arrivait un jour. C'était la carte qu'elle gardait dans sa manche, et qu'elle abattrait si ses soupçons sur la véritable nature du *Loki* étaient confirmés.

Mais le *Mary Gold* représentait désormais une possibilité négligeable, pour ne pas dire inexistante, et les risques seraient tout aussi grands.

Elle dut attendre qu'une équipe eût réparé un joint défectueux, puis le *Loki* fut halé dans la cale d'appontage, en sécurité. Bet se félicitait d'avoir enfilé des vêtements de Ritterman sous sa combinaison. Ils n'étaient pas superflus, dans cette froidure. Son haleine gelait et elle ne sentait plus les parties non protégées de son corps. Elle gardait les mains dans ses poches. Des plaques de verglas se formaient sur le pont corrodé et l'eau qui avait coulé du joint défectueux formait une stalactite de glace au sommet du portique.

Le manchon de liaison se colla au sas, l'écoutille gémit et s'ouvrit en grondant. Bet reçut la caresse d'un souffle d'air plus chaud, différent, et l'inspecteur des douanes gravit la rampe.

Elle trouva un endroit où s'installer et s'assit sur le sol glacial à l'abri d'une poutrelle pour attendre la sortie du fonctionnaire.

Elle frissonna, il lui semblait... Seigneur ! Elle avait à nouveau l'impression de faire partie d'un équipage, alors qu'elle restait juchée sur son perchoir et tremblait de froid, comme une douzaine de simples badauds dont elle gardait le souvenir. Avoir de telles pensées était pourtant stupide, pour ne pas dire suicidaire.

Mais elle n'avait plus peur et ce qu'elle ressentait dans ses entrailles tirait ses origines de son bon sens et de ses incertitudes. Elle n'était pas effrayée, elle attendait simplement de risquer une fois de plus sa peau en pensant aux lieux où elle avait été et à ceux où elle pourrait aller, tous très éloignés de Thulé.

Elle entendit le sas interne s'ouvrir et vit sortir deux membres de l'équipage à la tenue indescriptible, non militaire. Son cœur s'emballa pendant qu'ils s'adressaient au responsable des docks pour entamer les longues palabres habituelles.

D'autres spatiaux descendirent. Ils n'avaient pas d'uniforme, eux non plus, et aucun air de famille. Elle se leva de son perchoir calé entre les poutrelles et secoua ses jambes pour activer la circulation de son sang, puis elle remit ses mains dans ses poches et gravit la rampe à la rencontre d'un couple.

– Eh, vous ! cria un docker.

Sans en faire cas, elle inclina la tête pour saluer les nouveaux arrivants – un homme sous rejuv et une femme, tous deux en combinaison brune, une tenue de travail.

– 'jour, dit-elle. Bienvenue à Thulé. Je voudrais partir d'ici. Des chances ?

Des expressions rébarbatives.

– Pas de passagers, fit l'homme.

Elle tapota la poche qui contenait sa lettre.

– Machiniste. Coincée dans ce trou perdu. A qui dois-je m'adresser ?

Ils la dévisagèrent. Elle en fit autant. Il avait une expression sévère et des traits sillonnés de rides profondes. Une des joues concaves de la femme était striée par la cicatrice d'une brûlure.

– A moi, répondit l'homme. Fitch, commandant en second.

– Bien, commandant.

Elle prit une inspiration et remit ses mains dans ses poches, presque comme un militaire au repos. *Merde ! Laisse-toi aller. Tu oublies que tu es une civ, bordel !*

– Je m'appelle Yeager. Je viens de l'*Ernestine*. J'étais la plus jeune et ils devaient réduire l'équipage. Les autres ont trouvé à embarquer, mais le trafic a été plutôt calme au cours de ces six derniers mois.

– Pas de poste à pourvoir.

– Je suis désespérée.

Elle serrait les dents et gardait sa respiration sous contrôle.

– Au niveau le plus bas. Je ne réclame aucune part.

Un regard lent, scrutateur, de la tête aux pieds puis des pieds à la tête, comme si cela lui permettait de découvrir tous ses défauts et qualités.

– Sais pas, fit-il en désignant la rampe. Adressez-vous au capitaine.

*

L'attente dans le sas l'avait engourdie. Le froid sec changeait la vapeur en pellicule blanche sur toutes les surfaces et grippait ses genoux. Ils refusèrent tout d'abord de se plier, quand elle voulut enjamber le seuil pour pénétrer dans les entrailles obscures du *Loki*. Ce fut d'un pas tremblant qu'elle s'engagea dans l'anneau (il semblait n'y avoir qu'une seule coursive) et en titubant qu'elle traversa le pont. Une lumière signalait une porte ouverte à côté d'un sas, sans doute celui de la cale de stockage inférieure.

Elle l'atteignit et vit un petit homme blond assis derrière un bureau. Combinaison brune unie. Le sol monté sur cardans formait une marche qui lui arrivait au genou. Elle resta dans la coursive pour demander :

– Je cherche le capitaine.

– Vous l'avez trouvé.

Il la regarda. Elle glissa un pied dans l'alvéole aménagé dans l'épaisseur du pont, se hissa et dut baisser la tête pour passer sous la porte.

– Bet Yeager, capitaine.

Elle tremblait, ses dents claquaient, elle avait toujours aussi froid.

– Machiniste. Expérience des cargos. Je souhaiterais obtenir un poste, capitaine.

– Des références ?

– Oui, capitaine.

Un long silence. Les yeux pâles de l'homme l'empalaient. Il lui présenta sa paume.

Elle prit le portefeuille dans sa poche et tenta d'empêcher sa main de trembler pour le remettre à son interlocuteur.

Il l'ouvrit, déplia la feuille, la lut et regarda au dos – comme tout le monde – les dernières signatures. Il la replia et la lui rendit.

– Le *Loki* n'est pas un cargo, dit-il.

– Je sais, capitaine.

– Et vous, vous n'êtes peut-être pas une spatiale.

– Si, capitaine.

– Savez-vous comment on appelle les appareils de ce type ?

– Je pense le savoir, capitaine.

Une pause interminable. Il avait pris un style, qu'il faisait tourner entre ses doigts grêles.

– Quel niveau ?

– Troisième, capitaine.

Le cylindre de métal poursuivait ses révolutions.

– La solde n'est pas standard. Cent creds par jour d'escale, c'est tout. L'appel se fera dix heures avant l'appareillage. Je me nomme Wolfe. Des questions ?

– Non, capitaine.

– C'est la réponse que j'espérais. Ne l'oubliez pas. Autre chose ?

– Non, capitaine.

– A plus tard, Yeager.

– Oui, capitaine.

Elle baissa la tête et ressortit, traversa la passerelle, suivit la coursive et descendit du vaisseau, toujours transie de froid.

Elle envisagea de retourner au Bureau d'embauche. Elle voulait boire un verre, sortir dans les docks avec un peu d'argent en poche et aller dans les bars pour chasser la froidure de son corps, mais l'équipage du *Loki* ne la connaissait pas et utiliser la carte de Ritterman eût été trop risqué.

Aussi regagna-t-elle le logement de cet homme et se servit-elle une vodka bien tassée.

Le *Loki* n'était pas un cargo. Son capitaine venait de le lui confirmer. Elle tremblait toujours, une réaction nerveuse. Elle n'avait jamais entendu parler de ce vaisseau, mais peut-être portait-il un autre nom six mois plus tôt. Il possédait l'infrastructure d'un très vieil appareil : un petit porte-conteneurs au fret remplacé par des réservoirs démesurés, des éléments faciles à se procurer et à remettre en état même dans un chantier de construction spatiale aussi minable que celui de Viking où avaient été construits des engins de ce type – conçus pour se tapir dans les ténèbres à proximité de divers points de saut puis s'éclipser avec des informations.

Mais la frontière tracée entre les deux grands blocs politiques était imprécise et les vaisseaux fantômes n'hésitaient pas à la franchir. Ils inspiraient autant de méfiance à la Flotte qu'à l'Union. Tout appareil qui en détectait un s'empressait de filer sans poser de questions.

Celui-ci était censé avoir rejoint l'Alliance. Suite au boycott organisé par les libres-mercantis, les marchands s'étaient emparés de Pell et les fantômes que les stations avaient armés afin d'être tenues informées de l'évolution de la situation osaient se montrer au grand jour, munis de documents officiels et du reste.

Que le capitaine du *Loki* n'eût pas été tatillon au sujet de ses papiers se comprenait aisément. C'était quand un spatial tiré à quatre épingles et bien en règle sollicitait un poste qu'il devait se méfier et poser des questions insidieuses.

Elle buvait à petites gorgées l'alcool de Ritterman et essayait de ne pas penser que s'engager dans cet équipage équivalait à se joindre à Mallory. Elle devrait lutter contre son instinct qui lui ordonnait de se tenir bien droite, de terminer toutes ses phrases par *monsieur* ou *commandant*, et de préparer son paquetage avec une rigueur qui révélait aussitôt son passé de militaire...

Sans doute étaient-ils des espions à la solde de Mallory mais pas *exclusivement*. Nul n'ignorait que les fantômes avaient toujours vendu leurs informations au plus offrant. On n'irait pas la chercher, à bord de cet appareil. Si elle faisait siennes les manières et les habitudes des membres de son équipage, rien ne l'empêcherait de vivre parmi eux, elle s'en sentait capable.

Dangereux. Mais moins que sur certains gros cargos où ses compagnons auraient été surpris de constater qu'elle ne connaissait pas de nombreuses stations, la réglementation du fret et les lois des stationneurs, autant de sujets auxquels elle ne s'était jamais intéressée.

Elle n'avait vu de près le commandant de l'*Africa* qu'à une ou deux reprises. Deux mille Marines vivaient dans les entrailles de ce transporteur de troupes et Porey se mêlait rarement à eux, sauf lorsqu'ils devaient aborder un autre appareil. Il venait alors rejoindre ses soldats auxquels il communiquait son énergie peu commune. Elle avait compris pourquoi il était le chef, pourquoi tous s'empressaient d'exécuter ses ordres. Elle n'avait jamais rencontré un autre homme tel que lui et – peut-être à cause de son désespoir et du fait que le *Loki* représentait sa seule planche de salut – ce Wolfe, par ses attitudes et sa façon de s'exprimer, lui semblait être compétent, plein de bon sens, juste et inflexible. Il réveillait en elle d'anciens réflexes. Au moins savait-elle quelles étaient les règles du jeu, en présence de tels individus. Il n'eût pas hésité à trancher la gorge d'un incapable, mais quelqu'un de valable n'avait rien à redouter.

Un capitaine fantôme. Fitch... il ne devait pas être facile à vivre, lui non plus. Tout comme la femme qui l'accompagnait. De tels détails étaient révélateurs de la mentalité de Wolfe.

Elle se servit un autre verre et se suspecta d'être un peu folle. Elle envisagea de ne pas se montrer jusqu'au moment de l'embarquement, de rester dans cet appartement, de ne pas remettre les pieds au Bureau d'embauche – mais il lui fallait utiliser la carte de Ritterman pour éviter d'attirer l'attention sur cet homme.

Cinq jours, au moins, seraient nécessaires pour procéder au plein des réservoirs du *Loki*. Quatre avant l'appel qui aurait lieu dix heures plus tôt que l'appareillage. Si elle arrivait à ne pas attirer l'attention, si elle se contentait d'effectuer chaque jour un saut jusqu'aux distributeurs puis de revenir se terrer dans ce logement sans se faire remarquer, tout serait parfait.

Il lui suffirait de ne pas s'écarter de cette ligne de conduite et de consulter régulièrement l'ord, pour parer aux imprévus : comme ce rappel de la bibliothèque, des démarches qui réclamaient l'intervention de Ritterman.

Elle sortit la collection de microfilms de cet homme et entreprit de les trier. De tels biens étaient aisément négociables et leur faible volume facilitait leur transport. Les douanes de Thulé ne s'intéressaient qu'aux armes à feu, aux générateurs, aux couteaux, aux fils-rasoir et aux explosifs, tout ce qui était assimilé à des armes. Rien n'était taxé et l'alcool circulait librement.

Elle commença à préparer son départ en procédant à ce tri.

Comme les autres soirs, elle s'allongea sur le canapé, regarda une vid, s'enivra et s'éveilla le lendemain matin avec une bonne migraine et le souvenir rassurant de faire à nouveau partie d'un équipage.

La meilleure nuit, de beaucoup, qu'elle avait passée depuis six mois.

6

Elle effectua sa sortie matinale jusqu'aux distributeurs automatiques. Elle vivait de pommes chips, de sodas et de sandwiches au fromage qu'elle faisait réchauffer et relevait avec les condiments et les sauces de Ritterman. C'était son deuxième jour d'attente. Elle passait le reste de son temps à répertorier le fouillis qui encombrait l'appartement et dresser une liste de ce qui valait la peine d'être emporté.

Elle consulta l'ord, but, prit un autre sandwich pour son dîner, regarda des vids skuz et improvisa un crochet pour raccommoder un pull troué qu'elle pourrait porter – comme à bord d'un vaisseau. On rafistolait, on cousait, on lavait, on allait à l'exercice, on récurait les ponts. Mais elle refusait de nettoyer cette cambuse et se contentait d'écarter du pied ce qui gênait son passage et de rincer les verres en fonction de ses besoins.

Ce soir-là, elle eut des difficultés à trouver le sommeil et le niveau de la bouteille de vodka avait diminué de façon importante lorsqu'elle s'endormit enfin.

Elle pensait aux services d'immigration et à la seule formalité qu'il lui restait à accomplir : passer devant l'inspecteur des douanes chargé de la biffer des registres de la station. Les autorités auraient de sérieux problèmes pour la localiser tant qu'elle réglerait ses achats avec la carte de Ritterman et vivrait dans l'appartement de cet homme. Son adresse ne figurait même pas dans les fichiers du Bureau d'embauche. Seuls Nan et Ely auraient pu établir un rapport entre son nom et son visage, mais la situation évoluerait dès qu'elle remettrait son idcarte temporaire à l'inspecteur des douanes qui transmettrait l'information à l'ord central depuis son terminal du secteur des docks pour s'assurer qu'elle n'utilisait pas une identité d'emprunt.

En plus des armes, l'Alliance avait en effet un autre sujet d'inquiétude : les êtres humains. Mariner et Pan-paris avaient appris à leurs dépens que les hommes étaient plus dangereux encore, lorsqu'ils se déplaçaient sous de faux noms, avec de fausses idcartes, commandités par des individus restés à des parsecs de distance. L'inspecteur des douanes contrôlait les papiers de tous ceux qui arrivaient ou partaient.

Et si la sec la recherchait et voulait l'interroger au sujet de ses empreintes relevées parmi une centaine d'autres dans les toilettes du Dock vert, si l'inspecteur des douanes était intrigué par les marques toujours visibles sur son visage...

Elle chercha un moyen de se soustraire à cette formalité. Elle pourrait faire le tour des bars de Thulé, se mêler aux membres de l'équipage du *Loki*, coucher avec un d'entre eux et le convaincre de la laisser monter à bord avant la mise en place du contrôle douanier. Si des spatiaux acceptaient de l'aider...

Mais agir ainsi risquait de lui coûter son poste à bord du *Loki*, ce qui l'effrayait plus encore que le reste.

En outre elle n'avait pas les creds nécessaires pour se joindre à l'équipage pendant l'escale, car l'usage voulait que tous règlent leurs consommations.

Elle avait parfois cherché le sommeil en ayant des perspectives d'avenir bien plus sombres, mais elle souffrait de la solitude. Elle ne cessait de penser à ses anciens compagnons de l'*Africa*. Elle se demandait s'ils étaient toujours en vie, ce qu'était devenu leur chef de bataillon et avec qui devait à présent coucher Bieji Hager.

Elle savait que Teo était mort, soufflé dans l'espace glacial. De même que Jœy Schmidt, Yung Kim et un millier d'autres, au moins.

Maudite Mallory !

Et elle se retrouvait là, dans l'obligation d'embarquer à bord d'un vaisseau fantôme, un appareil qui pouvait être placé sous les ordres de cette femme. Peut-être était-ce une façon d'être quittes, si ses adversaires lui sauvaient la vie. Teo eût secoué la tête mais ajouté : « Bordel, Bet, les morts ne comptent plus.» Et il ne se serait pas permis de lui adresser des reproches.

Elle bascula sur le ventre et essaya de vider son esprit, de ne plus avoir de pensées, point, hormis celle qu'elle allait partir, pour nulle part, comme quand les skuts entassés dans l'entrepont d'un transporteur attendaient que les G les écrasent et que les missiles se mettent à pleuvoir. Ils laissaient aux techs le soin d'esquiver les salves ennemies.

Un principe de base.

*

Quatrième jour. Elle se leva, trébucha dans le fouillis de ce capharnaüm et mit la vid pour regarder le canal public du contrôle de trafic afin d'apprendre à quelle heure aurait lieu l'appel. *VJ 21:00,* lut-elle. *Plein terminé à 97%.*

Merci mon Dieu, merci mon Dieu. Le *Mary Gold* arrivait, il venait d'entrer dans le système de Thulé et était signalé *en attente,* ce qui signifiait qu'il poursuivait sa route à vitesse réduite pendant que l'équipage bouillait de colère en pensant aux semaines de retard qu'il prendrait sur son plan de vol. La station de l'Etoile de Bryant – sa prochaine étape – réceptionnerait des denrées de première nécessité un mois plus tard que prévu, et ce serait la même chose dans toutes les autres enclaves de l'humanité situées le long de son trajet. Un contretemps de ce genre n'aurait pas eu des conséquences importantes dans une grande station moderne telle que Pell, mais ici...

Cela soulevait une question : quelle que fût la raison du statut prioritaire du *Loki*, soit son commandant s'en prévalait parce qu'il ne faisait pas grand cas de Thulé et des problèmes qui en découleraient, soit c'était un cas d'urgence.

Et pour un appareil de ce type, il ne pouvait y avoir qu'un seul véritable cas d'urgence...

Elle pensa à l'*Africa*, au risque de participer à un combat en étant dans le camp adverse.

Et de voler en morceaux en même temps qu'un vaisseau fantôme, car c'était ce qui se produirait immanquablement. Tuée par ses anciens compagnons.

Elle vida son esprit, déjeuna d'un sachet de pommes chips, s'assit, lut et brancha l'ord pour lire les messages.

Des pubs, rien que des pubs, comme d'habitude. Pas une seule communication personnelle. Depuis qu'elle vivait ici il n'y avait rien eu, le rappel à l'ordre de la bibliothèque excepté.

La compagnie de Ritterman était décidément très recherchée.

Elle entreprit de faire ses bagages. Elle s'était abstenue de les préparer plus tôt, car lorsque quelque chose lui tenait vraiment à cœur elle avait pour principe d'attendre le tout dernier instant. Elle ouvrit un autre sachet de pommes chips, prit une douche, se peigna puis rangea son nécessaire de toilette dans le sac, sur le dessus, comme toujours.

Le vibreur de la porte se fit entendre.

Elle se figea. Elle resta dans la salle de bain,

comme paralysée, inquiète que le ou les visiteurs puissent avoir une clé. Mais même si Rico déclarait l'avoir vue en compagnie de Ritterman, elle répondrait qu'elle était venue ici parce qu'elle devait embarquer – elle avait laissé ses affaires chez cet homme, il ne s'était pas manifesté depuis plusieurs jours, il lui avait dit de faire comme chez elle...

Une deuxième pression sur le bouton de sonnette.

Une troisième.

Plus rien.

Elle libéra sa respiration. Elle porta son sac dans le séjour et termina ses préparatifs en surveillant l'heure.

15:27.

Le com sonna.

Dieu ! Elle ne put respirer normalement que lorsque celui ou celle qui appelait renonça.

Elle s'accorda le temps de réfléchir à ce qu'elle devait faire. Partir, et au plus vite, représentait l'unique solution sensée. Quelqu'un pouvait s'être posté dans le couloir, ou en bas près de l'ascenseur, pour surprendre quiconque sortirait...

Oh, non ! Elle avait communiqué au Bureau d'embauche l'adresse de ce bar.

Si des enquêteurs s'étaient rendus chez Rico pour se renseigner sur son compte, si le propriétaire avait déclaré qu'une femme avec un œil au beurre noir était partie avec son employé, c'était peut-être *elle* qu'ils étaient venus chercher et non Ritterman...

Ritterman qu'ils trouveraient par la même occasion dès leur entrée dans cet appartement.

Elle s'assura qu'elle avait la carte de cet homme dans sa poche, prit son sac et sortit dans le couloir décrépi pour se diriger vers l'ascenseur, le cœur battant.

Désert. Dieu merci.

Elle glissa le rectangle de plastique derrière une plinthe descellée, afin de ne pas l'avoir sur elle en cas de fouille et pouvoir le récupérer en cas de besoin – une cachette repérée deux jours plus tôt. Elle descendit vers le secteur des docks, quitta la cabine et n'eut plus d'autre préoccupation que de ne pas attirer l'attention. S'ils n'avaient pas encore suivi sa trace jusqu'au *Loki*, si elle réussissait à atteindre la cale d'appontage et à monter à bord, l'indolence propre à Thulé ferait le reste.

Les spatiaux ne cessaient d'aller et venir, avant l'appel. Ils oubliaient des choses, devaient retourner se présenter au commissaire du bord. Comme ils ne souhaitaient pas voir des stationneurs monter dans leur appareil, surtout dans un endroit aussi skuz que celui-ci, les douanes laissaient souvent le soin de vérifier les entrées aux autorités du bord et n'effectuaient leurs contrôles qu'au tout dernier instant. Ici, tout au moins. Le problème, c'est qu'il fallait récupérer les idcartes de séjour d'éventuels passagers...

Mais d'ordinaire les nouvelles recrues n'étaient pas autorisées à gagner le bord avant l'appel, lorsque l'équipage était présent pour les surveiller et s'assurer qu'elles ne feraient pas de bêtises.

16:00. Encore cinq heures d'attente.

Elle se dirigeait vers le berceau d'appontage quand il lui vint à l'esprit que pour la retrouver il n'était pas nécessaire de remonter jusqu'à Rico par l'entremise de Nan et d'Ely puis de suivre la piste conduisant à l'appartement de Ritterman. Elle avait un statut de spatiale et était inscrite au Bureau d'embauche, Nan et Ely n'auraient pu taire ce fait même s'ils avaient été disposés à mentir pour la sauver. Sitôt après s'être mis à sa recherche, le plus skuz des enquêteurs établirait un rapprochement avec le vaisseau en escale et saurait où la cueillir.

Mais merde ! On n'arrête tout de même pas

quelqu'un parce qu'on a trouvé ses empreintes dans des toilettes publiques !

D'accord, pensa-t-elle en approchant de la rampe d'embarquement, cet écheveau obscur de lignes et de portiques, ce labyrinthe de pompes et d'arcs-boutants, *d'accord, Bet Yeager, quelque chose a foiré... ce qui démontre que tuer les gens n'est jamais la meilleure solution. Ceux de la sec sont trop nombreux pour que tu puisses tous les éliminer. Alors s'ils sont là à t'attendre, tu acceptes bien gentiment de les suivre, tu joues à l'innocente et tu leur demandes de contacter Nan. Elle a du bon sens – elle saura te donner un coup de pouce...*

Elle se dirigea vers la zone d'embarquement. A peine eut-elle posé le pied sur la rampe qu'une voix hurla :

– Eh, vous !

Elle envisagea le temps d'un éclair de se mettre à courir et de prendre le risque de se faire descendre dans le dos, avant de comprendre que même si elle atteignait le sommet du plan incliné elle trouverait sans doute le sas du *Loki* verrouillé. Il eût été absurde de permettre à l'air glacé des docks d'envahir les coursives.

– Je fais partie de l'équipage, expliqua-t-elle aux hommes qui venaient vers elle.

Pas des dockers, c'était certain. Tout indiquait qu'ils descendaient des étages supérieurs.

– Je suis une mécanicienne et je dois porter ce sac à bord. Quel est le problème ?

– Elizabeth Yeager, fit l'un d'eux en lui présentant son idcarte. Veuillez nous suivre, nous avons quelques questions à vous poser.

– Pourquoi ? Je dois me présenter à l'appel dans deux heures !

– Vous y serez, si vous nous fournissez des réponses à même de nous satisfaire. Nous désirons savoir certaines choses, c'est tout.

– A quel sujet ?
– Suivez-nous, mademoiselle Yeager.
– Enfer ! Je dois avertir quelqu'un. Accordez-moi une minute.
– Je regrette, mademoiselle. Mais vous pourrez contacter qui vous voulez depuis nos locaux.
Elle les regarda et eut le désir irrationnel de tenter sa chance, de prendre la fuite et d'aller se perdre dans le secteur des docks puis d'essayer de contacter des membres de l'équipage, mais la décision qu'elle avait prise un peu plus tôt l'en empêcha. On établissait une ligne de conduite et quand la situation correspondait à la pire des hypothèses envisagées, on n'osait s'en écarter de peur de perdre son sang-froid et de manquer de discernement.
– C'est bon, fit-elle.
Elle tendit la main pour désigner les ascenseurs situés de l'autre côté des docks, avant de déclarer posément :
– D'accord. Allons dissiper ce malentendu.
Elle connut un début de panique. Elle ne savait plus si cette option était la plus sage. Elle se méfiait des décisions dictées par la peur, lorsqu'il était impossible de se ménager un temps de réflexion et d'obtenir des certitudes. Mais elle avait conscience d'être dans de sales draps. Elle avait affaire à des stationneurs, des individus qui respectaient des règlements souvent difficiles à comprendre, car chaque station avait ses propres lois.
Ils l'avaient immédiatement reconnue. Il en découlait qu'ils avaient vu sa photo, celle du formulaire des services d'immigration rempli à son arrivée à Thulé pour l'obtention d'une idcarte de résidente temporaire. Ils disposaient pour l'incriminer de ses empreintes, de son œil poché, des griffures qui couvraient son corps, et sous peu d'un cadavre trouvé dans une pièce où ils relèveraient bien d'autres empreintes lui appartenant...
Cela leur prendrait du temps. La question, la

question cruciale, était de savoir s'ils forceraient la porte de chez Ritterman, s'ils avaient établi un rapport entre elle et ce type et trouvé assez de pièces à conviction pour se faire délivrer par les autorités judiciaires un mandat de transfert à l'hôpital où elle serait soumise à un interrogatoire sous tranks.

Après quoi le fait d'avoir tué deux hommes ne serait plus le principal de ses soucis.

Ils allèrent à l'autre bout des docks et prirent un ascenseur de l'administration qui les emporta dans la Section bleue. Ils s'élevèrent ensuite d'un niveau supplémentaire et suivirent un couloir en direction d'un bureau d'aspect sinistre.

– Idcarte, demanda l'homme qui s'y trouvait.

Elle lui tendit son permis de séjour.

– Autres documents, ajouta-t-il.

Ce qui l'effraya autant que tout le reste.

Cette lettre du capitaine de l'*Ernestine* représentait tout, pour elle, mais ils pouvaient la lui demander et la conserver tant qu'ils ne s'estimeraient pas satisfaits. Ils rangèrent son sac et la firent asseoir pour remplir un formulaire où figuraient des questions telles que : *Adresse actuelle, Emploi actuel, Emploi précédent et dates.*

De plus en plus embarrassant. Ils s'intéressaient à des sujets qu'elle ne voulait pas aborder, comme par exemple sa balance de crédits, et réclamaient des reçus démontrant qu'elle avait subvenu à ses besoins en réglant tous ses achats en jetons depuis son débarquement de l'*Ernestine.*

Ils lui demandaient si des stationneurs pouvaient se porter garants pour elle. Elle écrivit les noms de Nan et d'Ely.

Prise de court, elle déclara avoir vécu chez Nan, qui le confirmerait peut-être. Ce fut la seule possibilité qui lui vint à l'esprit.

Dieu, s'il fallait mentionner l'adresse exacte...

Nan vivait dans le Vert, elle en avait parlé avec Ely. Bet s'en souvenait.

Revenus de ce mois. Elle fit un calcul et inscrivit *25 creds.*

Cette somme incluait ce qu'elle avait pris à Ritterman et au docker, et les dons d'Ely. La question suivante lui évitait de mentir, lui offrait une issue, une possibilité d'esquiver tous les pièges.

Autres moyens d'existence, avait-elle lu.

Nan Jodree, répondit-elle. *Vivre, couvert et argent de poche, en échange de menus services.*

Elle regarda l'heure. 17:10. Elle s'affola. La dernière réponse lui donnait un statut légal, elle le savait. Si Nan confirmait ses déclarations – ce qu'elle osait espérer – on ne pourrait l'incarcérer sous le chef d'accusation le plus probable, celui de libre-consommation, qu'ils comptaient utiliser pour se donner le temps de vérifier le reste.

A condition que les règlements de Thulé n'interdisent pas d'exécuter de menus travaux sans être déclaré.

Et que Nan sût garder son sang-froid. Une question piège pourrait lui faire signer son arrêt de mort sans seulement qu'elle en eût conscience.

Ils récupérèrent le formulaire, le lurent, et lui demandèrent de passer dans la salle voisine...

– Pour un interrogatoire.

– Je vous ai tout dit.

– Mademoiselle Yeager, l'appela l'homme qui tenait la porte ouverte.

Ils la firent asseoir à une table, s'installèrent en face d'elle et lui demandèrent ce qui était arrivé à son visage.

Une bagarre avec un ivrogne. L'explication fournie à Terry Ritterman.

Où ?

Dock vert.

Quand ?

Elle devait dire la vérité : son œil poché était en

soi une réponse et Rico se rappelait peut-être quand il l'avait vue pour la première fois.

– La semaine dernière. Je ne saurais pas vous dire quel jour.

– Mercredi ?

– Je ne sais pas. C'est possible... Ecoutez, on va m'attendre à bord du *Loki*. Je dois avertir mes supérieurs...

– Quelle est l'adresse de Nan Jodree ?

Elle eut alors une pensée de mercantie.

– La loi m'autorise à contacter mon capitaine.

– Comment s'appelle-t-il ?

– Wolfe.

Une réponse qui ne nécessitait pas de mûres réflexions.

Mais ils reprirent l'interrogatoire au début.

– Je proteste. Vous m'avez déjà posé toutes ces questions. Contactez mon capitaine.

– Demandez-vous à être déférée devant un juge ?

Lois civiles et lois de l'Alliance. Droit civil et droit des stations. Magistrats, prisons et hôpitaux où la vérité était facile à obtenir. Où *nul* ne pouvait s'empêcher d'avouer tout ce qu'il avait fait, ou simplement envisagé de faire.

– Je peux garder le silence tant que mes supérieurs n'ont pas été informés de mon arrestation.

– Allons, vous ne faites pas encore partie de cet équipage. Vous êtes toujours inscrite sur les registres de la station.

– Et aussi sur ceux du *Loki*, vous ne pouvez m'interdire d'avertir mon capitaine !

– Vous n'avez qu'un seul droit, celui de prendre un avocat.

– En ce cas, je réclame l'assistance du légiste du *Loki*.

Ils furent pris au dépourvu et sortirent dans le couloir, sans doute pour discuter de sa requête, des possibilités qui s'offraient à eux ou encore d'autre chose. Elle n'aurait pu se prononcer.

Ils parlèrent un moment puis s'éloignèrent. Ils ne laissèrent qu'un seul homme monter la garde devant la porte du réduit dans lequel elle était enfermée.

Elle ne savait pas quelles étaient leurs intentions. Peut-être voulaient-ils vérifier ses déclarations auprès de Nan.

Ou contacter Wolfe, qui serait pour le moins mécontent d'être dérangé à cause d'une nouvelle.

Ils ne l'avaient pas fouillée. Elle en déduisait qu'aucun mandat d'arrêt n'avait encore été délivré contre elle. Elle disposait toujours de son petit rasoir. Elle demeura assise, pour analyser la situation. Wolfe devait rester en liaison avec Mallory, et s'il apprenait la vérité sur elle – si les autorités obtenaient d'un juge l'autorisation de l'interroger sous tranks et découvraient d'où elle venait... Mais c'était improbable, sauf s'ils l'inculpaient avant l'appareillage du *Loki* dont la mission était urgente au point de lui donner un statut prioritaire qui serait à l'origine de nombreuses privations dans toutes les stations situées plus loin sur la route du *Mary Gold*.

Une baie vitrée donnait sur le couloir et sa pendule murale. Elle vit passer 17:45, 18:00 et 18:30, et elle finit par se lever pour aller parler à l'homme de faction à l'extérieur. Mais la porte était verrouillée. Elle martela le panneau de métal avec ses poings.

– Je dois me présenter à l'appel ! hurla-t-elle.

Sans avoir obtenu de réponse ni éveillé l'intérêt de son garde, elle retourna s'asseoir, passa la main dans sa chevelure et faillit céder à la panique.

Elle avait encore un espoir. Ces types avaient dû contacter Nan et il était probable que celle-ci ou Ely prendraient sa défense. Elle verrait bientôt entrer l'un d'eux. Ils viendraient la sortir de là. Dans le pire des cas, ils avertiraient Wolfe si la sec refusait de le faire.

Mais quand la porte s'ouvrit enfin, ce ne fut pas sur Nan ou sur Ely mais sur des hommes en uniforme.

– Bet Yeager, vous êtes en état d'arrestation.

– Pour quel motif ?

– Les meurtres d'Eddie Benham et de Terrence Ritterman...

– Terry n'est pas mort ! s'exclama-t-elle.

Elle avait mis l'attente à profit pour préparer sa version des faits.

– Je suis passée récupérer mes affaires chez lui, cet après-midi ! Quant à cet Eddie Machin-chose, je ne sais même pas de qui vous parlez !

– Vous dites avoir été chercher des objets vous appartenant chez Mr Ritterman. Vous référez-vous au sac qui est resté à la réception ? N'avez-vous pas déclaré que vous viviez chez Mlle Jodree ?

– Bien sûr que si ! Mais j'avais laissé mon bagage chez Terry. Il m'avait prêté un jeton de cinquante, c'était une sorte de gage.

– Mr Ritterman est mort. Vous n'êtes donc pas entrée dans sa chambre ?

– Bien sûr que non ! Pourquoi diable l'aurais-je fait ?

– C'est une des questions que nous souhaitions vous poser, mademoiselle Yeager.

– Je réclame mon avocat !

– Videz vos poches sur la table, s'il vous plaît.

Elle voulut refuser, tordre le cou des agents de la sec. Mais le résultat eût été le même que sur les docks. Elle retourna ses poches qui contenaient un jeton d'un cred et le rasoir.

Ils l'emmenèrent dans le couloir et la firent entrer dans une cellule de la Section de détention. Elle ne protesta pas.

Elle resta assise, le regard rivé sur la porte. Elle

tentait de se persuader que Nan viendrait la chercher d'un instant à l'autre. Cette femme arriverait et réglerait la question auprès des services juridiques comme seuls des stationneurs savaient le faire.

Bet expliquerait à Nan qu'elle n'avait pas agi ainsi pour se procurer des creds, elle lui dirait la vérité – au sujet de Ritterman et de l'ivrogne. Nan comprendrait et affirmerait qu'elle n'était pas une libre-consommatrice. Le Maître de station de Thulé devrait alors lui présenter des excuses et lui verser un dédommagement de mille creds, ainsi que le voulait l'usage. Tous le savaient, dans la Flotte, comme ils savaient que les stationneurs remerciaient ceux qui leur rendaient des services, érigeaient des monuments à la mémoire des victimes de la Guerre, se montraient tolérants envers les capitaines de cargos qui avaient fait passer en contrebande du ravitaillement et des renseignements des deux côtés de la frontière mais étaient outrés parce que la Flotte subvenait à ses besoins de la seule façon possible – sans la moindre aide des stations, des marchands et, les derniers temps, de la Terre.

Il lui restait la possibilité de solliciter de Mallory un poste à bord du *Norway*. Postuler pour un brevet d'officier de l'Alliance, pendant qu'elle y était.

Oh, Seigneur !

Plus de 19:00, plus de 20:00. Elle faisait les cent pas et contemplait ses mains calleuses et le sol carrelé. La faim tiraillait son estomac mais elle n'aurait pu avaler la moindre bouchée de nourriture.

La porte se rouvrit enfin, sur des agents de la sécurité.

Et sur Fitch. Seigneur, c'était Fitch !

– C'est bien elle, déclara le commandant en second du *Loki* aux membres de la sec. Allons régler les formalités.

Bet le fixa. Les gardes lui firent signe d'avancer et elle obtempéra. Quand elle sortit de la pièce, l'officier du *Loki* la prit par le bras pour lui dire :

– Vous avez de *graves* ennuis, Yeager.

Mais elle savait ne pas avoir le choix, quand un avocat de la station vint lui annoncer que deux possibilités s'offraient à elle : rester à Thulé ou donner son aval à la demande d'extradition déposée par le commandant du *Loki* qui estimait que cette affaire relevait de la compétence des tribunaux militaires de l'Alliance.

Elle se rappela la petite chambre de Ritterman et les docks. Elle pensa au vaisseau, au fait de quitter Thulé, à Mallory et au sort qui l'attendait si elle commettait le moindre impair avec Wolfe et lui permettait d'apprendre d'où elle venait.

Cependant, le résultat serait identique si elle décidait de demeurer à Thulé, car les stationneurs l'interrogeraient sous tranks. Au moins aurait-elle une chance de salut, à bord du *Loki*.

– Donnez-moi ce papier.

– Vous savez qu'en le signant vous renoncez à bénéficier d'un procès civil, déclara l'avocat. Cela inclut toute possibilité de faire appel. Je précise que la peine de mort est une sanction prévue par les lois militaires.

Elle hocha la tête. Son estomac se nouait. Elle était terrifiée. Elle signa son nom, *Elizabeth A. Yeager,* et rendit la feuille à l'homme de la station.

Fitch la prit par le bras.

– J'ai un sac, dit-elle.

Le commandant en second appela un membre de l'équipage du *Loki* qui attendait dans l'autre pièce. Ils lui mirent des menottes et l'emmenèrent dans le couloir de la Section bleue.

Ils ne lui adressaient pas la parole. Fitch ne disait pas un mot et elle préférait l'imiter, compte tenu des circonstances. Elle se contenta de fixer la porte de la cabine pendant leur descente jusqu'au secteur des docks, qu'elle traversa d'un pas décidé en direction du berceau d'amarrage, encadrée par ses gardes. L'inspecteur des douanes devait être au courant car il les laissa gravir la rampe et pénétrer dans le manchon de liaison sans intervenir.

Ils atteignirent le sas. Fitch l'ouvrit, la prit par le bras et la fit entrer.

– Rangez ça, dit-il à l'homme qui portait le sac.

Il la fit reculer, le dos au mur.

– Avez-vous quelque chose à me dire ? demanda-t-il.

– Merci, commandant.

Il la repoussa.

– Vous nous posez un sacré problème, Yeager. Vous êtes déjà une source de tracas, vous entendez ?

– Oui, commandant.

Elle s'attendait à encaisser un direct à l'estomac.

Ou à être projetée contre la paroi avec tant de violence que son crâne se fissurerait.

Mais Fitch se contenta d'ajouter :

– Vous voilà avertie.

Il lui saisit le bras et la fit tourner sur ses talons pour la guider dans la coursive vers une porte munie d'un verrou.

Un compartiment de stockage, un tunnel en zigzag qui paraissait interminable.

Oh, merde ! se dit-elle. Fitch la poussa à l'intérieur et le battant claqua derrière elle.

Elle tendit les bras et trouva les interrupteurs à tâtons. Ils ne fonctionnaient pas. Elle ne reconnaissait au toucher aucun com. Rien n'était alimenté, pas même le système de ventilation. Les circuits avaient été coupés depuis la passerelle.

Elle s'adossa aux placards dressés en face de l'entrée et reconstitua le parcours qu'ils avaient suivi afin de déterminer l'orientation du vaisseau, par où devait passer son axe...

Ce qu'avait dit Fitch – un problème. Elle leur posait un problème.

Il était fou de rage mais ne semblait pas la soupçonner d'être une Maziane. Le capitaine l'avait peut-être simplement chargé d'aller chercher une nouvelle recrue dans la prison de la station et de la mettre en lieu sûr.

Wolfe lui-même pouvait ignorer la vérité.

Seigneur, ils décideraient sans doute de la faire sortir de cette maudite cale, s'ils n'avaient pas un équipage suffisant...

Elle exerça du pied une pression sur la porte afin de s'assurer qu'elle disposerait de suffisamment de place. Presque.

Bien plus tard, elle entendit la sirène de mise à couvert.

Nulle possibilité de retour ne s'offrait à elle. Morte ou vive. Elle le savait, bien mieux que l'avocat de la station n'aurait pu l'exprimer.

*

Il fallait trouver quelque chose à quoi s'agripper et ne pas lâcher prise. On cherchait un point d'appui et on se calait le mieux possible. Une chance – ce salopard lui avait laissé une chance de s'en tirer, le genre d'abri dans lequel on allait se réfugier quand on était surpris par une mise à couvert dans une longue coursive, un renfoncement aux dimensions réduites, une niche où on pouvait se caler. Et après le choc de la mise à feu des propulseurs démesurés du *Loki*, quand l'accélération brutale eut tenté de projeter ses reins à la rencontre de son estomac, une deuxième secousse fit claquer son crâne déjà meurtri contre un placard métallique et elle dut se contenter de serrer les dents, conserver une prise et tout faire pour ne pas glisser, car il suffisait de se décentrer un peu pour que le voyage devînt vraiment inconfortable.

Et si elle glissait sur sa gauche, sa chute serait très, très longue.

Le *Loki* se stabilisa sous un G d'accélération et elle resta couchée sur les placards qui tenaient désormais lieu de pont, les pieds toujours calés en prévision de Dieu sait quoi.

Fitch enverrait tôt ou tard quelqu'un la chercher. Avant le saut. *On* lui apporterait les médicaments indispensables pour affronter l'hyperespace sans aller au-devant d'une mort certaine.

Et sans lesquels on perdait toute prise sur cette autre réalité que l'esprit et les sens ne pouvaient appréhender.

Ce qui représentait un moyen de se débarrasser d'une source de tracas. Il suffisait pour cela d'un léger retard dans la transmission d'un ordre. Et il n'y avait aucun com, ici.

N'oubliez pas où je suis, bordel !

Elle prit des risques pour tester d'autres interrupteurs, désormais placés à l'aplomb de son crâne. Rien. L'accélération étirait ses bras, lui donnait des vertiges, affaiblissait ses genoux. Elle se rallongea et se cala à nouveau contre la porte avec ses pieds.

Détends-toi, s'ordonna-t-elle. Quelqu'un finirait par venir. Tout l'équipage avait fort à faire avant un saut. Il existait des priorités. Et un individu tel que Fitch ne se serait pas donné la peine d'aller la sortir de tôle pour la laisser crever juste après en permettant à son cerveau d'être réduit en bouillie.

C'eût été absurde.

Mon Dieu – faites qu'on vienne me sortir de là !

7

Elle entendit le verrou cliqueter et roula sur la surface irrégulière des placards. Elle s'agenouilla avec difficulté à l'instant où l'écoutille s'ouvrait et où la lumière chassait les ténèbres. Un homme se tenait au-dessus d'elle, jambes écartées, un pied calé de chaque côté de l'embrasure de la porte du compartiment de stockage qui avait basculé de 90 degrés à leur départ de Thulé pour devenir un puits zigzagant insondable.

Ce n'était pas Fitch.

– Debout, ordonna-t-il.

Elle se releva et chercha une prise sur le pourtour de l'ouverture pour se hisser au niveau du pont, mais les rebords étaient étroits et l'accélération s'opposait à ses efforts.

L'homme se pencha et saisit ses mains jointes par les menottes. Elle grimpa et il tira, et elle s'effondra dès qu'elle eut passé la porte. Elle eût aimé rester allongée et se reposer mais il empoigna son col pour la relever.

– Vite, dit-il. La fenêtre est très courte.

– J'arrive, protesta-t-elle.

Elle essayait de se maintenir à sa hauteur sur l'étroit tapis en plastique qui longeait le pont – avec des portes et des lumières sur la droite, la passerelle derrière la paroi de gauche. La forte pesanteur pliait ses genoux et brouillait sa vision. Bien supérieure à un G, deux peut-être, elle était à l'origine de ses maux de tête et de la faiblesse de ses jambes. A moins que le choc contre la cloison n'eût bien plus ébranlé son cerveau qu'elle ne l'avait supposé.

– Dieu...

Des écheveaux de sangles pendaient devant eux, à l'extrémité de la courbe. Les hamacs du secteur de sécurité, des filets noirs pour l'instant inoccupés qui tombaient le long de la paroi de gauche. Elle boitait mais pouvait marcher sans aide. Ici, elle ne souffrait que de l'accélération et du froid. Au-delà des hamacs se trouvait une salle de détente. En cet endroit le tapis s'élargissait pour monter vers la section basculante des cuisines. Sandwiches et boissons. Son estomac réagit à l'odeur de nourriture, mais elle ne sut si elle devait s'en réjouir ou s'en inquiéter.

Des membres de l'équipage assis sur un banc longeant la paroi se redressèrent pour la regarder, sans manifester la moindre sympathie.

– Je vous présente Yeager, dit l'homme qui l'accompagnait. Bonne chance, Yeager.

Il la lâcha. Elle demeura sur place, incapable de bouger, étourdie par les G et la brusque prise de conscience qu'ils lui rendaient sa liberté, qu'ils avaient gobé son histoire, tout...

On lui offrait une possibilité de survie acceptable, comme à quelqu'un qui s'enrôlait dans la Flotte, de plein gré ou à son corps défendant. Les bleus étaient alors confrontés aux aspects les plus violents et désagréables de leur nouvelle existence, et soit ils apprenaient à vivre ainsi, soit ils mouraient, point final.

Bonne chance, Yeager.

– Quel vaisseau ? demanda une femme assise sur le banc.

Bet restait figée devant cette trentaine ou quarantaine de spatiaux aux origines aussi diverses qu'au sein de la Flotte. Leurs peaux avaient une douzaine de nuances différentes et ils la regardaient pour la plupart comme si elle figurait au menu.

– *Ernestine.*

– Pourquoi as-tu quitté son bord ?

– Un poste temp. Ils avaient déjà un mécanicien et ne pouvaient pas me garder.

– Tu t'y connais ? demanda un des hommes restés debout.

– Je suis une bonne.

Dans tous les sens qu'on peut donner à cette expression, mec.

Une longue pause, ensuite. Ses genoux tremblaient. Elle serra les dents et regarda ses nouveaux compagnons, le visage couvert d'une pellicule de sueur glacée.

– Tu as raté l'appel.

– J'avais un problème.

Un nouveau silence interminable.

– Tu trouveras tout le nécessaire sur le comptoir, fit un homme en désignant les cuisines. Si tu veux quelque chose, tu ne devrais pas perdre de temps.

– Merci.

Une autorisation à se servir, bien qu'elle eût des menottes. Elle alla se préparer une soupe instantanée sous le robinet d'eau chaude et prit un paquet de biscuits. Elle revint s'asseoir à l'extrémité du banc, là où il y avait un peu de place, pour boire ce breuvage. C'était de la nourriture que réclamait son estomac rebelle. Ses mains tremblaient toujours. Le sel agressait les plaies que ses dents avaient ouvertes dans ses joues. L'homme assis près d'elle ne semblait pas apprécier sa présence, il n'entamait pas la conversation et elle s'en félicitait. Elle n'avait aucune envie de parler. L'effet de cette soupe sur ses parois stomacales restait à déterminer et elle s'isola de ce qui l'entourait en se plongeant dans la contemplation des dalles du sol. Elle ne désirait pas échafauder des plans à l'avance. Sa situation aurait pu être plus catastrophique et le moindre projet serait basé sur des souvenirs qu'elle désirait garder enfouis au fond de son esprit.

Une écervelée s'était portée volontaire pour embarquer sur l'*Africa*, parce qu'elle savait que la Flotte réquisitionnerait tous les éléments qui l'intéressaient à bord de ce vaisseau-raffineur de Panparis, autrement dit les plus jeunes, et qu'elle ferait partie du lot. Elle préférait prendre les devants et avoir ainsi un statut qui faciliterait son avancement. Elle n'aimait pas plus son existence que les mines et rien ne la fascinait autant que les vaisseaux stellaires.

Cette écervelée s'était retrouvée dans une situation qu'elle n'aurait pu imaginer mais elle avait eu tôt fait d'apprendre à développer son intelligence. La survie était à ce prix, dans la Flotte, et elle était toujours là pour le dire.

Certains de ses espoirs avaient été comblés et elle avait estimé qu'une telle expérience valait la peine d'être vécue... et sans doute le pensait-elle encore puisqu'elle naviguait à nouveau après s'être vu proposer une opportunité de devenir une stationneuse. Elle se savait en danger mais il lui semblait avoir recouvré un élément de son être et vivre vraiment, ce qui n'avait pas été le cas à Thulé.

Même si donner un sens à tout cela eût été impossible.

Elle but sa soupe et ne prit la parole que pour répondre aux questions d'un homme assis deux places plus loin. Il voulait connaître sa version des faits sur ce qui avait eu lieu dans la station.

Comme si tout cela appartenait déjà au passé, ce qui fut pour elle un soulagement.

– J'ai tué deux salopards, répondit-elle d'une voix posée. Ils l'avaient cherché. C'était eux ou moi.

Fitch entra. Son pouls s'emballa. Elle leva les yeux sur l'officier qui se préparait une tasse de thé au comptoir.

Il resta sur place pour boire et l'observer. Un

moment plus tard il lança une clé qui tomba sur le sol, un peu plus loin dans la rangée.

Au bout d'un moment un homme d'un certain âge la ramassa et la lui tendit.

– Merci, dit-elle.

Elle retira ses menottes, avec des gestes empreints de maladresse.

Nul ne disait mot. Elle ne s'était pas attendue à entendre Fitch lui souhaiter la bienvenue. Elle glissa les bracelets métalliques et leur clé dans sa poche. On ne laissait jamais rien traîner sur un pont et Fitch ne les lui avait pas réclamés.

– Il reste une heure, annonça-t-il. Yeager ?

Elle le regarda et dut combattre le réflexe qui lui intimait de se lever. Elle était à bord d'un vaisseau civ.

– Oui, commandant ?

– Vous aimez cet appareil ?

– Oui, commandant.

– L'ambiance vous plaît-elle ?

– Beaucoup, commandant.

Pas un son, pendant un long moment.

– Vous vous fichez de moi, Yeager ?

– Non, commandant. Je suis ravie de quitter cette station.

Fitch leva sa tasse puis l'ignora. Dieu merci. Il partit, d'autres en firent autant.

– Où sont les trank-packs ? demanda Bet à son voisin.

Il haussa les épaules et tendit la main.

– Cuisines. Là, à côté du robinet d'eau chaude.

Elle se leva et alla ouvrir le placard, prit un sachet en plastique et un c-pack immobilisé par une pince juste à côté.

– Merci, fit-elle en revenant s'asseoir.

– Je m'appelle Masad, dit l'homme avant de désigner les spatiaux assis sur sa gauche. Et voilà Joe. Johnny.

– Bet.

D'autres membres de l'équipage entrèrent. La sirène de saut résonna.

– Allons dans les hamacs, suggéra Masad.

Une peau olivâtre. La quarantaine. Le crâne rasé.

– Ça risque de te poser des problèmes ?

– Non, dit-elle.

Elle se leva et leur proposa de les débarrasser de leurs tasses – un geste d'amitié. Elle avait pris du plomb dans la cervelle. La morveuse acariâtre partie à bord de l'*Africa* était devenue plus sensée. Elle savait désormais que les petites attentions étaient parfois récompensées. Ils lui remirent leurs gobelets qu'elle alla jeter avec le sien dans la poubelle de la cuisine. Elle descendit avec eux vers le bas de l'anneau, trouva un hamac inoccupé, s'y allongea, referma le filet et tendit les pattes de fixation. Puis elle glissa le c-pack dans sa poche de poitrine et prit sa dose de tranks.

Partir d'ici, se dit-elle. La sirène résonnait toujours et l'appareil s'apprêtait à sauter dans l'hyperespace. Elle ignorait quelle était leur destination. Pell, peut-être. Mais elle commençait à ressentir l'effet des tranks et partait à la dérive, une vieille sensation familière, cette attente d'un départ vers la vie ou la mort. Nul n'aurait pu prédire comment s'achèverait un saut ou simplement si le vaisseau réussirait son transfert.

La poussée s'interrompit. Après être restée privée de poids quelques secondes elle sentit la pesanteur s'exercer à nouveau sur elle, à l'horizontale et non à la verticale, cette fois, perpendiculaire à l'orientation de la passerelle. Selon ses sens, la lumière qui agressait ses yeux provenait d'un point situé au-dessus de sa tête et elle était sur le dos.

Partir loin d'ici.

Adieu, Thulé. Adieu, Nan et Ely. Vous avez redoré le blason des stationneurs.

Quant à tous les autres, ils peuvent crever.

8

Le brouillard se dissipait. Le signal d'entrée en système retentissait, mais il ne concernait que les techs.

Un autre trou noir. La sonnerie s'était interrompue. Bet se croyait de retour dans le pont inférieur de l'*Africa* et s'attendait à respirer des odeurs familières, à entendre les ordres du chef de bataillon qui leur hurlerait de se réveiller. Mais elle avait des mailles noires dans son champ de vision, une vive lumière l'éblouissait et elle n'était pas non plus dans une des cabines exiguës de l'*Ernestine*...

Qu'elle fût à bord d'un vaisseau spatial ne faisait cependant aucun doute, tout le confirmait : les bruits, les senteurs, l'ivresse des tranks dont l'effet s'estompait après l'avoir plongée dans un sommeil profond. Son esprit trouva des points de repère, elle se souvint du lieu et du moment, elle se rappela...

Une décélération brutale. Un nouveau semblant de cauchemar. Elle entendait la sonnerie du réveil, tout au moins le crut-elle, et elle chercha à tâtons le c-pack dont elle déchira l'emballage. Trois ongles de sa main droite se brisèrent. C'était mauvais signe. Elle perdit les autres en sortant le tube du sachet puis aspira la substance aromatisée au citron en luttant contre les nausées et en essayant de remettre un peu d'ordre dans ses pensées.

– Vite, vite, vite ! entendait-elle crier.

Et on ne discutait pas des ordres donnés sur un

ton aussi péremptoire. Elle avala le reste, fourra l'emballage dans sa poche et ouvrit son hamac à tâtons. Elle roula hors du filet et dut s'y retenir. Ses mains agrippaient les mailles telles des serres, sous une pesanteur d'un G, désormais constante. Le *Loki* poursuivait sa route sur sa lancée. Si des manœuvres avaient été prévues, ils n'auraient pas reçu l'ordre de se lever.

Dégager le crochet assujetti au sol, celui qui empêchait les fesses de se balancer, détacher l'extrémité du hamac et l'enrouler dans ses sangles élastiques avant de le ranger à l'intérieur d'un banc-coffre pendant que le com général beuglait des messages adressés à tous les membres de l'équipage, elle exceptée.

Merci, mon Dieu, disait une partie de son être alors que l'autre pensait : *C'est bizarre. Nous sommes sur une route interstellaire et ces décélérations m'ont semblé peu importantes. Est-ce l'effet des tranks ou conservons-nous une vitesse aussi élevée à proximité d'une station ?*

Sans mise à couvert ?

Vaisseau fantôme. Nous venons d'effectuer un saut réduit, nous ne sommes pas près d'une étoile, nous avons regagné l'espace réel et nous procédons à une approche furtive.

Où diable sommes-nous ?

Le silence était étourdissant, ce calme des vaisseaux où on était bercé par le ronronnement des pompes, des ventilateurs et des autres machines, les battements du cœur d'un appareil parfaitement sain. Des hommes passaient près d'elle pour aller exécuter des ordres ou vaquer à des affaires personnelles, et ceux qui étaient de quart avaient la priorité sur ceux au repos. Son ventre se chargeait de lui rappeler quelles étaient ses priorités, et elle suivit des membres d'équipage qui empruntaient la première porte de la coursive.

Ils ne dormaient pas dans des cabines comme à

bord de l'*Ernestine* mais elle regarda autour d'elle et trouva les dortoirs agréables : des rideaux en plastique étaient tendus entre les couchettes disposées au niveau du pont et sur une galerie, et le filet de sécurité placé au-dessus ne bouchait pas la vue.

Les toilettes étaient en bas. Elle s'y rendit aussitôt en pressant le pas et jeta son dévolu sur la file d'attente la moins longue. Elle s'adossa à la paroi, avec les jambes en coton, puis elle tenta de penser à autre chose en rongeant les aspérités de ses ongles.

Cassants, ils se brisaient au ras de la chair. Ses gencives la faisaient souffrir et lorsqu'elle réordonna sa chevelure ses doigts emportèrent une touffe de cheveux blonds.

Elle n'avait pu se nourrir correctement pendant bien trop longtemps. Le temps passé dans l'hyperespace avait consommé toutes ses réserves énergétiques, épuisé les éléments nutritifs, grippé les articulations. Elle avait vu cela arriver à d'autres. Jamais à elle. Pas de cette façon – et cela l'angoissait. Un vaisseau fantôme effectuait des déplacements importants et rapides, ils repartiraient peut-être sous peu – cela aussi l'effrayait. On ne perdait pas que ses ongles, au-delà d'un certain degré de faiblesse.

Elle devait aller aux cuisines et avaler les rations-c qu'elle pourrait obtenir, tout ce qui lui permettrait de reconstituer ses forces.

Elle avait des crampes d'estomac. Un homme vint grossir la file d'attente mais ne passa pas devant elle en se prévalant de son ancienneté, comme à bord de l'*Africa*. Nul ne bénéficiait d'un traitement de faveur, ici. L'équipage n'avait aucun droit, sauf celui de connaître l'enfer.

Un type correct, se dit-elle. Elle lut le nom écrit sur sa combinaison, G. Muller, et lui demanda :

– Où sommes-nous ? Venture ? Etoile de Bryant ?... Dorado ?

Il la regarda et son expression laissait supposer que cette information était confidentielle, que le simple fait d'avoir posé une telle question la rendait suspecte à ses yeux.

Elle n'insista pas et baissa la tête pour attendre son tour, en serrant les dents.

Ensuite, retour aux cuisines. Elle fit à nouveau la queue, puis prit le sandwich et le thé chaud que lui tendait le cuisinier et alla s'asseoir le long de la paroi, là où la différence de niveau entre le pont principal et le pont de combustion créait une sorte de banc. Elle but son thé et mangea le meilleur repas qu'elle avait pu se procurer depuis six mois.

Bien supérieur à ceux que proposaient les distributeurs automatiques de Thulé.

Elle resta assise, sans savoir ce qu'on attendait d'elle. Rien ne pressait, se dit-elle. Leur appareil devait s'être tapi quelque part, peut-être à proximité de Venture, de l'Etoile de Bryant ou d'ailleurs. Elle s'en fichait. Elle se demandait seulement si elle oserait retourner jusqu'aux placards pour récupérer son sac et si on lui avait attribué une couchette. Son estomac lui rappelait sa présence dès qu'elle laissait vagabonder son esprit vers d'autres sujets. Mais son nom figurerait tôt ou tard sur la liste d'un responsable qui se chargerait de venir l'en informer. La réaction de Muller démontrait que tous étaient tendus et elle avait assez d'expérience pour savoir qu'elle ne devait pas attirer l'attention.

Surtout si on lui permettait de s'alimenter et de se reposer jusqu'à la disparition des étourdissements. Un mof viendrait bien assez tôt vers elle avec une longue liste de corvées.

Cela ne faisait aucun doute.

Son cas relevait presque de la compétence des médecins, avec ses maux de dents et ses mains si osseuses qu'elle les reconnaissait à peine – mais elle n'osait aller à l'infirmerie, elle ne tenait pas à faire l'objet d'un rapport médical juste après avoir embarqué et à rappeler sa présence à des mofs et à des gens dont il valait mieux ne pas susciter la curiosité.

Mais un homme approcha et s'arrêta devant elle.

– Yeager ?

Elle leva les yeux de ses bottes à son col délavé orné des trois bandes noires des officiers. Elle vit sur sa manche le symbole de l'Ingénierie : un circuit dans un cercle.

– Oui, monsieur. Bet Yeager, monsieur.

Elle se serait levée, si elle n'avait dû pour cela bousculer son interlocuteur.

– Vous nous avez posé un problème, vous savez ?

– J'avais un problème, monsieur. Je ne tiens pas à en avoir d'autres.

Il la regarda longuement, comme une malade contagieuse. Finalement, il plaça ses mains sur ses hanches.

– Quelle expérience ?

– Cargos, monsieur. Atelier des machines. Moulage à injection. Petits systèmes hydrauliques et électroniques. Entretien général. Vingt ans.

– Nous ne sommes pas des spécialistes, ici.

– Oui, monsieur.

– Il en découle qu'il faut effectuer tout ce qui doit être fait, à n'importe quel moment. Ça signifie aussi que nous exigeons un boulot *impeccable*. Si vous n'avez pas les qualifications nécessaires pour le mener à bien, vous en informez immédiatement vos supérieurs.

– Oui, monsieur. J'ai compris, monsieur.

– Je m'appelle Bernstein. Je suis le chef de l'Ingénierie. Faux-jour. C'est enregistré ?

– Oui, monsieur.

– Que diable faites-vous là ?

– On ne m'a pas encore attribué une tâche, monsieur.

– L'équipe de vrai-jour compte treize éléments, celle du faux-jour deux seulement. Le *Loki* est un reconditionné, avec tous les problèmes particuliers qui en découlent, et voilà qu'on me refile une spécialiste des petits systèmes hydrauliques.

Il prit une inspiration.

– Sans références.

Une pause.

– Bousillez quoi que ce soit et je vous brise les doigts, un à un.

– Oui, monsieur.

Un autre silence interminable.

– Vous ferez un essai pendant ma permanence, Yeager. Il y a des choses auxquelles vous ne devrez pas toucher. Nous avons des systèmes très délicats et je suis très pointilleux à leur sujet. Vos affaires sont dans la cale de stockage numéro un. Allez les chercher et portez-les dans les quartiers. On vous a fait visiter les lieux ?

– Non, monsieur.

– Pourquoi est-ce à moi de m'en charger ?

– Je l'ignore, monsieur. Désolée, monsieur.

– Vous prendrez une couchette inoccupée. L'anneau comporte dix sections indiquées par leur premier chiffre, dix-quatre est le stockage, huit-quatre les quartiers de l'équipage, la totalité du cinq la passerelle et le un-un l'Ingénierie. Ne franchissez pas les lignes blanches tracées sur le sol, sauf si vous en recevez l'ordre. Les sections quatre, cinq et six sont interdites et vous devrez les contourner. Vous voyez ce pont ?

– Oui, monsieur.

– Je veux qu'il brille. Allez chercher le matériel au dix-quatre, mettez-vous au boulot et ne vous arrêtez pas avant d'avoir terminé. En ce qui concerne l'équipage et surtout les membres de votre équipe, autant vous mettre au courant tout de suite. Musa connaît son affaire et vous ne devriez pas avoir de problèmes avec lui. Quant à BR, ne vous en approchez pas. Ça ira, Yeager ?

– Oui, monsieur.

– Avez-vous quelque chose à me dire ?

– Non, monsieur.

Il la fixa, un long moment.

– Les règlements sont affichés dans les quartiers, alors jetez-leur un coup d'œil. Il va être 06:00 de faux-jour. Vous faites briller ce pont avant d'aller vous coucher, et je me fiche de savoir qui était chargé de cette corvée. Des problèmes avec moi, Yeager ?

– Aucun, monsieur.

– Parfait, dit Bernstein.

Sur quoi il s'éloigna.

Vérifier une armure de combat, la démonter et la remonter, jusqu'aux circuits, en faire autant avec les armes, monsieur, et sans doute avec tout l'armement dont devait disposer un vaisseau fantôme, monsieur.

Vingt ans de service à bord de l'*Africa*.

Monsieur.

*

En premier lieu, il fallait lire les rè-gle-ments.

Et les rè-gle-ments cités par Bernstein se présentaient sous forme de documents officiels authentifiés par le sceau de l'Alliance, flambants neufs et sous plastique, placardés sur la paroi. On y trouvait tous les détails sur les pouvoirs du capitaine, la possibilité de s'adresser aux services judiciaires d'une station pour interjeter appel, les lois militaires de l'Alliance qui prévoyaient une exécution sommaire en cas de mutinerie, sabotage ou refus d'obéissance. Mais ce qui l'intéressait le plus était dactylographié au bas de la feuille : les clauses particulières à ce vaisseau. Elle apprit ainsi que quiconque pénétrait sur la passerelle sans y être autorisé par un officier faisait l'objet d'un rapport, que ceux qui utilisaient des outils devaient se munir d'un nombre impressionnant de crochets de ceinture ou muraux.

On pouvait en déduire que le *Loki* se tenait en permanence paré à appareiller. Ce n'était pas une surprise.

Il lui faudrait aller au magasin et se procurer un ceinturon et une réserve de crochets suffisante, puis passer chercher les ustensiles de nettoyage dans le placard mentionné par Bernstein et se mettre à l'ouvrage : récurer le pont, pauvre skut sans cervelle. Cette tâche ne réclamait pas une attention soutenue, elle pouvait fermer les yeux et même sommeiller. Elle avançait à tâtons et se contentait d'entrouvrir par instants les paupières pour s'assurer qu'elle n'oubliait aucun grain de poussière.

Putain de corvée.

Mais elle écoutait : un couple selon lequel le *Loki* était à l'affût en mission de surveillance, un trio qui maugréait parce qu'un certain Orsini refusait d'enrôler dans l'équipe de faux-jour un dénommé Simmons, un homme qui avait demandé sa mutation après avoir eu maille à partir avec Fitch pour ne pas s'être présenté immédiatement au rapport, autant de choses qui permettaient de se faire une idée assez précise de la façon dont tout se déroulait à bord.

Son dos la torturait, de même que ses bras. Ses rotules lui signalaient tous les déplacements de son corps.

On finissait par connaître le moindre seuil, la moindre fissure et aspérité du pont. On commençait à maudire tous les pieds qui s'étaient écartés du tapis. On arrivait à identifier les empreintes de ceux qui se permettaient souvent des écarts, leur pointure, et on se fixait pour but de les retrouver, d'en faire de la chair à pâté.

Retour aux cuisines à midi, pour un thé et un petit pain au Keës, dans le calme car les équipes de vrai-jour dormaient.

Contourner ces lieux et passer devant l'infirmerie – située juste à côté – pour atteindre à 18:00 la ligne blanche de la passerelle, elle aussi montée sur pivots. Elle n'aurait, grâce à Dieu, pas à récurer ses segments cylindriques dont la pesanteur modifiait l'orientation.

Elle n'avait pas le moindre désir de demander à Fitch ou au capitaine l'autorisation de traverser la zone réservée aux mofs et elle récupéra son matériel, le rangea et descendit l'anneau en direction des cuisines où elle s'assit pour manger un repas véritable accompagné d'une tasse de thé chaud, pendant que les équipes de vrai-jour venaient prendre leur petit déjeuner. Elle ne voulait pas avoir d'ennuis avec cet homme, elle ne voulait avoir d'ennuis avec personne, et elle évitait de regarder les autres, surtout dans les yeux, et d'engager une conversation. Bet ne s'intéressait qu'au sol et aux empreintes que les gens laissaient en allant et venant – ces marques de pas qui avaient occupé son esprit toute la journée et l'occupaient toujours – et son cerveau s'engourdissait pendant qu'elle goûtait à la nourriture et au thé jusqu'à leurs molécules, tant c'était savoureux, et découvrait que ses mains étaient trop endolories pour serrer une fourchette.

On la regardait. Elle le savait. Quelques spatiaux devaient parler d'elle, hors de portée de voix, sous le couvert des grondements incessants du *Loki*. Elle risquait de céder à la panique, si elle se laissait aller. Elle se hâta de terminer son dîner, se leva sans avoir adressé la parole à quiconque, se débarrassa des produits recyclables et retourna récupérer son matériel.

Du côté opposé de l'anneau.

*

Elle remontait, devant le poste d'Ops inférieur, le bureau du commissaire de bord, et l'Ingénierie désertée par l'équipe de faux-jour que remplaçait celle du vrai-jour.

Ses bras et ses jambes avaient dépassé le stade de la souffrance. Elle s'assit pour progresser un centimètre après l'autre. Elle changeait de main chaque fois qu'elle modifiait sa position, afin d'empêcher ses épaules et ses poignets de s'ankyloser, et à présent tout son corps était si endolori qu'elle pouvait oublier la douleur car elle ne provenait plus d'aucun point en particulier.

Elle laissa l'Ingénierie derrière elle et monta vers le magasin et l'atelier des machines.

20:00 passées, et des gens allaient et venaient, des membres de l'équipage et quelques officiers. La plupart ne lui prêtaient pas attention mais un rire agressait parfois son système nerveux, et même si rien ne le confirmait, elle pensait en être la cause. Car elle était la nouvelle et avait déjà eu affaire à Bernstein, et à Fitch. Tous devaient être heureux de voir une inconnue s'éreinter à effectuer une corvée dont cinq ou six d'entre eux auraient écopé tôt ou tard. Au moins se montraient-ils assez discrets. Et nul ne venait la gêner et ne salissait à dessein la partie du pont déjà propre.

Elle regardait les plus agressifs droit dans les yeux, pour graver leurs traits dans son esprit et les informer qu'insister ou poser un pied hors du tapis équivaudrait à une déclaration de guerre. Nul ne la défia. Elle poursuivait son travail. Elle envisagea de s'arrêter le temps de boire une tasse de thé. Rien ne l'empêchait de ranger son matériel et d'aller prendre une boisson – bon sang, elle était censée être en période de repos et ils pourraient lui faire crédit, si le thé n'était pas gratuit. Bernstein n'avait pas prohibé les pauses et selon le reg des cuisines la bière coûtait un cred, une bonne bière bien fraîche qu'on pouvait s'offrir lorsqu'on n'était pas de quart. Elle avait dans son sac le fond de cette bouteille de vodka, si on ne la lui avait pas volée. Les regs n'interdisaient pas non plus d'en boire, en dehors des heures de travail.

Mais il lui aurait fallu traverser le territoire des mofs et elle refusait d'en demander l'autorisation. Sa hanche droite et ses genoux décharnés étaient déjà engourdis. Elle ne voulait pas laisser les articulations refroidir et s'ankyloser, ce qui l'obligerait à subir à nouveau leur torture lorsqu'elle se remettrait au travail.

Plus qu'un quart de l'anneau, dans un secteur moins fréquenté et donc plus propre que celui des quartiers de l'équipage. Peut-être pourrait-elle terminer avant minuit, aller s'offrir cette tasse de thé, voire même un sandwich. Ses genoux se meurtriraient moins facilement et ses bras cesseraient de trembler, lorsqu'elle prendrait des repas réguliers. Plaise à Dieu.

Des pas approchaient. Ils s'arrêtèrent, juste devant elle.

Pas de galons, que l'insigne de l'Ingénierie. Ils étaient seuls dans la section visible de l'anneau, celle des entrepôts, et son alarme biologique se déclencha : une vague angoisse qui s'intensifia lorsqu'elle constata que l'homme ne repartait pas.

Elle s'avança d'une autre portée de bras.

– Une visite du vaisseau organisée par Bernie, hein ?

– Ouais. Allez au diable.

Il n'alla nulle part. Elle continua de frotter le sol, progressa encore un peu.

– C'est vraiment impeccable, commenta-t-il.

Elle s'abstint de répondre et de relever la tête. Une rencontre qui débutait ainsi pouvait coûter la vie. Et tuer l'agresseur revenait au même car la sanction était une promenade éternelle dans l'espace. Naturellement, le salopard en question le savait.

– Moi, c'est Ramey, dit-il.

– Ouais. Joli nom. Ça ne vous ennuierait pas de vous écarter de la source de lumière ?

Il alla se placer derrière elle.

– Hmm, la vue est encore plus intéressante.

– Merci.

– Pas assez étoffée, peut-être.

– Allez au diable.

– Ne te fâche pas, je voulais te proposer une bière.

Elle se tourna et regarda les deux pieds, puis un visage agréable. Plus jeune qu'elle, des cheveux bruns en bataille, le reste pas mal non plus. *A quoi ça rime ?* se demanda-t-elle avant de fermer les yeux à demi pour le voir plus nettement. Et elle se rappela que Bernstein lui avait parlé d'un type correct de son équipe, un nommé Musa.

Elle se releva avec peine, essuya ses mains sur les jambes de son pantalon et l'examina avec plus d'attention.

– Je ne dirais pas non, mais à l'allure où je progresse je doute que ce soit pour ce soir.

– Rien ne presse.

Il tendit le bras pour s'appuyer à la paroi, très près de Bet. Elle sentit ses entrailles se contracter, ce tiraillement destiné à l'avertir qu'elle risquait de recevoir un coup de genou, mais l'homme se contenta d'avancer pour la repousser contre la cloison. *Oh, bon Dieu !* Elle soupira et dut faire un effort de volonté pour ne pas le frapper. Elle était irritée et déçue d'obtenir la confirmation qu'elle avait vu juste, que ce type était bien un salopard. Elle envisagea de lui donner une leçon. Mais les dangers étaient moins grands à deux que seul et, deuxième chose qui lui donnait à réfléchir, un individu aussi séduisant n'avait pas besoin d'utiliser la force pour arriver à ses fins et sans doute voulait-il simplement rire un peu à ses dépens. Elle décida de le prendre à son propre jeu et se colla contre lui, malgré ses mains savonneuses, sa sueur et le reste, et elle découvrit que ce contact ne la laissait pas insensible.

Il réagit, lui aussi. Il respirait avec difficulté. Il ne lui jouait pas une comédie, elle l'intéressait vraiment. Et il demanda :

– Tu veux qu'on aille prendre cette bière ?

– Je présume que tu as autre chose à me proposer ?

– Ouais. Les magasins sont déserts, en ce moment.

Mmmm. C'était donc ça. Un coup monté pour qu'elle se fasse surprendre en train d'enfreindre une bonne douzaine de regs dès son arrivée à bord. Elle se déhancha.

– Chouette, mais seulement après cette bière. Et tu me laisses terminer. Compris ?

Elle s'imaginait que cela refroidirait son ardeur, que ceux qui l'avaient envoyé lui faire ce petit numéro seraient déçus. Mais sa réponse l'avait blessé, cela se voyait. C'était suffisant pour permettre à Bet de se sentir plus désirable qu'elle ne l'avait cru – ou l'inciter à se croire victime d'une hallucination.

Un cinglé, se dit-elle lorsqu'il recula en marmonnant qu'ils se retrouveraient dans les quartiers de l'équipage. Il semblait vraiment dérangé.

Un nouveau Ritterman, c'est ma destinée. Et qu'on ne vienne pas me dire qu'avec une gueule pareille il ne se paie pas toutes les filles qu'il veut.

Elle s'essuya le cou quand il s'éloigna. Elle ne pouvait nier qu'il avait lui aussi éveillé son désir.

Et elle pensa à cet homme et à la bière qu'il lui

avait promise tout le long de la coursive, en traversant la section des mofs, les jolis quartiers des officiers. Cela distrayait à tel point son esprit qu'elle ne vit Fitch qu'au tout dernier instant – ses bottes cirées qu'elle garda sous les yeux une bonne seconde avant de lever la tête.

– Commandant ? fit-elle.

Elle alla pour se lever, mais il l'en dispensa d'un geste puis repartit sans lui avoir fait de reproches. De la part de cet homme cela équivalait à un compliment.

Un sale poseur, pensa-t-elle. Vrai-jour, milieu de matinée. Elle dépendait de cet Orsini dont avaient parlé les skuts. Elle n'avait pas vu cet homme. Il ne devait pas être du genre à aller surveiller une nouvelle recrue de corvée de pont. Elle ne s'attendait pas à ce qu'il vînt se présenter. Mais Fitch s'intéressait à elle, un peu trop.

Elle se pencha vers le sol et le frotta jusqu'à la passerelle, ce qui lui rappela une loi fondamentale : les mofs avaient des pieds plus sales que les simples skuts qui devaient tôt ou tard nettoyer leurs traces de pas.

Elle atteignit finalement la ligne blanche, se releva, redressa son dos endolori et regagna le magasin pour ranger les ustensiles de nettoyage, enrouler et remettre à leur place les câbles de sécurité, récupérer son sac dans le placard indiqué par Bernstein. Puis elle remonta l'anneau en pensant à la bière. Elle se disait que ce type séduisant n'avait pas dû l'attendre, et que si elle se trompait sur ce point la situation deviendrait peut-être très délicate. A bord de l'*Africa* les bleus subissaient des brimades et on leur menait la vie dure, très dure. S'il en allait de même sur le *Loki*, il lui faudrait mettre ses méninges et sa maîtrise de soi à contribution pour survivre à cette épreuve.

Elle entra dans les quartiers de l'équipage, plongés dans l'obscurité. La vid marchait, à l'extrémité de la salle, et beaucoup de bruit provenait de cette direction. Elle regarda autour d'elle dans la pénombre et essaya de différencier les couchettes vacantes de celles momentanément inoccupées. Faire le mauvais choix lui attirerait de sérieux ennuis et elle jugeait improbable de pouvoir passer sa première nuit à bord sans qu'un homme lui saute dessus, ou la saute. Quelques-uns de ces salopards devaient avoir un sens de l'humour douteux, peut-être une demi-douzaine. Peut-être tous. Son estomac lui rappela sa présence. D'autres souvenirs. Ses vingt ans d'ancienneté à bord de l'*Africa* l'avaient protégée des mauvais traitements. Ce n'était pas le cas, ici.

Quelqu'un venait à sa rencontre, un homme brun qui lui demanda :

– Cette bière te tente encore ?

– Ouais, dit-elle dès que son cœur battit un peu moins vite.

Il lui inspirait toujours autant de méfiance, mais la situation était angoissante et la lassitude semait la confusion dans son esprit. Ses craintes étaient peut-être infondées. Elle avait tendance à oublier que ce vaisseau fantôme était un appareil civ et qu'un jeune homme séduisant pouvait se sentir attiré pour une raison incompréhensible par une femme décharnée, puant la sueur et proche de la quarantaine. Ou avoir été chargé d'apprendre des choses sur son compte et de faire un rapport sur elle au reste de l'équipage.

Elle noua la lanière de son sac à un anneau-temp près de la porte et ils se dirigèrent vers la salle de détente, là-haut vers les cuisines. L'homme débita son compte de deux creds sur le clavier du bar, se servit deux bières et lui en tendit une.

– Comment vous offrez-vous ces extra ? voulut-elle savoir.

– Nous disposons de quinze creds par semaine, à bord. Nous pouvons les dépenser en boisson ou en nourriture, ou encore les mettre de côté pour plus tard. Ils s'en fichent.

– Alors, merci.

Elle décida de payer sa tournée s'il se montrait sympathique. Il l'était, à première vue, mais le cerner s'avérait difficile. Elle sentit que sa main se posait sur son dos. Elle s'écarta, car ils auraient certainement des ennuis si des mofs entraient et les voyaient ainsi. Comme une gosse avec son premier flirt, elle resta à distance pour boire sa bière et il n'insista pas.

– Tu fais partie de l'Ingénierie, dit-elle pour entamer la conversation.

Il hocha la tête.

– Moi aussi, tu sais ?

Le même mouvement.

Un type inquiétant, pensa-t-elle. Pas plus causant que les autres.

Elle fit un nouvel essai, sur un sujet qui ne l'obligerait pas à faire de longues phrases.

– Tu es à bord depuis longtemps ?

– Trois ans.

– Ça ne t'ennuie pas de me dire ce que tu faisais avant ?

– La même chose. Et toi ?

Ce n'était pas une question à laquelle elle souhaitait répondre. Elle haussa les épaules.

– Moi aussi. Mon dernier cargo a été l'*Ernestine*.

– Kato, fit-il.

Elle le confirma. Mais elle ne souhaitait pas entrer dans les détails.

– Bernstein, il est comment ?

– Correct.

– Et Fitch ?

– Un salopard.

– Je l'avais deviné.

Il avala d'un trait le reste de sa bière.

– Viens, lui dit-il.

Un type tendu. Sur les nerfs. Ils entendaient des pas dans la coursive, quelqu'un venait de l'anneau-inf.

– Une minute, répondit-elle, surprise par sa hâte soudaine. Je n'ai pas terminé.

– Viens.

– Bon sang. Tu peux tout de même attendre que j'aie fini mon verre !

Un homme approcha. Elle reconnut Muller – qui les regarda en fronçant les sourcils, salua Bet de la tête puis fixa son compagnon en se débitant le prix d'une bière.

– 'soir, BR, dit-il.

– 'soir.

BR. L'individu que Bernstein lui avait dit de ne pas fréquenter. Et il venait de poser la main sur son épaule pour la faire sortir.

– Je n'ai pas terminé ma consommation, protesta-t-elle.

Il restait une gorgée de bière au fond de son verre. BR la lâcha.

– Vous avez été présentés ? demanda Muller.

– La ferme, Gypsy, gronda BR.

– Non, répondit Bet. Il s'en est chargé.

Muller la dévisagea, pensif. BR demeurait là, hors de son champ de vision : une ombre dont elle ne pouvait voir les réactions.

– Tu devrais te méfier de ce type, lui déclara Muller avant de se tourner vers le comptoir, prendre un verre et se servir.

Des problèmes. Son cœur s'emballa et son instinct la fit reculer d'un pas entre les deux hommes. Elle toucha le bras de BR pour distraire son attention et comprit qu'ils ne plaisantaient pas.

– Viens, dit-elle.

Elle s'écarta et il la suivit, en la prenant par la taille. Elle ne s'y opposa pas, peu lui importait de faire l'objet d'un rapport.

– On s'en va, dit-il.

Elle s'arrêta.

– Faut pas y compter.

Il cherchait des ennuis, sans l'ombre d'un doute. Il n'était pas nécessaire d'avoir longtemps vécu sur un vaisseau placé sous les ordres de Fitch pour le comprendre.

Il la repoussa, avec brutalité.

– Va au diable !

Il s'éloigna vers le bas de l'anneau, d'un pas décidé.

Elle pensa que ses propos sonnaient faux, alors que ses épaules étaient toujours parcourues de picotements et que ses genoux vacillaient un peu. *Va au diable !*

– Yeager, fit Muller.

Il n'était pas agressif, il ne représentait pas un danger.

Elle se tourna vers lui.

– Laisse tomber, Yeager.

Que cet homme se permît de lui donner un conseil l'irritait. Et elle ne savait pas s'il était valable, fondé, et dans son intérêt.

– A quoi riment toutes ces histoires, bon sang ?

Un haussement d'épaules.

– Il ne t'attirera que des ennuis. Je sais que ce ne sont pas mes oignons, mais j'ai estimé que tu devais le savoir.

– Que faut-il que je sache ?

– Pourquoi on l'appelle BR. On dit parfois Ramey, mais surtout BR. C'est l'équipage qui lui a donné ce surnom. Bon à Rien, en abrégé.

Bon à Rien. C'était l'équivalent d'une étiquette signalant qu'il était bon pour la casse. Un bidon rouillé ou une pièce trop skuz pour intéresser les recycleurs.

Elle regarda dans la direction où BR avait disparu. Elle reporta son attention sur Muller.

– Qu'a-t-il fait ?

Il grimaça, secoua la tête.

– Qu'a-t-il fait ?

– Mieux vaudrait me demander ce qu'il n'a pas fait. Ce type est une calamité. Il connaît son métier, note bien. Dans le cas contraire Fitch l'aurait déjà expédié dans l'espace, plusieurs fois. On le laisse tranquille, on ne se mêle pas de ses affaires, on l'évite quand c'est possible. Il a une façon bien à lui de prouver sa reconnaissance à ceux qui veulent lui rendre service.

Cet homme semblait sincère. Il ne paraissait pas nourrir de rancune personnelle contre BR. Il faisait simplement le nécessaire pour pouvoir lui déclarer un jour : « Je te l'avais bien dit. »

Mais quelque chose brassait son estomac et tiraillait des nerfs entre ses omoplates.

– Muller, fit-elle poliment, très poliment. Je te remercie de cet avertissement. Je n'ai aucune raison de mettre ta parole en doute, mais ne crois-tu pas que je devrais m'informer de sa version des faits ?

– C'est ton droit le plus strict. Je ne dis pas que tu as tort, sur le fond. Mais il te reste à te faire une réputation, au sein de cet équipage. Alors, évite de fréquenter ce type. Oh, nous sommes nombreux à avoir eu des ennuis dans les stations ou à bord d'autres appareils, mais BR est un cas particulier.

– Je te crois sans peine. Merci. J'ai cependant pour principe de ne rien prendre pour argent comptant. Je suis comme ça.

Il hocha la tête, ni froissé ni agressif. Il voulait simplement dire : « J'ai fait de mon mieux. »

Elle s'essuya les mains sur ses poches et partit, prise de vertiges et ennuyée de se trouver mêlée à de telles histoires dès son embarquement. Le comportement de BR l'ennuyait, sa nervosité. Il paraissait démontrer le bien-fondé des propos de Muller.

Ce qui l'irritait le plus, c'était de découvrir que tout un équipage avait mis une étiquette pareille à un homme, comme s'il était tout juste bon pour les recycleurs.

Peut-être ne valait-il pas grand-chose. Peut-être manquait-elle de bon sens. Peut-être s'intéressait-elle à lui parce qu'elle n'était pas dans son état normal. Elle souffrait, titubait de lassitude. La meilleure solution consistait à se chercher une couchette, s'y effondrer et laisser à un adulte le soin de résoudre les problèmes qu'il s'était attirés.

Mais elle pensait savoir où le retrouver.

9

– Ramey ?

Elle laissa la porte se refermer derrière elle. L'atelier n'était pas un lieu où elle pouvait se sentir en sécurité : une allée étroite entre des machines, un éclairage réduit, des courants d'air glacés. Elle ne tendit pas la main vers les interrupteurs. Elle resta figée sur place, non par frayeur mais par simple prudence.

– Tu es là ?

Pas un bruit. Peut-être se trompait-elle. Peut-être se conduisait-elle comme une idiote et s'adressait-elle à un local désert. Si un membre de l'équipe de vrai-jour sortait de l'Ingénierie et la trouvait ici alors qu'elle n'avait rien à faire dans cette partie de l'appareil, ce serait le début des ennuis.

– Ramey ?

Un mouvement, au bout d'une rangée de perceuses, de presses et d'autres machines.

C'était lui. Il avait un esprit dérangé, mais pas dans le sens que sous-entendaient les propos de Muller, pas tout à fait.

Il ne souhaitait apparemment pas se manifester.

– Entendu, dit-elle. Entendu, j'ai compris. Je vais me coucher. J'ai passé des soirées plus agréables, Ramey, mais je tenais à te remercier pour cette bière.

Elle l'entendit bouger, elle vit son ombre se déplacer à l'extrémité de l'allée.

C'est un cinglé. Peut-être un drogué.

Et je dois être aussi folle que lui, pour m'être aventurée jusqu'ici.

Elle aurait dû regagner la porte, mais elle craignait que cela pût provoquer une réaction brutale. Comme toute autre initiative, d'ailleurs. Lui *parler.*

– Retourner prendre un verre te tente ? Je ne suis pas en état d'avoir des pensées très profondes, mais je sais que je te dois une consommation. Le seul problème, c'est que tu devras m'avancer deux creds car je n'ai pas encore touché ma solde hebdomadaire.

Il resta un instant immobile puis fit un geste de refus et s'avança vers la lumière – un individu en combinaison délavée, aux cavités oculaires et aux joues creusées par l'éclairage. Il s'arrêta, plaça ses mains sur ses hanches puis reprit sa progression, de plus en plus près d'elle.

Attention, mon gars. Tu essaies de m'intimider. Tu veux me faire peur. Seule une idiote serait venue ici, mais je suis une idiote capable de te rompre le cou.

– Tu veux des ennuis ? demanda-t-il.

– Non, une autre bière.

Elle mit à son tour ses mains sur ses hanches, décidée à affronter la situation avec sang-froid. Elle ne voulait pas lui laisser croire que son bluff avait réussi et qu'elle se laisserait peloter dans les coins sombres pendant les heures de travail, quand Bernstein pourrait faire un rapport.

– Je suis crevée. Fitch me fait passer un sale moment, Bernstein prend la relève, un type me paie une bière puis m'envoie au diable... Je n'ai pour l'instant aucun projet particulier. Une seule chose est claire : c'est que je ne sais pas où mettre mon sac sans risquer de réveiller quelqu'un. Je ne tiens pas à faire le mauvais choix, je ne veux pas avoir près de moi un foutu skuz ou un salopard qui m'attirera des histoires, et comme je n'ai pas les idées assez claires pour exercer mon sens critique, je préfère pour l'instant retourner là-bas...

Elle leva le pouce pour désigner la porte.

– ...prendre une autre bière fraîche, une douche, et il se peut qu'ensuite je n'aie pas envie de me lancer dans de longues discussions philosophiques. Ça t'intéresse ?

Il était très proche, à présent, et il tentait toujours de l'effrayer. Mais peut-être comprit-il qu'elle savait se défendre car il recula contre un établi et croisa les bras, le regard rivé sur le pont.

– Sors d'ici.

Un bon conseil, sans doute. Elle alla pour le suivre, mais il gardait les yeux baissés et un muscle saillait en travers de sa mâchoire. Elle resta, croisa les bras à son tour et l'observa. Il se redressa, l'expression menaçante.

– File !

– Bon sang, je commence à comprendre pourquoi tu n'as pas beaucoup d'amis.

Il partit vers la porte et sortit. Elle en fit autant et le suivit dans la coursive. Il marchait à pas rapides, comme un gosse en colère, et elle perdait du terrain parce que ses enjambées étaient plus courtes que les siennes et qu'elle refusait de courir.

Ils croisèrent deux membres de l'équipage, qui durent les suivre du regard. Elle ne tourna pas la tête. Lui non plus. Il s'arrêta dès que la courbe les eut dissimulés, à la hauteur de la section de stockage.

– Tu as de la suite dans les idées.

– Je ne peux pas en dire autant à ton sujet. C'est toi qui m'as fait des avances, pas moi. Et si tu ne tournes pas rond, j'aimerais le savoir.

L'expression de l'homme se fit menaçante, mais elle se modifia presque aussitôt et son froncement de sourcils traduisit une attitude plus saine, celle de quelqu'un qui venait de penser à quelque chose.

– On m'appelle BR. Bon à Rien.

Elle lui présenta sa main.

– Enchantée. Moi, c'est Bet.

Il ouvrit de grands yeux, comme si elle était folle. Elle garda le bras tendu. Longtemps.

– Que veux-tu ?

– Une bière. Peut-être deux. C'est trop demander ? Je ne crois pas.

Il inspira à fond et referma ses doigts glacés sur les siens, comme pour l'aider à se hisser hors d'un puits. *Gelé jusqu'à la moelle,* se dit-elle. *Un type désemparé qui recherche l'oubli.*

Mais il ne lâcha pas sa main et l'attira vers lui pour coller son corps au sien, alors qu'elle ne s'y attendait pas. Il la repoussa contre la cloison. Bet avait mal aux genoux, aux fesses, au dos et aux bras, et les bruits du vaisseau résonnaient dans son crâne tant elle était lasse.

Un malade mental. Dois-je me défendre ? Quelle serait sa réaction ? Que ferait Fitch, que ferait l'équipage, si je lui cassais un bras ?

Il lui dit à l'oreille :

– Tu devrais inverser tes projets. On ne retourne pas au bar mais dans l'atelier, et on ira boire cette bière ensuite. Ça te tente ?

Ce qu'elle ressentait malgré son engourdissement était agréable. Elle ne le trouvait pas mal, pas mal du tout, ce qui lui apportait du soulagement car après ce qui s'était passé à Thulé elle avait craint de ne plus pouvoir désirer un seul homme. La partie de son cerveau encore active lui disait que ce fou voulait s'isoler avec elle loin de tout témoin et que c'était risqué, très dangereux. Il représentait une menace, Dieu seul savait quels étaient ses fantasmes.

– L'entrepôt d'à côté est vraiment tranquille, ajouta-t-il en respirant contre son cou, la main glissée sous son col.

Je suis une idiote, pensa-t-elle. *Qu'est-ce que je cherche ? Je n'ai pas envie de coucher avec un fou, pas même de boire une bière, et encore moins de m'enfermer dans un placard.*

*Mais je ne tiens pas non plus à me faire un ennemi. Je sais me protéger. J'ai connu des types encore plus dérangés que lui, sur l'*Africa.

Il ouvrit une porte, la poussa dans les ténèbres et referma le battant. Elle l'espéra assez intelligent, ou sain d'esprit, pour ne pas la laisser se verrouiller derrière eux. Ses craintes à ce sujet ne s'étaient pas dissipées qu'il la fit avancer à l'intérieur d'un couloir en zigzag, la repoussa contre un placard, baissa la fermeture de sa combinaison et fit courir ses mains sur son corps. Bon Dieu, pensa-t-elle, isolée de l'univers extérieur mais pas des sons qui se réverbéraient toujours dans son crâne ni de ses caresses. Elle l'aida à se dévêtir et les préparatifs furent empreints de douceur et d'égards dès qu'il se fut un peu calmé. Mais leurs attouchements eurent tôt fait d'emporter sa retenue et ils roulèrent sur le sol de l'entrepôt obscur, avec une brutalité qui valut à Bet des meurtrissures supplémentaires au bas des reins, accompagnées d'une nouvelle onde de souffrance. Elle se demanda s'il était sans danger d'en faire la remarque à un dément. Les critiques n'avaient que rarement un effet positif sur un homme et elles risquaient de déclencher une crise chez un malade mental.

Mais il lui dit alors :

– Je suis désolé.

Entre deux inspirations, après avoir terminé. Il semblait ennuyé et penaud.

– Il n'y a pas de quoi, fit-elle.

Elle ébouriffa ses cheveux pendant qu'il restait couché sur son corps, le souffle court et en sueur.

– J'espère qu'on ne risque pas de nous surprendre, dit-elle quand il eut à nouveau une respiration régulière.

Mais il n'avait pas bougé et elle se demandait s'il s'était assez repris pour avoir des pensées cohérentes.

– Ça va ?

Il recommença, sans rien lui dire, avec beaucoup de douceur, et elle découvrit en lui son meilleur amant depuis Bieji. Ses besoins assouvis, il faisait cela par politesse, pour exprimer sa gratitude.

– Merde ! laissa-t-elle échapper, moins épuisée qu'elle ne l'avait cru. Oh...

Elle dit bien d'autres choses encore. Elle l'agrippa et il l'étreignit, et quand elle eut repris haleine elle déclara :

– Merci, camarade. J'ai apprécié. Beaucoup.

Sans répondre, il la serra contre son corps et massa ses épaules. Elle prit quelques inspirations et dit :

– Je dois aller me coucher.

La simple pensée de se déplacer lui était pénible.

– Sinon, je vais m'endormir ici.

Il l'aida avec prévenance à se relever et à enfiler ses vêtements, dans les ténèbres. Puis il s'habilla à son tour et chercha le verrou à tâtons. Il entrebâilla la porte. Elle s'appuya à son épaule pour regarder au-dehors et tendre l'oreille. Ils sortirent dans la coursive et refermèrent le battant derrière eux.

– Passe devant, murmura-t-il. Trouve-toi une couchette. Il y en a deux de libres vers le milieu, sur la galerie.

Elle le regarda. Elle avait une idée plus précise

des raisons pour lesquelles il lui inspirait de la crainte et pourquoi il s'était isolé loin des quartiers de l'équipage. La promiscuité de mise à bord d'un vaisseau spatial interdisait toute intimité. C'était une cause d'inhibition pour la plupart de ceux qui n'y avaient pas été accoutumés dès l'enfance. Elle avait vécu cela, à ses débuts à bord de l'*Africa*. Les hommes y étaient plus sensibles, surtout les moins communicatifs, ceux qu'on laissait à l'écart et auxquels on menait la vie dure, ceux qui venaient d'un vaisseau de type familial tel que l'*Ernestine* où l'existence était bien différente. Les Marchands. La Guerre avait entraîné la destruction de leurs appareils et la dispersion de leurs équipages. Elle le savait, au même titre qu'elle savait ce qui se passait quand un gosse effrayé récupéré sur le pont d'un cargo se retrouvait à bord de l'*Africa* et était soumis à l'Initiation, ce rite qu'elle avait subi, que tous devaient subir.

Mais que tous ne pouvaient supporter. Certains craquaient et se suicidaient.

– Muller te mène la vie dure ? demanda-t-elle.

Il prit une inspiration, hésita comme si les mots étaient une denrée précieuse, et parut s'inquiéter en entendant des pas au-delà de la courbe.

– File. C'est un service que je te rends.

– Je le trouve plutôt bizarre.

Elle ne bougea pas et ce fut lui qui partit. Elle lui emboîta le pas, pour le rejoindre et demeurer à son côté.

– Ils te rendront la vie impossible, déclara-t-il sans la regarder. Ils te feront passer un sale quart d'heure, s'ils te surprennent avec moi. Grimpe ton barda sur la galerie, la troisième ou quatrième couchette en direction de l'anneau-sup.

Il se pencha, la prit par les épaules comme un ami puis la lâcha en donnant à son bras une caresse qui laissa derrière elle une étrange sensation de picotement.

Elle pensa qu'à l'exception de Ritterman elle n'avait jamais eu un amant aussi bizarre que cet homme. *Deux à la suite. Qu'ai-je fait pour le mériter ?*

Je suis crevée. Je ne pourrai jamais exécuter correctement mon travail, c'est sûr. Ouais, je vais me faire bien voir de Bernstein.

Mais elle entra dans les quartiers, gravit l'échelle avec son sac qu'elle attacha au pied de la deuxième couchette libre, se laissa choir sur les couvertures, chercha à tâtons le filet de sécurité et le boucla, puis elle s'abandonna au sommeil jusqu'au moment où la sonnerie du faux-jour se fit entendre.

*

– J'ai à vous parler, Yeager, lui dit Bernstein lorsqu'elle se présenta à l'Ingénierie.

Il lui fit signe de s'isoler avec lui dans un recoin.

– J'ai reçu une plainte, Yeager. Il existe des règles sanitaires, sur ce vaisseau, et vous devez les respecter même quand vous êtes morte de fatigue. On ne s'allonge pas dans une couchette qui n'a pas été faite et on se douche à la fin de chaque période de travail.

– Je comprends, monsieur, murmura-t-elle, les joues en feu. Ce n'est pas dans mes habitudes. Je vous présente mes excuses. Je n'ai pas tout trouvé et je ne voulais pas courir le risque de réveiller quelqu'un.

– Cet incident ne fera pas l'objet d'un rapport, mais c'est mon premier et dernier avertissement.

– Bien, monsieur. Je vous remercie, monsieur.

Il la regarda, l'air intrigué, et elle craignit d'avoir eu une réaction ou des paroles déplacées, ce qui la rendit nerveuse.

Dieu, peut-être l'avait-on vue avec BR.

– N'oubliez pas, dit Bernstein.

Puis il lui fit visiter les lieux et lui montra l'emplacement de chaque chose, lui parla des installations modifiées et des problèmes particuliers qu'elles leur posaient. Il lui expliqua ce qu'elle devrait faire et vérifier, et selon quelle fréquence.

Elle rendit grâces à Dieu d'avoir effectué une grande partie de ces tâches à bord de l'*Ernestine*. Les derniers temps, Jennet la laissait assurer seule la permanence du faux-jour, après lui avoir appris à interpréter les informations fournies par les systèmes de contrôle et précisé avec son solide bon sens ce qui était important et ce qui l'était moins. Bernstein lui annonça qu'elle ferait équipe avec Musa, un petit homme brun auquel il alla la présenter.

Il en fit autant avec BR, qui se comporta avec froideur et arrogance, ce qui lui valut presque de se faire rappeler à l'ordre. De la tension était perceptible, dans l'atmosphère.

Elle haussa les sourcils puis les fronça, afin de laisser croire à Bernstein et Musa qu'elle venait de rencontrer un individu qui éveillait sa méfiance.

Ce qui n'était peut-être que la stricte vérité.

*

Il manquait un doigt à Musa, et ce n'était pas un homme auquel on osait en demander la raison. Quelque chose avait autrefois brisé et balafré son nez, sans doute ce qui avait également laissé sur le côté de son visage une cicatrice de brûlure qui remontait dans ses cheveux cotonneux et grisonnants sur les tempes. Un autre sujet que nul n'eût abordé. Il paraissait avoir la cinquantaine, avec une peau de la nuance brun clair propre aux Noirs sous rejuv. Il avait bel aspect mais pouvait être âgé de cinquante, quatre-vingt-quinze ou cent quinze ans.

Et Bernstein avait dit vrai. Ce Musa était un

type valable. Il connaissait tous les systèmes du vaisseau, on s'en rendait compte tout de suite, et il ne cessait de répéter :

– N'hésite pas à me poser des questions, ça ne m'ennuie pas.

Et elle découvrit bien vite qu'il était sincère, ce qui la soulagea. Musa lui apprit que Bernstein l'avait affectée à la maintenance, un simple boulot de skut, et qu'elle devrait remettre en état une pompe défectueuse.

Elle en fut ravie. C'était facile et cela lui permettrait de rester assise à un établi, seule dans l'atelier des machines. Ses bras et ses mains étaient si endoloris qu'elle aurait des difficultés à tenir une clé, mais c'était secondaire.

Une membrane en plastique avait cédé.

Elle retourna à l'Ingénierie. BR était installé devant un terminal.

– En avons-nous en stock ou dois-je en fabriquer une ? demanda-t-elle.

Il lui expliqua comment accéder à l'inventaire des pièces détachées et trouver ce qu'elle cherchait.

– Je vais te montrer où elle est rangée, dit-il.

Il lui désigna un point sur le plan du magasin qui apparut sur l'écran.

Bernstein participait à un briefing et Musa avait été appelé aux Ops. Ils étaient donc seuls et il en profita pour caresser sa jambe, pas par esprit de bravade mais pour découvrir quelle serait sa réaction. Elle repoussa sa main.

– Pas pendant le travail.

Il se tourna vers l'ordinateur et se renfrogna. Sans un mot.

– Je n'ai pas dit *jamais*, précisa-t-elle. Tu as un don pour me placer sur la défensive.

Rien.

– Je vais te faire une proposition. Tu me dis où nous nous trouvons et pour quelle raison, et nous

nous offrirons un moment de détente en privé, ce soir.

– Inutile de te forcer, répondit-il sans la regarder, maussade. Nous sommes à l'affût dans le secteur de Venture.

– A l'affût ?

– Nous chassons, si tu préfères.

– Quel gibier ?

– Des Mazians.

C'était facile à deviner – dans la mesure où on pouvait savoir à quel camp appartenait un vaisseau fantôme.

– Savent-ils quel appareil ?

BR haussa les épaules.

– L'*Australia*, je crois. Ça reste à confirmer.

L'*Africa*, se dit-elle. Son cœur battit plus fort. Cette pensée fut à l'origine de l'apparition d'une petite boule au fond de sa gorge.

– Surveillance, hein ?

– On se contente de les repérer et, si c'est possible, de les handicaper. Ensuite, on fiche le camp à toute allure dans un cas comme dans l'autre. L'armement du *Loki* n'est pas à la hauteur.

– Je le crois aisément, fit-elle à mi-voix.

Elle réfléchissait... elle pensait qu'elle se retrouvait du mauvais côté. Elle regrettait de ne pas être à bord de ce vaisseau de la Flotte qui opérait dans le secteur des Etoiles Postérieures, et peu lui importait que ce fût l'*Africa*, l'*Australia* ou l'*Europe*. Elle savait qu'elle n'aurait aucune chance, absolument aucune, de survivre à un affrontement, sauf si le *Loki* était stoppé et abordé.

Ce qu'elle pourrait faciliter en procédant à un petit sabotage...

A elles seules de telles pensées étaient passibles de la peine capitale.

Et pour rendre cet appareil non opérationnel sans y laisser sa peau, il fallait savoir bien plus de choses qu'elle sur ses systèmes.

Elle regarda BR, assis à la console, avec sa tignasse de cheveux bruns et son air maussade d'homme constamment malheureux, comme s'il n'espérait rien de bon de qui ou de quoi que ce soit.

Un fou, pensa-t-elle. Il avait dû embarquer sur le *Loki* contre son gré et était un excellent amant, mais les gens aussi nerveux que lui finissaient tôt ou tard par perdre la raison. C'était arrivé, sur l'*Africa*, même à des soldats aguerris. Il existait des signes avant-coureurs, ils devenaient taciturnes puis avaient une crise de folie furieuse. L'un d'eux s'était emparé d'un AP pour lâcher des rafales dans la coursive principale inf et expédier six skuts en enfer avant de se faire descendre. Une femme avait éparpillé ses morceaux dans le dortoir numéro trois, une vraie-nuit où Bet dormait seulement quatre couchettes plus haut – nul n'avait pu expliquer comment elle s'était procuré la grenade.

BR n'était pas heureux, à bord de ce vaisseau, en compagnie de cet équipage.

Et BR – cette pensée eut un effet étrange sur son estomac – faisait partie de l'Ingénierie.

10

Elle retourna dans les quartiers de l'équipage. Elle pensait savoir qui l'avait dénoncée. Elle soupçonnait Mel Jason, l'occupant de la couchette voisine, qui avait décoré la paroi de représentations de fleurs, de souvenirs de bars et de stations, de photos d'Adonis nus – autant de choses qui n'apprenaient presque rien sur son compte, si ce n'est que Mel Jason devait être une femme.

L'échelle de descente était du côté de l'anneau-inf, Jason à l'extrémité de la rangée, juste après elle, et il n'y avait personne sur sa gauche. Le rideau de plastique la dissimulait aux regards et seul un membre de l'équipage passant près de son lit pour gagner l'échelle avait pu *voir* qu'elle dormait sans drap, la nuit dernière. Elle pouvait faire erreur, mais de lourdes présomptions pesaient sur sa voisine.

Elle inscrivit Mel Jason sur sa liste noire mais estima qu'elle aurait eu tort de se plaindre. Les quartiers du *Loki* étaient agréables, avec ces paravents qui préservaient l'intimité et la sensation d'espace et de sécurité apportée par le filet tendu au-dessus de leurs têtes pour empêcher les skuts de choir sur leurs compagnons en cas de manœuvres brutales.

Et surtout, tous disposaient d'une couchette et d'un coffre où ranger leurs affaires. Ces quartiers auraient pu abriter quatre fois plus de monde, ce qui évitait de devoir partager l'espace vital par rotation entre les équipes.

Elle s'était familiarisée avec les règles d'hygiène et de vie à bord du *Loki* et il lui eût été difficile d'en vouloir à Jason, si c'était bien cette femme qui avait été râler sans seulement lui laisser le temps d'apprendre les usages propres à cet appareil. Bien que surpeuplé, l'*Africa* avait lui aussi ses normes et si Bet avait vu une nouvelle enfreindre les regs sanitaires elle n'eût pas manqué elle non plus de le signaler aux mofs.

Aussi décida-t-elle de faire les premiers pas, contourna le paravent et dit :

– Désolée, pour la nuit dernière. Je n'ai pas d'excuse, mais ce n'est pas dans mes habitudes.

Jason releva les yeux de ses travaux de couture, coupa le fil avec ses dents et hocha la tête, une seule fois. Elle ne fit aucun commentaire, elle ne demanda même pas à Bet de quoi elle voulait parler. C'était suffisant. Le temps ferait le reste et Bet descendit dîner.

Elle vit BR dans le réfectoire. Il ne lui adressa qu'un regard et garda ses distances. Il se servait de cette attitude pour l'avertir de ne pas s'afficher en public avec lui. Elle alla s'asseoir à la première place vacante et reporta son attention sur la nourriture. BR se leva et partit. Elle ignorait où.

Mais quand la plupart des membres de l'équipage se regroupèrent au fond des quartiers plongés dans la pénombre pour regarder une vid datant d'avant-Guerre qu'elle avait déjà dû voir une bonne vingtaine de fois, un homme approcha d'elle aux derniers rangs des spectateurs.

Il toucha son épaule, désigna la porte de la tête et lui demanda :

– Yeager ?

Ce n'était pas BR, contrairement à sa première supposition.

Ce type voulait tenter sa chance, elle connaissait la musique. Il déclara qu'il s'appelait Gabe et souhaitait lui offrir une bière pour discuter un peu avec elle. Ses intentions n'étaient pas difficiles à deviner.

Son invitation ne suscitait pas l'enthousiasme de Bet. Elle avait espéré revoir BR mais il n'était pas dans les quartiers et s'il se promenait dans un autre secteur il ne l'avait pas invitée à le suivre. Nulle excuse ne lui vint à l'esprit et elle alla boire une bière, deux, en compagnie de Gabe – McKenzie, lisait-on sur sa poche – qui lui posa des questions auxquelles elle répondit par les mensonges habituels : marchande emportée dans la débâcle de Pan-paris, débarquée à Thulé, désespérée – et lui ?

Il lui expliqua qu'il naviguait depuis dix ans sur le *Loki*, mais il pensait plus à la séduire qu'à lui raconter sa vie. Deux hommes arrivèrent de l'anneau-inf, des amis de McKenzie venus voir la nouvelle recrue, la taquiner – faire impression sur elle si possible et rire un peu à ses dépens dans le cas contraire. Deux types valables, décida-t-elle : Park et Figi. Ils ne s'assirent pas. Ils restèrent debout pour lui demander si elle s'habituait à cette existence et se renseigner sur la nature de ses rapports avec McKenzie, dans l'intention de tenter leur chance par la suite si elle était bien disposée à leur égard.

McKenzie, Park et Figi étaient tous des scantechs. Ils devaient former un trio inséparable : McKenzie le beau gosse, Park et Figi les comparses un peu timides et empruntés derrière leurs airs bravaches.

Elle rit de leurs plaisanteries et fut émue de voir McKenzie rougir quand ses amis lui dirent de ne pas se tromper de couchette dans l'obscurité. Il leur demanda de les laisser.

Il reprenait ses manœuvres de séduction quand deux autres hommes arrivèrent, s'avancèrent et se présentèrent – Rossi et Wilson, lut-elle sur leurs poches, Dan et Meech, déclarèrent-ils. Pas mal, surtout Rossi, mais une nouvelle ne pouvait se permettre d'avoir des préférences et on ne débutait pas la soirée avec un type pour la finir avec un autre, sauf si on voulait se faire très vite une sale réputation.

– Eh, dit finalement McKenzie en la prenant par l'épaule. C'est moi qui ai payé cette bière. Fichez le camp d'ici.

Il se tourna vers une femme venue se servir au comptoir.

– Kate, débarrasse-moi de ces casse-pieds.

– J'aurai droit à un point de reconnaissance ? hurla-t-elle.

Ce qui fut à l'origine d'une dispute amicale, une altercation bon enfant entre Kate, Rossi et Wilson. McKenzie décida de courir sa chance et serra Bet contre lui.

– Ne les prends pas au sérieux. Les quartiers sont plutôt calmes, en ce moment. Ils sont tous plantés devant la vid et j'ai une bouteille dans ma couchette. Ça te tente ?

– Parfait, dit-elle.

Mais quand elle se leva pour partir avec McKenzie, elle vit BR adossé à la paroi, immobile, les yeux rivés sur elle.

Ses entrailles se nouèrent. Elle se rappela ses propos, son "inutile de te forcer" qu'elle avait interprété comme un résumé de son opinion sur la question.

Mais son regard le démentait. Elle sentit son cœur s'emballer et regarda ailleurs, ce qui n'empêcha pas un bref contact visuel de s'établir entre eux pendant qu'elle se dirigeait vers la porte.

Il tourna la tête et resta sur place avec les mains dans les poches, alors qu'elle franchissait le seuil et se dirigeait vers les quartiers en compagnie de McKenzie.

*

Il avait une couchette au niveau inférieur, du côté le plus éloigné de la vid. Ils n'étaient pas les seuls à s'être réfugiés dans cette partie obscure et tranquille du dortoir, par couples pour la plupart. McKenzie prit une bouteille, la porta à ses lèvres puis la lui tendit pendant qu'elle se déshabillait. Elle but quelques gorgées de vodka puis termina de retirer ses vêtements. Ils se glissèrent sous la couverture alors que des cris d'enthousiasme s'élevaient à l'autre bout de la salle, pour acclamer les bons qui arrivaient à la rescousse. Elle n'avait pas oublié l'intrigue. Elle frissonna à cause de la fraîcheur ambiante ou de l'alcool et se pelotonna contre McKenzie en claquant des dents.

– Qu'est-ce qui t'arrive ? demanda-t-il en caressant ses épaules.

Il était très doux et paraissait vouloir la rassurer.

– Il ne fait pas chaud, ici, déclara-t-elle. Mais ça va aller.

Ils burent encore. Bon sang, ce type n'avait aucun défaut. Il était bien élevé, sain d'esprit, prévenant, avec un comportement tout à fait normal. Il semblait en outre la trouver à son goût – mais elle restait insensible, comme avec Ritterman. Peut-être était-elle trop lasse ou son système hormonal venait-il de tomber en panne.

Elle en fut effrayée et pensa à BR. Et le simple souvenir de leurs ébats la fit frissonner alors que les caresses de McKenzie la laissaient indifférente.

C'est dingue, se dit-elle. Elle revit BR, là-bas dans le secteur de détente, conscient de ce qui allait se passer entre elle et McKenzie, en colère et bouleversé de constater qu'elle le plaquait...

Non, bon sang, c'était faux. Il n'existait rien de sérieux, entre eux. Il avait rejeté ses avances au cours de l'après-midi et pendant le dîner il aurait au moins pu regarder dans sa direction, lui faire un signe.

Elle priait Dieu pour qu'il n'eût pas sombré dans la folie, qu'il n'eût pas en cet instant même une crise de démence, qu'il ne fût pas en train d'errer dans les coursives telle une âme en peine. Elle eût voulu lui donner des coups de pied...

Elle eût voulu...

Bordel, elle eût voulu être dans ses bras, et non dans ceux de McKenzie. Ce fut sciemment qu'elle se remémora ce qui s'était passé la nuit précédente dans le secteur de détente, avant de reporter son attention sur l'instant présent en essayant de ressentir quelque chose – merde ! Elle analysa la nature de ce qu'elle éprouvait avec BR Ramey et quand on en arrivait là... dès qu'on commençait à confondre faire l'amour et risquer sa peau, on était en danger. Elle avait vu des skuz du même genre, dans la Flotte – et ils avaient emporté leur entourage avec eux lors du bouquet final. Une belle connerie, voilà...

Mais il y avait autre chose, au sujet de BR : son air fragile d'homme blessé. McKenzie n'aurait pu s'en rendre compte même s'il lui avait prêté attention. Elle seule savait *pourquoi* BR s'était posté là – et elle ne pouvait l'oublier, pas même quand elle n'aurait dû penser qu'à son partenaire du moment car aucun de ses amants ne lui avait fait autant d'effet que BR.

Non, bon sang, c'était faux, une contre-vérité. Ce dingue avait osé l'enfermer dans un placard obscur, pousser sa patience à ses limites, quelles que soient ses excuses – et sa prestation n'avait à la réflexion rien eu d'exceptionnel...

Il se produisait dans son esprit un amalgame de leurs ébats dans ce réduit et des caresses échangées dans la coursive, ce contact à l'origine d'une secousse nerveuse si intense qu'elle n'avait rien ressenti de comparable auparavant, même pendant l'acte sexuel. Et il lui semblait que si elle pouvait ressentir une deuxième fois cela, l'analyser et le comprendre...

Bon sang, c'était une impossibilité, une illusion, un simple afflux d'adrénaline, une chose qu'elle n'avait pas éprouvée depuis deux ans, rien de plus. Cela ne se reproduirait pas. BR l'avait caressée alors qu'elle était hypertendue. Elle n'était pas stupide au point de connaître l'extase avec un type sur le point de sombrer dans la folie – et pas assez inconsciente pour s'attacher à quelqu'un parce qu'il risquait de disjoncter.

Non. Elle n'était pas obsédée par les risques mais par le regard qu'il avait eu, ce signe annonciateur d'un acte insensé.

Elle avait affaire à un individu qui possédait deux personnalités distinctes : l'homme plein de suffisance qui l'avait persuadée de prendre une bière avec lui et celui qui restait à présent au loin, rongé par la peur de venir dans les quartiers mais trop obstiné pour renoncer. Seigneur, tous le prenaient pour un cinglé mais ils se trompaient, elle le savait, elle en avait la certitude. BR était simplement sur le point de craquer et restait à l'écart pour retarder cet instant, même si McKenzie ne pouvait s'en rendre compte.

C'était *cela* qui la tourmentait. BR n'avait pas voulu lui chercher querelle ou la placer dans l'embarras – et le simple fait de la fixer un bref instant avant de détourner les yeux avait dû mettre sa fierté à rude épreuve. C'était cela qui obsédait Bet, alors qu'elle partageait le lit de McKenzie. Elle ne connaissait pas l'emplacement de celui de BR et se demandait s'il avait ou non regagné les quartiers de l'équipage. Elle s'endormit. À son réveil ils passaient une autre vid et McKenzie ronflait. Elle se leva et se dirigea vers sa couchette.

On l'accosta dans les ténèbres de l'allée, un homme corpulent, bravache et éméché. Il lui proposa un verre si elle couchait avec lui, et elle accepta sans trop savoir pourquoi. Elle n'avait pas sommeil et voulait que quelqu'un pût détruire ce qu'avait fait BR la nuit précédente, réduire à néant toutes ses analyses méticuleuses.

Il n'y réussit pas. Perdu dans les brumes de l'alcool il n'y accorda pas d'importance. Il partagea malgré tout sa bouteille avec elle et ce fut en étant ivre qu'elle trouva son lit, se déshabilla, se coucha dans les règles et s'endormit dès que sa tête eut touché l'oreiller.

Elle se réveilla au milieu de la nuit, emplie de dégoût et de frayeur à la pensée de ses actes. Elle sommeilla et rouvrit les yeux quand la cloche de la fausse-aube résonna et qu'autour d'elle tous se levèrent pour aller à leurs postes.

Merde, elle ne savait même pas avec qui elle avait couché, la deuxième fois, ni où avaient eu lieu leurs ébats.

Elle voulait prendre une douche. Elle regrettait ce qu'elle avait fait. Surtout avec l'inconnu, bon Dieu ! Les commérages sur son compte iraient bon train, elle ne pouvait en douter.

Il était stupide – inqualifiable – de s'enivrer sitôt montée à bord et de partager la couchette d'un skuz aussi soûl qu'elle. Seigneur, elle espérait qu'il n'y en avait eu qu'un. Elle ne se rappelait même pas son retour jusqu'à son propre lit. Elle aurait pu devenir un cas med sans même le savoir. Ils n'avaient pas encore pour elle un statut de compagnons. Il s'en fallait de beaucoup.

Il ne lui restait qu'à espérer que cet ivrogne ignorait lui aussi *qui* elle était.

Merde, merde, merde ! Elle était folle de rage contre BR Ramey, ce maudit cinglé. Mais elle ne devait pas tourner bien rond elle non plus, pour croire que lui seul pouvait lui donner du plaisir. C'était une absurdité, une impression due à l'alcool et au trop grand nombre de problèmes en suspens. Elle se sentait en danger et se faire du souci pour un malade mental l'angoissait moins que se demander où allait leur vaisseau, dans quoi elle s'était embarquée et ce qu'elle ferait quand Bernstein lui confierait une réparation délicate qu'elle ne pourrait mener à bien.

*

Elle prit une douche puis un petit déjeuner : quelques gorgées de synthorange accompagnées de pincées de sel pour rééquilibrer la composition du sang dans son organisme et d'un biscuit destiné à tapisser les parois de son estomac et lui permettre d'accueillir deux pilules contre la gueule de bois.

Mais elle arriva la première à l'Ingénierie, avec un pull et un pantalon propres, les yeux injectés de sang et le crâne ébranlé par les battements de son pouls.

Elle devait faire une vérification et elle prit la check-list accrochée au mur puis se mit au travail avec le zèle et l'efficacité qu'exigeait Bernstein.

BR entra à son tour, approcha et lui prit la liste des mains.

– Bonjour, fit-elle.

– Je préfère contrôler, dit-il.

Et il reprit le pointage au début, comme si elle n'avait rien fait.

– Je n'ai pas commis d'erreur, protesta-t-elle.

Bien qu'indignée, elle parlait à voix basse pour ne pas être entendue par les membres de l'autre équipe qui terminaient leur journée.

– Bon sang, je suis tout de même capable d'écrire des chiffres, Ramey !

Il hocha la tête sans la regarder puis la laissa.

Elle ne pouvait rien faire, pour l'instant. Le responsable du vrai-jour était toujours là, à portée de voix. Bernstein entra, avec Musa, et elle fit le vide dans son esprit en attendant que son chef eût décidé quelle tâche lui confier.

*

Il la chargea d'un contrôle extérieur avec Musa et elle passa le reste de la journée en combinaison spatiale, transie de froid, pour vérifier les joints et rechercher des fuites en se disant ce que Musa exprima à haute voix...

– J'aimerais en finir au plus vite. Nous ne sommes pas sur un cargo et... si le *Loki* doit repartir rapidement, notre traversée sera plutôt inconfortable.

– A quoi devons-nous notre chance inouïe ? s'enquit-elle.

Elle pensait à l'équipe du faux-jour.

Ils flottaient en apesanteur, au cœur des

sombres perspectives dessinées par les conduites de deux cent cinquante mètres de long. Ils passaient sur ces tuyaux puis se glissaient au-dessous, comme s'ils faisaient de la dentelle, alors que les faisceaux des projecteurs frontaux et des torches illuminaient les canalisations les plus proches avant d'aller se perdre dans le vide et d'y faire une chute comparable à celle dont Musa venait de parler.

– Bernstein a perdu un pari, expliqua-t-il.

– Tu plaisantes ?

– Ce n'est pas le plus incroyable.

Un moment de silence, pendant que les voyants des détecteurs clignotaient, blink-blink, blink-blink.

Ils disposaient d'un filin de sécurité qu'ils déplaçaient et accrochaient à des anneaux au fur et à mesure de leur progression, en espérant ne jamais avoir à tester sa solidité. Ils prenaient soin de bannir de leur esprit toute idée de haut et de bas qui les eût incités à s'agripper aux poutrelles où une équipe de secours aurait dû venir les chercher.

Dans la Flotte, tous étaient conscients du problème posé à ceux qui se trouvaient dans une coursive lors d'un départ inopiné. L'anneau des transports de troupes était en fait un cylindre avec quelques couloirs qui reliaient la proue à la poupe, des passages rompus par des zigzags destinés à stopper les chutes qui risquaient malgré tout d'être interminables quand les moteurs entraient en action. Lorsque retentissait la mise à couvert, il fallait courir à toutes jambes vers le renfoncement le plus proche en espérant y trouver des mousquetons auxquels accrocher sa ceinture de sécurité, agripper les poignées et les serrer le plus longtemps possible si la poussée ne l'interdisait pas, prier pour que l'épreuve soit brève et se concentrer sur sa respiration. Un jour où seules trois secondes s'étaient écoulées entre le déclenchement de la sirène et le début d'une accélération insoutenable, cent vingt spatiaux étaient morts faute d'avoir eu le temps de s'arrimer quelque part. Seigneur, elle n'avait pas oublié ce drame. Il lui arrivait de le revivre en rêve. Elle revoyait les corps choir de toutes parts. Elle avait eu la chance de pouvoir s'adosser à une paroi solide.

On ne devait pas considérer une perspective telle que celle du moyeu central comme étant située vers le bas sous peine de vomir.

Surtout quand on avait une bonne gueule de bois.

Elle le maudit.

– Musa.

– Ouais ?

– Pourrais-tu me dire une chose ? J'aimerais savoir si des caméras nous surveillent.

– C'est possible, mais improbable. Que veux-tu ?

– Connaître l'histoire de BR.

– Qui t'en a parlé ?

– Muller.

Un long silence, troublé par les sifflements de l'air et les bips des détecteurs. Puis :

– Que t'a-t-il dit ?

– Que BR était en quarantaine. Qu'il avait été mêlé à une sale affaire. Il n'est pas entré dans les détails.

Une autre pause.

– Il te cherche des ennuis ?

– Non. Quel est son problème ?

– Son attitude. Je le lui ai dit... une centaine de fois. Tu veux savoir ce qu'il a fait ? Il a tué un homme.

– Il n'a pas eu de démêlés avec la justice ?

– Je ne parle pas d'un assassinat. Disons qu'il n'était pas à son poste, qu'il ne surveillait pas ce qu'il aurait dû surveiller. L'explosion d'une putain de canalisation a coûté la vie à Cassel. Un brave type. BR... il n'hésitait pas à s'éclipser aussi souvent qu'il en avait envie. Cassel l'a couvert. Voilà comment il l'a récompensé.

– Ce qui lui a valu cette sale étiquette.

– Il ne la doit pas qu'à cela. J'essaie d'être juste avec lui, je ne cherche pas la bagarre, je ne fais pas de salades, et Bernstein représente son unique chance. La dernière fois qu'il a quitté son poste, Fitch l'a fait mettre aux arrêts. Il voulait le balancer dans l'espace. Tu sais, les règlements affichés dans nos quartiers...

– Ouais ?

– Eh bien, on a tendance à s'imaginer que c'est du bidon... mais BR était cuit. C'est Bernie qui l'a tiré d'affaire. Il a eu une altercation avec le capitaine et a demandé à être affecté au faux-jour, avec BR qu'il voulait prendre dans son équipe. Sans lui, BR serait allé se balader dans le vide, ça ne fait aucun doute.

De nombreux sujets de réflexion, pensa-t-elle.

– Lui a-t-il exprimé sa gratitude ?

– Je ne sais pas. Peut-être. Je vais te dire une chose. Il fait bande à part mais depuis que nous sommes ensemble il a toujours exécuté correctement son travail. Il n'a pas attiré le moindre ennui à Bernstein ou à moi. Il suffit de ne pas le mettre en rogne.

Une nouvelle interruption, pendant que Musa passait sur la conduite, se penchait vers elle et saisissait sa main pour la hisser vers lui et coller son casque au sien. Il coupa son com. Elle comprit et en fit autant.

– Je vais te dire autre chose, Yeager.

Elle trouvait sa voix étrange et lointaine. Elle voyait son visage derrière la visière, éclairé en contre-plongée par le halo des voyants.

– Le *Loki* a effectué un saut, pendant que BR était au cachot, et je soupçonne Fitch de ne pas lui avoir fait remettre ses tranks. Je n'ai aucune certitude, note bien. Peut-être a-t-il simplement séjourné une fois de trop dans une cellule. A moins que ce soit ce bond dans l'hyperespace alors qu'il devait se préparer à aller se balader dans le vide. Mais je persiste à croire que Fitch y est pour quelque chose. Nous devions partir d'urgence, Fitch ne pouvait pas le sentir et pour lui BR était déjà mort. Mais quand Bernstein l'a fait sortir de tôle, après notre retour dans l'espace réel... eh bien, le second n'allait pas raconter ce qu'il avait fait à Wolfe. Aucune preuve. Et BR n'est pas du genre à en parler. Je crains qu'il ne soit pas revenu entier de ce voyage.

– Bon Dieu...

– Je n'affirme rien, tu comprends ? C'est impossible à prouver. Il ne faut même pas y penser. Ce vaisseau est en règle, à présent. C'est une unité des forces de l'Alliance. Le capitaine s'est engagé à respecter des *lois* et des *droits*. Mais lui seul est habilité à les mettre en application et nul ne peut quitter cet équipage. Quand on en fait partie, c'est pour la vie. J'espère que tu l'as compris avant de signer. Tu files dans le secteur des docks, Fitch te retrouve. Tu t'adresses à la justice de la station, ce salopard ment, te récupère et t'éjecte dans le vide. Te l'a-t-il précisé ?

– Non. Mais ça ne me surprend guère.

– Tu as donc saisi le principal.

– BR était-il volontaire ?

– Je ne sais pas. C'est Fitch qui enrôle les nouvelles recrues. BR n'en a jamais parlé. Sauf peut-être à Cassel. Mais c'est secondaire. Il restera à bord de ce vaisseau jusqu'à sa mort, comme nous tous.

Musa la repoussa et rebrancha son com. Elle abaissa l'inter du sien.

– Essayons de nous dépêcher un peu, dit Musa.

Il dirigea le faisceau de sa lampe vers un point du moyeu central situé un peu plus loin.

– J'ai vraiment horreur de bosser à l'extérieur, bordel !

11

Elle retira son scaphandre et retourna avec Musa auprès de Bernstein. Une longue, très longue journée, pendant laquelle la froidure avait eu le temps de pénétrer dans ses os.

– Allez vous reposer, leur dit Bernie. Tout est calme et il ne reste qu'une heure avant la relève. BR assurera la permanence, filez.

Elle eût alors juré qu'il avait un bon fond. Elle laissa Musa s'éloigner et lut la liste de répartition des tâches puis s'arrêta au poste de travail de BR. Musa sortait et Bernstein leur tournait le dos.

BR feignit de ne pas noter sa présence. Il accordait toute son attention au clavier et à l'écran de son terminal, et elle se rapprocha pour caresser sa nuque.

– Je veux te voir, dit-elle.

Il donna une tape à ses doigts et fit pivoter son siège vers elle, avec une expression...

De folie, peut-être, d'indécision, de confusion, de peur. Une seconde plus tard il dissimulait ces émotions en fronçant les sourcils et en serrant les dents.

– Où ? demanda-t-elle.

Il la foudroyait du regard.

– Devant les placards de stockage ? proposa-t-elle. Vers 21:00 ?

– Magasin des pièces détachées, décida-t-il sans manifester de sentiments.

– Tu vas nous faire...

...éjecter dans l'espace, manqua-t-elle dire. Mais c'eût été une erreur.

Toujours irrité, il ne fit aucun commentaire.

– Entendu, conclut-elle.

Et elle sortit avant que Bernstein n'eût remarqué quelque chose.

*

Elle passa chercher son linge aux Services, monta dans l'anneau jusqu'à la salle de détente, s'assit sur un banc et but une tasse de thé en compagnie de Musa pendant que les membres de l'équipe de vrai-jour prenaient leur petit déjeuner. Elle attendit que les douches soient libres puis alla faire sa toilette et dîner, sans se presser...

Car McKenzie s'intéressait à nouveau à elle. Bet avait remarqué les regards qu'il lui adressait et décidé de l'éviter. Elle s'assit entre deux femmes qu'elle salua de la tête au sein d'un lourd silence puis reporta son attention sur le ragoût. McKenzie vint malgré tout vers elle pour lui demander de ses nouvelles.

– Oh, tout va très bien, dit-elle en réfléchissant rapidement. Mais je dois retourner aux Services, ils ont fait une erreur avec mon linge...

– Et pour ce soir ?

– Je ne sais pas, répondit-elle le plus gentiment possible.

BR entrait dans la salle de détente, bordel ! Et McKenzie se sentirait insulté si une femme avec qui il n'avait passé qu'une seule nuit refusait de le revoir... surtout si l'ivrogne du soir précédent allait raconter qu'elle était venue partager sa couchette parce que son précédent partenaire avait manqué d'endurance. Seigneur !

Elle lui fit un sourire affectueux, le nez plissé.

– Mais je te prendrai au mot, un de ces jours.

Elle se leva avec son plateau et effectua un repli pour conduire McKenzie là où elle pourrait lui parler sans être entendue par les deux femmes.

– Je te dois la vérité, Gabe. Je suis prise, ce soir... à vrai dire, je suis déjà retenue pour deux nuits et je ne peux pas me décommander... mais tu es sur ma liste. Je ne tiens pas à me caser, c'est contre mes principes.

A quoi pensait-il donc, pour l'aborder deux fois de suite en public et la placer sur la défensive alors qu'elle n'avait absolument rien à se reprocher ? Merde ! Elle était tout de même libre de choisir ses partenaires, non ?

– Après, dit-il.

– Eh, je dois être diplomate, Gabe.

– Rien ne t'oblige à te forcer.

– Je n'ai jamais dit ça. Mais j'ai un préjugé contre les couples qui se forment trop rapidement. C'est rarement une réussite. Mais j'ai mes préférés, une fois que j'ai pu me faire une opinion.

Elle tapota son bras, se débarrassa des assiettes et du plateau, et lui fit un clin d'œil.

– On se reverra, chéri.

Elle s'esquiva. Elle ignorait ce qu'éprouvait McKenzie mais il ne paraissait pas vexé. Elle regagna les quartiers, alla s'enfermer dans les WC au cas où il l'aurait suivie, puis elle ressortit des toilettes et repartit dans l'autre direction sans regarder derrière elle. Elle attendit de s'être éloignée vers le bas de la coursive pour ralentir le pas.

Malédiction ! Son cœur s'emballait. McKenzie lui donnait des frissons. Et son rendez-vous avec BR lui faisait le même effet.

Bordel, Bet Yeager, pourquoi agis-tu ainsi ?

Elle ne trouva d'autres réponses que ses hormones – et le dégoût que lui inspirait ce skuz qui croyait pouvoir l'acheter pour une bière, le silence maussade des femmes, le sens moral bien particulier des membres de cet équipage. De nombreuses choses étaient singulières, à bord de ce vaisseau, à tel point que seul un fou lui paraissait sain d'esprit.

Ses hormones étaient sans nul doute en cause, mais il y avait aussi le comportement de Fitch, les propos de Musa et la mise en garde ambiguë de Gypsy Muller.

Elle passa devant les Ops et l'Ingénierie, atteignit une section déserte et entra dans le magasin comme si elle venait y chercher des pièces pour son travail.

A l'intérieur, l'éclairage avait été réduit afin d'économiser l'énergie. Elle voyait trois longues rangées de conteneurs et sur le périmètre de la cale des barils de plasty pour les moules à injection, des éléments de presses, des tuyaux et des tiges, des câbles et des rouleaux d'isolant qui formaient un véritable labyrinthe. Elle s'adossa au battant, regarda de tous côtés et tendit l'oreille pour entendre autre chose que le bruit de fond incessant du vaisseau.

– BR ?

Elle venait de l'appeler d'une voix juste assez forte pour porter jusqu'au fond du local, au cas où il serait arrivé avant elle et ne l'eût pas entendue ouvrir la porte à commande manuelle.

Pas un son. Mais elle n'avait pas lieu de s'en étonner, avec cet homme.

Elle avait la chair de poule. Elle sentait la froideur des lieux la pénétrer et la faible clarté lui permettait de voir son haleine se cristalliser. Elle se massa les bras et les croisa. Elle regretta de ne pas avoir enfilé un pull sous sa combinaison.

Seigneur, ce dingue veut faire l'amour dans un frigo.

Si telles sont bien ses intentions, pensa-t-elle. Elle ressentit un vide au creux de l'estomac. Peut-être était-il aussi fou qu'on le disait, peut-être l'attendait-il dans un recoin de ce dédale avec un couteau ou une autre arme, persuadé qu'elle ne voulait plus de lui...

Mais qu'est-ce que je fous ici ? Je ne suis tout de

même pas conne à ce point ? J'ai toujours su faire preuve de bon sens, bordel !

Je suis capable de me protéger. Et la meilleure façon d'assurer ma protection, c'est de ficher le camp tout de suite et retourner dans les quartiers. Je lui dirai que je n'ai pas pu le trouver...

Et tu crois qu'il gobera cette excuse ? C'est un bon moyen pour avoir de vrais problèmes avec ce type.

Tu attires l'attention d'un déséquilibré et après tu ne peux plus t'en débarrasser. Voilà ce que tu as fait, Bet Yeager. Tu le savais, pourtant. Tu le sais depuis l'âge de huit ans...

Elle aurait dû regagner les quartiers et se coucher, pas avec McKenzie, pas avec qui que ce soit... ce soir et bien d'autres nuits peut-être – pour s'accorder le temps de remettre un peu d'ordre dans ses pensées et trouver des solutions. Elle avait déjà de sérieux problèmes avec deux membres de cet équipage, trois en comptant Fitch. Il lui fallait laisser tomber BR Ramey et fréquenter des gens plus sociables, et pas uniquement des hommes. Bon sang, elle voulait avoir des camarades autant que des amants et les femmes la laissaient déjà à l'écart. Elle percevait leur hostilité, comme si elle avait une conduite répréhensible ou enfreignait des règles dont elle ignorait l'existence – et elle doutait désormais de faire quoi que ce soit *correctement*.

Cet équipage l'effrayait un peu, à cause des signaux confus que lui adressait McKenzie, de la réaction qu'elle inspirait à ces femmes aux attitudes aussi incompréhensibles que celles des stationneurs. Elle était angoissée, comme à certaines occasions à bord de l'*Ernestine*. Elle avait l'impression qu'elle faisait un faux pas après l'autre et que les gens se penchaient dans son dos pour murmurer : « Regardez-la, voyez ce qu'elle fait, ce n'est pas civ. »

Elle s'efforçait pourtant de se comporter comme une civ, de bien se conduire. Elle avait embarqué sur l'*Africa* à l'âge de seize ans et ne gardait que peu de souvenirs de sa vie antérieure. Elle ne se rappelait même pas les traits de sa mère, seulement leur petit logement où il fallait abaisser les lits chaque soir et les remonter au matin pour pouvoir se déplacer, tant la place était comptée à bord du vaisseau-raffineur numéro deux de Panparis. Elle revoyait les vêtements de maman suspendus à la paroi et entassés sur le pont, les coursives sordides et les cachettes où elle allait se dissimuler – parce que sa mère avait affaire à une gosse qui n'assimilait pas les règles civ, qui s'attirait sans cesse des ennuis dans un milieu où les gens changeaient constamment d'avis, où les lois n'étaient affichées nulle part et les interdits jamais précisés...

Sa mère aurait dû en premier lieu lui expliquer ces choses. Mais elle n'avait eu aucune prise sur la réalité. Quand elle cassait un objet, elle s'emportait et giflait Bet, qui devait alors trouver refuge quelque part, qu'elle fût ou non fautive.

Bet ne pouvait la comprendre, et c'était encore pire avec les amis de maman. Elle n'osait les croire, elle n'osait rester seule avec eux.

Parce que les civs la rejetaient. Mais à bord d'un vaisseau la confiance était de mise. Comme avec Bieji Hager, Teo – tous les cinq – les fois où ils...

Merde !

Une boule obstruait sa gorge, il lui semblait être de retour à bord du vaisseau-raffineur surpeuplé. Elle étouffait, ici, et il lui fallait sortir, aller prendre une bouffée d'air pur, retrouver la lumière et sa santé mentale...

Elle ouvrit la porte et entra en collision avec BR.

– Je... balbutia-t-elle, face à face avec lui.

Elle craignait de le contrarier ou de se comporter stupidement, et ses hésitations lui permirent de la repousser à l'intérieur et de refermer le battant derrière eux. Elle y était, en plein dedans.

Elle fourra ses mains dans ses poches et lui dit :

– Je commençais à me demander si tu viendrais.

Comme à seize ans. Ou à douze. Mais c'était de Fitch qu'ils devaient se cacher, pas de maman.

– J'ai à te parler, dit-elle.

Il tendit la main pour saisir son poignet et elle recula de quelques pas, très vite. Elle le regretta aussitôt, mais sa frayeur avait été trop grande.

Il changea son mouvement en haussement d'épaules. Bon Dieu, elle se mettait à trembler. Elle serra les poings et les glissa dans ses poches, en sécurité.

Je t'aime, voulait-elle lui dire. Mais c'eût été stupide, elle ignorait de quoi il serait capable. Il risquait de perdre un jour la tête et de céder à la violence, s'il s'imaginait avoir des droits sur elle.

– Sommes-nous tranquilles, ici ? voulut-elle savoir.

Il se contenta de la fixer, taciturne comme toujours lorsqu'il était contrarié.

– Non, conclut-elle.

Et elle eut la chair de poule. Elle pensa à Fitch, et au risque que BR eût une fois de plus maille à partir avec ce mof.

Sa dernière chance, avait dit Musa.

– Je ne veux pas t'attirer des ennuis, fit-elle. Ramey, bon Dieu...

Bordel, je ne m'attire que des emmerdements, ici. Alors je me demande bien en quoi je pourrais l'aider.

Elle secoua la tête, passa la main dans ses cheveux, le regarda à nouveau.

– Hier soir, je me suis retrouvée embringuée avec ce type, mais je ne l'avais pas cherché. Je voulais te demander de venir dans ma couchette, pour mettre les choses au point. Tu m'as envoyée promener, et c'est pour ça que je n'ai pas pu t'en parler. Tu n'as aucune raison de m'en vouloir.

Pas un mot.

– Ramey, tu dois m'aider.

Un long silence, puis :

– Tu vas au-devant d'un tas d'ennuis, lui dit-il d'une voix si basse que les bruits du vaisseau la couvraient presque. Il n'y a pas que l'équipage. Mieux vaut ne pas rester ici. Evite de m'adresser la parole.

Ce qui la mit en colère.

– Ce n'est pas ce que tu voulais, l'autre nuit.

Il se contenta de hausser les épaules.

Elle réunit tout son courage pour en finir au plus tôt et s'apprêta à fuir s'il devenait violent.

– J'ai parlé à Musa, dit-elle.

Elle s'attendait à une réaction brutale, mais il ne fit que respirer un peu plus vite, sans changer d'expression.

– Il est de ton côté, Ramey.

– Musa est un type bien. McKenzie aussi, à un degré moindre. Je fais mon boulot et ils me laissent tranquille, alors ne gâche pas tout.

Il allait partir. Il tendit la main vers le verrou de la porte.

– Ramey.

– Laisse tomber.

– Faut pas y compter.

Elle barra le passage avec son bras, le cœur battant. Elle savait qu'il le lui briserait sans peine, dans cette position.

– Si je retourne là-bas j'aurai McKenzie sur le dos, dit-elle. Et je ne veux pas de ce type.

Il resta immobile, la main sur la poignée, sans la regarder.

– Ne t'en va pas comme ça, Ramey. Merde, tu ne peux pas me laisser tomber ! J'attends des réponses !

Il laissa redescendre sa main, se tourna et l'attira contre lui. Elle ne put l'empêcher et en fut terrifiée – Seigneur, elle avait été stupide de se placer dans cette situation ! Elle était à sa merci, il pourrait lui briser le cou. Elle aurait dû le contraindre à reculer et aborder tout ceci avec calme et méthode, mais elle était dans l'incapacité d'ordonner ses pensées dès qu'elles se rapportaient à cet homme.

– Ne restons pas si près de cette foutue porte, murmura-t-elle après avoir repris sa respiration. Ecoute-moi, BR...

Elle n'avait pas voulu l'appeler ainsi. Mais il ne semblait pas l'avoir remarqué.

– Viens, fit-il.

Et il l'entraîna avec lui au sein des ténèbres, dans un recoin existant entre la cloison et des conteneurs, là où le tapis roulant qu'ils avaient suivi dessinait une courbe.

Il y avait un vieux coussin et deux couvertures, et l'espace séparant la bande de roulement de la paroi était assez large pour un corps, ou deux l'un sur l'autre. Froid, Dieu, qu'il faisait froid ! Mais les mains de l'homme étaient chaudes, et il était lui aussi en chaleur. Elle fit de son mieux pour ne pas le brusquer, pour ne pas lui faire perdre son calme et sa raison... jusqu'au moment où elle cessa de voir des lumières colorées derrière ses paupières et dut se concentrer sur sa respiration.

– Oh, Seigneur ! laissa-t-elle échapper.

Et elle tendit un bras dans l'air glacé, pour l'étreindre. Il expira, devint flasque et lourd, couché sur elle faute d'avoir la place de s'écarter.

– Ça va aller, lui dit-elle. Ça va aller, Ramey. Laisse-moi te dire que tu as au moins deux amis, à bord.

Il prit une inspiration soudaine, une autre, comme si l'air s'était raréfié... ou sa folie accentuée.

Elle massa ses épaules et attendit de l'entendre respirer normalement pour s'arrêter.

– Comment t'es-tu retrouvé ici ? demanda-t-elle pour briser le silence et occuper son esprit. Qu'as-tu fait pour échouer à bord de ce vaisseau ?

Pas de réponse, ce qui ne la surprit guère.

– Es-tu un spatial indépendant ou viens-tu d'un cargo familial ? Quel est ton vrai nom ?

Il secoua la tête, lentement, contre son épaule.

– Ramey, c'est ton prénom ?

Un autre mouvement de la tête, un refus de répondre.

– Ça ne fait aucune différence. Tu en as l'attitude, Ramey, tu en as les façons. Je m'en fiche. Veux-tu en savoir un peu plus sur mon compte ?

Toujours rien.

– Je le pensais. Eh bien, moi, je suis une indépendante. Pell, Thulé, partout. J'ai vu beaucoup de choses. Certaines pas très jolies. Sais-tu où Fitch a été me chercher ?

Quelques inspirations profondes. Plus calmes, désormais.

– Oui.

– Que raconte-t-on sur moi ?

– Que tu as tué deux types à coups de couteau.

Elle trouva cela ironique, qu'il eût des raisons d'avoir peur d'elle. C'était à la fois amusant et pas très drôle. Peut-être devaient-ils tous deux s'inquiéter à juste titre. Elle ébouriffa la chevelure de BR.

– Rassure-toi, ce n'est pas dans mes habitudes. Ça ne t'effraie pas, au moins ?

– Je m'en fiche.

La vérité, se dit-elle. L'indifférence qu'engendrait la lassitude.

– J'ai connu ça, moi aussi.

Elle se rappela les courants d'air glacés des docks de Thulé, au cours de ces nuits où elle n'avait pas eu un seul cred en poche – et la froidure du pont du *Loki* qui traversait la couverture la fit frissonner, cela et la pensée que quelqu'un risquait d'entrer et de les dénoncer aux mofs.

– Mais rien n'est éternel, je suis toujours en vie pour te le dire.

– Rien ne change jamais, fit-il.

Il libéra un soupir, frissonna et effleura son oreille du bout des lèvres.

– Ce n'est qu'une question de temps.

Il fut pris de tremblements, de plus en plus violents. Il se leva. Son crâne heurta une poutrelle en surplomb et il retomba sur Bet, l'écrasa sous son coude, la poussa. Cet espace était trop exigu pour qu'ils puissent se dégager.

– Seigneur ! hurla-t-il. Seigneur... il faut sortir d'ici !

Nulle place où aller, et elle savait reconnaître un fou quand elle en voyait un. Elle se débattit, aveugle pendant une seconde, avec du sang dans la bouche, se releva contre le métal glacé de la bande de roulement et remonta ses genoux pour protéger son ventre. Mais il restait accroupi devant elle, plié en deux.

– Ramey !

Elle tenta de remettre un peu d'ordre dans ses vêtements.

Il se tassa et se pencha en avant, les bras croisés sur la tête.

Elle saisit la couverture et la jeta sur ses épaules.

– Va en enfer, lui dit-il.

Ses dents s'entrechoquaient.

– J'y ai déjà séjourné, pauvre con.

Elle remonta la couverture qui glissait.

– J'aurais dû te balancer un bon coup de pied. Arrête, bordel !

Il resta ainsi longtemps, très longtemps, recroquevillé, tremblant. Assise, elle se penchait vers lui pour retenir la couverture et tenter de le rassurer.

Elle s'était munie de ses tranks et regrettait de ne pas oser lui en faire une injection, mais elle ignorait si c'était indiqué dans son cas et où l'avait emporté cette fuite mentale.

– Va-t'en, Yeager, dit-il enfin. Fiche le camp d'ici.

– Ça va ?

– Ouais.

– Tu peux te relever ?

Il se redressa, suffisamment pour pouvoir la repousser.

– Je t'ai dit de me laisser tranquille !

Elle rétablit son équilibre en s'accroupissant sur ses talons et en posant une main par terre pour se stabiliser, toujours sur ses gardes.

– Continue de gueuler, mon vieux. Et si tu veux que les mofs rappliquent, tu n'as qu'à hurler plus fort encore.

L'ombre qu'elle avait en face d'elle ne dit rien pendant un long, très long moment.

– Ramey.

– Fiche le camp, grommela-t-il.

Il ne releva pas sa tête, qu'il laissa enfouie entre ses bras.

– Quoi ? Pour qu'on te retrouve changé en glaçon ? Pas question. Lève-toi. Viens.

Pas de réponse.

– Ramey, bordel !

Toujours rien.

Elle se redressa, ankylosée, transie de froid. Elle se retint à la paroi.

– Je vais chercher Bernstein.

– Non !

– Alors, debout ! Tu m'entends ?

Il réagit et entreprit de remettre un peu d'ordre dans sa tenue, en tremblant. Il n'avait pas levé les yeux et elle s'accroupit en essuyant ses lèvres.

– Saloperie, marmonna-t-elle.

Elle tendit la main vers son épaule. Il la repoussa.

– Tu te conduis comme un parfait imbécile, lui dit-elle.

– Cette opinion fait l'unanimité. Laisse-moi.

– Est-ce ainsi que tu récompenses tous les services qu'on te rend ?

Il s'affaissa à nouveau contre le mur, les mains sur les yeux pour ne plus la voir.

Elle souffrait de crampes d'estomac. L'excès d'adrénaline faisait trembler ses membres et claquer ses dents, mais elle n'était pas insensible à la souffrance d'autrui et celle d'un homme qui refusait d'affronter la réalité était pénible à supporter. Un spatial qui avait subi ce que Fitch s'était permis de lui infliger – cette pensée la révoltait.

Sans parler de l'attitude des autres membres de l'équipage...

...qui agissaient peut-être ainsi parce qu'ils ignoraient comment se comporter en sa présence. Et elle ne savait quoi faire, elle non plus. Elle envisageait de renoncer, partir et le laisser sortir seul de ce trou, le moment venu. Il ne risquait pas de se blesser, il s'en était toujours bien tiré.

Et peut-être ne pouvait-elle rien faire pour lui, sauf accentuer sa démence.

Il leva une main vers son visage, pour l'essuyer, puis il s'adossa à la paroi. Un rai de lumière souligna sa mâchoire et un œil.

– Ça va ? demanda-t-elle.

Il hocha la tête, visiblement épuisé.

– Selon Musa, Fitch ne t'aurait pas donné de tranks. C'est vrai ?

Une deuxième approbation muette.

– Il m'a laissée dans cette maudite cale de stockage, pendant l'appareillage. J'ai craint de subir le même sort.

Le seul œil visible cilla, très vite.

– C'est Fitch qui est cinglé, déclara-t-elle. Es-tu un marchand, Ramey ?

Pas de réponse.

– As-tu peur de moi ?

Toujours rien.

– Je vois. Tu as atteint les limites du supportable. Je comprends. Mais je tiens à te dire une chose. Je n'ai besoin de personne, moi non plus. Je ne vais pas te trahir ou te demander quoi que ce soit. Sauf d'éviter de me donner des coups de coude, à l'avenir.

Il se pencha vers elle pour exercer une pression des doigts sur son bras, avec douceur.

Elle posa sa main sur la sienne, la referma.

– Tu veux retourner en salle de détente et me payer une bière ? Je ne sais toujours pas si mon compte a été crédité.

Il secoua la tête.

– Allons, insista-t-elle. Je n'ai pas peur.

Un autre refus. Les muscles des mâchoires de BR étaient noués.

– D'accord, fit-elle. Je vais suivre ton conseil. Mais laisse-moi ajouter une chose. Un jour, tu le feras.

– Fitch, lui rappela-t-il.

Un tir direct. À même de doucher son enthousiasme.

– Ne fais pas d'histoires, ajouta-t-il comme si la boule qui obstruait sa gorge venait de se dissoudre. Ne fais pas bande à part.

– Je comprends.

Il leva la main pour caresser sa joue, avec beaucoup de douceur, et elle pensa à nouveau qu'il pouvait être tour à tour fou et sain d'esprit. Elle doutait même de savoir différencier ces deux facettes de son être.

– Tu vas me valoir une sacrée réputation, dit-elle. J'annonce à McKenzie que je sors avec un type et je reviens du rendez-vous avec la lèvre fendue. Dis-moi où sont les autres planques de ce vaisseau, au cas où je devrais lui dire où ça s'est passé. Il y en a beaucoup ?

– La cambuse. Les Services. L'ascenseur du moyeu. Les cales de stockage.

– Les mofs s'y intéressent ?

– La plupart s'en fichent.

– Mais pas Fitch.

– Il est de vrai-jour. Nous dépendons d'Orsini.

– C'est un salopard, lui aussi ?

– D'une catégorie différente.

Il passa une main dans ses cheveux puis fit reposer son front sur son poing.

– Il...

La porte s'ouvrit. On fit la lumière.

BR tendit le bras pour prendre la main de Bet dans la sienne. Elle se tassa et resta immobile. Elle entendait des voix, celle d'une femme et celle d'un homme, sèche et coléreuse.

Un interrupteur claqua, des moteurs gémirent et les conteneurs s'ébranlèrent sur le tapis roulant. Bet récupéra la couverture tombée sur la bande de roulement, vit une masse métallique venir vers elle et se colla contre BR, ce qui n'évita pas à son dos et à sa hanche d'être percutés au passage, assez violemment pour lui couper le souffle.

D'autres machines. La main de BR exerça une pression sur sa nuque. Il ramena sa tête contre son épaule pendant qu'un module de chargement cliquetait.

Puis s'arrêtait.

Le calme revint. Les voix n'étaient plus qu'un murmure au milieu des bruits du vaisseau. Puis les lieux furent plongés dans la pénombre et la porte se referma.

Elle resta assise, en claquant des dents, transie de froid.

– Il y a toujours un espace, dit BR en se référant au passage qu'ils avaient emprunté pour gagner cette cachette. Il ne disparaît jamais.

– Je préfère ça, marmonna-t-elle sans desserrer les dents.

Elle avait craint de se retrouver bloquée, trop ébranlée pour oser regarder.

– Tu dois t'en aller. Fais attention en passant devant la porte de l'atelier. Elle risque d'être ouverte. C'étaient Liu et Keane. Liu est une salope.

Elle devait obéir, tout simplement. Elle déplaça ses membres ankylosés, se glissa entre les conteneurs à la hauteur de la courbe et s'engagea dans la coursive comme si elle avait des raisons légitimes de l'emprunter, avec les jambes qui flageolaient et des crampes d'estomac.

Elle s'arrêta avant d'arriver en vue des Ops et attendit avec angoisse près des placards de stockage jusqu'à l'apparition de BR.

La voir toujours là le surprit.

– Il est tard, dit-elle.

L'équipage était responsable de son état, de ses souffrances, de sa lèvre fendue, de la tension de BR. Elle était désormais trop en colère pour renoncer.

– Tu m'as promis une bière. J'entre et je m'assieds, tu arrives à ton tour et tu me paies une consommation, d'accord ?

Il hocha la tête.

Elle alla prendre un thé gratuit qu'elle but à petites gorgées en ménageant sa bouche tuméfiée. Elle était au comptoir et tournait le dos aux deux couples présents dans la salle.

BR arriva peu après. Elle alla s'asseoir et il lui apporta un verre.

– Merci.

Elle tapota le banc, près d'elle.

Mais il retourna se servir une bière qu'il but sur place, debout, en regardant de l'autre côté.

12

– On a signalé une fuite dans les cuisines, lui annonça Musa. Bernie veut que tu t'en charges.

Il s'interrompit et la regarda avec plus d'attention.

Comme tous ceux qui approchaient d'elle.

– Tu es bien amochée, tu as eu des problèmes ?

Bet secoua la tête.

– Dans l'atelier. J'ai voulu ranger un câble. Il s'est déroulé et je l'ai reçu en pleine figure.

Le mensonge le plus plausible pour justifier l'ecchymose et la lèvre fendue.

Musa paraissait inquiet.

– A l'avenir, sois plus prudente avec ces machins. Evite de te battre contre eux.

Il n'avait pas gobé son histoire.

– Ce n'est rien, dit-elle.

Elle alla dans les cuisines et accéda à la dérivation défectueuse par une trappe juste assez large pour son corps. Puis elle dut se coucher sur le dos, ramper et s'étirer le long d'un compresseur assourdissant qui lui laissait un espace à peine suffisant pour manipuler une clé. Elle pensa que Bernstein avait terminé tous les travaux importants et qu'il ne restait plus que de simples corvées de ce genre.

– Saloperie, grommela-t-elle entre ses dents alors que l'eau chaude gouttait sur son visage.

Elle ferma la vanne, purgea la conduite, démonta la dérivation et la fourra dans une poche en utilisant les deux seuls doigts capables de l'atteindre, puis elle pêcha la pièce de rechange de l'autre côté et resta allongée en cillant sous la pluie pour tenter de sécher ce foutu tuyau et permettre à la pâte à joint d'adhérer au filetage.

Saloperie de plomberie. Saloperies d'installations qui n'avaient pas évolué depuis que l'humanité avait quitté son monde d'origine. Pour ne pas dire avant. Dans ces saloperies de cuisines à bascule de ces saloperies de vaisseaux modernes, ces saloperies de canalisations étaient mises à rude épreuve et il fallait souvent remplacer ces saloperies de joints ou tout cessait de fonctionner.

Les gouttes tombaient toujours. Elles coulaient dans ses yeux, ruisselaient sur ses joues et dans sa chevelure, pendant qu'elle travaillait et que le com crépitait : un écouteur constamment sur le point de se détacher et de tomber là où nul être humain ne pourrait le récupérer. Et elle devait garder ce foutu machin dans son oreille, les rè-gle-ments l'imposaient à tous ceux qui allaient s'isoler dans des trous pareils.

– Yeager, entendit-elle.

Cette fois, on s'adressait à elle.

– Ouais ?

Mais le micro était lui aussi hors d'atteinte lorsqu'elle devait incliner la tête pour orienter le bandeau lumineux vers la tuyauterie.

– Appel reçu. Une minute...

Bernstein, qui voulait prendre de ses nouvelles.

– Yeager.

– Je suis occupée ! cria-t-elle.

– Répondez, Yeager !

Elle tint la canalisation et la dérivation d'une seule main et étira avec difficulté l'autre bras pour déplacer le micro du com.

– Yeager ! hurla-t-elle.

Et Bernstein lui annonça :

– Quarante secondes avant la mise à feu des propulseurs.

Oh, mon Dieu !

– Vous pourriez répéter ?

Comme une idiote elle prit le temps d'emboîter la pièce sur son support.

– Nous repartons, Yeager ! Dans trente secondes !

Elle tendit la main vers la valve, dévissa le volant d'une demi-douzaine de tours. Le nouveau joint résista à la pression.

– Yeager !

Elle entreprit de ramper vers l'extérieur en mettant à contribution ses talons, ses hanches et ses mains pour se pousser le plus vite possible.

La sonnerie de la mise à couvert retentit.

– Vous avez votre eau chaude ! cria-t-elle au com. Mais je ne pourrai jamais arriver jusqu'à la porte !

– Merde ! Où êtes-vous, Yeager ?

Elle se hissa hors du trou de visite et saisit la ceinture-E, anneau-D jaune vif, s'adossa à la paroi des cuisines et boucla son harnais avant de glisser une main derrière sa nuque et de baisser la tête.

– Prête ! hurla-t-elle. Prête !

Le *Loki* rua au même instant, les muscles de son cou s'étirèrent, ses pieds cessèrent de toucher le sol et le cylindre des cuisines gronda sur ses rails pour changer d'orientation jusqu'au moment où la pression s'exerça à la verticale et où le com général annonça :

– *Saut imminent. Déplacez-vous avec prudence. Vous avez le temps de verrouiller les portes et de ranger tout ce qui traîne. L'accélération va augmenter de deux cent cinquante pour cent au cours des trois prochaines minutes...*

Elle déboucla la ceinture-E et la laissa remonter dans son logement mural, s'agenouilla, referma la trappe qu'elle vissa à la main en luttant contre la force qui aspirait ses poignets vers le bas.

Se relever, à présent, redresser un poids presque deux fois plus important que d'habitude, le hisser à la verticale, tendre les mains derrière elle pour descendre le strapontin de saut, l'enfourcher, abaisser l'anneau-D jaune et le rabattre autour de son corps, insérer la patte de fermeture.

La partie inférieure du pont de combustion était déserte – les membres de l'équipage venaient de s'arrimer aux mousquetons-E des surfaces solides, dans des renfoncements, faute d'avoir eu le temps de tendre les hamacs.

Rester couché sur le dos dans cette section était bien plus confortable qu'être assise comme elle dans une section pivotante.

Nous allons sauter...

J'ai un problème, nous avons tous un problème. Seigneur, on nous a pris en chasse...

Je devais rouvrir cette foutue valve. Bon Dieu, j'aurais pu rester coincée dans ce trou...

Bordel... nous filons drôlement vite... ce vaisseau possède une sacrée puissance d'accélération... où sont passés mes tranks ?

Elle devait faire des efforts pour respirer et sentait la pression exercée sur son ventre et ses articulations. Elle leva avec difficulté une main vers le trank-pack glissé dans sa poche de poitrine, le trouva, referma son poing sur lui et pressa la détente contre son cou, la seule partie de peau nue vers laquelle elle pouvait l'orienter.

Nous passons à l'attaque, ou quoi ?

Où est BR ? Où sont Musa et Bernstein ?

Sont-ils tous indemnes ?

On prendra un thé chaud, une fois arrivés.

Où que nous allions...

*

...Le retour à la conscience, au cœur des beuglements assourdissants des sirènes...

Aux postes de combat, alerte rouge, alerte rouge...

Le Loki *poursuit sa route en vol intertiel...*

Restez parés...

L'équipage peut s'occuper des urgences, en prenant les précautions d'usage...

Alerte rouge maintenue...

Equipe médicale au 23...

*

Une sale façon de passer la première, se dit-elle en aidant Johnson le cuistot à distribuer des trank-packs et des c-packs aux membres de l'équipage qui se présentaient au comptoir, par lots de dix pour que ceux capables de se déplacer les apportent à ceux plus mal en point, pendant que le com diffusait des informations...

– *Un deuxième saut n'est pas à exclure, mais pas dans l'immédiat. Silence radio maintenu...*

Une perte est à déplorer. Le scan-tech John Handel Thomas...

– Merde, grommela Johnson.

– *...tué sur le coup par l'impact. Le capitaine exprime ses regrets.*

– *A l'attention des chefs de postes et des contrôleurs de secteurs. Les services médicaux s'occupent de deux patients dont l'état est critique, les blessés légers ne doivent en aucun cas être dirigés sur l'infirmerie...*

– *Yeager,* entendit-elle dans son com d'oreille.

Bernstein était toujours en vie, et au travail.

– Oui, monsieur ! répondit-elle sans ralentir la distribution.

– *Présentez-vous au rapport dès que nous nous serons stabilisés.*

– Bien, monsieur.

L'intonation de Bernstein était annonciatrice d'ennuis. L'estomac de Bet avait une raison supplémentaire de faire des siennes.

– *Ici le capitaine. Un transporteur de troupes est entré dans le système où nous étions. Notre départ immédiat dans la direction opposée nous a donné une avance considérable et nos adversaires devraient avoir de sérieuses difficultés à nous retrouver. Nous avons réduit notre vitesse et terminé les calculs de position. Nous passons donc en alerte jaune et les membres de l'équipage sont autorisés à quitter leurs postes de combat. Ceux qui ne sont pas de quart doivent procéder aux préparatifs d'un nouveau saut. Alerte jaune jusqu'à nouvel ordre...*

– *Relève des équipes dans cinq minutes,* fit une voix sèche qu'elle avait appris à reconnaître.

Celle du responsable du faux-jour, Orsini, qui s'adressait à eux par le com général pendant qu'elle mangeait un sandwich : un privilège de ceux bloqués en salle de détente avec l'équipe du vrai-jour.

– *Faux-jour, préparez la transmission des consignes.*

Elle utilisa son com pour demander à Bernstein :

– Et moi, qu'est-ce que je fais ?

– *Vous vous estimez heureuse. Je devrai attendre la prochaine fois pour vous écorcher vive. Dites à Jim Merrill de rappliquer en quatrième vitesse.*

– Ce n'est pas à *moi* de le lui dire, protesta-t-elle.

Merrill croyait sans doute qu'elle était en salle de détente et mangeait un sandwich parce qu'on l'avait chargée d'un remplacement dans son équipe, ce qui lui eût permis de bénéficier d'un repos supplémentaire.

– *Et chargez-le de ramener vos outils*, ajouta Bernstein.

Elle se résigna à aller aborder Merrill, sur le banc où il s'était assis pour manger.

– Les travaux de plomberie des cuisines sont terminés. J'ai reçu un appel de Bernstein. Vous devez vous présenter à l'Ingénierie et rapporter mon matériel.

– Merde !

Elle déboucla son ceinturon et retira son com, pour les remettre à son interlocuteur.

Mais elle n'eut pas le temps de regagner le comptoir que Liu-la-salope l'accusa d'être une novice qui obtenait des faveurs de Bernstein, comme par exemple ce repos anticipé et ce sandwich, parce qu'elle couchait avec un officier dont elle ne précisa pas le nom.

On ne discutait pas avec Liu, la doyenne de l'Ingénierie de vrai-jour, une petite brune aux yeux noisette toujours armée d'un couteau – aux escales tout au moins. Bet la regarda et attendit patiemment qu'elle eût fini de s'égosiller avant de rétorquer posément :

– Je ne peux pas vous reprocher d'accorder de l'importance à de tels détails, mais je précise que je suis restée coincée jusqu'au saut sous le pont de ces foutues cuisines pour vous permettre d'avoir de l'eau chaude et que j'aurais été bien bête de refuser un sandwich gratuit. Je dois ajouter que j'ai ensuite donné un coup de main au cuistot pour distribuer les packs et la nourriture, pour la simple raison que j'étais de quart. Alors je ne vous permets pas de dire que je me suis tourné les pouces.

Liu bouillait de rage et Merrill de dépit. Les autres les regardaient, un tas d'inconnus – une foule impressionnante qui préférait se distraire en suivant cet accrochage plutôt que d'aller procéder aux préparatifs d'un autre saut.

On lui adressait des regards inquisiteurs, elle entendit murmurer :

– C'est Yeager. Liu aurait intérêt à se méfier.

*

Changement d'équipe ! En vitesse et sans discussion !

La voix de Fitch, qui la pénétra jusqu'aux os.

Ordre d'ancienneté inversé, protocoles de relève verbaux ! Exécution !

*

Tous suivirent ces directives, le vrai-jour à son poste, le faux-jour dans les quartiers, ou tout au moins dans la coursive où les hamacs avaient été tendus. Elle vit Musa et BR arriver et se servit une bière. Le cuistot venait de lui apprendre que son compte avait été crédité de sa solde et elle leur offrit un verre. Nul ne pourrait lui reprocher d'avoir de petites attentions envers les membres de son équipe, et de discuter avec eux pendant qu'ils buvaient.

– Venez vous asseoir près de moi, leur dit-elle. Je peux tout de même payer à boire à mes compagnons, bon Dieu ! BR, rien ne t'oblige à rester toujours à l'écart...

Le plus innocemment possible, à l'intention de ceux qui devaient tendre l'oreille.

– Ouais, BR, assieds-toi, dit Musa. C'est la moindre des politesses envers quelqu'un qui t'offre un verre.

BR s'assit, maussade, au-delà de Musa. Tous étaient si affairés à se nourrir et à s'installer qu'ils ne les remarqueraient même pas, pensa Bet.

– Ça s'est bien passé ? demanda-t-elle.

– La presse fonctionnait, expliqua Musa. Nous avons dû couper l'alimentation générale et toute cette merde s'est répandue sur le moule. Ceux de vrai-jour vont râler...

Liu était sa contrepartie. Bet sourit et but sa bière.

Et BR déclara posément, sans la regarder et tout en mangeant :

– Bernie n'arrivait pas à te joindre.

On s'était donc inquiété pour elle, à l'Ingénierie.

– Ce maudit compresseur ronflait au ras de mon oreille et je n'avais pas entendu la sirène. Bernstein veut me voir et tout laisse supposer que c'est pour me faire passer un sale quart d'heure.

– Eh, voyez un peu qui nous tient compagnie, se moqua un tech appelé Linden.

Il s'assit avec deux copains. BR avait dû entendre aussi bien qu'elle, mais ce fut Musa qui se pencha pour dire d'une voix forte :

– Mais c'est Linden Hughes, ma parole ? Salut, Lindy ! Comment ça va ?

– Et toi, Musa ? répondit l'homme en s'inclinant à son tour, moins goguenard.

– On fait aller.

Musa se redressa et Linden en fit autant, pour couper court à cette conversation. Calé entre eux, BR avala la dernière bouchée de son sandwich qu'il fit glisser avec le restant de sa bière.

– Je vais à mon hamac, dit-il. Merci.

– Cette grande gueule, grommela Bet. BR...

– Laisse tomber, lui conseilla Musa en posant la main sur son genou.

– Ce n'est pas juste, protesta-t-elle.

– Ferme-la, lui ordonna Musa.

Et elle obtempéra. Car les conseils de cet homme étaient presque toujours pleins de bon sens.

13

Une nuit paisible, tout bien considéré. La sonnerie du réveil fut suivie d'un communiqué :

– *Ici le capitaine. L'état d'alerte est levé. Nous restons en veille et nous limitons à un sondage passif. Nous avons transmis nos informations sur l'appa-*

reil ennemi à un vaisseau allié qui a effectué un saut au cours du dernier quart...

Comme dans la Flotte, pensa Bet. On n'apprenait ce qui se passait que quand tout était terminé, et lorsqu'on se faisait tuer c'était une surprise.

Les hamacs devaient rester en place mais ils pouvaient regagner leurs quartiers et aller prendre une douche, ce qui constituait une priorité après chaque saut car l'épiderme pelait un peu et les coutures des vêtements avaient des relations un peu trop intimes avec les articulations, sans parler de l'odeur de sueur. Elle se lava, se changea et alla chercher son petit déjeuner – sans voir ni Musa ni BR, ce qui signifiait qu'elle était en retard ou qu'ils s'attardaient dans les douches.

La pendule du comptoir accréditait la première hypothèse. Elle se hâta d'ingurgiter son pain grillé, son thé et sa tasse de synthorange puis se dirigea vers l'Ingénierie.

Musa était là. Il la salua d'une inclinaison imperceptible de la tête et loucha en direction de Bernstein. Elle s'essuya les mains sur son pantalon et alla vers le poste de celui-ci.

– Monsieur.

Il la dévisagea, en prenant son temps.

– Avez-vous quelque chose à me dire, au sujet du com ?

– Non, monsieur.

– *Parlez-m'en quand même, Yeager.*

– Oui, monsieur. Il est tombé de mon oreille, monsieur.

– Vous n'avez pas entendu la sirène ?

– Non, monsieur. Je vous remercie de m'avoir avertie, monsieur.

Il la fixa, pendant des secondes interminables.

– Et vous avez décidé de rester là-bas pour rebrancher cette foutue canalisation. Pauvre idiote, si la conduite avait cédé, tout le contenu de la cuve se serait répandu sur le pont de détente.

– Oui, monsieur. Mais je ne connais pas les systèmes de chauffage, que la plomberie générale. Je craignais qu'un machin ne risque d'exploser et j'ai rouvert le circuit.

– C'est bien le problème, avec les apprentis formés sur les gros appareils. Vous ne connaissez pas les systèmes de chauffage, que la plomberie générale. Vous n'êtes qu'une "spécialiste".

– Oui, monsieur.

– Que faisiez-vous ?

– Surveillance, monsieur. Petites réparations. Je n'ai pas prétendu autre chose, lorsque je me suis présentée à votre capitaine. Je me suis engagée à ne pas toucher à un système qui ne m'était pas familier, mais je n'aurais jamais cru qu'une simple canalisation d'eau chaude mettrait ce vaisseau en danger.

D'après son expression, Bernstein avait envie de l'étrangler.

– Où en étiez-vous, quand vous avez reçu mon appel ?

– Il ne me restait qu'à emboîter la conduite dans son support, monsieur. Je vous ai entendu, j'ai mis le tuyau en place, j'ai rouvert l'eau et j'ai déguerpi. Monsieur.

Un long silence. Une inspiration profonde.

– Yeager ?

– Monsieur ?

– Vous n'avez aucune référence et c'est la première fois que j'ai sous mes ordres quelqu'un dont la formation laisse autant à désirer. Je devrais vous envoyer à Orsini, pour qu'il vous affecte aux Services.

– Oui, monsieur.

– Oui monsieur, non monsieur... Il ne vous arrive jamais d'avoir une *opinion*, Yeager ?

– Je préférerais rester dans votre équipe, monsieur.

– Dites-moi la vérité. Avez-vous eu un jour des références ?

– J'ai tout perdu pendant la Guerre, monsieur.

– Ne me mentez pas.

– Non, monsieur.

Un nouveau silence interminable.

– Vous n'avez pas appris grand-chose, Yeager. Mais vous savez vous servir de vos mains et avez du sang-froid. Dans quels domaines puis-je compter sur vous ?

– Hydraulique. Electronique.

– Quoi d'autre ?

Elle réfléchit, très vite et en se concentrant.

– Les coms. Toute la petite mécanique. Moteurs. Pompes.

– Une vraie spécialiste. Vous avez navigué sur des cargos de quelle catégorie ?

– Des transporteurs de faible tonnage, monsieur. Et en station.

Elle respira à fond et franchit le pas, parce qu'elle devait se forger des alibis.

– J'ai aussi fait partie d'une milice.

– Où ? s'enquit sèchement Bernstein.

– Pan-paris.

Cette station appartenait désormais à l'Union et tous ses fichiers avaient été détruits. Nul ne pourrait vérifier ses dires. Il serait impossible d'obtenir des renseignements sur ce qu'elle prétendrait avoir fait là-bas.

– Vous connaissez les systèmes d'armement ?

– Un peu.

Elle eut l'impression que l'air se raréfiait et se racla la gorge.

– Ceux qu'on trouve sur un cargo, monsieur. Et dans les stations. Pas d'armes lourdes.

Bernstein restait assis. Il la regardait de haut en bas. Il finit par hocher la tête, lentement.

– Voilà ce que je vais faire, Yeager. Je me contenterai pour l'instant de garder tout cela à l'esprit. Mais ne me refaites jamais un petit numéro de ce genre, compris ?

– Oui, monsieur.

– Allez procéder à la relève.

– Bien, monsieur.

Ses mains tremblaient et ses épaules restaient figées. Elle déglutit et se détendit, puis elle se dirigea vers Jim Merrill qui l'attendait en compagnie d'Ernst Freeman, visiblement mécontent.

– Ne vous pressez surtout pas, grommela-t-il.

– Désolée.

– Tout est à jour, sauf le rangement de l'atelier.

– Parfait. Merci, Merrill.

– Où est BR ? lui demanda Freeman.

– Je ne sais pas.

Elle regarda autour d'elle. Freeman occupait le même poste que BR et s'il était toujours là, ce n'était pas pour attendre Merrill qui s'éloignait déjà.

– Je vais me renseigner.

Elle regarda l'horloge. Un quart d'heure de retard. Son cœur s'emballa. Elle alla vers Musa, dans l'autre travée.

– Musa, où est BR ? murmura-t-elle.

Bernstein vint les rejoindre.

– L'un de vous a-t-il vu BR, ce matin ?

– Non, monsieur, dit Bet.

– Si, déclara Musa en se renfrognant. Dans les quartiers.

– Merde, grommela Bernstein avant de crier à Freeman : C'est bon, vous pouvez nous laisser, je vous remplace.

L'homme du vrai-jour sortit.

– Merde, répéta Bernstein. Musa, allez voir dans l'atelier.

– Bien, monsieur.

Il les quitta.

Ils ne pouvaient rien faire de plus, pensa-t-elle. Une équipe réduite, avec de nombreux contrôles à effectuer, BR absent et Musa parti à sa recherche – il n'y avait plus que Bernstein et elle.

Elle se chargea des vérifications qui incombaient à BR, releva les données et signala une différence à son supérieur.

– Paramètres internes, déclara ce dernier.

Musa revint.

– Rien dans l'atelier.

– Je vais faire un saut jusqu'aux quartiers, proposa Bet.

– Il n'y est pas, fit Bernstein. J'ai déjà appelé là-bas. Il est allé se planquer quelque part, *bordel !*

– Autorisez-moi à le chercher, demanda Musa.

– Nous avons du travail, bon sang ! Si nous ne terminons pas ce contrôle, Orsini va débarquer. Le salopard !

– Je peux essayer de le retrouver, suggéra Bet.

– Vous ignorez où il peut se terrer.

– J'ai eu le temps de me familiariser avec cet appareil et de remarquer pas mal de choses. S'il vous plaît, monsieur.

– Si vous le trouvez...

– J'espère pouvoir le convaincre de revenir ici...

– Vous avez une heure. Essayez l'accès au moyeu, les placards, les cales de stockage...

Bernstein énuméra les possibilités sur ses doigts. Elles étaient plus nombreuses que celles citées par BR.

– Je l'ai vu pour la dernière fois dans les quartiers, précisa Musa. Il s'habillait et tout était normal, que je sache.

– Tout est toujours normal, quand on le sait, grommela Bernstein. Magnez-vous, Yeager. Trouvez cet imbécile et ramenez-le ici. Assommez-le, s'il le faut. Filez !

Elle fila. Elle remonta jusqu'au magasin de l'atelier et alla jeter un coup d'œil dans le renfoncement où ils s'étaient dissimulés l'autre fois. Il ne s'y trouvait pas.

Bon sang.

Tout était normal, que je sache...

Impossible de couper par le territoire des mofs. Ce n'était même pas envisageable. Il régnait une froidure glaciale et une pesanteur réduite, dans les différentes voies d'accès au moyeu. Nul ne s'y serait caché tant qu'existait une autre possibilité.

Les placards ne devaient pas constituer le refuge préféré de BR mais ils étaient placés sur son chemin – après une vérification rapide et vaine dans le renfoncement de l'ascenseur du moyeu.

Elle entreprit d'ouvrir les portes. Dieu seul savait ce qu'elle risquait d'y trouver pendant les heures de détente du vrai-jour et les visiter jusqu'au dernier ne l'enthousiasmait guère, mais elle n'avait pas le choix.

Placard un, placard deux, placard trois. Rien. Elle souffrait d'un point de côté et elle reprit sa respiration avant d'aller jeter un coup d'œil dans la remise des ustensiles de nettoyage.

Les lieux étaient plongés dans la pénombre. Le seul rai de clarté entrait par la porte laissée ouverte et révélait des jambes.

– Désolée.

Surprise de les voir immobiles, elle effectua un pas de côté pour écarter son ombre, se pencha et fit la lumière.

BR. Il ne pouvait dormir, pas dans une position aussi inconfortable.

– Seigneur. BR...

Elle s'accroupit et secoua sa jambe.

– BR ?

Elle n'osait le déplacer. Elle posa deux doigts sur sa cheville pour prendre son pouls, elle lui donna des tapes.

– BR ?

Il eut un soubresaut, bougea imperceptiblement.

– BR, bordel !

Il remonta sa jambe, lentement, et elle put voir du sang sur son visage, sur le pont...

– Ô mon Dieu !

Elle saisit son bras pour le retenir et l'empêcher de s'effondrer.

– Ne bouge pas, je vais chercher Bernstein.

– Ce n'est rien, dit-il en tendant la main vers la poignée d'un placard.

Bet se redressa et il agrippa son bras.

– Non, ça va aller !

– Tu parles. Qui t'a fait ça ?

Il secoua la tête, s'agenouilla et dut à nouveau se retenir.

– Je vais faire venir Bernstein.

– Non !

– C'est lui qui m'a envoyée à ta recherche, bon sang. Je dois lui dire où tu es. Et je te serais reconnaissante de ne pas faire de conneries pendant mon absence, tu saisis ?

– Non !

Il se leva. Il chancelait, et elle le soutint.

– Je ne veux pas aller à l'infirmerie. Dis à Bernie que je regagnerai mon poste sitôt après avoir fait un brin de toilette.

– Je t'interdis de partir d'ici, bordel !

Elle sortit, gagna la première station de com générale et composa l'indicatif de l'Ingénierie.

– Monsieur Bernstein, ici Yeager. Je l'ai trouvé.

– Où ? s'entendit-elle aussitôt répondre.

Il avait dû rester assis près d'un com. Ou en garder un sur lui.

– Un placard de stockage, monsieur. Quelqu'un l'a bien amoché.

– Avertissez les meds.

– Il ne veut pas.

– Faites-le soigner, Yeager. Vous souhaitez être vous aussi considérée comme un problème ?

– Il dit...

– Je m'en fiche, Yeager. Exécution !

– Oui, monsieur. Quel est l'indicatif ?

Il le lui communiqua. Elle le composa, passa l'appel et retourna auprès de BR. Il se tenait devant l'évier et essayait de se laver. L'eau était rouge.

– Un med arrive, lui dit-elle. Ordre de Bernstein. J'ai tenté de l'en dissuader.

– Merde.

Il s'accouda à la cuvette.

– Qui a fait ça ? Tu les as vus ?

Il secoua la tête.

– Pourquoi ? Qui a commencé ?

– La nuit dernière. J'ai essayé de te le faire comprendre.

– Parce que tu t'es assis avec nous ?

Une confirmation.

– Ne t'en mêle pas.

– Hughes ?

– Reste à l'écart de tout ça ! Combien de fois devrai-je te le répéter ? Rappelle les meds pour leur dire que c'était une erreur, que j'ai heurté un placard, pour l'amour de Dieu...

– Bernstein ne l'acceptera pas. J'ai essayé.

– Tu l'as joint par le com général, murmura lentement BR. Bordel !

*

– Rien de cassé, dit la med en s'adressant à Bet.

BR était allongé entre elles, sur la table d'examen, aveuglé par la lampe que la femme braquait sur ses yeux pendant qu'elle sondait des parties de son corps qu'il eût sans doute préféré ne pas montrer en public. Mais le vestibule d'un poste chirurgical n'offrait d'autre intimité que celle d'un simple drap.

– Je diagnostique une légère commotion cérébrale. Une porte de placard, dites-vous ?

– Oui, mentit BR.

– Un sacré placard, commenta la med.

Elle s'appelait Fletcher, une femme d'un certain âge.

– A l'avenir, ne vous en approchez plus.

– Oui, docteur. Je voudrais regagner mon poste.

– Je peux vous en dispenser.

– Non, docteur.

Fletcher grimaça et tapa quelques mots sur son bloc-notes électronique.

– Il vous faut un antalgique et un décontractant musculaire. Passez les chercher aux cuisines, ce soir. Une pilule à chaque repas. J'ai injecté un anesthésique local qui devrait entre-temps suffire. Pas d'alcool avec les médicaments. Compris ?

– Oui, docteur, fit BR, docile.

Il se rassit lentement, aidé par les deux femmes.

Et il se figea, les yeux rivés sur la porte.

Chemise kaki, galons de commandant en second. Mais ce n'était pas Fitch : un grand homme brun à la mâchoire assombrie par un système pileux développé.

– J'ai appris que nous avions un blessé, déclara le mof.

Orsini. Elle avait reconnu le timbre de sa voix.

– Commandant, dit BR.

Il glissa de la table et resta debout.

– Comment est-ce arrivé ?

– Un stupide accident, commandant.

Orsini se tourna vers Bet.

– Y avez-vous assisté ?

– Non, commandant. Mr Bernstein m'a simplement demandé de l'accompagner jusqu'ici, commandant.

– L'incident s'est donc produit à l'Ingénierie ?

– Dans la section de stockage, commandant, intervint BR. La porte d'un placard s'est ouverte sur moi.

Un long silence.

– Cette porte a-t-elle fait d'autres victimes, Fletcher ?
– Pas encore, répondit la med.
Orsini hocha la tête, les mains croisées dans le dos. Il se dirigea vers l'extrémité de la table pendant que BR récupérait ses vêtements ensanglantés.
– Je veux une copie de votre rapport.
– Je n'ai pas terminé de le rédiger, dit la femme. Je ne manquerai pas de vous en communiquer un exemplaire.
– Va-t-il retourner à son poste ?
– A sa demande.
Orsini regarda BR.
– Vous pouvez disposer. Vous aussi, Yeager.
– Bien, commandant, dit BR.
– Commandant, fit Bet.
BR sortit seul de la pièce et s'éloigna sans aide dans la coursive en achevant de fermer sa combinaison.
– Ça va, lui dit Bet. Tout va s'arranger.
– Rien ne va et ça ne risque pas de s'arranger, rétorqua BR. Tiens-toi loin de moi, tu m'entends ?
– Faut pas y compter.
Il ne prit pas la peine de lui répondre et retourna dans les quartiers où dormaient ceux du vrai-jour. Il changea de vêtements pendant qu'elle l'attendait sur le seuil.
Elle repartit avec lui.
Jusqu'à l'Ingénierie.
– Bon Dieu ! s'exclama Bernstein en le voyant.
Il secoua la tête. Musa ne dit rien. Elle ignorait s'il avait fourni des explications à leur chef mais estimait qu'il devait avoir agi pour le mieux.
BR signa la feuille et ne protesta pas quand Bernstein le chargea de faire de simples travaux d'écriture.
– Remplissez votre foutu rapport d'accident, dit-il. Ce n'est pas mon boulot.

Mais il la prit à part et lui demanda :
– Qui a fait ça ?
– Je l'ignore, monsieur. Je n'ai que de simples soupçons. *Orsini* est passé à l'infirmerie.
– Je l'ai appris. Ecoutez, Yeager. Si quelqu'un d'autre se fait amocher, BR sera dans de sales draps. Se bagarrer constitue une faute grave, sur ce vaisseau. Vous m'entendez ?
– Je le sais, monsieur.
– Que savez-vous, plus exactement ?
– Musa m'a mise au courant. Au sujet de BR, de ce qui s'est passé.
– Je vous conseille de mettre à l'avenir vos neurones à contribution, Yeager. Faites preuve d'un peu plus de discernement. Tenez compte de ce que vous dit Musa. Pensez à ce qui risque de se produire si l'envie d'offrir une bière à BR vous reprend. Tout l'équipage sait qui est nouveau à bord, et donc d'où viennent les idées nouvelles, et cela ne peut apporter que des ennuis, Yeager. Saisissez-vous le fond de ma pensée ?
– Oui, monsieur.
Bernstein prit une inspiration profonde.
– Vous comprenez ! J'ai tout fait pour protéger la vie de cet homme et sa santé mentale, Yeager. Il vient d'y avoir cet incident. Des choses bien plus graves risquent d'arriver. Il s'agit là d'un simple avertissement, comparé à ce qu'ils peuvent lui faire. Ils n'auraient qu'à mentir, et ils ne s'en priveront peut-être pas. Rien ne les empêchera de plaider la légitime défense.
– Je peux mentir, moi aussi. Hughes est un salopard et il a voulu me violer juste au moment où BR passait par là. Voilà quelle sera ma version des faits, s'il est nécessaire d'en arriver là.
– Ne soyez pas idiote !
– Non, monsieur.
– C'est donc Hughes ?
– Je ne sais pas, monsieur.

Il la dévisagea, avec froideur.
– Etes-vous armée, Yeager ?
– Pas en ce moment, monsieur.
– Qu'avez-vous dans vos poches ?
Elle sortit sa carte. Et un gros écrou.
– Puis-je vous demander ce que vous comptiez en faire ?
– Le remettre à sa place, monsieur.
– Alors, faites-le au plus tôt. Vous et Musa, vous ne quitterez pas BR d'une semelle, où qu'il aille. Pas à tour de rôle. Ensemble. C'est compris ?
– Parfaitement, monsieur.
Bernstein s'éloigna.
Pour parler à Musa.
Elle libéra sa respiration.
Je connais les règles du jeu, monsieur. Elles sont plutôt vicieuses, mais je pense les avoir assimilées, monsieur.

14

– J'ai du nouveau à t'annoncer, dit Bet en se penchant sur le siège de BR.
Elle toucha son épaule, ce qui le fit tressaillir. Il voulut la repousser et découvrit qu'il ne pouvait le faire sous cet angle.
– Musa et moi, nous allons nous attacher à tes pas, ce soir...
– J'ai assez d'ennuis comme ça.
– Tu n'as pas encore entendu le reste. Nous te suivrons où que tu ailles, quand tu iras dîner et lorsque tu regagneras les quartiers. Tu nous auras sur tes talons lors de tous tes déplacements.
– Pendant combien de temps ?
Il fit pivoter son siège et s'immobilisa une frac-

tion de seconde avant que son genou ne vînt percuter la jambe de Bet.

– Ne t'en mêle pas.

– Qui a fait ça ?

– Ce ne sont pas tes affaires.

– Erreur. Je suis concernée, et Musa également. Nous en avons parlé.

– Laisse-moi tranquille ! Tu veux que Fitch me fasse arrêter ?

– Pourquoi ? Parce que tu te promènes dans une coursive ?

– Il trouvera un prétexte.

BR était mal en point. Il agita une main tremblante.

– Va au diable. J'ai déjà suffisamment d'ennuis comme ça.

– Que feras-tu, la prochaine fois ?

Elle esquiva son genou pour s'asseoir sur le siège suivant qu'elle tourna vers lui. Elle se pencha en avant, les bras posés sur ses genoux.

– Que feras-tu, marchand, s'ils décident de remettre ça ?

– C'est mon problème.

– Mmm.

Elle cala son pied entre les siens sur le repose-pieds circulaire de son siège, pour l'empêcher de le faire pivoter.

– Non. Ce sont les ordres de Bernstein, son idée. Je ne suis pas idiote. Je ne viens pas d'un vaisseau familial. Admets que je suis peut-être plus habituée que toi à des situations de ce genre, non ?

– Il n'y a pas qu'eux...

– Ouais, ouais, tout ça c'est bien beau. Mais que devrions-nous faire, Musa et moi ? Nous buvons une bière. Des skuz s'en offusquent. Devons-nous jouer aux imbéciles, feindre d'être trop stupides pour additionner un et un ? Ou trop bêtes pour savoir qu'il faut assumer les conséquences de ses actes ? La plupart des membres de cet équipage ne sont pas mêlés à ces histoires. Ils se fichent de toi, ils ne t'accordent pas deux pensées par semaine – parce que tu n'as aucune importance... jusqu'au jour où tu te fais passer à tabac et où Musa doit faire un choix : s'écraser ou réagir. J'opte pour la deuxième solution, car je viens d'arriver. Et voilà que tu te retrouves avec autour de toi une sorte d'*organisation*, si tu vois de quoi je veux parler.

– Fitch aura ta peau.

– Tu n'écoutes pas ce que je te dis, marchand. Tu ne respectes pas les règles du jeu.

– Merde.

Il se détournait. Elle augmenta la pression de son pied et saisit son bras.

– Et c'est un de nos problèmes.

– Lâche-moi, si tu ne veux pas que je te brise le poignet.

– Mmmm-mmm. Tu n'as pas touché aux types qui t'ont amoché et voilà que tu me menaces. C'est malin.

Il secoua son bras, pour lui faire lâcher prise.

– Muller m'a dit que c'est ta façon de récompenser ceux qui veulent t'aider.

Il fit pivoter le siège dans l'autre direction, repoussa le pied de Bet et se leva.

Pour se retrouver nez à nez avec Musa, qui lui ordonna :

– Assis.

– Enfer !

– Je crains qu'il ne faille lui taper dessus, déclara Bet à Musa. C'est apparemment le seul moyen de lui faire prendre quelqu'un au sérieux.

– Fichez-moi la paix !

Il écarta Musa du passage et se dirigea vers la porte.

– BR ! cria Bernstein depuis l'autre côté de la salle.

BR fit encore deux pas et s'immobilisa sur le seuil, comme retenu par une longe invisible.

– C'est moi qui ai donné cet ordre, ajouta Bernstein. Vous avez intérêt à ne pas vous y opposer.

BR fourra ses mains dans ses poches, fut parcouru d'un frisson, puis se tourna. Il arborait sa maudite expression pleine de suffisance, malgré sa lèvre fendue et le reste.

– Bien, monsieur, dit-il.

*

BR sortit et ils en firent autant. Bernstein les avait tous retenus à l'Ingénierie jusqu'à l'arrivée de l'équipe de vrai-jour. BR entra dans la salle de détente et prit ses pilules. Ils se servirent des bières et s'assirent...

– Merde, grommela BR quand ils vinrent l'encadrer.

Musa lui tapota le genou.

– Tout va bien. On s'en tire comme des chefs.

Il dévisagea BR et se pencha sur le banc.

– J'ai l'impression que ton œil va prendre toutes les couleurs de l'arc-en-ciel.

Leur arrivée n'était pas passée inaperçue. Tous avaient feint de ne rien remarquer tant que les nouveaux venus risquaient de les entendre, puis ils s'étaient rapprochés les uns des autres en lançant des regards furtifs à BR. Ils se demandaient ce qui lui était arrivé et comme tous savaient que c'était sa dernière chance avec Fitch, les spéculations devaient aller bon train.

– Ne bouge pas de là, dit Musa en tapotant à nouveau le genou de BR. Je vais me chercher une bière.

Muller l'aborda avant qu'il n'eût atteint le comptoir et ils se mirent à discuter. Sans doute en profitait-il pour exprimer le fond de sa pensée, se dit Bet en buvant et en surveillant BR du coin de l'œil

– pour découvrir sa réaction face aux autres membres de l'équipage.

Mais ce fut Linden Hughes qui parut le plus surpris de le voir.

Un fait indéniable.

– Lui ? demanda-t-elle à BR sans tourner la tête.

– On m'a assez aidé comme ça.

– Bien sûr. Lui. Ses amis. Tous sont prêts à te donner un coup de main.

Plus un mot de BR.

– Tu n'as pas bien compris, ajouta-t-elle. Je pense même que tu as tout assimilé de travers. Les amis, c'est ceux qu'on aide.

– Tu n'es qu'une pauvre idiote.

Il se leva et se dirigea vers les quartiers.

Bet en fit autant.

Elle le rattrapa à l'intérieur de la salle plongée dans la pénombre.

Il s'arrêta net.

– Cesse de me suivre, gronda-t-il.

– Eh, on se calme.

Il revint vers elle, mains écartées.

– Ecoute. Bernie a eu une excellente idée et elle sera efficace jusqu'à ce qu'il y ait une putain d'urgence et qu'il doive envoyer Musa par ici et toi par là...

– Tout ce qu'on te demande, c'est d'être un peu malin. Pour changer.

– Musa laissera tout tomber dans moins de trois jours. Il se défilera dès que Bernstein lui en fournira le prétexte et il ne restera alors que toi, tu comprends ? Te retrouver dans ce foutu placard avec ces types, ça te tente ?

– Musa et moi sommes arrivés à un accord, un petit arrangement...

– De quoi parles-tu ?

– Ce à quoi tu penses. La même chose qu'avec toi. Or-ga-ni-sa-tion, marchand. Tu dois appréhender le concept d'une famille. Je suis prête à parier que oui. C'est pareil. Absolument pareil.

A le voir, on aurait pu croire qu'elle venait de le gifler.

Il repartit dans l'allée, vers sa couchette.

Une seconde plus tard, Musa franchissait la porte.

– Qu'est-ce qu'il fait ? demanda-t-il.

Il vient d'un cargo familial, se dit-elle. *J'en mettrais ma tête à couper.*

– Il est allé chercher quelque chose, se contenta-t-elle de répondre en suivant BR des yeux, les bras croisés.

Musa se gratta l'épaule.

– Il n'est pas ravi. Je m'en doutais.

– Tu dois savoir que j'ai couché avec lui.

– Il est comment ?

– Nerveux. Très doux, par instants.

Musa y réfléchit.

– Il y a longtemps, dit-il. Et tu es très jolie. J'avoue que je l'envie.

Elle rit. Cela lui donnait l'impression d'être un peu plus belle. Personne ne lui avait tenu de tels propos, sauf Bieji lorsqu'il avait un peu bu.

C'était ce qu'il convenait de faire, trouver sa voie et des amis sur qui compter. C'était tout le problème, à bord du *Loki*. Il n'y avait pas beaucoup de gens dignes de confiance. On le percevait dans l'atmosphère. Et elle ne se sentit vraiment en sécurité que quand Musa la prit par la taille.

*

Il fut également parfait dans sa couchette située à l'extrémité des quartiers, près de la vid où les bons et les méchants se mitraillaient sous les acclamations des spectateurs ivres et les gémissements des couples isolés derrière les rideaux.

BR n'entrait dans aucune de ces catégories. Il

devait dormir, ou se ronger les sangs comme à son habitude, mais au moins ne courait-il aucun danger – dans le lit d'à côté, en bout de rangée, près de la vid. Le leur était le suivant.

Musa occupait autrefois un emplacement envié au milieu des quartiers. Lorsque BR avait rejoint leur équipe, Bernstein l'avait convaincu de procéder à un échange avec Muller, qui s'en était déclaré ravi, d'autant plus que comme tous les autres il n'adressait pas la parole à BR.

Telle était tout au moins la version des faits que fournissait Musa.

Et de cette façon, malgré son ancienneté, il se retrouvait juste à côté de la vid et des ivrognes braillards – dont on pouvait se demander si c'était bien ce qui se passait sur l'écran qui suscitait leur enthousiasme.

– Les imbéciles, grommela-t-il entre deux inspirations.

– N'y fais pas attention, dit-elle.

Et elle rit, parce qu'elle trouvait cela amusant. Musa en fit autant, doucement, sous les couvertures.

– Tu es formidable, lui déclara-t-il.

Il avait une odeur de savonnette parfumée, des draps propres, et une vieille bouteille de whisky terrien authentique dont il lui avait servi une bonne dose. Elle n'avait jusqu'alors qu'entendu parler de cet alcool, par des hommes de troupe de l'*Africa* assez âgés pour se le rappeler.

– Où te l'es-tu procuré ? avait-elle demandé, et Musa de lui répondre : « Un souvenir de chez moi. »

Il était donc originaire de la Terre. La Flotte avait combattu pour cette planète. L'*Africa* était retourné se battre dans le système de Sol. Cela créait une sorte de lien imprécis, des rapports qu'il eût été difficile de qualifier d'amicaux, mais elle ne pouvait s'empêcher de penser à tous les concours de circonstances nécessaires pour qu'une ex-

Marine de l'*Africa* et un homme tel que Musa partagent le même lit.

Un parcours entrecoupé de nombreuses escales.

Ils entendirent une succession de déflagrations saluées par les hurlements des ivrognes et Musa récita de mémoire les dernières répliques. Il était très drôle, aussi éméché qu'elle, et il lui versa un autre verre.

La vid s'arrêta brusquement. Les spectateurs gémirent leur déconvenue.

– *Ici le capitaine*, gronda le com. *Nous effectuerons un saut à 06:00 de vrai-jour.*

Puis le spectacle reprit, mais tous parlaient désormais à voix basse.

– Merde, grommela Bet. On repart. Pour où, cette fois ?

– La réponse est facile.

– Où, alors ?

– Là où ils nous chassent.

– Merde, répéta-t-elle en lui donnant un petit coup de poing.

Il s'installa plus confortablement.

– Ce n'est pas difficile à deviner. La Flotte a subi deux cuisantes défaites à proximité de la Terre et a battu en retraite Dieu sait où... on parle de la vieille Bêta...

Il y avait de quoi avoir des frissons. Les Marines racontaient que Mazian gardait un atout dans sa manche et parlaient de cette station abandonnée d'Alpha Cent – l'avant-poste maudit en orbite autour de la deuxième étoile atteinte par l'espèce humaine – qui avait soudain cessé d'émettre ses flux-infos. Une interruption brutale, inexplicable, même après l'arrivée sur place d'un vaisseau subluminique transportant une équipe d'enquêteurs. Ils s'étaient contentés de constater que la station avait été close et que son module-pousseur s'était volatilisé en même temps que toute sa population...

Mais nulle trace de destruction ou de spectre électronique d'une transmission n'avait permis d'apporter une explication à ce qui s'était produit.

– C'est de la folie, dit-elle.

Et il lui vint à l'esprit que Mazian pouvait avoir lancé lui-même une telle rumeur afin de brouiller les pistes.

– J'ai entendu dire qu'ils avaient sauté dans cette direction, ajouta Musa.

– Peut-être ont-ils trouvé un point de masse dont nous ignorons tout.

– C'est possible. A moins qu'ils n'aient simplement cherché refuge dans ce secteur et ne se soient tenus tranquilles depuis. Cette station leur permettrait de subvenir à leurs besoins, avec son équipement de forage et d'exploitation de la biomasse, des trucs vieux comme Hérode mais qui devraient être toujours sur place. C'est peut-être ce qu'a tenté Mazian.

– Nous allons là-bas, nous aussi ?

– Non.

– Alors, que sommes-nous censés faire ?

– Garder les routes ouvertes, empêcher ces salopards de nous couper de la Terre et de récupérer tout ce qui pourrait l'être dans les Etoiles Postérieures. Cela permettrait à Mazian de rouvrir les hostilités, d'isoler la Terre, d'obliger Pell à entrer dans l'Union ou à négocier avec lui. S'il contrôle la Terre, Pell devra renoncer à son indépendance, et les Etoiles Postérieures ne sont qu'un dépotoir de l'humanité. Tu as pu le constater.

– C'est exact.

Du côté de la vid le volume sonore avait baissé, tant sur l'écran que parmi les spectateurs. La plupart étaient allés dans la salle de détente pour boire et discuter de la situation, et presque tous ceux qui restaient se contentaient eux aussi de boire et discuter.

– Je vais voir BR, dit-elle.

Elle se pencha hors de la couchette et passa la tête sous le rideau.

– Comment va-t-il ? demanda Musa.

– Il semble dormir. Excuse-moi.

Elle rampa à l'extérieur et alla s'asseoir près de BR.

Il sommeillait. Les pilules étaient efficaces. Il leva vers elle des yeux chassieux.

– Tu as entendu ? s'enquit-elle. Nous sauterons dans la matinée.

– Je dois me réveiller.

– Non, dors. Tu peux compter sur Musa et moi pour te border dans ton hamac. Pas de problème. Tu peux avoir confiance en nous.

Elle exerça une pression sur sa main.

– Fais un gros dodo. D'accord ?

Pas de réponse. Ses doigts étaient flasques, mais son état ne paraissait pas inquiétant. Elle et Musa gardaient ses pilules – au cas où il en aurait besoin. Et quand le *Loki* repartirait, pour Dieu sait quelle destination, au moins son équipage serait-il prêt à se mettre à couvert sans précipitation.

Elle se baissa pour passer sous le rideau et remonta près de Musa. Elle tremblait de froid.

Et elle pensa qu'un homme qui feignait de ne rien remarquer était un vrai gentleman.

15

Debout et à leurs postes, car le faux-jour avait l'insigne honneur d'assurer la permanence pendant ce saut. Ils auraient à peine le temps de se doucher et d'aller aux cuisines se munir d'un trank-pack, d'un c-pack, d'un Keës, d'un biscuit et d'une boisson chaude pendant que les Services tendaient les hamacs pour le vrai-jour. BR se déplaçait avec peine en boitillant et ne désirait pas sortir de sous la douche, mais Musa attendait son tour et Bet le guida vers la file de ceux qui allaient prendre leur petit déjeuner, les yeux chassieux et l'humeur maussade.

– Je t'ai dit de me ficher la paix, marmonna-t-il lorsqu'ils franchirent la porte. Tu n'es pas obligée de rester sur mes talons pour assurer ma protection.

– Eh, tu n'es pas en rogne à cause de ce qui s'est passé entre Musa et moi, j'espère ?

– Certainement pas !

– Alors, avance.

Elle le poussa du coude.

– Prends ton plateau.

Il avait un air pitoyable, avec sa bouche tuméfiée et son œil enflé. Son expression morose n'arrangeait rien. Il marmonna des propos inintelligibles et la précéda vers la file d'une démarche claudicante.

Hughes et ses amis. Elle devina ce qui allait suivre avant BR, une fraction de seconde avant qu'Hughes ne vînt lui donner un coup d'épaule qui le déséquilibra.

– Regarde où tu marches ! dit-il.

– C'est à *vous* de faire attention, monsieur ! siffla Bet en prenant Hughes par la manche. Si vous cherchez la bagarre, vous serez servi.

Il voulut saisir son poignet mais sa main se referma sur le néant. Il était improbable que l'incident pût dégénérer en rixe générale, pas ici, mais autour d'eux tous se turent.

– Vous êtes une de ses amies ? demanda Hughes.

Les bruits de fond du vaisseau exceptés, sa voix était le seul son audible dans cette salle.

– Ça se pourrait. J'ignore ce que vous lui reprochez, et je m'en fiche, mais je reste avec lui sur les ordres de mon chef. Il n'apprécie pas que des membres de son équipe se fassent assommer par des portes de placard.

– Si vous *baisez* avec lui, c'est aussi sur ordre de Bernstein ?

– C'est une question personnelle, monsieur. Alors ne me faites pas chier si vous ne voulez pas que ça vous retombe sur le coin de la gueule.

Un silence profond.

– Pas de bagarre, dit BR.

– Je ne demande pas mieux, fit-elle. Je ne cherche pas à me battre, mais ce type doit avoir quelque chose qui le travaille. C'est sans doute glandulaire. Vous voulez me baiser, monsieur ? Allez dans ce placard à la fin du prochain saut. Vous et vos camarades. Nous pourrons régler tout ça.

– Eh, Lindy...

Musa s'ouvrait un chemin dans les rangs des spectateurs, grâce à Dieu. Il n'avait pas pris le temps de se sécher et paraissait aussi détendu qu'à l'accoutumée.

– Nous avons un problème ?

– Le *problème*, c'est ta nouvelle équipière, répondit Hughes. Le problème, c'est ce salopard qui traîne sur notre pont.

– Le problème, fit Bet d'une voix forte et sèche, c'est que nous nous sommes permis de boire une bière tous ensemble et que ce skuz a trouvé ça inacceptable. Je me fiche de ce qui ne tourne pas rond chez ce type, mais je ne peux pas admettre que quelqu'un se soit offusqué d'une chose pareille et l'ait fait savoir à BR dans le noir et par-derrière. Alors je vais poser une question : est-ce vous, Lindy Hughes ?

Nul ne parlait. D'autres membres de l'équipe de vrai-jour avaient terminé leur travail et venaient grossir les rangs des spectateurs.

– Celui qui a fait ça a rendu service à tout le monde, déclara Hughes.

– Des conneries ! J'ai entendu ce qu'on raconte

sur BR, mais je n'ai vu qu'un technicien valable, qui est chaque jour à son poste pour exécuter son boulot, et la seule fois où il a manqué à l'appel c'était parce qu'il gisait dans la section de stockage, à moitié mort. Donc qu'on ne vienne pas me parler de son sens des responsabilités, parce qu'il en a bien plus que l'imbécile qui s'est permis de l'assommer alors que nous sommes en période d'attente de saut et que nous risquons d'avoir besoin de notre responsable des Systèmes d'un instant à l'autre...

De petits applaudissements sur le pourtour du groupe de spectateurs, ce qui eut le don d'agacer Hughes.

– Tu veux te faire baiser par ce salopard ? lui demanda-t-il à l'intention de l'ensemble de l'équipage. Tu viens d'arriver parmi nous et tu veux nous faire croire que BR serait un type honnête et merveilleux. C'est la meilleure !

– Arrête, Lindy, intervint Musa.

– Putain de nouvelle.

– Je t'ai dit d'arrêter ! Ordres de Bernstein. Nous devons protéger notre spécialiste des Systèmes depuis que quelqu'un l'a passé à tabac. Ce n'est pas une affaire personnelle, tant pour moi que pour elle.

– Ne me parle pas de cette salope !

– Ferme-la, Lindy.

Un long silence. Hughes se détourna et s'ouvrit un chemin dans la foule, suivi par ses amis.

– Désolée, dit Bet à mi-voix. Il a bousculé BR dans la file d'attente.

Musa la prit par l'épaule et la dirigea vers le comptoir. BR restait figé sur place, et elle ne souhaitait pas savoir quelles pensées traversaient son esprit. Elle prit ses packs et son petit déjeuner. Johnson le chef cuistot était là, car il fallait tout préparer en prévision du saut. Il la dévisagea en fronçant les sourcils.

– Tu es complètement folle, lui dit-il.

Ce qu'elle considéra comme une mise en garde amicale.

– Possible. Mais je ne crois que ce que je vois.

Elle prit également les packs et le petit déjeuner de BR, qu'elle lui rapporta.

Il récupéra son plateau sans la regarder dans les yeux, glissa les packs sous son bras et avala le biscuit et le thé. Elle en fit autant. Trop d'adrénaline courait dans ses veines pour qu'elle eût de l'appétit, mais il fallait se nourrir chaque fois que l'opportunité s'en présentait et Lindy Hughes pouvait aller au diable.

Deux membres de l'Ingénierie de vrai-jour étaient là, Walden et Farley. Ils venaient d'arriver et peut-être avaient-ils assisté à la dispute. Elle ne voyait plus Hughes dans les parages.

D'une stupidité sans bornes, pensa-t-elle, la bouche pleine de biscuit. Tant ici que dans la salle de détente elle avait attiré l'attention bien plus qu'elle ne l'eût souhaité.

– Tu n'y as pas été de main morte, Yeager. Tu viens d'ouvrir les hostilités et tu risques d'y laisser ta peau.

– Je trouve ce combat plus valable que bien d'autres...

– J'ai consacré toute ma vie d'adulte à me battre pour la Terre, et voilà comment nous avons été récompensés. Pouvoir choisir sa cause est déjà appréciable, et partir dans ces conditions n'est à tout prendre pas si mal que ça.

Désigne-moi les cibles, eût dit Teo.

Elle observa BR qui restait debout pour boire son thé, la bouche meurtrie. Elle lui adressa un semblant de sourire.

Il lui retourna un regard d'animal aux abois.

Elle lui donna un coup de coude dans les côtes.

– Ton comportement est lamentable. Souris, BR.

Il alla jeter le gobelet dans la poubelle puis repartit vers son poste. Elle le suivit et fit un clin d'œil à Musa qui leur emboîta le pas en terminant son petit déjeuner.

Ils restèrent sur ses talons jusqu'à l'Ingénierie, elle et Musa, en retrait d'une demi-douzaine de pas. Bet gardait les mains dans ses poches et se sentait d'humeur joyeuse pendant que BR devait bouillir de rage.

Quand ils arrivèrent à destination, ils l'avaient constamment gardé dans leur champ de vision. Ils entrèrent et allèrent recevoir des instructions de leurs équivalents du vrai-jour. Bernstein releva Smith – au retour d'une réunion générale des mofs, pouvait-on supposer.

Bernstein et Smith discutèrent un moment, dans l'intimité offerte par le bruit de fond du vaisseau, pendant que les autres effectuaient les contrôles habituels. Elle les surveilla du coin de l'œil et sentit renaître la tension...

Détends-toi, détends-toi, s'ordonna-t-elle. *Aucun engagement n'est prévu, on va rester à l'affût. C'est ainsi que ça se passe, sur le* Loki, *on ne fait rien d'autre...*

Mais l'impatience d'en finir lui donnait mal au ventre et communiquait des tremblements à ses mains.

Merde, je ne suis pas à la hauteur. Si BR craque, ils me diront de le remplacer et je ne suis pas une tech. Il ne restera que Musa et Bernstein. Est-ce ainsi qu'on commande un vaisseau ?

Il n'y aura pas d'affrontement. Si une attaque était prévue ils n'auraient pas procédé à la relève du vrai-jour.

Bernstein termina de discuter avec Smith et alla chercher les stats auprès de BR. La sirène de mise à couvert se fit entendre, le signal de la mise à feu imminente des propulseurs.

– Où sommes-nous ? demanda-t-elle par curiosité. Où allons-nous ?

– Top secret, lui répondit Bernstein. Mais nous ne nous battrons pas. Nous nous tenons prêts à filer. C'est tout.

– Bien, monsieur.

– Comme les fois précédentes. Nous disposons d'une demi-heure. La combustion va bientôt être déclenchée. Prenez le siège numéro trois... Ça va, BR ?

– Pas de problème, répondit ce dernier.

Il abaissait des interrupteurs, avec calme et concentration.

Elle seule était angoissée. Elle s'assit et se prépara pour le saut : trank-pack et c-pack, écouteurs et le reste. Elle n'avait rien d'autre à faire, ceux de vrai-jour s'étaient donné la peine de fermer l'atelier.

Les propulseurs entrèrent en action, une poussée des moteurs qui alla en s'accentuant. Le pont se mit à trembler et toute la section mobile du poste de contrôle de l'Ingénierie changea d'orientation en grondant, une vibration qui ébranlait les os et les nerfs.

C'est parti.

– Surveillez ces écrans, fit la voix de Bernstein dans ses oreilles.

Les moniteurs placés devant elle s'allumèrent.

– Vous avez un bouton d'alarme que vous devez pousser si un affichage se met à clignoter. C'est suffisant pour relayer les données vers le poste de Musa et le mien. Compris, Yeager ?

– Oui, monsieur.

– Vous savez quelles sont les tolérances ?

Son cœur rata un battement.

– Oui, monsieur.

– Le numéro un est là, sur votre droite. Si une modification brutale des chiffres vous inspire de la méfiance, pressez simultanément le bouton rouge et celui d'alarme pour que je prenne le relais, compris ?

– Compris, monsieur. Mais, bon Dieu, dites-moi que je ne suis pas la seule à surveiller ces trucs.

– Non, vous n'êtes pas la seule, mais on n'est jamais trop prudent. Regardez vos écrans, Yeager, et ne me cassez plus les pieds. J'aurai bien assez de soucis comme ça... Le compte à rebours a commencé. Prenez vos tranks.

Elle referma le poing sur son pack et sentit une piqûre dans sa paume, de la tension dans son ventre. De son siège elle voyait le poste de BR. Il tendit la main vers ses tranks et les prit. Il était toujours détendu mais la sueur maculait sa combinaison et formait des perles sur sa peau.

Une poussée violente.

– Cinq minutes, annonça Bernstein.

Ses pensées voulaient s'éparpiller. Hughes, NG, et Musa la nuit précédente, les fourchettes de tolérance et les chiffres, les risques d'avoir de nouveaux ennuis.

Ne pas quitter des yeux ces maudits nombres.

Combien de temps s'est écoulé depuis que BR a été pour la dernière fois de quart lors d'un saut ?

Une brève vision du renfoncement, derrière les conteneurs de la cale de stockage, BR qui cédait à la panique et trébuchait, tombait sur elle et lui fendait la lèvre...

Ça lui arrive souvent ?

Et à l'instant où retentissait l'ultime sonnerie avant le saut, elle se demanda :

Bernstein sait-il ce qu'il fait en lui confiant de telles responsabilités ? Peut-il s'attendre à ce que BR garde son sang-froid pendant cette manœuvre ?

Il risque de tous nous tuer...

*

Des conversations électroniques crépitaient dans ses oreilles.

Elle fronça les sourcils, rechercha des nombres dans sa mémoire, se rappela qu'elle devait surveiller l'écran numéro un. Et elle vit les chiffres défiler.

Mon Dieu.

Elle pressa les boutons, le cœur battant.

– Je l'ai, dit Bernstein. Je l'ai.

Elle était en sueur. Elle s'affaissa et un frisson parcourut ses muscles, de la tête aux pieds.

– Tout va bien, Bet, dit BR. Un léger jeu dans un des bras.

Elle se sentait défaillir. Elle respirait difficilement et souffrait d'une crampe d'estomac oubliée depuis des années, comme si le traitement avait cessé d'être efficace.

A moins que ce fût une question d'âge.

Une décélération brutale, ensuite. L'effet des tranks s'estompait et son pouls ralentissait.

Elle chercha le c-pack à tâtons et garda les yeux rivés sur les écrans pendant qu'elle sortait le tube et avalait une gorgée de son contenu.

Deuxième décélération, *violente*, Dieu – très violente...

Les chiffres...

– Ça recommence !

Elle avait pressé les boutons.

– Je l'ai, je l'ai, dit Musa.

Seigneur !

Elle essuya son visage en sueur et réutilisa le c-pack, puis elle se rappela qu'ils s'étaient jusqu'à présent passés d'elle. Il respectait cette vieille tradition qui consistait à effrayer les nouveaux. Ils n'avaient pas un instant cessé de surveiller eux-mêmes ces systèmes. Mais, *bordel !* c'était du travail de techs, un charabia incompréhensible. Elle ne savait même pas de quel foutu bras BR avait voulu parler, quel rapport existait avec les champs magnétiques et ce qu'il fallait faire pour ramener les données dans la fourchette des normes de sécurité.

Un vaisseau *fonctionnait*, bon sang, des spécialistes s'en chargeaient. Il ne lui était jamais arrivé de penser qu'il risquait d'exploser ou de rater sa décélération parce que des nombres se mettaient à défiler sur un écran.

Elle tremblait. Elle désirait boire quelque chose, prendre une douche, aller aux toilettes. Elle resta assise à fixer les moniteurs jusqu'au moment où ses yeux furent larmoyants. BR discutait avec Musa et Bernstein, calme et serein. Finalement, Bernie déclara :

– La passerelle nous autorise à déboucler nos ceintures. Yeager, voulez-vous faire une pause de cinq minutes ?

– Volontiers, monsieur.

Elle ne put s'extraire du siège qu'au prix d'un effort. Elle sortit pour aller aux toilettes de la section-1, entre l'Ingénierie et les bureaux du commissaire de bord. Elle craignait que le commandant ne pût changer d'avis et repartir, ce qui eût ouvert dans la cloison une brèche de forme féminine – une peur toutefois deux fois moins grande que celle engendrée par ces maudits chiffres qui s'écoulaient comme si le vaisseau perdait son sang entre ses doigts et qu'elle ne disposât d'aucun garrot pour stopper l'hémorragie.

Merde, *merde*, si tous les autres restaient calmement assis à leur poste, si BR le pouvait lui aussi, alors elle devait se ressaisir et faire son boulot malgré sa frayeur et le reste...

Elle en était certainement capable, bon Dieu !

Elle reprenait tout à zéro, à trente-sept ans. Elle venait d'avoir une belle frayeur.

Ce n'était qu'un excès d'adrénaline qu'elle ne savait comment éliminer. Mais on finissait par apprendre, bon sang, on découvrait ce qu'il convenait d'en faire et on se concentrait sur son travail, quoi qui pût se produire. Bernstein ne lui attribuerait rien d'important avant de l'avoir mise à l'épreuve, et au moins n'était-elle pas obligée de faire son apprentissage sous le feu de l'ennemi.

Elle pria Dieu pour que Bernstein ne décidât pas de lui confier une tâche vitale sans lui fournir son assistance.

Qu'est-ce que je lui dirais, en ce cas ? Je ne vois pas de quoi vous voulez me parler, monsieur ?

Des questions sur ses antécédents qui finiraient sur le bureau du capitaine, tel serait le résultat d'autant de franchise. Ils pourraient lui pardonner sa stupidité et lui confier de simples boulots de débutante, mais Bernstein risquait de révéler qu'elle était trop experte en certains domaines et pas assez dans d'autres, que rien de tout cela n'était logique. Voilà ce qui finirait par arriver, si elle éveillait leur curiosité.

Apprendre représentait l'unique solution, opposer un refus en cas de besoin, ne jamais accepter d'entreprendre ce qu'elle n'était pas certaine de pouvoir mener à bien.

– La trouille ? lui demanda Bernstein en s'arrêtant près d'elle.

– Non, monsieur.

Il tapota son siège.

– Vous vous en êtes très bien tirée. Nous avons un peu de jeu dans un servo, et il déconne toujours en fin de saut. Savez-vous pourquoi ?

Elle lui adressa un regard voilé par le désespoir.

– Non, monsieur.

– Alors, je vous suggère de combler au plus vite cette lacune, Yeager.

– Certainement, monsieur. Merci, monsieur.

Il donna une autre tape au dossier puis alla vaquer à ses occupations. Elle resta assise.

Pour laisser ralentir les battements de son cœur.

16

Une soirée paisible en salle de détente, pendant que la vid marchait dans les quartiers et que la plupart de ceux qui avaient assuré la permanence lors du saut s'étaient effondrés dans leurs couchettes.

Tout était calme, ici, mais la bière coulait à flots. Les gueules de bois seraient nombreuses, le lendemain.

Leur trio s'était installé à l'extrémité d'un banc, à côté des cuisines, là où nul ne viendrait les importuner. Et deux techs expérimentés traçaient des schémas sur une ardoise et essayaient d'expliquer ce qu'ils savaient à une skut à l'esprit obtus.

C'était presque compréhensible.

– Pourquoi ça se passe comme ça ? s'enquit-elle.

– Parce que ce sont les lois de la physique, lui répondit BR, exaspéré. Contente-toi de le savoir.

– Non, non, intervint Musa. Elle a droit à une autre réponse.

BR effaça le rectangle de plastique et reprit le tracé des petits cercles et de leurs légendes, avec patience et minutie.

Musa se pencha vers elle.

– Il est très fort. Je n'ai jamais vraiment pigé ces trucs.

– Mon œil, marmonna BR.

Il se remit à l'ouvrage, pour expliquer le fonctionnement du déflecteur quand un vaisseau décélérait.

Elle avait des nausées sitôt qu'elle interprétait cela en tant que causes possibles d'accidents, dès qu'elle pensait à la signification d'une chute brutale de ces chiffres et à ce qui se passerait en cas d'incident.

– Quand procéderons-nous à la réparation ?

– A la première opportunité.

– Nous n'allons pas tarder à faire une halte pour nous ravitailler, dit-elle.

– Là où nous ferons escale, ils ne disposent pas de cales de radoub, rétorqua Musa. Et nous ne pouvons pas nous permettre d'attendre.

– Nous ne pouvons surtout pas nous permettre de...

Il la fit taire.

– On ne parle jamais de notre travail en salle de détente. Bois ta bière.

Elle en avala une petite gorgée, BR une grande.

Et en découvrant son expression elle regretta d'avoir mentionné le risque de perdre le vaisseau dans l'hyperespace.

Elle fixait son visage...

Et au-delà ceux de Lindy Hughes et de ses deux amis qui discutaient et regardaient souvent dans leur direction.

– Hughes est assis là-bas, fit-elle.

Pendant une seconde, elle crut que de la glace lestait son estomac.

– Il fait partie de cette équipe. C'est son droit.

– Ce type, c'est de la merde.

Elle prit l'ardoise, l'effaça et la rendit à Musa. Elle pensait que si BR n'avait pas été aussitôt soupçonné, un banal accident aurait pu les débarrasser de Lindy Hughes.

– C'est un con, marmonna Musa. Bernstein est le supérieur de tous les techs de faux-jour. Ce type a un sacré problème. S'il était malin, il demanderait son transfert.

BR restait assis, sans rien dire. Bet posa la main sur son genou et déclara à Musa :

– Je vais le raccompagner à sa couchette.

– Non, rétorqua BR.

Il se leva et alla jeter son gobelet dans la poubelle.

Puis il regagna seul les quartiers, suivi des yeux par Hughes et ses amis.

– Il a été secoué, commenta-t-elle.

– Ouais, répondit Musa.

– Je dois veiller sur lui.

Elle s'inquiétait pour BR, pour Musa... Merde ! Elle n'avait côtoyé que trop de cinglés. Mais Musa leva sa main calleuse pour prendre la sienne, et la serrer.

– Méfie-toi de ce type. Tu m'entends ? Il existe des situations dont je ne pourrai pas te tirer.

– Je sais.

– File.

Elle se leva, alla jeter son gobelet et sortit pendant qu'Hughes et ses amis la sifflaient. Elle se dirigea vers les quartiers obscurs et se retrouva nez à nez avec McKenzie, sur le seuil de la salle.

Merde ! Elle tressaillit quand il la saisit par le bras et la tira à l'intérieur en déclarant qu'il avait des choses à lui dire.

– J'ai du travail.

– Et surtout un problème. Un sérieux problème.

Il la poussa contre le premier rideau de séparation, à côté de la porte.

– Ecoute-moi bien.

– Tu me fais mal.

Il serra son bras avec moins de force mais se rapprocha d'elle, pour la bloquer dans un angle.

– Le rendez-vous dont tu m'as parlé, c'était avec BR ?

– Et quand bien même ?

– Tu es stupide. *Complètement* idiote.

Une secousse, lorsqu'elle voulut se dégager.

– Ecoute-moi ! Tu vas y laisser ta peau. On a essayé de te le faire comprendre...

– Tu es avec Hughes ?

– Je ne suis pas mêlé à ses salades. Je voudrais

seulement faire comprendre à une écervelée qu'elle doit se méfier. Tu ne sais pas ce qui se passe, à bord de ce vaisseau.

Elle libéra son bras. Il n'insista pas et elle aurait pu s'éloigner, mais il paraissait sincère.

– J'ai des ordres.

– Dont celui de coucher avec BR ?

– C'est ça, ton problème ?

– Va au diable, fit-il en la repoussant. Tu peux crever, si tu y tiens.

Ce fut elle qui saisit alors son bras, avant qu'il n'eût franchi la porte.

– McKenzie. Tu as entendu quelque chose ?

– Sur le *Loki* on doit respecter certaines règles si on ne veut pas avoir d'ennuis, et tu te conduis comme une imbécile. On ne joue pas avec ça.

– J'apprécie, fit-elle posément. J'apprécie beaucoup. Qu'as-tu à gagner ?

Pas de réponse.

– Je vois, ajouta-t-elle.

– Ne sois pas idiote. Je t'informe d'un détail que tu parais ignorer, voilà tout. Tu es libre de suivre ou non mes conseils.

Cet homme la déconcertait. Il lui avait tout d'abord inspiré de l'irritation, parce qu'il la harcelait, mais à présent...

– Les femmes sont peu nombreuses, à bord. C'est du gâchis, Yeager.

– Que je sois avec lui ?

– Entre autres choses.

Elle le trouvait plus sympathique – un peu emporté certes, mais plus sensé qu'elle ne l'avait tout d'abord supposé. Elle caressa son bras.

– Tu es peut-être quelqu'un de bien, Gabe. Je l'espère.

Il la prit par les hanches. *Seigneur !*

– Je pense... que tu remues de vieilles histoires et que ça pourrait te coûter très cher.

– Est-ce une menace ?

– Non. Bon sang, je t'ai déjà expliqué...

– Tu as un don pour me placer sur la défensive, Gabe. J'ai pu me tromper.

– A quel sujet ?

– Le tien.

– Je ne suis pas un ami de ce salopard, bordel !

– Que veut-il ?

– Hughes est une ordure, une vraie saloperie. Il ne vaut pas la corde pour le pendre. Il s'est entouré d'une petite clique. Bernstein est son supérieur mais il a des relations sur la passerelle. Goddard, entre autres. Un navord qui joue au poker avec Kusan et Orsini, si tu vois où je veux en venir.

– Je connais Orsini.

– Goddard est un...

Il ne termina pas sa phrase.

– Contente-toi d'ouvrir l'œil et de suivre mon conseil.

– Je t'écoute.

– Je te l'ai déjà donné. Reste à l'écart de toutes leurs histoires. Figi, Park et moi on ne voudrait s'en mêler pour rien au monde. C'est pareil pour Rossi et Meech.

– Hughes vous fiche la trouille ? Vous avez autant d'influence que lui sur ceux de la passerelle, les scan-ops.

– Je n'ai pas peur de ce type, mais je ne tiens pas à encaisser des coups qui ne me sont pas destinés. Tiens-toi tranquille avant d'être cataloguée, et tu fais déjà parler de toi.

– Que dit-on ?

– Que tu es une sacrée idiote. A peine arrivée à bord, tu ne respectes pas les règles établies, tu fais ressurgir le passé. J'ignore les motivations de Musa. Tu peux le faire marcher comme la moitié des hommes de cette équipe, mais je ne crois pas cela de Bernstein – BR lui doit la vie. Il se peut que l'équipage n'ait pas apprécié ce que Fitch lui a fait subir mais ça ne change rien à la situation. Tu te retrouveras seule, quand ça te retombera sur le coin de la gueule.

– Et toi ?

– Je ne suis pas un imbécile. Tu fais tout ce qui est nécessaire pour passer un sale quart d'heure. Et je précise que je n'ai pas envie d'assister à ce qui t'attend. Pas du tout, merde !

– Je l'apprécie. Vraiment.

Elle lui tapota le bras.

– Et je t'inscris sur la liste de mes amis. Je vais te dire ce que tu peux faire sans courir de risques : ouvre l'œil chaque fois que Musa et moi n'en avons pas la possibilité.

McKenzie se renfrogna.

– Qu'est-ce que j'ai à y gagner ?

– Je te serai redevable de points de reconnaissance. Bernstein aussi, qui sait ?

– Ils n'ont aucune valeur dans l'équipe de vrai-jour. Continue comme ça et tu n'y couperas pas.

– Bien reçu. Cinq sur cinq.

Fitch.

– Alors, tiens-en compte.

Il se rapprocha d'elle et la caressa. Elle ne trouva pas ce contact désagréable.

– Bon sang, firent-ils à l'unisson.

– Tu sais quelle est ma couchette ? demanda-t-elle. J'ai une bouteille et des microfilms. Le tout est à ta disposition. Quand tu voudras. Pour toi, Park et Figi.

– C'est tout ?

– Il y a encore bien d'autres choses. Une petite fête te tente ? Mes compagnons y seront.

Un long silence.

– Tu vas t'attirer des ennuis.

– Va chercher des copains. Et de quoi boire. Nous avons du temps devant nous. Que je sache, il ne devrait pas y avoir d'alerte pour le moment... Qu'est-ce que tu en penses ?

– Bon sang...

– Des microfilms pleins d'intérêt et une visionneuse. Voilà ce qu'on va faire... Je garde BR au chaud pendant une demi-heure, tu arrives comme par hasard et peu après tes copains rappliquent, eux aussi comme par hasard... l'un après l'autre.

– Tu es aussi cinglée que lui.

– De la vodka.

– Merde. C'est d'accord.

Elle sourit, lui donna un baiser sur la joue et une tape sur les fesses puis repartit vers le bas de l'allée.

17

– Nous avons un petit problème, annonça-t-elle à BR sitôt après l'avoir rejoint dans la pénombre. Suis-moi. Sans poser de questions.

Et quand ils eurent atteint l'échelle de la galerie elle ajouta :

– Viens, tu n'as rien à craindre.

– Bon sang, grommela-t-il, sans comprendre.

Mais il grimpa les échelons devant elle – une preuve de confiance, pour un homme qui était tombé peu auparavant dans une embuscade.

Elle le rattrapa, le prit par le bras et le dirigea vers sa couchette. Il eut un mouvement de recul.

– Où est Musa ? voulut-il savoir.

– Là où il doit être. Ferme-la et tiens-toi tranquille. Ne m'attire pas d'ennuis.

Elle se glissa entre BR et l'écran de séparation, releva le lit et sortit de son coffre la vodka, la visionneuse et les microfilms de Ritterman qu'elle posa sur le sol. Elle fit ensuite redescendre son lit et ordonna :

– Assieds-toi. Ne reste pas en vue comme ça.

Il obtempéra et elle s'assit près de lui, prit la bouteille, la déboucha et but.

– Tiens.

Il avala une gorgée de vodka. Elle en fit autant. Il but encore et elle se pelotonna contre lui puis s'agenouilla sur la couchette et cala les cuisses de BR sous sa jambe.

– Merde, grommela-t-il.

Il avait compris ses intentions, et il alla pour lui rendre la bouteille et se lever. Elle l'en empêcha avec son genou, le prit par le cou et lui murmura à l'oreille :

– Rien ne nous interdit de prendre du bon temps. Je te demande seulement de ne pas faire de bruit et de ne pas renverser l'alcool.

Il céda et cinq secondes plus tard il était en condition et s'allongeait sur la couchette. Elle en fit autant, et ils réussirent à ne pas perdre une seule goutte de vodka.

– Où est Musa ? voulut-il savoir pendant qu'ils retiraient leurs vêtements.

– Je ne sais pas. Il doit s'occuper d'une affaire personnelle. Mon rôle consiste à te retenir là où tu ne risques pas de t'attirer des ennuis.

– Bordel... marmonna-t-il.

Puis il cessa de faire des commentaires.

Le sexe et ses priorités lui posaient toujours un sérieux problème et ils n'avaient pas terminé leurs ébats quand McKenzie arriva et demanda :

– Je peux ?

– Sers-toi, dit-elle.

Avant d'étreindre BR qui voulait s'esquiver.

– Détends-toi, Gabe est venu m'emprunter quelque chose.

– Merde ! gronda BR.

– Faites comme si je n'étais pas là, suggéra McKenzie.

Il prit la visionneuse et s'assit sur le lit.

– C'est de la vodka, que vous buvez ?

– Ouais.
– Excusez-moi, dit BR, distant et froid.
Mais Bet le retint d'un bras avant qu'il ne pût lui échapper.
– Non, non, BR. C'est un ami.
– Nom d'un chien !
– Pas de problème, répéta l'autre homme, détendu.
Du genou, Bet empêcha BR de se relever. McKenzie actionna l'interrupteur, inséra un microfilm et jeta un coup d'œil.
– Alors, qu'en dis-tu ?
– Merde, c'est quelque chose.
– Fais voir.
Elle se pencha pour prendre la visionneuse, regarda à son tour puis la tendit à BR qui était resté assis sans rien dire.
– Je ne suis pas amateur.
– Ne fais pas l'idiot.
Elle s'étira vers Gabe pour échanger l'appareil contre la vodka.
– Tiens.
– Où est Musa ? demanda à nouveau BR d'une voix plate, en refusant l'alcool.
– Il va bien. Bois.
– Je ne veux pas rester ici.
– Tu tiens à descendre et à avoir des ennuis ?
– C'est ici qu'ils m'attendent.
– Tu n'as rien à craindre.
Elle plaça la bouteille entre ses mains.
– Allons. Gabe monte la garde.
Un air maussade. Mais il ne cédait pas à la panique.
– Comment va, Gabe ? s'enquit-elle.
Sans lâcher BR.
– On ne peut mieux.
McKenzie but une autre gorgée et rendit la vodka.

Puis Park et Figi apparurent dans l'allée, de simples ombres derrière le rideau.
– Salut, dit Park.
– Oh, merde ! grommela BR. Mais qu'est-ce qui se passe, ici ?
– Je donne une petite fête, répondit Bet sans desserrer son étreinte. Tu es invité. Ne fais pas d'histoires.
– Va au diable !
– Parle plus bas. Tout va bien. Bois. Gabe est un ami. Park et Figi aussi.
– Quel est ton but ? Que cherches-tu, Bet ?
– La seule chose que je te demande, c'est d'être poli avec les gens qui viennent me voir. Ça ne pose aucun problème. Tout le monde se connaît, ici. Alors, rassieds-toi et bois...
– Je veux foutre le camp.
Tous ses muscles étaient tendus. Sa voix aussi.
– Je m'en vais, Bet.
– Non, tu restes. Musa t'écorchera vif, si tu pars. Ne te lève pas.
Pendant que les nouveaux arrivants se laissaient choir sur la couchette et que le matelas s'affaissait sous leur poids.
– Eh, de la vodka ! s'exclama Figi.
Bet cala plus fermement son bras autour de la taille de BR et le prit en ciseau entre ses jambes, avant de recommencer ses familiarités avec lui.
– Arrête, gronda-t-il à voix basse.
– Allons, ne fais pas d'histoires.
Elle ne lui força pas la main. Elle se contenta de prendre à son tour la bouteille et de la lui tendre. Il but, pendant que la visionneuse circulait et que Park et Figi exprimaient leur approbation par des borborygmes. BR était aussi tendu qu'un câble sur le point de se rompre, mais elle le fit boire encore et jeter un coup d'œil au microfilm, ce qui n'eut aucun effet positif.
Puis Rossi et Meech arrivèrent avec une bou-

teille et s'assirent à même le sol. Deux autres passants vinrent se joindre à eux. La visionneuse devait à présent suivre un long parcours avant de revenir à son point de départ.

Et BR se retrouvait coincé entre Bet et la paroi, pris au piège. Mais il se détendait en constatant que nul ne lui prêtait attention – et aussi parce qu'elle restait pelotonnée contre lui, qu'elle ne lâchait pas sa main et qu'elle gardait la situation sous contrôle.

– Qu'est-ce qui se passe, ici ? demanda Musa en contournant le rideau.

BR se crispa une fois de plus.

– Je le surveille, dit Bet.

– Bois, dit McKenzie en tendant la bouteille à Musa.

– Merde, grommela ce dernier.

Mais il resta et but.

– Tu vois ? murmura-t-elle à l'oreille de BR. Tout se passe très bien.

Pas un mot, seulement un frisson. BR recula contre la cloison, redevenu muet.

Elle entreprit de le détendre.

– Laisse-moi tranquille.

– Allons. Ce sont des amis.

– *Fiche-moi la paix, bordel !* hurla-t-il.

Il la repoussa et s'avança à quatre pattes vers l'allée, mais elle le retint par-derrière et cria :

– Arrête-le, Gabe !

BR dut enjamber Meech et se retrouva dans la mêlée, avec Bet qui le retenait par le cou, Gabe qui l'immobilisait par-devant, Meech et Rossi qui lui barraient le passage.

Il céda à la panique, se débattit pour se dégager...

– Que veux-tu qu'on en fasse ? demanda Gabe.

– *Seigneur, laissez-moi !*

BR se démenait au milieu du petit groupe d'hommes. Tous basculèrent sur le lit.

– Tu veux qu'on te le tienne ? suggéra Park.
– Il est complètement dingue, commenta Rossi. Je l'avais bien dit.

Musa se taisait. Il aidait les autres à immobiliser BR, qui fut bientôt à bout de souffle.

– Donnez-lui à boire, dit Bet. BR n'est pas fou, seulement un peu nerveux. Doucement ! Faites-le asseoir !

Ils trouvaient cela très amusant parce qu'ils étaient un peu partis. Et BR aussi était parti, très loin de là.

Il respirait avec peine.

– Ecartez-vous ! ordonna Musa d'une voix sèche et autoritaire.

Il écarta Rossi qui versait de la vodka dans la bouche de BR et repoussa brutalement Bet.

– Arrête, bordel !
– Il va très bien.

Sans lui prêter attention elle prit BR par les épaules, pendant que le silence revenait et que tous reprenaient leur souffle.

– BR ? On ne veut pas te faire du mal. Personne ne veut te faire du mal.
– Va au diable.
– Eh, ça suffit comme ça, les gars, ordonna-t-elle.

Elle écarta Rossi et McKenzie, Figi et Musa, l'un après l'autre. Tous restèrent tranquilles. Seigneur, la situation pourrait dégénérer si un ivrogne estimait que BR devait être mis en commun au même titre que l'alcool...

Elle prit la bouteille de Rossi, la fit passer. BR tremblait de peur. Il était sur le point de craquer.

– Allons, lui dit-elle.

Comme pour essayer de convaincre un gosse de sortir de sa cachette.

– BR ?

Il se contentait de la fixer. Musa lui tapota

l'épaule et lui affirma que tout se passait bien, qu'il devait essayer de se détendre.

– BR, ton compagnon te parle, dit McKenzie que l'alcool rendait volubile. Tu l'entends ? Nous sommes tous tes amis et nous voulons t'aider, pauvre idiot. Bois avec nous.

– Ne me touchez pas ! hurla BR, la respiration hachée. *Laissez-moi partir !*

– Lâchez-le, ordonna Musa. C'est à Bet de se débrouiller avec lui.

– Il faut le soûler, suggéra quelqu'un à la bordure du petit groupe.

Bet ignorait qui avait donné ce conseil. Une véritable foule se rassemblait. C'était dangereux, bon sang, elle perdait le contrôle de la situation et de ce qui risquait de se passer ensuite...

– Je le tiens, dit-elle. Passez-moi la vodka.

Rossi la lui tendit, elle but puis dit :

– Détends-toi.

Et la présenta à BR.

Il but une bonne gorgée, deux, et elle l'imita, retira sa combinaison et se rallongea sur la couchette près de BR pendant que la bouteille circulait et que les spectateurs les encourageaient.

Il cessa de résister. Il n'était pas en état de réaliser des prouesses, mais il frissonna et se détendit. Une minute plus tard il lui procurait du plaisir et elle l'étreignit en lui disant à l'oreille, l'haleine saturée d'alcool :

– Tu t'en tires très bien, marchand.

Il y serait arrivé, malgré la foule et le reste, si un imbécile n'avait décidé de décrocher l'écran de séparation de la couchette suivante, celle de Mel Jason. Cette femme n'était pas dans les parages et toutes ses photos couraient le risque d'être froissées.

– Eh, faites attention à ses affaires ! cria Bet. C'est ma voisine.

– Ne touchez pas à ça ! hurla Musa.

McKenzie, Park et Meech se chargèrent de rétablir l'ordre pendant que BR se redressait sur un bras pour voir ce qui se passait. Ce fut alors qu'il perdit connaissance, brusquement, boum, recroquevillé sur le flanc.

Les invités étaient bien plus nombreux qu'elle ne l'avait prévu et ils avaient apporté d'autres bouteilles – à moins que les deux premières n'aient été sans fond – et elle récupéra ses vêtements et se coucha contre BR, prise de vertiges et les oreilles bourdonnantes, pendant que Musa, McKenzie et ses camarades surveillaient les ivrognes et se mettaient à jouer aux dés.

La fête avait perdu une partie de ses attraits mais la visionneuse circulait toujours en suscitant des commentaires et des exclamations. Ils se passaient les bouteilles et quelqu'un déclarait que Mel Jason était en rogne à cause de tous les gens qui avaient envahi la galerie.

Une foule qui devenait de plus en plus importante et bruyante. Bet redoutait d'avoir de sérieux ennuis. Elle décida de feindre de boire lorsque ce fut son tour et dessoûla un peu, allongée sur un corps qui devait être celui de BR et isolée sur la gauche par le large fessier de Figi. Elle était en sécurité derrière ce rempart d'amis et BR ne risquait rien lui non plus.

L'animation décroissait. Aussi ivre qu'un docker, Musa raflait aux dés les creds de ses compagnons et leur racontait des histoires incroyables datant de l'époque où il naviguait à bord du *Gloriana*.

Le *Gloriana*, bon Dieu – un subluminique.

Cet homme était encore plus vieux qu'elle ne l'avait pensé.

Un frisson la parcourut, comme si Dieu venait de lui apparaître, lorsqu'elle calcula quel devait être son âge, car si les effets de la dilatation temporelle affectaient toujours les spatiaux, ils étaient négligeables par rapport à ceux qu'avait autrefois subis le personnel navigant des anciens vaisseaux. Les neuf appareils subluminiques de l'époque héroïque avaient été modernisés et dotés de propulseurs FTL – ceux qui existaient encore, tout au moins – mais des membres de leurs équipages pouvaient être toujours en vie...

Musa gardait une bouteille de whisky authentique dans son sac...

Il avait appris son métier sur le tas, il savait faire fonctionner les systèmes sans connaître pour autant les termes techniques comme ceux qui avaient passé toute leur existence à bord des FTL...

Il avait vu la Terre...

La sonnerie de l'extinction des feux se fit entendre.

– La fête est finie, dit quelqu'un.

Et elle entendit des convives grommeler et se demander s'ils seraient capables de redescendre l'échelle.

– On te le laisse ? voulut savoir Musa.

– Ouais.

Elle l'étreignit et l'embrassa, avant d'accorder un baiser larmoyant et passionné à Gabe McKenzie.

– On se reverra plus tard, dit-elle pendant qu'il la caressait. Je te dois bien ça.

– Tu peux le dire.

– Il me reste à faire le ménage, se souvint-elle.

Mais les invités avaient été prévenants et s'étaient donné la peine d'emporter les bouteilles vides et de poser les microfilms et la visionneuse sur la couchette. Elle n'eut qu'à fourrer les films dans sa poche et l'appareil au fond de son lit.

Puis elle s'effondra avec BR pour oreiller, batailla et réussit d'un seul bras à rabattre sur eux le filet de sécurité.

Avant de s'abandonner au sommeil.

*

– Bordel… marmonna à plusieurs reprises BR, au cours de cette nuit.

Il fit un somme agité et la cingla avec le bras. A leur réveil, l'épaule de Bet était endolorie.

– Ça va. Je te tiens. Rendors-toi.

– Enfer !

Il se démena et lui donna un violent coup de genou en tentant de se lever, puis il déboucla le filet de sécurité qui s'enroula sur Bet alors qu'elle essayait de le retenir et de le raisonner.

– Tout va bien. Tu es dans ma couchette, rallonge-toi…

– *Silence !* gronda une voix féminine, juste à côté.

– Chuuuut, murmura-t-elle en essayant de ne pas le lâcher. L'extinction des feux a sonné il y a longtemps. Ne fais pas de bruit.

– Je retourne à ma place.

Il posa les jambes sur le sol et se dégagea.

– Tu es dans la galerie, ajouta-t-elle.

Elle craignait de le voir s'emmêler dans le filet de sécurité ou tomber de l'échelle.

Il partit. Elle se leva et le suivit, en titubant elle aussi. Lorsqu'il eut descendu les échelons elle regagna son lit, s'y laissa choir et retendit le filet d'un geste machinal, incapable d'avoir la moindre pensée.

*

Que Mel Jason fût en rogne ne faisait aucun doute. Elle passa rapidement près de Bet à l'instant où cette dernière découvrait avec surprise qu'elle n'aurait pas à enfiler sa combinaison pour aller aux douches, qu'elle la portait déjà.

Mais Jason était constamment de mauvais poil.

Bet passa une main dans ses cheveux, se leva,

alla en titubant jusqu'au bord de la galerie et s'agrippa au filet de sécurité pour regarder vers le bas. Musa tenait compagnie à BR qui avait dû aller se doucher et se changer avant les autres, car il portait une tenue impeccable. Elle retourna faire son lit. Il y avait une bosse sous les couvertures, celle de la visionneuse qu'elle devait ranger dans le coffre, et la poche de son pantalon était pleine de microfilms miraculeusement intacts. Tout était donc pour le mieux, sauf une violente migraine.

Et de fortes probabilités d'arriver en retard à l'Ingénierie. Quand elle atteignit le niveau inférieur, BR et Musa étaient déjà partis prendre leur petit déjeuner, supposa-t-elle. Tout était désert, ici. A une exception près.

Lindy Hughes.

Elle se fichait de rester dans la file d'attente des toilettes devant cet homme mais la perspective de se retrouver seule avec lui dans les douches ne lui plaisait guère.

Cependant, elle ne pouvait se défiler.

Quelqu'un sortit et elle entra, car une cabine devait être libre. Elle y pénétra et se dévêtit, dans l'intention de se rincer et se sécher rapidement. *Pense à tes propres affaires, Yeager*, se dit-elle en se savonnant.

La porte s'ouvrit, sur Hughes.

– J'ai appris que tu fais ça avec tout le monde, dit-il.

– Tu veux être fixé, ou tu préfères conserver ton petit machin ?

Il voulut la saisir. Elle referma ses doigts sur la combinaison de l'homme qu'elle poussa contre la paroi et le robinet de la douche.

– Mon Dieu ! hurla-t-elle.

Elle abattit son coude sur la nuque d'Hughes, lui balança un coup de genou au visage et le laissa s'effondrer. Quand il alla pour se redresser, elle écrasa sa tête sous son pied nu et recommença en constatant qu'il bougeait toujours. Puis elle enjamba son corps pour sortir et se trouva nez à nez avec Davies du Chargement, nu comme elle. Gypsy Muller était aussi présent.

– Cet imbécile s'est précipité dans mon box tête la première, et c'est le mur qui a stoppé son crâne. Quelqu'un devrait avertir l'infirmerie.

– Merde ! laissa échapper Davies avant de saisir ses vêtements.

– Tu peux le dire, commenta Gypsy.

Il regardait tour à tour Bet et les jambes qui dépassaient de la cabine. Hughes avait toujours son pantalon.

Son ami Presley apparut au même instant au bout de l'allée.

– Vous devriez avertir les meds, lui dit-elle. Votre copain a glissé.

– Espèce de salope !

– Eh, c'est pas ma faute.

Elle se glissa devant Davies en le frôlant au passage.

– Seigneur, je suis toujours couverte de savon. Excusez-moi.

– Salope !

– T'as des problèmes, l'avertit Davies.

– Ouais.

Presley relevait Hughes, qui revenait à lui. Il s'assit, le front ensanglanté. Une vilaine entaille.

– Ne fais pas de vagues, lança-t-elle à Hughes. Et je ne dirai pas que tu as essayé de me violer.

Il la regarda, avec une lueur meurtrière dans les yeux.

– Nous avons simplement exécuté quelques pas d'une danse folklorique sous la douche, ajouta-t-elle. C'est bien comme ça que tu as posé le pied sur cette foutue savonnette, pas vrai ?

Il réfléchit : deux témoins et Presley.

– Espèce de sale pute.

– Tu veux qu'on se retrouve dans le bureau du

capitaine ? Je n'ai rien contre. Mais si tu préfères faire un saut à l'infirmerie et dire aux meds que tu as glissé, je suis disposée à te sauver la mise. C'est ma semaine de bonté.

Davies et Gypsy avaient le choix entre la soutenir ou prendre le parti d'Hughes, mais Gypsy n'apporterait sans doute pas son appui à cet homme.

– Saloperie ! grommela Hughes en s'essuyant le front.

Plus un bruit, sauf les grognements de Presley qui aidait son ami à se relever.

Gypsy attendit qu'ils aient terminé et déclara :

– Pour moi, c'est un accident. On ne souhaite pas faire de *salades*, Lindy.

– Tout juste, approuva Davies.

Hughes bouillait de rage. Il passa le dos de sa main sur son front – des gouttes rouges tombaient sur le carrelage.

Il poussa Presley et sortit.

Bet libéra sa respiration.

– Merci, dit-elle.

Elle les regarda – Gypsy debout devant elle dans le plus simple appareil et Davies qui tendait la main pour attraper sa serviette.

– Il se fait tard, grommela ce dernier. Merde, on va se faire rappeler à l'ordre.

Gypsy se contentait de la fixer. Puis il hocha la tête avec une expression décidée, presque amusée.

Elle retourna se rincer avant que le savon n'eût séché sur sa peau, lava le sang qui maculait le sol, prit ses vêtements propres et jeta les autres dans la panière du linge sale.

Ils n'étaient pas souillés par une seule goutte de sang.

Un membre de l'équipe de vrai-jour entra dans les douches, le premier d'une nouvelle fournée.

– Soir, dit-il, gêné de la voir ainsi.

Mais une demi-douzaine de ses collègues le suivaient. Tous la fixèrent, et ce fut en sentant leurs regards rivés sur son dos qu'elle alla jusqu'à la porte et sortit.

18

En retard, c'était certain. Elle entra en trombe dans l'Ingénierie et s'empressa de dire :

– Je suis là, monsieur.

A Bernstein qui lui adressa un regard menaçant. Elle sentit son estomac se nouer.

– Tous sont déjà au travail.

– Oui, monsieur.

Elle alla s'informer de leurs affectations.

Le moment n'était pas propice aux conversations. BR et Musa avaient été chargés des vérifications et des rapports. Il n'y avait pas de travail en suspens dans l'atelier, aucune réparation en cours. Depuis peu, l'emploi du temps du faux-jour avait été allégé. L'équipe de vrai-jour se chargeait de la plupart des travaux car ses effectifs étaient trois fois plus importants. Sous son nom, elle ne lut que : *Assistance contrôle de calibrage : voir Musa.*

Ce qu'elle fit aussitôt.

– Il est en rogne, lui dit-il.

Elle savait qu'il ne se référait pas à leur chef.

– Ça lui passera, répondit-elle.

Mais elle avait l'impression de sombrer.

Puis elle décida de se mettre à l'ouvrage, car BR pourrait attendre et il était impératif de ne pas mécontenter Bernstein.

– Assistance contrôle de calibrage. Il est précisé que c'est à toi que je dois m'adresser.

– Je vais te montrer.

Il la guida vers les consoles du poste numéro trois.

– BR bout de rage. J'ai essayé de lui parler mais

il ne répond pas, il n'est pas accessible à la raison. Bernie sait qu'il s'est passé quelque chose et je lui ai demandé de m'accorder un délai. Il a accepté, mais j'ignore de combien de temps je dispose.

– Je saisis. Au fait, Hughes m'a sauté dessus dans les douches, ce matin, et il a eu un petit accident.

– Bon Dieu !

– Rien de cassé, rassure-toi. Gypsy était présent, avec Davies. Tous pensent qu'il a glissé sur ma savonnette.

– Tu crois qu'Hughes va confirmer cette version des faits ?

– Il n'a pas le choix. J'étais nue et lui tout habillé. Il n'y a que trois cabines, là-bas, et nous étions quatre : moi, lui, Gypsy et Davies. Même les mofs savent compter.

Merde. Elle n'aurait pas dû employer ce mot. Pendant un instant Musa eut un air étrange.

– Ouais, dit-il enfin. J'en toucherai deux mots à Gypsy, ce soir.

Il lui expliqua ce qu'on attendait d'elle : un travail aux consoles. Il suffisait de charger le programme Calibrages et de préciser quels systèmes étaient concernés pour que le logiciel effectue les contrôles et signale tout ce qui ne correspondait pas aux paramètres.

Aussi facile que remplacer un filtre.

Mais BR rôdait dans les parages. Il esquivait leurs regards et semblait avoir des envies de meurtre.

Pendant qu'Hughes était à l'infirmerie et racontait Dieu sait quels mensonges.

Elle revoyait Orsini demander à la med, quand le blessé était BR : *Cette porte a-t-elle fait d'autres victimes ?* et la femme lui répondre avec un sérieux imperturbable : *Pas encore.*

Elle n'avait que ce contrôle à effectuer. Ceux du vrai-jour s'étaient chargés du travail d'atelier et de maintenance générale : sorties-moyeu, contrôle-sync et une douzaine de corvées diverses, ce qui devait leur donner envie de tordre le cou à tous ceux du faux-jour...

Pendant qu'une skut sans qualification restait assise devant les consoles pour tenter d'apprendre à s'en servir, Bernie ménageait les membres de son petit groupe et ne leur confiait que des tâches aux pupitres et les travaux d'entretien indispensables sur le pont ou dans l'atelier – et il y avait gros à parier qu'il n'enverrait désormais aucun d'eux travailler seul hors de cette salle.

Elle craignait que ce ne fût révélateur d'une évolution de la situation. Peut-être avait-on renoncé aux opérations de maintenance habituelles, une mesure qui pouvait avoir diverses raisons : parce qu'ils approchaient d'une station ou traversaient un secteur dangereux.

Ou encore parce que Bernie craignait d'autres accidents comparables à celui survenu à BR et avait passé un accord avec Smith, sa contrepartie du vrai-jour.

Jusqu'à quand ? se demanda-t-elle. Quelle serait la durée de telles mesures ? Pendant combien de temps pourrait-il les prendre ? Elle se rappela les propos de BR. Selon lui, on exercerait tôt ou tard des pressions sur leur chef, Musa en aurait assez de lui servir d'ange gardien, et Hughes et ses acolytes seraient alors libres d'agir à leur guise.

Mais BR ignorait ce qui venait d'arriver à Hughes et il fallait l'en informer. Elle le vit dans le renfoncement de l'extrémité de la console principale et décida d'aller lui en toucher deux mots pendant que Bernstein et Musa discutaient... d'autre chose que des données fournies par les ords, craignait-elle.

Musa et un mof. Mais un mof digne de confiance – un mof à qui elle devrait dire la vérité s'il exigeait de savoir ce qui s'était passé dans les douches.

– Musa m'a appris que tu as une dent contre moi, dit-elle à BR.

Elle tendit la main vers son bras. Il la repoussa aussitôt.

– Bon Dieu, non ! Pourquoi t'en voudrais-je ?

Elle désirait l'informer de l'incident avec Hughes, mais le moment lui paraissait mal choisi.

– Tu t'en es très bien tiré, tu sais ?

Il eut des difficultés à respirer pendant une seconde. Il l'écarta du coude, avec rudesse, et se détourna. Mais elle passa devant lui et, à en juger à son expression, ce fut un miracle s'il ne céda pas à la violence.

– Tu as été parfait, hier soir. Tous se sont très bien conduits et ils ont pu constater que tu avais des réactions normales, ce qui est encore plus important. Ton comportement a été semblable au leur, tu sais ?

Ce n'était plus le cas. Il avait à nouveau un regard de dément. Il semblait sur le point de la repousser ou de la frapper, elle s'y préparait.

Mais il se domina. Il resta figé sur place tant que sa respiration ne fut pas redevenue plus lente et profonde.

– Ouais, grommela-t-il. Tu m'en vois ravi.

– Tu n'en imagines pas l'importance.

Il ne pouvait s'exprimer normalement et ne voulait pas en discuter avec elle. Il était trop traumatisé par cette expérience pour aborder ce sujet et son expression donnait des nausées à Bet.

– Tous ont été gentils avec toi, la nuit dernière. Comprends-tu ce que ça signifie ?

Non, il ne comprenait pas, il ne comprenait rien du tout. Elle attribua son attitude à de la gêne et non à l'atteinte portée à sa susceptibilité de marchand. Elle n'était pas de mise, à bord de cet appareil. Il en avait conscience. Et il savait qu'elle refuserait de prendre en considération toute protestation sur ce thème.

Non, il devait être tourmenté par une vision, le souvenir de l'instant où il avait craqué, quand il avait cédé à la panique devant de nombreux témoins.

Mais, bordel, c'était le but recherché. Il fallait permettre aux autres de découvrir la nature exacte de son problème et, surtout, leur fournir la preuve qu'il était capable de dominer ses instincts et de maîtriser la situation. Elle ne pouvait effacer le passé. Elle ne le désirait pas.

– Je *dois* te parler, insista-t-elle.

Et elle le guida – en se demandant s'il accepterait de la suivre – dans un recoin où ils bénéficieraient d'un peu d'intimité, plus loin de l'endroit où Bernstein et Musa discutaient toujours.

– Ce qui s'est produit te pose un problème ?

Pas de réponse.

– Tu as été parfait. Personne ne t'a cherché des histoires et le simple fait qu'ils soient venus proclame quelque chose, tu m'entends ? McKenzie, Park et Figi... ils ont été très gentils avec toi, ils nous ont rejoints à ma demande, ils sont restés jusqu'à la fin et nous ont soutenus. Dans le cas contraire, j'aurais mis un terme à tout ça avant que la situation ne risque de dégénérer. Tu dois admettre que j'ai un minimum de bon sens. Il y avait McKenzie, Park, Figi et Musa. Les autres sont restés à distance, ils n'ont même pas essayé d'approcher. Ils ont bu et visionné ces microfilms. Ils ont un bon fond, BR. Il y avait Gypsy et peut-être Davies, et six ou huit membres de l'équipage, là-haut. J'avais demandé à McKenzie d'inviter des amis, et comme il savait que tu serais avec nous ils étaient eux aussi au courant. Et si quelques-uns l'ignoraient, ils t'ont vu et sont restés malgré tout. Je précise que nous t'avons constamment protégé de quiconque aurait pu t'embêter. Tout le temps.

Me croirais-tu stupide au point d'organiser une pareille réunion sans prendre un minimum de précautions ?

Il ne disait mot.

– Tu as été *parfait*, tu t'es très bien comporté.

Il était évident qu'il n'assimilait pas la teneur de ses propos, mais il semblait désorienté. Au moins avait-il conscience de ne pas comprendre.

Peut-être ne se rappelait-il plus qui était venu, ou éprouvait-il une peur rétrospective à la pensée de ce qui aurait pu se produire. Il avait perdu connaissance, certes. Cet homme était resté isolé trop longtemps pour oser s'enivrer avec qui que ce soit, même des gens qu'il honorait à jeun d'une confiance relative.

– Je ne les ai pas laissés te toucher, dit-elle. Je te protégerai toujours, je te le jure.

Il recula contre la paroi, la regarda un moment comme s'il avait affaire à une extraterrestre, puis inclina la tête en arrière, détourna le visage et fixa le néant, drainé de sa violence. Il n'était plus qu'un homme blessé, épuisé. Et s'il bouillait de rage, c'était désormais dans les profondeurs de son être. Elle voyait tressauter un muscle de sa mâchoire.

– J'ai du travail, déclara-t-il.

D'une voix vacillante et lointaine. Il se redressa et alla pour regagner son poste, mais elle l'en empêcha.

– Ce n'est pas tout, s'empressa-t-elle d'ajouter. Hughes m'a agressée, ce matin. Tu m'entends ? J'ai un peu refroidi ses ardeurs.

Il semblait terrifié.

– Ne te conduis pas comme un imbécile, dit-elle. Ne va surtout pas te cacher quelque part, bon Dieu ! Ce n'est pas parce que tu es en colère contre moi que tu dois t'isoler loin de tout témoin.

– Tu es folle. Ils vont te tuer, Bet.

– Mmmn, non. Ne t'en fais pas pour ça.

– Fitch...

Il avait baissé la voix et le bruit de fond du vaisseau couvrait presque ses paroles. Et si Bernie et Musa avaient terminé leur discussion, là-bas derrière les consoles, ils s'abstenaient pour l'instant d'intervenir.

– Je te l'ai dit dès le début. Tu vas y laisser ta peau.

Non, elle ne devait pas lui apprendre qu'elle venait d'amocher Hughes. La fois précédente, c'était ce salopard qui l'avait expédié à l'infirmerie, et bien qu'il eût été confronté à trois adversaires et attaqué par surprise, il se serait certainement senti humilié.

– J'ai passé toute mon existence à bord de vaisseaux comme celui-ci, lui répondit-elle.

C'était un mensonge, mais en partie seulement.

– Je te l'ai dit, on peut atteindre les gens sans seulement les toucher, et si on choisit bien son moment il n'y a rien à craindre. Je connais la question, crois-moi. Aie confiance, BR, tu peux compter sur moi. Je sais ce que je fais.

C'était pour lui très difficile. Mais il y réfléchissait. Elle le lut dans ses yeux et constata qu'il était effrayé et bouleversé, qu'il refusait d'admettre une conclusion pourtant évidente.

Il en était incapable. Il ne pouvait franchir le pas. Mais au moins était-il assez franc pour ne pas essayer de le lui dissimuler.

– J'ai connu ça, dit-elle. Plus d'une fois. C'est comme d'avoir un couteau collé sur son ventre. Mais on doit saisir sa chance quand elle se présente. Une poignée de types sont venus participer à une petite fête. Ils t'ont un peu chahuté, mais c'était *amical*, tu comprends ? Tu ne dois pas leur en vouloir. Tu ne peux plus les ignorer. Ils ont eux aussi leur fierté et il a dû leur en coûter de faire les premiers pas, la nuit dernière. Il faut à présent que tu te rapproches d'eux comme ils se sont rapprochés de toi.

– Plutôt crever.

Elle eut envie de le frapper. Mais elle dit, avec calme et douceur :

– J'ignore quels sentiments ils t'inspirent, et pourquoi. Mais je sais que tu m'es redevable et que si tu ne changes pas d'attitude je passerai pour une imbécile. Si j'y laisse ma peau, ce sera par ta faute.

Il fut sensible à cet argument. Elle n'aurait pu dire quel avait été l'impact de ses paroles mais elles avaient fait mouche. Il resta muet, l'air farouche, comme lorsqu'il se sentait pris au piège.

Pendant qu'elle tremblait autant qu'une jeune recrue devant un marchand déboussolé, un type qui n'était qu'un gosse quand elle avait embarqué sur l'*Africa*...

Et appris des leçons que BR n'avait pas encore assimilées.

L'imbécile !

Je sais désormais comment tu t'y es pris pour te faire tant d'amis...

Elle n'exprima pas cette pensée. Elle le laissa, trop irritée pour avoir des idées claires, mais consciente que Bernstein faisait montre d'une patience admirable et qu'elle devait se reprendre.

Elle regagna le poste trois et consulta l'ord pour savoir quel serait son prochain travail.

Passez me voir, lut-elle.

Elle arrêta l'appareil, se tourna pour aller se présenter à son supérieur et vit un officier sur le seuil de la salle. Son cœur ralentit.

Orsini... *pas* en simple visite d'inspection, c'était certain.

Il présentait ses respects à Bernstein, qui remarqua que Bet les observait et lui fit signe d'approcher.

Elle s'avança. Musa se trouva une occupation et s'éclipsa.

– Yeager, dit Orsini.

– Oui, commandant.
– J'ai appris qu'il s'est produit un accident dans les douches, ce matin.
– C'est exact, commandant.
– En avez-vous été témoin ?
– Oui, commandant.
– Que s'est-il passé ?
Elle pria Dieu pour qu'Hughes eût saisi la perche qu'elle lui avait tendue et ne fût pas entré dans les détails. Et surtout qu'il n'eût pas décidé de lancer une contre-accusation.
– Il n'y avait personne, à l'extérieur des cabines. Il a dû les croire inoccupées et est entré dans la mienne pendant que je me séchais. Il a ouvert la porte et m'a fait peur. Je suppose que la surprise a été réciproque. Il a dû poser le pied sur mon savon.
– Une glissade.
– C'est ce que je pense, commandant.
Un long silence. Un regard menaçant. Bet sentait la sueur ruisseler sur ses flancs.
Orsini écrivit sur sa transplaque, plus qu'une simple phrase.
– Ce sera tout, Yeager.
– Bien, commandant.
Restait Bernstein. Elle n'avait aucune envie de lui parler mais on ne s'éloignait pas d'un mof sans le saluer.
– Désolée, monsieur, lui dit-elle.
– Qu'a-t-il fait ?
– Il a voulu me saisir.
Bernstein ne semblait pas avoir des idées de meurtre, et elle ajouta :
– J'étais couverte de savon, monsieur. Il était tout habillé. Il a dû glisser.
– Yeager...
Il prit une inspiration.
– Soyez prudente. Faites attention, *bordel*.
– Oui, monsieur.

Elle tremblait. Pour la deuxième fois, ce matin.

– Nous devons terminer un travail de finition sur un circuit, à l'atelier. Voulez-vous vous en charger ? Ça vous prendra environ une heure. Cet après-midi, vous ferez des sims sur le trois, le plus longtemps possible.

Simulations. Des sims d'Ingénierie. Cette nouvelle n'eut pas un effet bénéfique sur son estomac.

Un accrochage avec Orsini, Hughes et ses amis qui seraient plus prudents la prochaine fois, Musa qui la prenait pour une idiote, BR qui voulait la tuer et Bernie qui demandait à une simple mécanicienne non qualifiée de s'installer aux consoles d'un appareil fait de bric et de broc tel que le *Loki*.

Logique.

Elle alla se mettre à l'ouvrage sur les circuits électroniques, feuilleta le manuel d'instructions et découvrit qu'ils provenaient de l'interface Timonerie-Ingénierie.

Dieu !

Un truc facile – à condition d'ignorer les conséquences d'une erreur. Elle fit trois vérifications successives puis alla demander à Bernie s'il fallait lancer un programme d'installation ou en rester là.

– C'est le module de secours du système auxiliaire, déclara-t-il. Mais il n'a pas grillé sans raison. Le vrai-jour cherche la cause de la panne.

Rassurant.

Ce foutu vaisseau tombait en morceaux.

*

BR était toujours aussi taciturne, lors de la relève – comme si chaque mot lui coûtait des creds – mais au moins restait-il calme et poli : le BR qui demeurait assis aux consoles et ne pensait qu'à son travail.

– Tu dois m'en apprendre un peu plus sur les pupitres, lui dit-elle. J'ai Bernie sur le dos.

Il se contenta de secouer la tête – ni un accord ni un refus – sans la regarder.

Elle était désormais certaine que Musa avait correctement analysé le caractère de cet homme et que ses sautes d'humeur l'exaspéraient, mais BR ne leur offrait aucune prise, il paraissait vivre ailleurs. Il avait une attitude je-m'en-foutiste qui proclamait : vous-pouvez-faire-comme-bon-vous-semble.

Elle eût aimé le secouer un peu. Impossible. Il eût réagi comme en présence d'Hughes et de ses amis.

Et il remonta seul l'anneau, plusieurs mètres devant eux. Une fois en salle de détente il alla allonger la file de ceux qui attendaient leur dîner, sans dire un mot ni regarder qui que ce soit, même quand on le dévisageait pour découvrir quelle était son humeur.

Bet et Musa prirent place derrière lui. Il ne se tourna pas, il ne réagit pas.

L'idiot !

Que diable devaient-ils faire ?

Lui balancer un direct et l'envoyer s'étaler sur le pont ? S'ils avaient été sur l'*Africa* quelqu'un s'en serait chargé.

Il n'aurait pu survivre longtemps, à bord d'un vaisseau de la Flotte.

Elle se rappela l'éclair aveuglant, l'onde de choc, la puanteur de la chair calcinée. Et la skut avec la grenade.

Elle se souvint de ceux qui cessaient tout simplement d'esquiver.

Il a un tempérament suicidaire. Non, même pas. Il s'est contenté de se couper du monde extérieur, il est parti loin de nous. Il a renoncé à se défendre. Il ne prendra jamais une initiative.

Il est sacrément dangereux.

Aux pupitres.
Ou à tout autre poste important.

– Qu'est-ce qu'on mange, aujourd'hui ? lui demanda-t-elle.

Il feignit de ne pas avoir entendu. Elle lui donna un coup de coude dans le dos.

– Hein ?

Il ne réagit pas tout de suite, puis répondit :

– Je crois que c'est du pâté.

– Tu parles d'un pâté, intervint Musa. Il a eu des nageoires.

Elle eût été prête à jurer que BR l'avait regardé.

– Nous devons approcher d'une escale, commenta-t-elle. La bouffe empire.

Et BR parut se réveiller, revenir parmi eux.

– Nous n'en sommes pas encore au ragoût, dit-il. C'est bien le pire.

Comme si, Dieu soit loué, il faisait un effort.

– Tu oublies les œufs au jambon, rétorqua Musa. Savez-vous que j'ai goûté à du porc authentique ?

Elle aussi, une fois dans son existence – la chair d'une créature auparavant vivante, et non de la viande de culture. Ce souvenir lui donna des haut-le-cœur et elle grimaça.

– On m'en a servi, autrefois. J'ai trouvé ça savoureux. Mais je suis moins enthousiaste quand je pense à ses origines.

La file avança.

– Où ? lui demanda Musa.

Pas soupçonneux, intrigué.

– Des camarades s'en étaient procuré à un point de transfert.

A l'époque de l'*Africa*. Ils n'avaient pas déboursé le moindre cred, là-bas dans les ténèbres de l'Espace-profond – là où les vaisseaux se croisaient à leur sortie de l'hyperespace et où ils n'avaient eu qu'à se servir.

Le sang couvrait toute une paroi. Les AP ne laissaient pas subsister grand-chose d'un homme. Sa première sortie avec l'escouade d'abordage.

Du porc figurait au menu, ce soir-là. Les cuisiniers l'avaient débité en portions minuscules pour les soldats, mais elle eût parié gros que les mofs de la passerelle avaient eu droit à de belles tranches.

Ils firent quelques pas.

– Du poisson, déclarait Musa. Je vous l'avais bien dit.

BR haussa les épaules. Il restait devant elle, les mains dans les poches, les yeux baissés. Il s'isolait à nouveau et elle tendit le bras pour le tirer par la manche.

– Ça va ?

Il la regarda, l'air étrange – effrayé, peut-être, inquiet, mais toujours *parmi eux,* Dieu merci.

– Réponds-moi, lui ordonna-t-elle.

Il resta muet. Il continua de la fixer jusqu'au moment où la file s'ébranla et où Musa les poussa devant lui.

BR tourna une fois de plus la tête vers elle. Il donnait l'impression de se colleter à un concept incompréhensible.

– Eh, fit-elle. Ce n'est pas de moi que tu dois te méfier, tu sais ?

Elle avait dit cela d'une voix étrange.

– Avancez, cria quelqu'un derrière eux. Allez faire ça dans un placard.

Leur tour. Ils repartirent avec des petits cubes grisâtres à l'odeur de poisson nappés d'une sauce où flottaient quelques croûtons. Ils sentaient craquer sous leurs dents des arêtes auxquelles ils essayaient de ne pas prêter attention.

Ils tentaient aussi de ne pas faire cas des regards qu'ils attiraient, des têtes qui se rapprochaient, des conversations échangées à mi-voix et d'Hughes assis avec ses deux camarades de l'autre côté de la salle. Il avait un pansement sur le front et les observait. Elle voyait aussi Mel Jason en compagnie de Kate et de deux inconnues, penchées les unes vers les autres...

Bet, Musa et BR étaient séparés du reste de l'équipage – par un espace peu important mais suffisant pour les isoler à cette extrémité du banc – mais McKenzie, Park et Figi vinrent les rejoindre sitôt après avoir été servis.

Mec, se dit-elle en voyant McKenzie approcher. *J'ai une sacrée dette envers toi.*

– Hughes a l'air en rogne, déclara McKenzie en guise de préambule.

Il but une bonne gorgée de bière.

– Tu m'en vois désolé pour lui, commenta Musa.

BR était tendu tel un ressort. Elle le sentait.

– Que dit-il ? demanda-t-elle à Gabe.

– Qu'il va régler ses comptes.

– Tu prends des risques, alors.

– Ça se pourrait.

Elle y réfléchit. Elle pensa aux faveurs qui lui avaient été rendues et à la réaction qu'aurait BR s'il avait à nouveau de la compagnie, cet imbécile ! Elle venait de décider de tenter malgré tout sa chance quand Musa la prit de vitesse :

– Nous devons nous réunir, vous et nous.

Il avait beaucoup de bon sens, grâce à Dieu.

– C'est faisable, répondit Gabe.

– Ouais, confirma-t-elle en poussant BR du genou. Ça te va ?

Il hocha la tête et marmonna :

– Parfait.

Et ils allèrent jouer aux cartes dans les couchettes de McKenzie et de Park qui étaient situées côte à côte. Ils burent et parlèrent un peu. BR et Park devaient être aussi taciturnes l'un que l'autre. Figi n'était pas un débutant, il suffisait de le voir brasser un paquet pour s'en rendre compte. Il arborait un sourire timide et mettait sa cervelle à contribution. Il enregistrait dans sa mémoire toutes les cartes jouées.

BR s'en tirait assez bien, découvrit-elle. Musa aussi, ce qui n'était pas étonnant de la part d'un homme qui avait effectué de longs, très longs voyages dans l'espace réel à bord de vaisseaux où les distractions étaient rares.

– Je vais me faire plumer, se plaignit-elle.

Elle devait déjà deux bières et demie à Figi.

– C'est à cela qu'il doit d'être si bien portant, déclara McKenzie. Toutes ces bières gratis.

Figi se contenta de sourire et de porter son verre à ses lèvres.

Au même instant la vid s'arrêta et on fit la lumière. Dans les quartiers désormais illuminés comme au matin, le com général hurla :

– *Inspection !*

– Bon Dieu, marmonna McKenzie.

– Qu'est-ce que ça veut dire ? grommela Park. Nous n'avons pas encore atteint une station.

– *Restez où vous êtes. Regroupez-vous dans l'allée centrale. Pas de discussions. Ne perdez pas votre temps à ranger vos affaires. Ceux qui ont des boissons ou de la nourriture les gardent, ceux qui font quelque chose s'arrêtent. Pas de bavardages, pas de promenades. Exécution !*

– Merde, marmonna BR.

Bet en fut ébranlée et lui murmura :

– Ferme-la.

Elle était effrayée, pour des raisons impossibles à analyser. Elle savait seulement que BR était un expert pour se conduire comme un imbécile et cela l'angoissait. Elle prit sa bière et se dirigea vers l'allée, en laissant tout le reste sur place conformément aux ordres des mofs. Ils se retrouvèrent tous les six dans le passage. Musa continuait de boire, d'autres en faisaient autant, et elle pensa que rien ne devait l'interdire pendant que des sous-officiers entraient à l'extrémité opposée des quartiers et débutaient la fouille.

Bon sang, lors des inspections sur le pont des troupes de l'*Africa* nul ne se serait permis de continuer de boire. Ils avalaient leur bière d'un trait pour que le vaisseau fût paré à appareiller, ils fourraient tout ce qui traînait dans le filet suspendu près de chaque couchette, ils se mettaient au garde-à-vous sans oser *penser* à une boisson pendant que les mofs passaient leurs biens au crible et notaient tout ce qui clochait. Et ceux qui possédaient des drogues ou des armes non déclarées priaient avec ferveur.

Ici, des membres de l'équipage discutaient à mi-voix, n'hésitant pas à se regrouper, sauf à proximité immédiate des types venus de la passerelle. Leurs murmures étaient audibles malgré les grondements du vaisseau.

Puis d'autres mofs arrivèrent, les deux seconds réunis.

– Oh, Seigneur ! laissa échapper quelqu'un.

Elle se tourna vers BR. Il buvait sa bière et foudroyait Fitch du regard, en serrant les dents.

Fitch et Orsini s'arrêtèrent sur le seuil et les conversations moururent.

Ils étaient ensemble parce que c'était une fouille générale des couchettes et des coffres. Le vrai-jour était concerné autant que le faux-jour.

Les quatre jeunes sous-officiers avaient débuté l'inspection près de la vid. Bet ne les connaissait pas, mais cela s'appliquait à la plupart des hommes du pont supérieur, même ceux du faux-jour. Ils relevaient les couchettes et dressaient l'inventaire du contenu des coffres situés au-dessous. Ils n'oubliaient rien mais progressaient rapidement.

La réflexion de Park était sensée. S'ils recherchaient des drogues ils auraient dû le faire plus tôt, pas en fin de traversée. Non, sans doute avait-on remarqué la disparition de quelque chose, des bouteilles du mess des officiers ou la montre du capitaine. Comme ils ne tarderaient guère à faire escale, ils voulaient empêcher que des objets volés ne soient sortis du vaisseau et échangés contre de l'alcool. Certainement.

Mais elle dressa dans son esprit une liste de ses biens et récita les regs pour obtenir la confirmation qu'elle ne détenait rien de prohibé.

Elle en avait la certitude. Elle s'était donné la peine de lire les règlements avec attention. Les sous-mofs laissaient déjà derrière eux la couchette de BR sans y avoir apparemment découvert quoi que ce soit d'illégal, Dieu merci.

Ils arrivèrent à leur hauteur et relevèrent le lit de McKenzie puis ceux de Park et de Figi. Ils firent de même de l'autre côté de l'allée puis repartirent en direction de la galerie.

Ils y montèrent.

Je n'ai rien d'interdit. Plaise à Dieu.

Elle but une gorgée de bière, étonnée qu'à bord de ce vaisseau la discipline fût à ce point relâchée dans bien des domaines. Mais l'inquiétude était de mise lorsqu'on avait des ennemis, dont un salopard qui entretenait d'excellentes relations avec des mofs et venait de déclarer qu'il allait se venger.

– *Yeager. Regagnez votre couchette.*

Oh, merde !

Elle inspira à pleins poumons et alla pour s'avancer quand un homme lui tapota le dos, un autre lui prit le bras.

Musa, et BR. Elle se tourna vers eux et haussa les épaules.

– La visionneuse, je suppose.

Et elle essaya désespérément de s'en convaincre.

BR la lâcha. Elle s'éloigna jusqu'à l'échelle et la gravit. On montait derrière elle, sans doute les deux commandants en second. Elle prit soin de ne pas regarder par-dessus son épaule et alla rejoindre les quatre sous-officiers – debout à côté du lit relevé et du compartiment de rangement ouvert.

Leur détecteur s'emballait, le voyant rouge clignotait, et elle vit un sachet en plastique rempli de gélules posé sur ses affaires, exposé à tous les regards.

– C'est votre couchette ?

– Oui, monsieur. Mais ceci ne m'appartient pas, affirma-t-elle à l'instant où les seconds arrivaient. Les sous-mofs déclarèrent avoir trouvé cela dans son coffre – naturellement – et quand Orsini lui demanda l'ordonnance elle répondit :

– Je n'en ai pas, commandant, mais cela ne m'appartient pas.

– C'est à qui, alors ?

– Sans doute à Lindy Hughes, commandant. Il a dit pouvoir me guérir de mes migraines et précisé qu'il ferait tout son possible pour m'en débarrasser rapidement.

– Vous n'avez pas envisagé d'aller à la pharmacie, Yeager ?

– J'ignorais que ce produit n'était délivré que sur prescription médicale, commandant. Il a dû me l'apporter ce matin. Il a eu un accident, vous savez. Il n'a pas dû penser que ce médicament ne peut circuler librement.

Orsini prit le sachet.

– Reste à savoir de quoi il s'agit.

– Oui, commandant.

– Trouvez-moi Hughes, ordonna Fitch.

Ils n'avaient donc pas un identificateur de présence, qu'un appareil bas de gamme ne permettant pas de suivre quelqu'un à la trace... dommage.

– Je souhaite faire remarquer que si je transportais des substances non autorisées je les mettrais dans un emballage plus approprié.

– Souhaitez-vous que ce commentaire figure dans mon rapport, Yeager ?

– Oui, commandant. Je connais les techniques employées par les passeurs et les erreurs qu'il ne faut pas commettre. Je sais par exemple que n'importe quel contrôle révélera la présence de tels produits s'ils sont dans un simple sachet en plastique.

– Avez-vous autre chose à déclarer ?

– Je me soumettrai volontiers à un test de dépistage, commandant. On ne trouvera absolument rien dans mon organisme, ma dernière dose de tranks exceptée.

Fitch prit la visionneuse et glissa un microfilm à l'intérieur. Il resta un moment silencieux. Pour regarder. Puis il arrêta l'appareil et la toisa du regard, avec froideur.

– Il serait préférable de poursuivre cet interrogatoire dans la Section administrative, Yeager.

– Bien, commandant.

Elle partit dans la direction que les mofs lui indiquaient : vers l'extrémité de la galerie, le bas de l'échelle, en les précédant de quelques pas.

L'équipage murmurait, sauf dans son voisinage immédiat. Elle vit BR se rapprocher, visiblement pris de panique. Il n'avait pas respecté l'ordre de demeurer sur place, pas lui, et Musa non plus. Ce dernier tentait de le retenir par le bras. Ce que risquait de faire BR la terrifiait. Elle lui lança un regard signifiant je-ne-te-connais-pas et continua de s'éloigner, le plus calmement possible, car Fitch était proche et pourrait entendre tout ce qu'elle lui dirait et le mentionner dans son rapport.

Ils franchirent la porte. Ils traversaient la salle de détente quand Lindy Hughes fut convoqué dans le bureau d'Orsini par le com général.

Ce qui procura à Bet un semblant de satisfaction. Si elle était perdue, si les questions sans importance cédaient la place à celles auxquelles elle ne pouvait répondre, trouver l'auteur de cette mise en scène importerait moins que de porter des coups à leurs adversaires et mettre les plus redoutables hors d'état de nuire.

Ils passèrent à l'infirmerie, où elle se soumit à des examens. Avec plaisir.

– Vous ne trouverez rien de plus que ma dernière dose de tranks, dit-elle à la med. C'est tout ce que contient mon organisme.

– Je l'espère pour vous, lui répondit Fletcher.

Elle ne redoutait pas ce test. L'interrogatoire qui s'ensuivrait lui inspirait de plus vives inquiétudes.

Bernstein vint les rejoindre à l'instant où ils entraient dans les Services ad.

– Que se passe-t-il, Yeager ?

– J'aimerais le savoir, monsieur.

Elle n'osait en dire plus de crainte d'irriter Orsini qui avait déjà ouvert la porte de son bureau.

Procédures civs. Mofs civs qui respectaient leurs prérogatives et dont la courtoisie accentuait encore sa nervosité. Mais que Bernstein se fût déplacé la réconfortait, même si cela risquait de braquer Orsini contre elle.

Elle entra et attendit au repos pendant que le second du faux-jour allait s'asseoir derrière son bureau. Il pressa une touche du pupitre.

– Nos propos sont enregistrés.

– Bien, commandant.

– Vous soutenez que ces pilules appartiennent à Hughes.

– J'ai de bonnes raisons de le croire, commandant.

– Pourquoi ?

– Il m'a fait une promesse.

– Après cet accident, cette histoire de porte de placard ?

– C'était un robinet de douche, commandant.

– Ne soyez pas impertinente.

– Non, commandant.

– C'est un de vos amis ?

– Non, commandant. Mais il a déclaré qu'il s'occuperait de moi et je ne vois pas pourquoi je mettrais sa parole en doute.

Orsini écrivit sur sa transplaque puis leva les yeux vers elle, les sourcils froncés.

– Vous êtes maligne, Yeager.

– Désolée, commandant.

– Trouvez-vous Hughes *sympathique* ? S'est-il passé quelque chose de personnel entre vous ?

– S'il a voulu m'attirer des ennuis, j'aurai d'excellentes raisons de lui en vouloir, commandant. Mais cela reste à démontrer.

– Vous soutenez qu'il a promis de vous débarrasser de vos migraines ?

– Je ne reviens pas sur ma déposition.

– Sitôt à bord de ce vaisseau vous vous bagarrez et vous créez des dissensions dans *mon équipe*, Yeager. Vous semez la pagaille partout où vous êtes, pas vrai ?

– Non, commandant. Je ne me suis pas battue.

– Lindy Hughes a glissé.

– J'étais couverte de savon, commandant. Il a sans doute voulu me faire une plaisanterie. C'est ainsi que j'interprète cet incident, commandant.

Une autre note sur la transplaque. Il releva la tête.

– Seigneur, j'ai horreur des petits malins.

Le moment eût été mal choisi pour s'autoriser un commentaire. Elle attendit, les mains dans le dos.

– Dites-moi, Yeager... êtes-vous intelligente ou impudente ?

– J'espère posséder un QI acceptable, commandant.

– Savez-vous quel surnom on vous donne, sur la passerelle ?

– Non, commandant.

– Brosse à reluire... La merde ne vous incommode pas, c'est ça ?

– J'essaie de ne pas mettre les pieds dedans, commandant.

– Vous recommencez.

– Désolée, commandant.

Il inclina son siège en arrière, croisa ses mains sur son ventre et resta à la fixer pendant un long moment.

– Vous embarquez avec pour toutes références une lettre de votre dernier capitaine. Vous n'avez pas les qualifications que vous prétendez avoir, n'est-ce pas ?

– Je suis une mécanicienne, commandant.

Un long, très long regard de ses yeux noirs.

– Hughes a voulu vous agresser ?

Elle était en sueur.

– Je ne saurais le dire, commandant.

Le com bourdonna. Orsini utilisa l'écouteur pour prendre l'appel en privé. Il écouta, sans la quitter des yeux.

– Merci, fit-il à son interlocuteur avant de reporter son attention sur Bet. Un médicament contre la migraine, dites-vous ?

– Oui, commandant.

– Ce n'est pas un produit qui a été prescrit à Hughes mais de la poudre. Savez-vous ce que désigne ce terme ?

C'était encore plus grave qu'elle ne l'avait craint.

– Oui, commandant.

– Vous pensez toujours que c'est Hughes qui vous a apporté ce sachet ?

Elle réfléchit, pendant que le mof la fixait et que son cœur battait la chamade.

– Ce que je pense, c'est que s'il m'a joué ce sale tour je dois le biffer de la liste de mes amis en puissance.

– N'avez-vous jamais envisagé de faire carrière dans le corps diplomatique, Yeager ?

– Non, commandant.

Elle avait horreur de tous ceux qui lançaient des attaques détournées. Orsini en faisait partie.

– Vous ne vous droguez pas ?

– Non, commandant.

– D'où pourraient provenir vos ennuis, alors ?

– De quelqu'un qui ne m'aime guère, commandant.

Un long silence.

– Pourquoi ?

– Je l'ignore, commandant.

– Brosse à reluire, où avez-vous appris à garder ce profil bas ?

– Sur plusieurs vaisseaux, commandant.

Elle transféra son poids d'un pied sur l'autre, pour paraître moins guindée, plus civ.

– Et dans une milice de station. Pan-paris.

Peut-être la croirait-il. Ou pas.

– Une *milice*, dites-vous ? fit-il en haussant un sourcil.

– Oui, commandant.

– En tant que quoi ?

– Spécialiste.

– Quel domaine ?

– Tech d'armement, commandant.

Il réfléchit, en balançant son siège.

– Quelles armes ?

– Celles dont nous disposions.

Ce qui n'avait été que trop vrai, les derniers temps, pendant ces années de défaites. Son pouls s'emballait et devenait irrégulier. Orsini continuait de se balancer, lentement.

– Allez attendre à l'extérieur.

Il eût été impossible de deviner ce qui allait suivre, d'émettre la moindre hypothèse, avec cet homme.

– Bien, commandant.

Elle ouvrit la porte.

– Et envoyez-moi Hughes.

Ce dernier attendait sur un banc longeant la paroi. Elle vit Bernstein un peu plus loin, plongé dans une discussion avec Fitch.

– C'est ton tour, dit-elle à Hughes.

Il se leva et la foudroya du regard au passage. Elle s'assit à sa place pendant que les deux mofs poursuivaient leur entretien. Bernstein était aussi calme que s'ils décidaient du menu du dîner et non de l'avenir de BR Ramey.

– ...aucun doute, répondait-il aux objections de Fitch. Il s'est stabilisé, plus d'absences pour maladie, plus d'incidents...

– Il est toujours au cœur de quelque chose. Je ne suis pas surpris de le trouver mêlé à tout ce qui peut se passer à bord.

Il fit signe à Bernstein de s'éloigner, afin qu'elle ne pût les entendre. Ils murmuraient, à présent, et l'expression du second traduisait de la colère, celle de Bernie de l'inquiétude.

Il ne restait qu'une demi-heure avant la fausse-nuit et la fin de la période pendant laquelle le faux-jour et le vrai se chevauchaient. Il en découlait qu'Orsini devrait transmettre l'affaire à Fitch, à moins qu'il n'eût l'intention d'assurer deux permanences de suite, ce qui semblait improbable.

Et il était tout aussi improbable que Bernstein pût le faire, avec un membre de son équipe aux arrêts et BR menacé du même sort – Dieu seul savait pourquoi. Bernie aurait fort à faire le lendemain pour surveiller les consoles, sauf s'il réquisitionnait sans attendre un membre de l'équipe de vrai-jour et l'envoyait se coucher, ou si Orsini autorisait quelqu'un à rester aux pupitres pendant vingt-quatre heures d'affilée...

Et Fitch commençait seulement à s'échauffer, à poser des questions.

Sur BR, par exemple.

Que diable a-t-il fait ?

Seigneur, et s'ils s'en prenaient à lui à cause de moi ?

Si c'est le cas, si Fitch réussit à le coincer... Dieu sait quelle sera sa réaction. Il perdra toute retenue, et ils auront un prétexte pour l'arrêter et le boucler – ça le tuera, ça l'achèvera...

S'il ne saute pas à la gorge de Fitch...

Si ce salopard ne le pousse pas à commettre cette imprudence...

Il en serait bien capable.

Elle resta assise, perdue dans la contemplation de la paroi pendant que deux mofs de la passerelle et un tech de vrai-jour passaient. Elle écoutait ce qu'elle pouvait entendre de la conversation de Fitch et de Bernstein. L'expression de ce dernier indiquait qu'il s'inquiétait, et sans doute devrait-il quitter la Section ad dès l'extinction des feux et la transmission de pouvoir à Fitch. Le second lui ordonnerait sans doute de ne pas s'en mêler et tous devaient lui obéir... sauf Orsini, peut-être.

Oh, mon Dieu ! Faites qu'il ne se dessaisisse pas de cette affaire !

Ils interrompirent leur discussion. Bernstein demeura sur place mais Fitch s'éloigna vers le haut de l'anneau en donnant des ordres dans son com de poche, le dos tourné. Elle ne put entendre ce qu'il disait, ou le lire sur ses lèvres.

Bernstein vint vers elle.

– C'est de la poudre, qu'ils ont trouvée dans ces gélules.

– J'en ai été informée, monsieur.

– Et ils réduisent de moitié les effectifs de l'Ingénierie de vrai-jour pour affecter des hommes au faux-jour.

– Quelles sont leurs intentions ?

Elle sentait croître sa panique et tenta de réagir. Elle ne devait pas laisser grimper son taux d'adrénaline, elle n'aurait pas à se battre et cela ne ferait qu'embrouiller ses idées.

– J'espère qu'ils n'ont pas organisé un autre coup monté contre BR...

– La réputation de Musa est irréprochable, et c'est un atout. Gardez votre calme. Vous avez un témoin.

– Ont-ils arrêté BR ?

– Convoqué, pour un simple interrogatoire.

Seigneur. Ce fut comme si on venait de la frapper au bas-ventre. Elle ne put respirer pendant une seconde. Mais son esprit fonctionnait toujours et elle s'imaginait BR enfermé dans une cellule exiguë, BR convoqué dans le bureau de Fitch. Elle chercha des moyens d'empêcher cela et ne trouva qu'une solution.

– Quelle serait la sanct, si je disais à Orsini que cette poudre m'appartient ?

Bernie se renfrogna, et elle se rappela que les civs n'employaient jamais le terme de "sanct". Il venait de le relever et l'ajoutait au reste. Il bouillait de colère et semblait vouloir étrangler Hughes.

Parce qu'ils se retrouvaient pris au piège. Elle aurait dû rompre le cou de ce salopard, sans se préoccuper des risques. Elle avait su que Lindy Hughes voudrait se venger, elle l'avait ressenti dans ses tripes mais n'avait pas osé prendre les mesures qui s'imposaient. Ensuite Gypsy, Davies et Presley étaient sortis de leurs cabines et il avait été trop tard.

Et quand on faisait une erreur il fallait se mettre à couvert, Bet Yeager. Comme sous le feu de l'ennemi.

– C'est un crime passible d'une peine de détention, lui expliqua Bernstein. Avec un peu de chance. On ne peut quitter ce vaisseau. Les mises en disponibilité n'ont pas cours, ici, vous comprenez ? Vous n'avez pas d'antécédents et vous avez fait du bon travail – mais vous savez ce qui est arrivé à BR...

– Je survivrai. J'aurai Hughes... un jour. Il le paiera.

Elle disait cela à un mof. Mais Bernie comprenait et on pouvait lui tenir de tels propos. Il ne dirait rien, le jour où Hughes aurait un grave accident.

– J'aurais donc intérêt à tout avouer à Orsini avant l'extinction des feux.

– Merde, grommela Bernstein. Merde...

– Vous pouvez le dire, dit-elle. Mais la perspective de me retrouver enfermée dans une cellule ne me fait pas paniquer.

Elle désigna du regard le bureau d'Orsini.

– Je dois lui parler. Il me reste combien de temps ?

Bernstein baissa discrètement les yeux sur sa montre.

– Trois minutes.

– Seigneur !

Il alla jusqu'à la porte, hésita une fraction de seconde. La voix de Fitch s'éleva derrière eux :

– Monsieur Bernstein.

Il pressa le bouton.

Le battant était verrouillé. Il fallait s'y attendre.

– Monsieur Bernstein.

A l'instant où la sonnerie retentissait.

C'est trop bête, pensa-t-elle. Les passations de pouvoir dans les sphères supérieures de ce foutu vaisseau. Mais les regs étaient les regs et Bernie fit demi-tour vers Fitch pour lui répondre, en prenant son temps :

– Oui, monsieur Fitch ?

Ce dernier se tourna vers elle.

– Yeager.

Il lui faisait signe d'approcher. On ne pouvait refuser d'obéir à un commandant en second. Pas même Bernstein, d'autant plus qu'Orsini n'ouvrait pas sa porte et que des gardes armés postés plus bas dans la coursive les surveillaient – deux hommes que Fitch avait dû choisir dans les docks. Ou ailleurs.

Orsini devait croire que c'était Fitch qui voulait le voir, et il n'était pas disposé à le recevoir et à discuter avec lui. D'autres maudites intrigues entre officiers de quart, sans la moindre intervention du capitaine. Les mofs menaient leur politique et un skuz tel qu'Hughes bénéficiait des points de reconnaissance d'un salopard de tech de la passerelle avec qui il couchait sans doute – des appuis assez puissants pour lui permettre de s'en tirer même s'il commettait un meurtre.

Mais Fitch pouvait aussi chercher depuis longtemps à imposer ses volontés à Bernstein, et cet incident lui offrait une prise sur lui.

Elle décida de se montrer docile.

– Oui, commandant.

Elle se leva du banc et s'éloigna dans la direction que Fitch lui désignait, certaine que Bernie ferait pour elle tout ce qui était en son pouvoir.

Le bureau de Fitch, devait-elle découvrir, était le suivant.

19

– Cette poudre ne m'appartient pas, commandant, répéta-t-elle lors de ce nouvel interrogatoire.

– Me prendriez-vous pour un imbécile ? s'enquit Fitch.

– Je ne me le permettrais pas, commandant.

– J'en ai pourtant l'impression. Vous semblez n'avoir guère de considération pour mon intelligence. *Je vous ai sortie de cette foutue prison, Yeager. Et depuis que je vous ai amenée à bord de ce vaisseau, vous n'avez pas cessé de semer la merde.*

– Je ne crois pas, commandant.

– Vous ne croyez pas, vous ne croyez pas ! Diriez-vous que je mens, Yeager ? Me traiteriez-vous de menteur ?

– Je réfute simplement les accusations portées contre moi, commandant.

Cet entretien était certainement enregistré et elle veillait à ne rien dire qu'ils pourraient tronquer et rassembler pour reconstituer des aveux.

Soit Fitch était fou de rage, soit il se dominait malgré les apparences et tentait de l'inciter à avoir une réaction violente. Il se leva du bureau et fit les cent pas dans la pièce. Il s'emporta contre elle. Il se pencha, pour lui hurler une insulte au visage.

C'est son essai le plus réussi, pensa-t-elle avant de se couper du monde extérieur comme à l'époque où le vieux Junker Phillips l'abreuvait d'injures et qu'elle restait au garde-à-vous devant lui, en ne laissant filtrer jusqu'à elle que les questions auxquelles elle devait répondre. Peu importait le but recherché par ces salopards. Il suffisait de ne pas se contredire et de ne leur offrir aucune prise pour qu'ils perdent leur calme, finissent par se lasser et se contentent de vous coller sur le dos ce qu'ils pouvaient... quand ils ne préféraient pas tirer un trait sur l'incident.

Oui, commandant. Non, commandant. Non, commandant, je réfute cette accusation.

Ce fils de pute avait compris qu'il ne pouvait l'intimider et voulait l'inciter à le frapper. Il la poussait à bout dans l'espoir qu'elle céderait à la violence, mais seule une imbécile eût réagi ainsi et elle gardait son calme.

Non, commandant.

Continuez aussi longtemps que ça vous chante, mof. Jusqu'à la relève et au retour d'Orsini. J'ai tout mon temps.

Au moins BR n'est-il pas avec moi.

– Vous m'entendez ?

– Oui, commandant.

Il l'empoigna et la secoua. Elle le laissa faire, son corps devint flasque.

– Je vous ai donné une chance. Je vous ai sortie de prison et vous faites tout votre possible pour y retourner. Quand je suis allé vous chercher dans la station, vous gardiez cette drogue dissimulée sur vous. C'est ça ?

– Non, commandant.

Elle crut qu'il allait la frapper. Il la secoua encore puis se pencha vers son visage et déclara :

– J'ai mes sources de renseignements, Yeager. Je sais d'où viennent les problèmes à bord de ce vaisseau. Je sais à qui m'adresser quand quelque chose va de travers dans les ponts inférieurs.

Cet homme est fou, complètement fou, se dit-elle avant de penser : *Seigneur, il parle de BR.*

– Vous souhaitez y réfléchir ? Vous souhaitez approfondir la question ?

Il la releva et la déséquilibra. Elle domina son instinct et ne se retint pas à cet homme, elle ne lui lança pas un coup de poing. Elle se contenta d'amortir la chute en pliant les jambes et heurta le siège boulonné au pont. Il la frappa, la malmena, abattit le plat de sa main sur sa tempe.

Aucune trace, pensa-t-elle pendant que son crâne résonnait. Les ecchymoses étaient invisibles, à cet endroit.

Elle remonta son genou.

Il lui donna d'autres coups et elle partit à reculons vers la paroi. Le choc fut brutal mais elle crut pouvoir rester debout. Elle se trompait, le sol grimpait à sa rencontre.

Elle resta étourdie pendant une seconde puis se recroquevilla afin de protéger son ventre. Elle vit les bottes de Fitch et crut qu'il allait s'acharner sur elle à coups de pied.

Ce qui laisserait de nombreuses marques.

– Debout, ordonna-t-il.

Elle demeura prostrée sur le sol. Il saisit son col et la releva.

Elle le fixa droit dans les yeux et se dit : *Je t'ai baisé, espèce de salopard.*

Je t'ai bien eu, si les regs sont mis en application à bord du Loki.

Il la tira jusqu'au siège, la fit asseoir, alla s'installer sur l'angle de son bureau et se contenta de la regarder.

Elle suça le sang qui coulait de sa lèvre fendue, sans baisser les yeux.

– Vous l'avez cherché, lui dit-il.

Elle ne fit aucun commentaire.

– Reprenez votre respiration, ajouta posément Fitch. Vous voulez boire quelque chose ?

– Non, commandant.

Il arrêta l'enregistreur et revint en arrière d'environ une minute.

Il ne remit pas l'appareil en marche, ce qui inquiéta Bet.

– Je garde les enregistrements, dit Fitch. Vous voyez où mène une attitude telle que la vôtre ? Sitôt à bord vous vous liez avec les trublions. Vous m'avez été très utile, Yeager. Vous vous croyez maligne. Mais – entre nous soit dit – je n'ai pas besoin de vous. Il me suffit que vous soyez à bord, pauvre idiote.

Elle pensa qu'elle allait passer un sale quart d'heure, que cet homme voulait se venger et que bien des choses pouvaient constituer une grave erreur.

– Je vous donne un sujet de réflexion, ajouta Fitch. Cherchez le seul moyen de sauver votre peau, parce que vous en avez encore la possibilité. Trouvez comment m'être utile. Je me chargerai de vous aider à garder cela à l'esprit, vous m'entendez ?

– Oui, commandant.

Merde ! Je n'ai pas simplement affaire à un salopard...

Et ça risque de faire très mal, Yeager...

Mais que veut-il, exactement ?

– Il vous suffit de vous entendre avec moi.

– Je comprends, commandant.

Il descendit de l'angle du bureau et vint la saisir comme les fois précédentes. Elle eut un mouvement de recul involontaire. Elle fut irritée par cette réaction imposée par ses nerfs, par son corps qui voulait se protéger. Elle savait que si elle cédait à d'autres réflexes comparables ils la balanceraient dans l'espace.

Il la gifla, une, deux, trois fois. Il s'arrêta mais ne la lâcha pas. Tous ses os étaient douloureux, ses oreilles tintaient et sa vision se brouillait... il la frappait encore et elle devait se contenter d'encaisser...

Il la secoua, et son cou craqua.

– Vous en voulez encore ?

– Non, commandant.

– Cette drogue, elle vous appartient ?

– Non, commandant.

Une autre gifle.

– Pouvez-vous m'être utile ?

– Je ne sais pas, commandant.

Lorsqu'elle parlait il lui semblait faire des bulles. Le sang, peut-être.

– J'essaierai, commandant, ajouta-t-elle.

– Essayer quoi ?

– De vous être agréable, commandant.

– Je ne vous crois pas, Yeager. Oseriez-vous me mentir ?

– Non, commandant.

Il la lâcha. Elle se crispa pour attendre un coup porté à l'improviste, mais il se contint.

– Vous ne voudriez pas que vos amis aient des ennuis, je présume ?

– C'est exact, commandant.

– Vous trouverez un cabinet de toilette, là, derrière. Allez vous rendre présentable, et ensuite vous pourrez partir.

Elle le fixa.

– Vous m'avez bien entendu, ajouta Fitch. Mon enquête n'a pas permis d'établir à qui appartenait cette drogue. Je vous conseille d'éviter les complications, Yeager. Tant pour vous que pour vos proches, vous comprenez ?

– Oui, commandant.

Elle se leva et se dirigea en titubant dans la direction qu'il lui indiquait. Elle ferma les yeux à demi, discerna la porte et entra dans un réduit doté d'un lavabo et d'une cuvette hygiénique. Le miroir lui renvoya un reflet plus présentable qu'elle ne l'aurait cru. Elle s'aspergea le visage d'eau froide, qui emporta le sang de son nez et de sa bouche mais pas la rougeur de ses joues.

Elle prit une serviette et s'essuya, puis elle leva les yeux vers l'image réfléchie de Fitch qui se dressait sur le seuil.

Son ventre se noua. Elle ne put l'empêcher, et cela s'accentua lorsqu'elle dut se tourner vers le mof puis le frôler pour sortir du réduit. Bon sang, elle connaissait ses intentions et fut surprise quand il lui toucha l'épaule presque avec douceur.

– Conduisez-vous un peu mieux à l'avenir et je suis certain que nous parviendrons à nous entendre. Compris ?

– Oui, commandant.

Il lui désigna la porte. Elle quitta son bureau et se retrouva dans une coursive déserte. La fraîcheur bienfaisante de l'eau disparaissait. Elle avait mal et sa vision était toujours brouillée. Elle devrait faire le tour de l'anneau avant de pouvoir dormir jusqu'à la fausse-aube... quand il lui faudrait retourner à son poste. Elle se rappela qu'elle ignorait où étaient BR et Musa, ce qui leur était arrivé et si BR n'attendait pas son tour pour être soumis à un des interrogatoires dont Fitch avait le secret.

Elle eut un étourdissement puis se retrouva en salle de détente. Elle continua vers les quartiers et un vertige la contraignit à faire une pause. Elle repartit et s'avança dans le noir entre les rangées de couchettes, jusqu'à celles de Musa et de BR, toutes deux inoccupées.

Dieu !

Elle devait s'asseoir. Elle le fit sur le lit de Musa puis s'y allongea en se disant qu'ils finiraient par revenir ici. Et elle doutait de pouvoir grimper sur la galerie, tant elle était sonnée et mal en point.

Les vertiges s'atténuèrent au bout de quelques minutes. Mais pas la peur.

Ce que Fitch avait fait à BR.

Exactement.

Mais la situation risquait d'empirer. Soit on respectait les volontés de cet homme soit on avait de graves ennuis, et il disposait de skuz triés sur le volet pour faire accumuler des preuves contre les fortes têtes. Qu'Hughes eût des relations sur la passerelle n'avait rien d'étonnant.

Goddard. Goddard, un nav, son opérateur.

Un ami des amis de Fitch.

Fitch qui sélectionnait le personnel.

Fitch qui avait engagé une skut accusée du meurtre de deux hommes. Il l'avait prise à bord et libérée par pure bonté d'âme et foi en l'humanité...

Et puis quoi, encore ?

C'était Fitch qui commandait ce vaisseau...

Ou qui en avait le projet.

Bernstein devait lui poser un problème. Bernie avait fait partie du vrai-jour jusqu'au moment où il en avait eu assez et demandé son transfert...

... comme tous ceux qui le pouvaient.

Le *faux-jour* : dans cette équipe se retrouvaient les individus qui ne s'entendaient pas avec Fitch et bénéficiaient de quelques appuis, tels BR et Musa qui avaient été mutés grâce au soutien de Bernie. Restait le cas d'Hughes, un des informateurs du second...

... Lindy Hughes.

J'aurais dû buter ce skuz.

Ce n'est que partie remise.

Mais les véritables règles en vigueur sur le *Loki* étaient évidentes, ce qui attendait ceux qui se dressaient contre Fitch.

Cet homme venait de lui en fournir un avant-goût.

Il avait convoqué BR, mais si ce dernier risquait de recevoir quelques coups, ses jours n'étaient sans doute pas en danger. Il avait bien moins de valeur mort que vivant...

Il était dangereux d'attribuer à ses adversaires un statut de martyrs. On se contentait de leur donner une bonne leçon puis de les renvoyer dans les ponts où ils servaient d'exemple, avant de passer au stade suivant...

... les accidents qui survenaient à vos biens, puis à votre personne, pour vous permettre de comprendre que toute velléité d'indépendance vous vaudrait une convocation dans le bureau de Fitch, pour ne pas dire un séjour dans un cachot lors du prochain saut...

... et les accidents qui survenaient à vos proches. Des "amis" qui prenaient ensuite bien soin de rester loin de vous, la source de leurs ennuis, s'ils avaient un minimum d'intelligence...

Ou d'instinct de survie.

Il fallait laisser à l'adversaire une voie de repli, dans la direction qu'on voulait lui faire prendre. Le commandant de l'*Africa* le répétait sans cesse. Fitch mettait de tels principes en pratique. Elle n'aurait pas dû en être terrifiée. Le vieux Phillips l'avait frappée dans une coursive, autrefois. Mais Junker Phillips ne désirait pas éliminer ses skuts, il n'avait d'autre but que de leur apprendre à rester en vie.

Alors que Fitch voulait briser ses adversaires, ou les tuer. Il n'existait que ces deux possibilités. Il fallait que l'équipage eût des exemples sous les yeux. Comme BR.

Il manquait de bon sens et refusait de céder, mais il était trop utile pour disparaître.

Car il servait de moyen de pression contre Bernstein.

D'autre part Fitch n'avait pas besoin d'elle... sauf pour accentuer sa prise sur BR.

Qui devait être moins fou qu'il ne le semblait, loin de là, puisqu'il était toujours en vie et Bernstein aussi.

Mais pas un nommé Cassel.

Un homme qui avait eu un accident mortel. A l'Ingénierie.

Un décès dont BR Ramey était tenu pour responsable.

Alors que Cassel avait été son ami. Et celui de Bernie.

Elle serra ses poings et déglutit le sang que contenait sa bouche. Elle savait qu'à l'avenir elle ne pourrait s'empêcher de trembler devant Fitch, même s'il se contentait de l'aborder dans une coursive.

Trembler comme quand on revêt son armure, pensa-t-elle. Elle n'avait pas oublié ce qu'on ressentait une fois enchâssé dans cette gangue de céramique, quand les servomoteurs gémissaient au moindre mouvement et que la dilatation des sondes disséminées sur tout le corps fournissait des instructions à cet exosquelette. Et ces maudits servos s'affolaient au moindre tremblement, et tous savaient qu'on avait peur parce qu'ils se mettaient à vibrer et crépiter...

Sacrément embarrassant, les premiers temps.

Mais on finissait par en rire, car cela se reproduisait chaque fois...

Excès d'adrénaline. Vibrations et crépitements.

Odeurs d'huile, de métal et de plastique. Sueur et haleine à l'intérieur du casque.

On se métamorphosait en machine. Des entrailles humaines dans un robot humanoïde que seul un tir d'une extrême précision pouvait endommager.

Il lui arrivait de regretter cette protection. C'était à contrecœur qu'elle l'avait abandonnée derrière elle, dans ce couloir de Pell.

Les tremblements s'interrompaient dès qu'on se mettait à marcher. Le fonctionnement des servos se régularisait et on avait alors l'impression de flotter. Rien ne réclamait plus le moindre effort et rien ne semblait pouvoir vous arrêter.

Mais les armures n'avaient pas de cervelle. *Elles n'avaient pas de tripes – C'est toi, skut, qui la diriges. Si tu meurs, elle continuera d'avancer mais ne sera d'aucune utilité au combat. Tu es sa tête et ses entrailles. Ne l'oublie jamais.*

Une vérité fondamentale, Junker Phillips.

*

Quelqu'un heurta le lit. Elle s'éveilla, le cœur battant, et se rappela aussitôt qu'elle attendait le retour de ses compagnons dans la couchette de Musa. Elle vit deux hommes, de simples formes contre la pénombre de la nuit. L'un avait la silhouette de Musa et l'autre l'odeur de BR. Ils la caressèrent et la serrèrent dans leurs bras lorsqu'elle voulut se redresser, avec tant de force que l'étreinte était douloureuse.

– Ça va, dit-elle. Et vous ?

– Bien, répondit BR.

Ou quelque chose du même genre. Elle resta blottie dans leurs bras pendant un moment, sans faire cas de la souffrance. BR caressa son visage. Ses doigts s'immobilisèrent sur ses lèvres et sa joue droite, des points de son corps tuméfiés, et elle s'imagina telle qu'il devait se la représenter.

Il ne dit pas un mot. Et BR était dangereux, quand il restait muet.

Elle prit sa main et la serra. Avec force.

– Ecoute-moi, lui murmura-t-elle. Ecoute-moi bien. Je ne vais pas me lancer dans de longues explications, mais tu dois savoir que Fitch veut nous pousser à commettre des imprudences. Tu m'entends ?

Il ne disait rien. Sa main se crispa, à tel point qu'elle craignit pour ses os.

– J'aimerais pouvoir dormir, déclara Musa en donnant une légère poussée dans le dos de Bet. Allez dans l'autre couchette, vous deux. D'accord ?

– Ouais, fit-elle, la gorge serrée.

Elle se pencha pour donner un baiser à Musa. Sa joue était envahie par une barbe d'un jour.

– Je t'adore, mon vieux.

Il la repoussa et elle sortit de son lit pour suivre BR.

Il la prit par les épaules et la tint à longueur de bras.

– Il te tuera. Il aura ta peau.

Elle tituba et dut se retenir à lui. Il n'eut d'autre choix que de la guider jusqu'à son lit, sur lequel ils s'allongèrent, tout habillés.

– Je l'ai percé à jour, lui dit-elle à l'oreille, trop bas pour que d'autres puissent l'entendre.

Mais Fitch avait pu faire installer un émetteur dans l'oreiller. Elle glissa sa jambe sur celles de BR et colla son corps au sien, pour qu'ils s'emboîtent : le seul moyen de dormir à deux dans la même couchette. Son dos la faisait souffrir. Des élancements parcouraient son crâne. Elle dit, en espérant cette fois que Fitch l'apprendrait :

– J'ai déjà rencontré des skuz. Ce n'est pas une

nouveauté. Ne dis rien, des micros partagent peut-être ce lit avec nous.

Elle se pelotonna contre lui, doucement. Il avait toujours des ecchymoses, lui aussi. Mais il ne paraissait pas avoir mal, ni être intéressé. Il se contenta de l'embrasser et de lui manifester son amour de cette manière, avec tendresse et prudence. Ce qu'ils faisaient n'avait rien de sexuel mais elle trouvait cela très agréable.

Et elle fut soudain terrifiée, comme elle ne l'avait jamais été. On effectuait son service avec des hommes, on savait que certains d'entre eux seraient tués, parfois des partenaires comme Teo. Quelques-uns connaissaient une fin horrible. Mais aucun de ses compagnons n'était mort par sa faute, et aucun n'avait jamais couru pour elle autant de risques que BR.

Elle sommeilla pendant ce qui sembla durer quelques minutes, puis il y eut le réveil et elle dut aller se changer, suivie par des regards et des murmures.

Elle retrouva BR et Musa, sous la lumière.

– Plutôt moche ? leur demanda-t-elle.

Musa grimaça et secoua la tête.

– Le salopard, grommela BR.

Elle dut ensuite affronter Lindy Hughes, Presley et Gibbs, qui ricanèrent en la voyant.

– Eh, Yeager, lui cria Hughes. Ton mec t'a donné une correction ?

– Tu te trompes, lui cria-t-elle. C'est Fitch. Il voulait que je lui lèche les bottes, comme toi.

Un lourd silence, dans les quartiers. De nombreux regards.

– Tu as une grande gueule, salope.

– Et toi, tu n'as que ça. Tu as planqué des drogues sous ma couchette. Toi ou un de tes putains d'amis. C'est drôle, il m'a semblé renifler ta puanteur, là-haut.

Un silence de mort.

– Je t'aurai, sale pute.

– Ouais, par-derrière. Comme avec BR. Tu as tenté ta chance dans la douche et c'est ton crâne qui a reçu, pas vrai ? Une foutue glissade, skuz. Jouer au voyeur dans les cabines, c'est le seul truc qui te fait de l'effet ?

Une vilaine entaille au-dessus d'un œil qui virait au noir. Ça ne l'arrangeait pas.

Quelques membres de l'équipage passèrent en direction des toilettes. Ils essayaient de ne pas prêter attention à cette joute verbale.

Mais Gabe McKenzie était là, et il se fraya un chemin à coups d'épaule au sein des spectateurs pour se placer près d'elle, BR et Musa.

Gypsy Muller vint les rejoindre et dit :

– Tu as eu ce que tu méritais, Hughes. Mets-le dans ta poche, avec ton mouchoir par-dessus.

Park et Figi allèrent se tenir à côté de Gabe McKenzie, imités par Meech et Rossi, puis par Moon et Zilner, les amis de Gypsy, et, Seigneur ! une femme, Kate Williams, du Chargement, qui prit position à la bordure du groupe et y demeura, les bras croisés.

Plus personne ne bougeait, à présent.

– Allez vous faire foutre, marmonna Hughes.

Il poussa ses amis vers la sortie.

– Bon débarras, dit McKenzie.

Fitch n'avait pas pu prévoir ce retournement de situation. C'était certain.

Elle découvrait de nouveaux visages, dans les quartiers. Freeman, Walden, Battista et Slovak, de l'Ingénierie de vrai-jour. Ainsi que Weider et Keene, qu'elle reconnut sur le pourtour du rassemblement. Tous les regardaient, elle et ses compagnons, McKenzie et ses amis. Le silence devenait si profond qu'ils entendaient les grondements du vaisseau.

– Désolée, dit-elle en s'adressant aux spatiaux

réunis autour d'eux. Vraiment désolée. J'ai horreur des histoires.

Tous parurent alors reprendre leur souffle. Ils repartirent. Certains remarquèrent brusquement qu'ils étaient en retard et qu'il n'y avait pas grand monde dans la file d'attente des douches.

Elle remercia ceux qui avaient pris son parti et découvrit qu'elle tremblait.

– Merde !

– Il serait temps de nous débarrasser de ce skuz, grommela Park.

Un homme pouvait s'inquiéter, quand des membres de sa propre équipe tenaient de tels propos sur lui. Hughes devait s'en douter. Il n'était pas complètement idiot.

– C'est du joli, commenta Gabe McKenzie en la regardant.

Elle leva un doigt vers sa joue, enflée au point de tirer la paupière.

– Ouais, fit-elle.

Elle avait supposé qu'il se référait à son visage.

Elle resta calme pendant une seconde, puis fut effrayée... par une autre pensée.

– Il a dû aller droit chez Fitch, dit Musa. Sans seulement passer prendre son petit déjeuner.

Lancer des mises en garde aux mofs en plein milieu des quartiers portait un nom et elle ne tenait pas à être accusée de fomenter une mutinerie. Mais elle avait des choses à dire et son auditoire était assez important pour propager rapidement ses propos.

– S'il y a des micros dans les quartiers, fit-elle en parcourant le pont du regard, il le sait déjà.

Ils n'avaient pas envisagé cette possibilité. Cela ne leur était pas venu à l'esprit. Il existait des traditions et des droits, et malgré les évidences l'équipage avait refusé d'admettre une chose pareille – y compris Musa malgré sa sagacité.

– Je dois vous parler, déclara-t-elle à BR et Musa. Mais pas ici, pas maintenant.

Et lorsqu'ils se furent douchés, dans la file de ceux qui attendaient leur petit déjeuner, là où le bruit rendait toute écoute improbable, elle les fit approcher pour leur dire :

– Ecoutez. Ouvrez bien vos oreilles. Je ne pense pas qu'Hughes soit à l'origine de l'incident de la nuit dernière. C'est désormais Fitch que je soupçonne. Il cherche un affrontement, et pas seulement avec nous.

– Bernie ?

Non, Musa n'était pas lent à la détente.

– C'est mon opinion. Il veut inciter l'un de nous à faire une bêtise. Tu m'entends, BR ? J'ai poussé à bout Hughes, j'en ai fait autant avec le second de vrai-jour, et il me rend la pareille pour m'effrayer. Que s'est-il passé, hier soir ?

BR hésita, Musa prit la parole.

– Il nous a convoqués pour nous interroger. Nous sommes restés aux Ops deux bonnes heures. Il a posé des questions.

– Vous étiez ensemble ?

Elle espérait que Fitch n'avait pas utilisé tous les moyens de pression dont il disposait.

BR hocha la tête. Musa en fit autant. Elle respira plus facilement.

– C'est donc moi qui suis censée craquer, fit-elle. Il ne vous touchera pas, il essaie seulement de vous mettre en rogne pour que vous vous mettiez dans votre tort, et Bernie aussi.

Musa y réfléchit, les yeux mi-clos.

– Il t'enfermera dans ce maudit placard, Bet, murmura BR d'une voix rauque. C'est le stade suivant...

Elle frissonna. Elle savait qu'il revoyait ce lieu, qu'il revivait ces instants d'angoisse, et que McKenzie et Williams qui les encadraient dans la file d'attente avaient dû entendre ses paroles, même sans micros.

– Je le sais. J'en suis consciente. Mais nous n'avons pas le choix. Fitch ne nous laisse pas d'autre possibilité et il va falloir garder la tête froide. Il peut s'en prendre à n'importe lequel d'entre nous. Chaque fois qu'il nous place dans l'embarras, c'est pour faire pression sur Bernie, vous comprenez ? Les skuts dans notre genre n'intéressent pas ceux de la passerelle. Fitch se fiche pas mal de nous, son adversaire est Bernie. Je ne sais rien de plus mais ceci est évident. Certains membres du faux-jour ont été transférés comme Bernie, ceux qui ne voulaient plus avoir affaire à Fitch, mais il y a aussi ses protégés. Lindy Hughes va nous quitter, mais si le second n'a plus d'espion parmi nous il tentera d'intimider ou d'acheter quelqu'un d'autre. Logique, non ?

Ils ne dirent rien, pensifs. Williams prit son biscuit et son thé. Ils furent servis à leur tour et allèrent s'asseoir contre la paroi pour manger et faire le point.

– Il désorganise toute l'Ingénierie, dit Musa. Il prive le vrai-jour de la moitié de ses éléments, il sème une sacrée pagaille en les transférant dans l'équipe de Bernie... mais il laisse notre petit groupe tranquille. La colère grandit, la tension monte, et il n'existe aucune soupape de sécurité.

– Nous devons ménager leurs susceptibilités, dit-elle.

Elle avala une bouchée de biscuit et le thé chaud picota ses lèvres. Elle poussa BR du coude.

– Il faut nous montrer très aimables avec eux, même s'ils sont agressifs envers nous. Ils se sont fait avoir, c'est à nous d'essayer d'arrondir les angles.

– On leur a monté le coup et ils sont en rogne, dit Musa. Mais ce ne sont pas des imbéciles. Ils gardent des contacts avec le vrai-jour. Je dois en parler à Freeman.

BR hocha la tête, désormais plus calme. Il avait glissé le biscuit dans sa poche et se contentait de boire son thé – problèmes digestifs, pensa-t-elle, plus d'appétit. Mais il suivait leur conversation, elle n'en doutait pas. Et elle avait confiance en lui, bien qu'elle vît ses mains trembler.

– J'ai deux choses à vous demander, fit-elle. Où est Orsini ce matin et où était le capitaine la nuit dernière ?

– Excellente question, commenta Musa.

– Que diable fait Wolfe, à bord de ce vaisseau ? Pourquoi laisse-t-il Fitch agir à sa guise ?

Une question angoissante, sans doute séditieuse. Et elle songea aux possibilités de la répandre hors de leur cercle restreint.

– Disons qu'il n'est pas avide de pouvoir, fit Musa d'une voix à peine audible.

– Merde ! grommela-t-elle.

Elle était écœurée et exaspérée. Seigneur, qu'elle regrettait l'*Africa* !

Porey était impitoyable mais ses hommes n'avaient jamais eu à s'interroger sur l'identité de celui qui les commandait.

Savoir ce qui se passait sur la passerelle du *Loki* était angoissant. Elle essaya de cerner la personnalité du petit homme qu'elle avait rencontré dans le bureau du bas.

Il n'était ni un imbécile ni un timoré qui préférait rester terré dans sa cabine. Ce n'était pas non plus quelqu'un qui aurait eu des scrupules à abattre de sang-froid tout fauteur de troubles.

Et pour avoir su éviter à un appareil tel que le *Loki* d'être détruit pendant la Guerre, il devait être un bon capitaine. Mais Bet ignorait pour qui il avait récolté des renseignements, et même pour quelle puissance ils travaillaient à présent.

Le commandant de leur vaisseau fantôme était

lui-même un fantôme, et ce n'était pas de bon augure.

*

Elle trouvait cela étrange. Ils n'étaient pas les seuls à se diriger vers l'Ingénierie – Freeman, Walden, Battista et les autres suivaient l'anneau dans la direction opposée à celle qu'ils avaient prise jusqu'alors. Ils allaient relever Liu et son équipe placée sous les ordres de Smith – Liu avec ses boucles brunes et ses manières toujours aussi sèches et maussades, et Smith dont la bouche s'incurvait vers le bas alors qu'il discutait avec Bernstein comme les autres matins.

Mais Bernie s'empressa de venir vers eux dès qu'il les vit. Il était en colère et bouleversé, avant même d'avoir pu constater les dégâts.

– Merde.

– Une rencontre inopinée avec un mur, déclara Bet. Puis-je vous parler, monsieur ? En privé ?

– Dans cinq minutes, lui répondit-il.

Il retourna régler des détails avec Smith, pendant que se formaient de petits groupes et que Musa guidait Freeman, Battista et les autres nouveaux dans un angle, puis avait avec eux une âpre discussion.

Et BR... il posa la main sur l'épaule de Bet et y exerça une légère pression.

– Ne fais rien de stupide, lui dit-elle. Tu m'entends ?

Parce qu'il en était capable, capable d'entrer dans le bureau de Fitch et de le tuer. *Elle* n'excluait pas d'éliminer cet homme, si la situation se dégradait et qu'elle risquât de se retrouver enfermée dans un placard sans tranks. Elle éliminerait la source de tous leurs problèmes et le *Loki* se retrouverait placé sous le commandement d'Orsini. Tous auraient une chance, avec cet homme.

Et envisager d'avoir recours à des solutions extrêmes devenait facile, pour quelqu'un qui se savait condamné.

– Tu m'entends ?

Il répondit par un borborygme, comme si sa gorge était si serrée qu'aucun mot ne pouvait en sortir et qu'il n'osât essayer d'en dire plus de crainte de sombrer dans la folie.

– Jeu d'équipe, fit-elle.

Il inspira et hocha la tête, l'air sincère, puis il prit son relevé de données et alla faire son travail. Seul. Comme toujours.

*

– Monsieur, fit-elle quand Bernstein revint vers elle et qu'ils s'isolèrent dans un angle, Fitch a-t-il des raisons de vous en vouloir ?

Bernie ne s'attendait pas à cela. Cette question était impertinente et peut-être ne désirait-il pas y répondre.

– L'a-t-il laissé entendre ?

– Simple déduction.

– Que s'est-il passé ?

– Il m'a interrogée sur ces drogues, tabassée puis libérée. J'ai la sale impression que ce n'est qu'un début. Je doute à présent qu'Hughes soit mêlé à cette affaire. Fitch s'acharne contre toute notre équipe, BR n'est pas seul en cause. Je ne vous demande pas cela par simple curiosité mais pour vous informer que nous sommes nombreux à partager ce point de vue et que nous allons veiller au grain. J'ai une dernière chose à vous dire, monsieur. Tous sont au courant de ce qui s'est passé dans les quartiers, la nuit dernière, et la plupart ne portent pas Hughes et Mr Fitch dans leur cœur. Ils estiment que le faux-jour fait l'objet de brimades et que tous les services en pâtissent.

Bernstein était bouleversé. Pas en colère.

– Musa m'a tenu au courant, dit-il enfin.
Ce qui ne la surprit guère.
– Etes-vous une idiote, Yeager ?
– Je ne le pense pas, monsieur.
Il se massa la nuque.
– Il faut que tout en reste là.
– Bien, monsieur. Si c'est vous qui le dites.
Il lui adressa un long, très long regard.
– Où vous ont-ils trouvée ?
– Monsieur ?
– Brosse à reluire, où avez-vous été enrôlée ?
– A Thulé, monsieur. Vous le savez.
Son cœur s'emballa.
– C'est Fitch qui a accepté votre candidature.
– Non, monsieur. Je me suis présentée au capitaine, et c'est auprès de lui que j'ai sollicité un poste.
– C'est Fitch qui est allé vous sortir de prison.
– J'ai été arrêtée peu après avoir rencontré Wolfe. J'avais eu quelques ennuis, là-bas. Il n'est pas dans mes habitudes de me défendre à coups de couteau.
– Vous défendre, dites-vous ?
– Ces types l'avaient bien cherché, monsieur.
– Ils voulaient se faire étriper ?
Elle découvrait en Bernstein l'intégrité des marchands. Et leur sensibilité. Comme chez Nan et Ely, là-bas à Thulé. Elle essaya de le voir sous son jour véritable, de deviner quelle serait sa réaction si elle lui expliquait quel genre d'homme avait été Ritterman.
– Ils ont tout fait pour ça, monsieur, se contenta-t-elle de répondre.
Il n'ajouta rien pendant quelques secondes, puis :
– Entendu. C'est donc Wolfe qui vous a engagée.
– Oui, monsieur, fit-elle, déconcertée de le voir déconcerté. Verbalement, tout au moins. J'ai

abordé Mr Fitch qui descendait du vaisseau et lui ai demandé s'il y avait un poste à pourvoir. Il m'a dit de m'adresser au capitaine. Je suis montée à bord, je l'ai rencontré et il m'a dit de me présenter à l'appel. On m'a arrêtée avant que j'en aie la possibilité.

Bernstein glissa ses pouces dans les boucles de sa ceinture et contempla le pont un long moment.

– Fitch s'est donc contenté d'aller vous tirer de prison ?

– Oui, monsieur.

Elle se sentait prise au piège et hésitait à fournir des précisions. Elle craignait que cela ne pût rendre sa position encore plus délicate.

– Ils m'ont arrêtée pour une simple vérification et ont trouvé ce cadavre en fouillant...

Elle remarqua que Bernstein ne l'écoutait pas. Il ne s'intéressait pas à ces meurtres mais à la nature de ses rapports avec Fitch. Il tentait de découvrir pour le compte de qui elle travaillait, même dans une situation aussi désespérée – surtout dans une situation aussi désespérée. Elle s'interrompit, pour le laisser réfléchir.

– Vous êtes très forte, déclara-t-il finalement. Vous m'avez dit la vérité, toute la vérité. Est-ce Mallory qui vous envoie ?

L'attaque était portée si loin sur le flanc qu'elle en resta bouche bée.

– Non, monsieur.

– Orsini s'interroge.

Elle tremblait et tenta de le dissimuler, d'empêcher que cela ne fût perceptible dans sa voix.

– Le *Loki* a-t-il eu maille à partir avec Mallory ?

– Simple supposition. La milice de Pan-paris, avez-vous dit ?

– Oui, monsieur.

– Me mentiriez-vous, Yeager ?

– Non, monsieur.

Pendant que la sueur coulait sur sa poitrine et que l'air semblait se raréfier et refroidir.

– J'ai roulé ma bosse. On prend des habitudes.

– Vous mentez.

Elle soutenait son regard, ne sachant plus quoi faire. Elle comprit qu'elle ne pouvait tergiverser plus longtemps. Elle risquait seulement de signer son arrêt de mort, après tout.

– *Africa*, dit-elle alors, la bouche sèche. L'*Africa*, monsieur. J'ai été séparée de mes camarades à Pell.

– Equipage ? demanda-t-il finalement.

– Marine, monsieur.

Le silence s'éternisa.

– Je ne nourris aucune mauvaise intention envers le *Loki*, jugea-t-elle utile de préciser. Il me fallait quitter Thulé au plus vite.

Puis :

– Je suis sincère avec vous. J'estime que vous êtes un bon officier. Vous m'avez interrogée, je vous ai dit la vérité. Je n'ai rien à ajouter.

– L'avez-vous dit à quelqu'un ?

– Non, monsieur.

Il se massa la nuque, secoua la tête, la regarda de côté.

– Vous engagez-vous à exécuter les ordres ?

– Oui, monsieur. Les vôtres.

– Avez-vous frappé Fitch ?

– Je me suis contentée d'agresser son système nerveux, pour qu'il s'emporte et me donne des coups qui laisseraient des traces. Je n'ai pas trouvé d'autre moyen de défense, monsieur. Ses agissements ne sont un secret pour personne et c'est l'unique solution qui m'est venue à l'esprit. J'espérais que cela ferait l'objet d'un rapport. Je ne saurais dire si j'ai eu une bonne ou une mauvaise idée.

– Une bonne, dit Bernstein. Dans une certaine

mesure. Ce qui se passera ensuite... Bordel, soyez prudente, Yeager. Faites *bien* attention.

Elle inspira à fond.

– Oui, monsieur. J'ai compris. Nous tous. Mais d'autres se sont mis de notre côté, depuis cette affaire avec Hughes. Nous bénéficions du soutien de McKenzie et de son équipe. Il y a aussi Williams, Gypsy Muller et ses amis. Dans les quartiers, nul n'a pris la défense d'Hughes. C'est déjà quelque chose de positif, monsieur.

Bernstein s'accorda une seconde de réflexion pour assimiler l'information, puis :

– Etes-vous allée à l'infirmerie ?

– Non, monsieur.

– Faites-le tout de suite.

– Je...

– Documentation.

Elle comprit ses buts.

– Bien, monsieur. Quelle explication dois-je fournir ?

– Dites que vous êtes une nouvelle victime de cette porte de placard. Musa et Freeman vous accompagneront. Je ne veux pas qu'on puisse vous coincer dans un recoin désert.

– Musa... commença-t-elle.

– BR est à son poste. Il est hors de question qu'il sorte de cette salle et je ne tiens pas à ce qu'il vous arrive quelque chose.

– Bien, monsieur. Merci, monsieur.

Mais la perspective de se soumettre à l'examen des meds et de laisser BR seul la terrifiait. Elle aurait pu citer une douzaine de situations qui risquaient de dégénérer ou d'échapper à tout contrôle, et c'était à l'origine d'un malaise superstitieux comparable à ceux que les sauts faisaient naître en elle. Il suffisait d'oublier d'arrimer un objet pour le recevoir en pleine figure, au moment où on s'y attendait le moins.

Le hasard avait immanquablement le dernier

mot. Et si on ne prenait pas toutes ses précautions, c'était le pire qui advenait.

Elle s'arrêta, avec lâcheté, et regarda Bernstein. Elle voulait lui demander quel était le fond de ses pensées, être rassurée. Mais il y avait plus important. Elle ne redoutait pas outre mesure qu'il pût juger trop risqué de lui accorder sa confiance.

Le pire relevait du domaine de l'irrationnel, ce qui tournait mal parce que l'on considérait certaines choses comme un fait acquis – et ce qui en résultait était presque toujours fatal.

– Monsieur... Ce que je vous ai dit sur mon compte... je ne crois pas que BR serait heureux de l'apprendre.

– Je partage ce point de vue, lui répondit Bernstein.

20

Ils passèrent devant les placards et suivirent la courbe de l'anneau jusqu'à la salle de détente, où ceux du faux-jour avaient déjà pris leur petit déjeuner et ceux du vrai-jour buvaient leurs bières du soir.

– Ne t'arrête pas, lui murmura Musa quand ils s'y engagèrent.

Elle trouva son conseil judicieux, consciente de son apparence et de l'attention qu'elle attirait. Seigneur, il y avait Liu-la-salope et Pearce le doyen des Systèmes, ceux avec qui Freeman avait travaillé la veille seulement. Ils les observaient. Musa les salua de la main, sans ralentir le pas, et Freeman dut regarder derrière lui. Une réaction normale, pour un homme qui passait près de ses anciens camarades et ne pouvait partager avec eux boissons et conversations, couchettes et partenaires, et tout ce dont ce transfert au faux-jour venait de le priver.

Comme s'il avait été kidnappé, et violé en prime. Il n'y avait pas lieu de s'étonner que Liu et Pearce aient des mines lugubres en le voyant aller exécuter les ordres de Bernstein.

Tous étaient maussades, pas un seul regard joyeux ne se portait sur eux. L'Ingénierie de vrai-jour venait d'être désorganisée, le plus important des services, et lorsque des membres de son équipe étaient transférés, Smith se mettait en rogne et menait la vie dure à ceux qui restaient.

Ce pauvre bougre de Freeman avait un air si malheureux que Bet eût aimé lui présenter ses excuses, mais elle doutait que cela pût le réconforter.

*

– Encore cette porte, je présume ?

– Oui, docteur, dit-elle à Fletcher.

Musa et Freeman l'attendaient à l'extérieur. Elle était nue et assise sur la table d'examen pendant que la med braquait une lumière dans ses yeux et regardait ses oreilles, pour y chercher des caillots de sang ou autre chose.

– Je ne crois pas avoir subi une commotion cérébrale, murmura Bet.

Elle désirait en finir et remettre ses vêtements. Le bloc chirurgical était glacial et les mains de cette femme encore plus.

– Ça m'est arrivé, autrefois. Je ne ressens aucun des symptômes.

– Vous avez raison, dit Fletcher.

Elle éteignit la lampe, retourna le stéthoscope et utilisa sa main libre pour immobiliser son épaule.

Elle lui donna un coup dans le dos avec son appareil. Bet se redressa et ravala un bordel ! en même temps que l'air ambiant, car son petit déjeuner avait failli remonter dans sa gorge et elle avait les larmes aux yeux.

– Je ne vous ai pas fait mal, au moins ?

– C'est froid, dit-elle.

Les placards et les plans de travail miroitaient derrière un rideau de pleurs et des soubresauts spasmodiques agitaient ses nerfs. Fletcher fit courir la sonde le long de sa colonne vertébrale.

– Vous auriez dû venir me voir la nuit dernière, lui reprocha-t-elle. Vous avez eu cet accident à ce moment, je crois ?

– Oui, doc...

Des étoiles explosèrent, elle eut le souffle coupé.

– ...teur. C'est ça.

Dieu ! Elle allait perdre connaissance.

– Vous avez préféré aller vous coucher. Avec qui ?

– J'ai regagné ma couchette, c'est tout.

– Seule ?

Les doigts de la femme compressaient des points douloureux.

– Bon sang, vous n'auriez pas pu venir juste après au lieu d'attendre que ce soit ma période de repos ?

– Je suis désolée.

– Il y a de quoi.

Fletcher alla jusqu'à l'armoire à pharmacie, jeta un autre coup d'œil à l'image du scanner, y traça des lignes qui partaient dans tous les sens puis fouilla dans les étagères avec une fébrilité laissant supposer qu'elle cherchait des médicaments. Une lueur d'espoir. Il existait donc des pilules à même de la soulager.

– Cet accident a dû vous arriver juste après que vous êtes sortie d'ici, la nuit dernière.

– Oui, docteur.

– Quand ?

Elle n'aimait pas de telles questions. *Documentation*, avait dit Bernie. C'était plutôt un interrogatoire sur les agissements de Fitch et elle voulait se lever de cette table pour redresser son dos. Plus que tout, elle désirait aller retrouver Musa à l'extérieur et regagner l'Ingénierie où – Dieu les en préserve –, si Bernstein était convoqué sur la passerelle ou ailleurs, BR resterait seul en compagnie d'une demi-douzaine d'individus qui ne devaient pas le porter dans leur cœur.

La med trouva ce qu'elle cherchait et prit un pistolet à injections. Elle inséra la cartouche.

– Je n'ai pas besoin d'une piqûre, protesta Bet.

Elle pensait à Fitch, au risque que cette femme pût être de connivence avec lui...

On s'engageait sur un vaisseau et on se retrouvait soumis aux volontés des meds, c'était ainsi. On passait à l'infirmerie pour un simple examen de contrôle, et pas même Bernstein n'aurait pu empêcher Fletcher d'injecter ce qu'elle voulait dans son organisme...

Elle le savait, bien sûr.

– C'est moi qui décide du traitement, mademoiselle Yeager. Et il se résume à aucune sortie-moyeu pendant deux semaines. Pas de corvée de pont. Aucun travail nécessitant de se plier ou de soulever quoi que ce soit. C'est un ordre. Je vais l'inscrire dans votre dossier.

Après quoi elle lui fit une injection à l'épaule, puis partout où son dos la faisait souffrir. Bet allait rendre quand Fletcher lui annonça qu'elle la garderait quarante-huit heures en observation.

Seigneur !

– J'ai du travail...

– Vous avez surtout un tour de reins, mademoiselle Yeager. Sans parler des ecchymoses.

– J'ai reçu des ordres, docteur. Je peux rester à mon poste. Mon service manque d'effectifs, nous avons de nouveaux éléments.

La med lui tourna le dos pour fouiller dans le placard à pharmacie.

Mon Dieu, elle devait être de mèche avec Fitch.

– Je vous en prie, docteur. Il est inutile de me mettre en observation... Ecoutez, je vous promets de ne pas me déplacer, de ne même pas me lever de mon siège.

Fletcher ouvrit un paquet et prit des notes.

– Entendu, voilà ce que je vous propose. Vous respectez mes instructions à la lettre. Pas de travaux manuels. Vous demeurez assise et vous ne mettez à contribution que vos yeux et votre cerveau, c'est tout. Sinon, je vous fais venir ici et je vous tranke pour vous obliger à vous reposer.

– Merci, docteur.

Documentation... mon œil ! Seigneur, Bernie, que m'avez-vous fait ?

Mais n'importe quoi peut arriver, si je reste coincée à l'infirmerie. BR est avec ces types, à l'Ingénierie et dans les quartiers, et il suffit que Musa soit distrait, qu'il regarde ailleurs pendant trente secondes alors que BR est à proximité d'Hughes ou de ses acolytes...

Dans les douches ou ailleurs...

– Au fait, le test de dépistage a été négatif, déclara Fletcher en lui tendant deux pilules et un gobelet d'eau. A l'avenir, il ne le sera plus. Vous comprenez ce que je veux dire ?

Elle regarda Fletcher et se répéta ses paroles. Elle essayait d'assimiler le sens de ses propos, de déterminer si elle lui tendait un piège ou voulait l'aider...

Il serait impossible de faire un nouveau test, si Fitch trouvait un prétexte pour remettre ça...

– Vous vous sentez capable de vous lever sans aide ?

– Oui, docteur.

Elle posa les pieds par terre, bien décidée à ne pas donner de signes de faiblesse, puis elle enfila ses vêtements, très vite parce que l'injection la faisait transpirer et qu'elle craignait de voir la med revenir sur sa décision.

Je dois foutre le camp d'ici...

Scanner. Interprétation des résultats. Injections. Pilules. L'examen avait duré longtemps et Musa attendait toujours dans l'autre pièce.

Pendant que Bernie et BR étaient seuls.

Fletcher lui remit une ordonnance et deux boîtes de pilules.

– Evitez de vous attirer des ennuis, dit-elle. Vous suivez mes instructions. Je vous ai exemptée de certains travaux. Respectez mes ordres. Si la douleur empire, contactez-moi. Ne l'ignorez pas, bordel.

– Oui, docteur.

– Vous remettrez une de ces boîtes à BR. Cet idiot n'est pas passé renouveler son ordonnance. Assurez-vous qu'il prend ses médicaments, *compris* ?

Et elle sut que Fletcher n'était pas une de leurs adversaires. Elle comprit quel but recherchait cette femme avec ses injections et ses pilules, et pourquoi BR ne pouvait faire l'objet d'un test de dépistage truqué.

– Oui, docteur.

Sans rien dire, la med la renvoya d'un geste de la main et continua d'écrire.

Allez. Ne soyez pas idiote. Gardez un profil bas.

Un conseil plein de sagesse, pensa-t-elle. Elle alla retrouver Musa et Freeman dans l'autre pièce, ivre de soulagement.

*

Ils n'étaient pas seuls.

Liu leur tenait compagnie.

Bet s'arrêta net, déconcertée. Elle réfléchit. Oh, Seigneur...

– Ça va ? lui demanda Musa.

– Fletcher m'a prescrit des pilules.

Elle serra dans son poing les boîtes et l'ordonnance, pendant qu'elle sentait la coursive s'incliner et son crâne partir à la dérive. Liu la toisa de haut en bas puis termina la phrase qu'elle disait à Musa :

– Tout ce que nous pouvons, quoi qu'il en soit.

Des secrets. Le passage donna de la bande puis se stabilisa, sur l'expression revêche de la doyenne du vrai-jour. Musa la prit par le bras et la guida vers le bas de l'anneau.

– Que se passe-t-il ? voulut-elle savoir.

– Tout va bien, répondit-il.

Il ne la lâcha qu'au niveau du survolteur, là où le pont se rétrécissait.

Par le cylindre des cuisines ils entrèrent dans la salle de détente, qu'ils traversèrent sans se hâter.

Liu les avait suivis. Elle s'arrêta au comptoir et Freeman resta près d'elle une seconde, avant de presser le pas pour les rattraper.

Il y avait une forte odeur de bière, ici. Dans les quartiers ils regardaient toujours la même vid dont elle aurait pu réciter tous les dialogues. Ce devait être la pause du faux-jour et elle s'attendait à voir McKenzie, Gypsy et les autres, mais il n'y avait que des inconnus, ces gens qui arrivaient le matin et partaient le soir, les membres de l'équipage qui avaient jusqu'alors passé les faux-jours à dormir mais qui étaient à présent debout, attentifs. Toutes les conversations avaient cédé la place à un lourd silence.

Tout lui paraissait anormal et menaçant, peut-être à cause de la pilule de Fletcher, ou de son injection qui lui donnait des nausées et l'abrutissait.

A moins que ce ne fût pas une simple impression. Tous pouvaient les regarder, elle et son escorte, parce qu'ils savaient désormais qui avait défié Fitch et était à l'origine de ces chambardements.

*

S'orienter lui posait des problèmes, quand elle atteignit l'Ingénierie. Elle parcourut les lieux du regard et fut soulagée de voir BR, indemne. Les hostilités n'avaient pas débuté. Quand Bernstein voulut savoir ce qu'avait dit Fletcher, elle marmonna :

– Je dois m'asseoir, monsieur.

Puis tout se brouilla. Elle entendait des voix se déplacer autour d'elle, dans un milieu où tous les sons se réverbéraient.

– Je ne me sens pas très bien, murmura-t-elle.

Elle n'était pas en état de se sentir en colère, ou effrayée. Elle savait seulement qu'on l'avait droguée et qu'elle ne souffrait plus. Son dos la laissait tranquille et elle aurait pu travailler, faire n'importe quoi, mais Bernie approcha et attira son attention en lui touchant l'épaule avant de lui demander si elle désirait déjeuner...

...il se référait à une tasse de thé et à des petits pains au Keïs apportés par les Services, des machins aussi appétissants que des bâtonnets de colle. En temps normal elle s'en passait, mais Bernie lui dit qu'elle devait reprendre des forces et comme elle était trop lasse pour protester, elle accepta.

Complètement dans les nuages. Elle demeura dans son fauteuil incliné en arrière pour observer et écouter les gens qui discutaient autour d'elle.

Finalement, peu après le déjeuner, elle put entendre distinctement leurs paroles, et les pupitres qu'elle avait sous les yeux retrouvèrent leur netteté.

Elle devait aller aux toilettes. Elle savait ne pas être dans son état normal et elle resta assise tant que l'inconfort ne devint pas plus pénible que ses étourdissements.

Elle se leva, fit quelques pas, et sentit qu'on la prenait par le bras. C'était BR. Elle cilla et pensa à lui dire :

– J'ai tes pilules, la med m'a chargée de te les remettre...

*

Son embarras fut profond quand elle reprit ses esprits en milieu d'après-midi, assise au poste trois de l'Ingénierie et entourée de plusieurs personnes. Elle reconnut Freeman, Musa et Bernstein.

– Réveillée ? lui demanda ce dernier.

– Oui, monsieur.

Elle agrippa les accoudoirs pour se lever, en vacillant. Elle essayait de se rappeler ce qu'elle faisait là. Elle ne gardait aucun souvenir de cette journée. Tout s'était effacé. Et son chef ne l'avait pas renvoyée dans les quartiers, il l'avait laissée dormir dans ce siège.

– Merde, marmonna-t-elle. J'espère que je n'ai pas été trop désagréable.

Bernie haussa un sourcil et lui fit un sourire. Il paraissait bien disposé envers elle, bon Dieu, malgré ses aveux et tout ce qui s'était passé. Elle se retint au dossier pour regarder Walden, Slovak et Keane qui discutaient entre eux – et BR, là-bas au poste numéro un, indemne et à première vue en pleine possession de ses moyens.

Il n'avait pas dû prendre les pilules de Fletcher.

– La journée est très calme, dit alors Bernstein à Freeman. Vous pouvez nous laisser, si vous voulez.

Elle avait beau être dans les nuages, elle n'était pas stupide pour autant. Elle resta sur place, appuyée au siège, avec un dos redevenu douloureux et des jambes en coton, ce qui indiquait qu'une longue marche était déconseillée. Elle pensa que ce n'était pas à cause de la pagaille actuelle que Bernstein avait laissé une ex-Marine de l'*Africa* assise aux pupitres toute la journée et envoyait à présent un spécialiste des Systèmes en pleine possession de ses moyens dans les quartiers.

Des discussions étaient en cours, bon sang, des tractations entre l'Ingénierie du faux-jour et l'équipe de Liu, à un niveau ou à un autre. Musa avait parlé à cette femme, Freeman quittait son poste plus tôt que prévu et nulle rixe ne semblait sur le point d'éclater. En outre, Bernstein paraissait détendu – ça se voyait, quand il était en rogne.

Fitch a raté son coup, se dit-elle. Et elle pensa qu'après avoir dormi tout le jour ce mof serait mécontent de ce qu'il apprendrait à son réveil.

Mais ils iraient se coucher à leur tour et Fitch aurait tout son temps pour chercher des moyens de redresser la situation.

Une drôle de façon de mener une guerre, se dit-elle. Elle regarda Freeman s'éloigner vers les quartiers, où il arriverait à temps pour prendre son petit déjeuner en compagnie de ses camarades.

– Vous souffrez ? s'enquit Bernstein.

Comme si de rien n'était, comme si tout allait pour le mieux.

– Pas trop, répondit-elle à voix basse.

Elle se demanda quels étaient ses projets. Mais elle savait qu'il ne les lui révélerait pas et elle ne voulait rien précipiter en lui posant des questions.

Elle se rassit, fit des sims et regarda leurs lumières colorées, toujours un peu déphasée – avec l'esprit engourdi et la vague impression qu'elle ne s'inquiétait pas autant qu'elle l'aurait dû.

*

Quand vint le moment de la relève Bet avait eu le temps de se reprendre. Elle se sentait assez en forme pour boire une ou deux bières avec les nouveaux qui s'étaient assis en compagnie de Musa, McKenzie, Park, Figi et BR. Il n'allait pas trop mal, lui non plus – tranké et détendu par les pilules de la med...

Fletcher qui disposait désormais d'un dossier-scan de son dos, un cas médical justifiant l'emploi des drogues qu'elle lui avait administrées. Que sa colonne vertébrale fût plus douloureuse depuis que cette femme y avait touché était secondaire. Elle lui avait prescrit de quoi invalider tout nouveau test de dépistage. A elle et à BR...

Dieu, il lui inspirait presque de la pitié, ainsi détendu, assis sur le banc entre elle et Figi, adossé à la paroi – avec ses pupilles dilatées et son air béat, comme s'il était parti au loin pour de bon et se fichait de tout ce qu'on pourrait lui faire.

– Ça va ? lui demanda-t-elle.

Il marmonna qu'il se sentait très bien et but une autre gorgée de bière.

Déconseillée, dans son état. Bet décida de n'aller lui chercher que des boissons sans alcool, lorsqu'il aurait terminé ce verre. Sans doute ne le remarquerait-il même pas. Il n'était pas un buveur.

Ils restèrent assis et discutèrent. Des membres de l'équipe de faux-jour vinrent rejoindre Freeman et ses compagnons, leur souhaiter la bienvenue et s'étonner de voir BR détendu à ce point...

Ce salopard de Meech alla même jusqu'à se pencher pour le secouer par l'épaule et déclarer :

– Je ne l'ai jamais vu aussi facile à vivre.

Conscient, BR eût sans doute réagi violemment, mais il se contenta de lever sur lui un regard surpris.

On lui avait dit de se méfier des ordonnances où n'était prescrit qu'un seul médicament.

– Il va bien ? voulut savoir Gypsy.

– Fletcher lui a donné un calmant, dit Musa. Une prescription.

Pas la moindre trace d'Hughes et de ses skuz, depuis le dîner. Peut-être étaient-ils allés se planter devant la vid. Transférer quelqu'un posait des problèmes, quand tous les navords de faux-jour avaient déposé une telle demande. Musa l'avait expliqué : les techs de la passerelle s'habituaient à leurs opérateurs, et vice versa. Ceux du vrai-jour avaient un statut supérieur au leur et ils ne voulaient pas d'Hughes et de ses amis, et même un simple échange de permanences était tout aussi improbable car ils savaient que Lindy Hughes venait de leur jouer un sale tour.

Cet homme avait dû se cacher quelque part, pour essayer de se faire oublier, et Bet était sidérée par la gentillesse de gens tels que Liu, Freeman et bien d'autres qui auraient pourtant eu d'excellentes raisons de leur en vouloir.

Il n'était pas nécessaire de posséder une intelligence supérieure pour comprendre pourquoi. Le faux-jour était harcelé et attaqué de toutes parts, les mofs s'étaient permis de faire une descente dans les quartiers suite à une simple dénonciation...

... et de passer à tabac une femme contre qui ils n'avaient rien pu prouver.

Et pour tout l'équipage c'était la goutte qui avait fait déborder le vase.

Je pèse mes mots pour ne pas enfreindre les regs, avait-elle entendu Musa déclarer. *Mais quand on s'en prend à un seul d'entre nous, nous devons nous serrer les coudes... Nous n'enfreindrons jamais les règlements, non, mais nous ne sommes pas pour autant des machines qu'on peut secouer et malmener, et il serait peut-être temps de le rappeler à ceux qui semblent l'avoir oublié...*

Et les amis de Liu, Musa, McKenzie et Gypsy Muller souriaient et disaient à leurs compagnons d'en faire autant. Bernie traitait Freeman avec une gentillesse peu commune, et il se tournait et s'inclinait bien bas pour saluer tous ceux qui entraient. Musa faisait de même, et tous s'offraient des bières et veillaient à être polis. Chose amusante, tous commençaient à passer effectivement un bon moment, à être d'excellente humeur, comme si une plaisanterie circulait – et BR était si tranké que certains se déplaçaient simplement pour le voir.

Il passait de l'hébétude à la gaieté. Ce fut le cas quand une délégation conduite par Meech et Rossi lui apporta une deuxième bière, celle que Bet avait décidé de ne pas aller lui chercher. Rossi mit le verre dans ses mains et attira son attention par une légère tape sur sa joue. Il lui déclara qu'il semblait avoir besoin d'un remontant et que les techs avaient décidé de lui en offrir un.

BR le regarda, bouche bée. Rossi repartit, et BR porta le gobelet à ses lèvres bien qu'il fût déjà passablement éméché.

– Eh, prends ton temps, lui dit-elle.

Elle but un peu de sa bière, pour lui éviter de tomber ivre mort. Assis de l'autre côté, Fiji le calait. Cet homme était solide comme un roc et si BR basculait vers lui, sans doute ne le remarquerait-il même pas.

Il était interdit de s'asseoir par terre, pour pouvoir dégager le pont le plus rapidement possible. Meech, Rossi et d'autres allèrent chercher des dés, s'accroupirent sur leurs talons et misèrent des points-cred, un dixième la partie.

Merde, même Freeman et ses compagnons y participaient, sans retenue. Battista et Keane partirent pour leurs couchettes, ou un placard. L'animation était telle que nul n'entendit la première alerte-mof.

Mais le calme revint dès que l'officier apparut, un petit homme brun. Les joueurs se relevèrent et s'écartèrent de son passage.

– Kusan, murmura Musa.

Le second de la Timonerie du faux-jour en personne.

Kusan regarda autour de lui, dévisagea les membres de l'équipage et demanda :

– Yeager ?

Tous se turent. Les seuls sons audibles provenaient des quartiers où la vid marchait toujours.

Elle n'eut pas le choix et donna le reste de sa bière à Musa, redressa BR du coude, se leva et répondit :

– C'est moi, commandant. Bet Yeager.

– Mademoiselle Yeager.

Il lui fit signe de le suivre et dit aux autres :

– Restez où vous êtes.

Pas un bruit. Un silence que BR rompit en demandant :

– Eh, qu'est-ce qui se passe ?

Il voulut se lever. Musa le retint.

– Ferme-la ! lui ordonna-t-il, d'une voix un peu trop forte.

– Il n'y a aucun problème, déclara Bet.

Elle l'espérait. Mais c'était le quart de Fitch, la fin de celui d'Orsini. A nouveau.

Elle espéra que Musa avertirait Bernstein, ou que quelqu'un d'autre s'en chargerait.

– Bet ! cria BR, fou de colère.

Il cherchait à s'attirer des ennuis, c'était évident. Mais des gens durent le contraindre à se taire. Elle n'osa regarder derrière elle pour s'en assurer.

21

Elle était toujours un peu dans les nuages, alors qu'elle suivait les coursives au côté de Kusan : l'effet des bières et d'un des antalgiques de Fletcher, dont l'association effaçait la souffrance mais pas le souvenir de ce qu'était la douleur et de ce qui la provoquait. Nul reg n'interdisait de boire et de jouer aux dés, mais des sanctions devaient être prévues à l'encontre de ceux qui s'enivraient et semaient le désordre. Elle lissa sa combinaison, passa ses doigts dans sa chevelure, déroula ses manches et les referma autour de ses poignets. Elle ne pouvait cependant faire disparaître les relents de bière et la tache humide visible sur son genou, et Fitch n'aurait qu'à la regarder pour pouvoir lui coller trois ou quatre infractions sur le dos.

L'accuser d'avoir bu alors qu'elle suivait un traitement médical, par exemple. Pourquoi pas de s'être permis de cracher sur le pont ? C'eût été d'une extrême simplicité.

Mais ce n'était pas Fitch qui l'attendait sur la passerelle. Elle ne voyait qu'Orsini – et Kusan la conduisait vers cet homme.

– Etes-vous ivre, Yeager ?

– Je ne suis pas à jeun, commandant, répondit-elle, décontenancée.

Elle s'était apprêtée à affronter Fitch et se retrouvait en face de l'autre second, qui ne pouvait espérer la faire arrêter et conduire là où ce qui avait eu lieu la veille risquait de se reproduire sans mécontenter l'équipage.

S'il y attachait de l'importance, bien sûr.

Il la toisa de haut en bas.

– Vous avez passé une grande partie de la journée dans cet état, n'est-ce pas ?

Qu'ont-ils imaginé, de s'en prendre à ma moralité ?

Mais la responsable est Fletcher. Et c'est une amie de Bernstein – non ?

– Oui, commandant. Excusez-moi, commandant.

– Venez.

Il s'éloigna dans les cylindres du pont supérieur,

passa devant l'Ops de vrai-jour, la Timonerie, continua au-delà...

Fitch était sur la passerelle et il se contenta de les observer, sans intervenir. Peut-être les suivit-il, mais elle n'aurait pu entendre le bruit de ses pas dans le murmure des ventilateurs des systèmes de climatisation et d'aération, et le tumulte de tous ceux qui vaquaient à leurs occupations. Elle restait au côté d'Orsini et se demandait ce qu'il voulait. Elle se répétait qu'elle n'avait aucune raison de s'inquiéter, que Bernstein ne s'était pas formalisé outre mesure de ses révélations...

Comme si tous savaient déjà que je leur cachais quelque chose et qu'il en faudrait bien plus pour que Bernie cesse de m'accorder son soutien...

Mais Orsini me soupçonnait d'être à la solde de Mallory...

Elle lança un coup d'œil derrière elle, pour découvrir où était Fitch. Pas sur leurs talons, en tout cas... mais cet homme devait savoir où ils allaient et peut-être attendait-il l'heure de la relève, le moment où il remplacerait Orsini.

J'espère que vous savez ce que vous faites, commandant.

J'espère que vous ne vous en fichez pas.

J'espère que vous et Bernie avez compris ce qui se passe...

Il ne s'arrêta pas à son bureau, ni à celui de Fitch.

Où allons-nous ? se demanda-t-elle. Puis : *Ô Seigneur...*

Ils avaient atteint une porte sur laquelle on pouvait lire *Wolfe, J.* sans autres précisions.

Le second pressa une touche. Le panneau s'ouvrit sur la pièce et son occupant.

– Yeager, capitaine, dit-il.

Un cadre luxueux, avec une moquette, des parois lambrissées, un bureau noir massif derrière lequel un homme blond et mince en tenue kaki était assis. Elle lut dans ses yeux pâles qu'il ne lui accordait aucune importance en tant que femme mais que ses agissements entravaient ses projets et qu'il ne pouvait le tolérer.

La porte se referma. Orsini venait de les laisser. Wolfe inclina son fauteuil en arrière et croisa les bras.

– Mécanicienne ? fit-il.

Elle se sentait coupée de tout ce qui l'entourait. Elle ne comprenait rien, sauf que Bernie ne s'était pas privé de répéter ses confidences. Orsini savait, et Wolfe aussi. Elle pensa, entre deux battements de cœur : *Vous n'êtes qu'un salopard, Bernie. Mais il est vrai que vous n'aviez pas le choix.*

– J'ai occupé ce poste, capitaine. A bord de l'*Ernestine*.

– Grade ?

– Sergent-chef Elizabeth A. Yeager, capitaine.

Et elle ajouta, par stupidité et impudence :

– A la retraite.

Wolfe n'en parut pas amusé. Il se contentait de la fixer, et nulle émotion n'apparaissait sur son visage.

– L'*Africa*, n'est-ce pas ?

– Oui, capitaine.

Elle n'entra pas dans les détails. Bernie avait dû s'en charger.

Très certainement.

Elle entretenait le mince espoir que Bernie ne voyait pas en elle une menace et que ses supérieurs pouvaient partager ce point de vue, à bord d'un appareil dont on recrutait l'équipage dans les prisons des stations...

Elle avait seulement eu tort de négliger le rôle de Wolfe.

Sacrément stupide, Yeager, d'une bêtise impensable. Alors, pour qui croient-ils que tu travailles, dès l'instant où tu n'es pas à la solde de Mallory ?

Ça crève les yeux, Yeager.

– Vous m'avez menti, déclara Wolfe.

– Non, capitaine. J'ai dit la stricte vérité. Je voulais faire partie de votre équipage, et je le souhaite toujours.

Une longue pause. Cet homme n'avait jamais la moindre expression. Elle se replia sur elle-même. S'ils décidaient de l'expédier à Pell pour la livrer à Mallory ou de l'envoyer se promener dans l'espace sans autre forme de procès, elle ne pourrait rien faire pour les en empêcher.

Mais cet homme avait tous pouvoirs, à bord. Il pourrait l'aider, s'il le voulait, s'il s'intéressait à ce qui se passait dans les ponts, s'il ne se fichait pas que son équipage fît les frais des intrigues de Fitch et d'Orsini et de leur guerre intestine...

Elle avait entendu parler de situations plus ou moins comparables, dans quelques appareils de la Flotte.

– Où et quand avez-vous été séparée de votre vaisseau ?

– Sur Pell, capitaine. Le jour où la Flotte a appareillé. J'étais dans les docks.

Et elle jugea utile de préciser :

– Mais ce n'est plus *mon* vaisseau, capitaine. Je fais partie de l'équipage du *Loki*.

Elle le suspectait de ne pas avoir toute sa raison. Elle ne savait comment se comporter, face à cet homme. Mais la loyauté devait être une chose rare, à bord du *Loki*, et peut-être avait-il des difficultés à la percer à jour. Dans son regard froid et bleu de glace elle découvrait des traces de doute.

Il risquait de la renvoyer à Fitch et Orsini, et de les laisser résoudre le problème à leur façon.

Que diable fait Wolfe, à bord de ce vaisseau ? avait-elle demandé à Musa. Il lui avait répondu, avec une gêne évidente : *Il n'est pas avide de pouvoir...*

Il devait se savoir en danger, si elle était disposée à sacrifier sa vie pour prendre la sienne.

Mais il restait assis, impassible. Il se pencha en arrière et la dévisagea.

– A quand remonte votre dernier contact avec la Flotte ?

C'était la question. La grande question.

– Au moment où mon com est tombé en panne. Sur Pell. Rien depuis.

Elle se le représenta, disant à Fitch : « Découvrez ce qu'elle sait.»

– Ceux des ponts n'étaient au courant de rien, ajouta-t-elle posément. Comme ici, capitaine.

Un long, très long silence. Il ne bougeait pas.

– Sergent-chef, donc ?

– Oui, capitaine.

– Mécanicienne ?

– Sur mon équipement. Comme beaucoup.

– Tactique ?

– Escouade-tac, capitaine.

– Et avant ?

– J'ai embarqué à seize ans, capitaine. Je suis née sur un raffineur.

Wolfe repoussa son siège en arrière, se leva et contourna le bureau. Il n'était pas armé, contrairement aux suppositions de Bet.

Il se rapprocha, passa derrière elle. Elle ignorait ce qu'une civ était censée faire en de telles circonstances, car elle avait sauté du statut de morveuse impudente et stupide à celui de skut qui avait intérêt à assimiler au plus tôt les règles de survie dans les ponts. Et ces dernières imposaient de la fermer quand un mof réfléchissait au sort qu'il vous réserverait.

Un capitaine a toujours raison.

Jusqu'à preuve du contraire.

Tant qu'il ne devient pas évident qu'on n'a plus rien à perdre et qu'il ne reste plus qu'à emporter le plus grand nombre de gens avec soi.

Mais...

Seigneur, que deviendra BR si je ne suis plus là ? Que fera-t-il ?

Wolfe gagna un coin de la cabine meublé avec une table basse et des fauteuils confortables. Il cherchait quelque chose, sans lui prêter attention, comme s'il l'avait oubliée.

Elle avait vu juste, ce type était cinglé. Mais peut-être voulait-il découvrir pendant combien de temps elle pourrait garder son calme avant de céder à la panique et de faire une bêtise.

Indéfiniment, capitaine.

– Asseyez-vous, lui dit-il alors.

Elle le regarda. Il désignait un des fauteuils.

Et cela l'effraya, bien plus qu'un hurlement.

– A vos ordres, capitaine.

Elle alla pour s'asseoir mais pensa à sa tenue de travail et aux risques de souiller le cuir blanc avec la bière qui imbibait son pantalon, la poussière du pont ou pire encore. Elle s'épousseta en sachant que cela ne ferait pas la moindre différence, constata que Wolfe s'était déjà assis et en fit autant, en face de lui. Il ouvrit un coffret qu'il venait de poser sur la table basse.

Un jeu d'échecs. Un vrai, pas une sim. Un échiquier authentique, avec de véritables pièces. De Dieu sait quelle époque.

– Savez-vous jouer ?

– Un peu.

Dans les ponts, on se distrayait avec tout et n'importe quoi.

– Blancs ou noirs ?

Seigneur, il était effectivement cinglé. Son sort dépendait d'un dément.

– Je vous laisse le choix, capitaine.

Il tourna le coffret, pour lui donner les blancs.

C'était donc à elle de procéder à l'ouverture.

*

Elle déjoua ses plans à deux reprises, et il adressa alors à l'échiquier le même regard froid et évaluateur qu'il levait sur elle quand elle répondait à ses questions... longtemps, longtemps après la sonnerie de la relève des équipes.

Quel raffineur ?

Comment était Porey ?

Puis : Quel décalage temporel, au Tripoint de Pell ?

Une information qui aurait pu être fatale à l'*Africa* et à tous ses anciens compagnons – si elle avait reçu une formation tech suffisante pour connaître avec précision la capacité de son ex-vaisseau.

La masse transportée.

Wolfe lui posa cette question. Elle déclara ignorer la réponse, sans mentir. Elle pouvait indiquer la durée du déphasage à une demi-heure près mais pas le reste...

– Avez-vous fait de nombreuses incursions dans les Etoiles Postérieures ?

– Deux. Pell, Mariner, Pan-paris. Wyatt. Viking.

Si vous avez commandé ce fantôme au cours de la Guerre vous devez vous en souvenir, capitaine.

Les doigts grêles de Wolfe déplacèrent un pion pour menacer un cavalier, et une tour un peu plus tard.

– Vous souvenez-vous de la *Mouette* ?

Un nom parmi tant d'autres. Elle se rappelait que ce petit appareil figurait sur leur tableau de chasse mais pas s'ils l'avaient détruit en vol ou s'il avait décéléré et été pris à l'abordage pendant qu'ils effectuaient des opérations au Tripoint.

Coursives découvertes à travers la visière de l'armure, au-delà du halo vert des voyants. Visages aux traits déformés par la terreur. Surtout.

Sauf ceux des inconscients qui voulaient se battre, bien que leur vaisseau fût bloqué contre la coque de l'*Africa* et que les Marines eussent déjà envahi les ponts.

– Non, capitaine. Je sais seulement que cet appareil figure sur le tableau de chasse de l'*Africa*.

Existe-t-il un rapport avec vous, capitaine ? Ou avec le Loki *?*

Il n'apporta aucune précision.

Elle prit un pion, sans trop savoir si elle ne commettait pas une erreur. Wolfe était bien meilleur qu'elle. Il calculait de nombreux coups à l'avance et lui traçait une route qu'il voulait lui faire suivre. Elle venait de tomber dans un piège.

– Mer...

Elle s'interrompit, juste à temps.

– Escouade-tac, fit-il en déplaçant un pion. Groupe d'abordage. Stations et vaisseaux.

– Oui, capitaine.

– Vous vous y connaissez en matériel d'appontage.

– Oui, capitaine.

– En armement.

– Oui, capitaine.

Elle perdit un pion. Elle vit qu'un cavalier allait subir le même sort. Elle déplaça sa tour.

Merde.

– Armures ?

– Oui, capitaine.

– Que pensez-vous de cet appareil, sergent Yeager ?

– Je ne suis plus sergent, capitaine.

– Quels sentiments vous inspire le *Loki* ?

– J'y ai des amis.

– A bord de l'*Africa* également.

Y penser était pénible, et elle savait ce que voulait apprendre cet homme.

– C'est exact, capitaine. Mais le *Loki* n'a pas une puissance de feu suffisante pour mettre l'*Africa* en danger. En outre, la situation n'est plus la même. J'ai des amis là-bas, mais ici aussi.

Elle déplaça le cavalier en péril.

– Je ne sais même pas qui est toujours en vie, sur l'*Africa*. Ici, je le sais. Moi, pour commencer.

– Et si vous n'étiez pas à notre bord ?

Elle s'interrogea, avec sincérité. Elle s'imagina avec ceux de l'*Africa*, sur le point de se lancer à l'abordage du *Loki*. Sa main s'immobilisa au-dessus d'un pion et sa vision se troubla. Elle revit le visage du vieux Junker Phillips...

– Je ne sais pas, avoua-t-elle avant de sacrifier sa pièce. J'ignore ce que je ferais, capitaine. Mais j'ai des amis ici... ils sont nombreux, sur ce vaisseau.

– C'est ce que j'ai entendu dire.

Il est au courant, pour BR et moi. Seigneur, je lui ai attiré des ennuis. Musa en aurait aussi, s'il n'était pas ce qu'il est...

McKenzie, Park et Figi, tous...

Peut-être même Bernstein.

Elle perdit le pion, lui un cavalier.

Et elle comprit que c'était la fin. La tour prit la reine en quatre mouvements. Echec et mat.

Elle se mordit la lèvre et parcourut des yeux l'échiquier.

Elle savait que Wolfe avait aussi anticipé les coups d'une partie qui se déroulait à un autre niveau.

– Vous pouvez disposer, lui dit-il.

– Merci, capitaine.

Elle se leva doucement, comme si son fauteuil était bourré d'explosifs. Elle suait à grosses gouttes et ne percevait qu'une partie de la torture infligée par son dos.

Que suis-je censée dire ? J'ai beaucoup apprécié, capitaine ?

Il la laissa gagner la porte, l'ouvrir et sortir dans cette section réservée aux mofs.

Elle se dirigea vers la passerelle, traversa le territoire de Fitch jusqu'à la coursive du secteur-med et continua par les cuisines et la salle de détente jusqu'aux quartiers plongés dans la pénombre.

02:58 de faux-jour.

Elle alla vers Musa pour lui signaler son retour. Il ne dormait pas et lui demanda :

– Alors ?

– Tout s'est très bien passé, murmura-t-elle.

Puis elle eut peur et alla droit vers la couchette de BR, suivie par Musa qui lui annonça :

– Il cuve sa bière.

Il cuvait ? Il était attaché à son lit, inconscient.

– Bordel !

Elle lui donna une tape sur la joue et entreprit de le libérer. Elle tremblait tant qu'elle avait des difficultés à défaire les nœuds, ce qui empira quand il reprit ses esprits et tira sur la corde.

– Que lui avez-vous fait ?

– Figi a testé sur BR sa prise du sommeil. Mais il va bien. J'ai veillé sur lui.

– Bon Dieu ! Ne bouge pas !

– Bet...

Il n'était pas fou. Bien moins que d'autres. Elle détacha ses liens et l'étreignit, sans penser à ménager son dos. Il devait avoir une bonne gueule de bois, car il gémit et prit son crâne à deux mains.

– Fitch ? s'enquit-il.

– Wolfe.

Il baissa les bras. Musa demanda :

– Que s'est-il passé ?

– Le capitaine avait besoin d'une partenaire pour jouer aux échecs.

Et elle faillit leur répéter les questions que Wolfe lui avait posées au cours de ces trois dernières heures, tant elle était lasse et ébranlée. Elle se reprit en se rappelant que ses compagnons savaient bien moins de choses que les mofs sur son compte. Et surtout que BR ignorait tout de sa vie précédente. Elle se demanda dans combien de temps il apprendrait à qui il avait affaire et quelle serait alors sa réaction.

Un marchand, coupé de son vaisseau, ce qui n'avait pu se produire que d'une seule façon pendant cette maudite Guerre.

– C'est tout, dit-elle. Nous avons joué aux échecs.

22

– Que s'est-il passé ? lui demanda-t-on trop souvent dans la file d'attente des douches puis du petit déjeuner.

Tous lui posaient cette question, de McKenzie à Masad du Chargement. Ils venaient vers elle puis se regroupaient pour échanger des commentaires.

La première fois elle fut prise au dépourvu et balbutia :

– Le capitaine voulait m'interroger.

Comme si cette convocation se rapportait aux événements de ces derniers jours. Elle le regretta aussitôt – elle venait de lancer un défi au second en se servant du nom de Wolfe comme d'une arme. Fitch en serait peut-être informé et à l'avenir il veillerait à ne plus commettre d'imprudences. S'il ne décidait pas d'avoir une explication avec le capitaine, ce qui n'était pas conforme aux désirs de Bet, loin de là.

Elle eût aimé revenir sur cette déclaration. Elle en modifia le sens dès qu'on l'aborda à nouveau :

– Le capitaine voulait me poser quelques questions et me conseiller de me tenir tranquille.

Sacrément stupide, Yeager. Ta grande gueule finira par te coûter la vie.

Elle prit son petit déjeuner avec ses compagnons. Ils s'inquiétaient au sujet de Fitch et s'interrogeaient sur Wolfe. Ils se demandaient s'il la soutiendrait et cela résumait tout ce qu'ils savaient sur cette affaire.

– Je serais mort, sans le capitaine, lui avait déclaré BR dans les ténèbres, avant que le sommeil n'eût raison d'elle. Je ne sais pas pourquoi. Pour être agréable à Bernie, je suppose. Ça me dépasse.

Le plus long de ses discours sur ce thème, cette vingtaine de mots.

Elle y réfléchit et estima que Fitch devait s'inquiéter, se faire du mauvais sang. Elle aurait dû s'en réjouir, rendre grâces à Dieu que Wolfe eût décidé d'intervenir et faire des bonds de joie.

Mais cela inciterait peut-être le second à l'éliminer. Le capitaine avait pris une décision, la nuit dernière. Il l'avait laissée repartir après s'être fait une opinion sur elle, mais elle ignorait laquelle.

Une seule chose ne prêtait pas à controverse : elle n'était pour lui qu'un pion qu'il n'hésiterait pas à sacrifier en cas de besoin.

Enfer ! se dit-elle en buvant son thé du matin. *Je me retrouve dans une position plutôt inconfortable. Qu'est-ce qui a soudain changé, bon sang ?*

Elle trouva la réponse en voyant BR regarder autour d'eux. Il prêtait aux autres membres de l'équipage une attention qu'il n'avait jusqu'alors accordée qu'à ses foutus pupitres. Absolument normal, pour la première fois.

La veille au soir il s'était enivré avec des amis, des camarades qui avaient eu la gentillesse de rester avec lui pour le faire boire et l'empêcher d'aller au-devant de sérieux ennuis. A présent qu'elle était revenue saine et sauve – par la grâce de Dieu, ou encore de Wolfe – rien n'empêchait d'espérer que la situation serait à l'avenir plus supportable qu'au cours des trois dernières années.

Ouais.

Mais jusqu'à mon arrivée rien ne pouvait l'atteindre. Pas même Fitch. Il était trop inconscient pour souffrir. Voilà ce que je lui ai apporté. Je l'ai drôlement aidé, pas vrai ?

Il se serait fait tuer pour moi, hier soir. Son sacrifice n'aurait servi à rien, mais il était prêt à mourir.

Il doit s'imaginer qu'il est à l'origine de mes ennuis. Il se croit sans doute responsable de ce qui m'arrive, comme pour Cassel.

S'il n'est pas complètement étranger à la mort de cet homme.

Je ne peux rien prouver et je ne le pourrai jamais. Je ne suis même pas capable de faire ça pour lui.

Et quelle sera sa réaction, lorsqu'il apprendra d'où je viens ?

*

En société, BR pouvait être comparé à une grenade dégoupillée. Il fallait constamment le surveiller, prêter attention à son comportement. Sa façon de sursauter comme s'il s'électrocutait quand on l'effleurait à l'improviste, par exemple. Il se crispait sitôt que des gens approchaient de lui, quand il comprenait qu'on allait lui adresser la parole. Seul quelqu'un qui le connaissait bien pouvait s'en rendre compte, mais il était toujours sur la défensive, à la fois trop schizo et assez sain d'esprit pour redouter de perdre la tête. Il restait près d'elle et de Musa comme s'ils étaient ses filins de sécurité, et telle fut son attitude tout au long du petit déjeuner, alors que tous lui demandaient comment il allait, s'il n'avait pas trop mal au crâne.

Hughes n'était visible nulle part. Il gagnait désormais son poste avant les autres, Dieu merci.

Et pour l'instant BR s'en tirait honorablement. Il se montrait correct en société, très calme, et il adressa même un sourire hésitant à Freeman : pas son rictus de défi mais l'expression d'un sentiment sincère.

Son comportement fut irréprochable jusqu'au moment où ils atteignirent l'Ingénierie et que Bernstein vint vers eux pour annoncer à Bet :

– Yeager, Orsini veut vous voir.

– Ne t'inquiète pas, dit-elle à BR en lui caressant le bras. Je sais de quoi il retourne. Aucun problème.

– Pourquoi ? voulut-il savoir.

Il la retint près de la porte et ajouta :

– Au sujet de Fitch ?

– Ils voudraient comprendre certaines choses.

Le mensonge le plus plausible qui lui était venu à l'esprit.

– Et Fitch n'osera pas s'en prendre à moi. Tu peux me croire.

Elle repartit de l'Ingénierie avant même d'avoir pointé. Elle ne précisa pas à Bernstein ce qui avait eu lieu la veille au soir et il ne lui demanda aucune explication.

Bernstein avait parlé au second du faux-jour. Orsini s'était adressé au capitaine. Wolfe avait pu en toucher deux mots à Fitch – après son départ.

Elle gravit l'anneau jusqu'au bureau d'Orsini, y entra et s'assit. Elle avait prévu la suite, une longue série de questions dont le second enregistrait les réponses sur sa transplaque.

Non, commandant. Non, commandant. Oui, commandant. Non, commandant. Je ne sais rien sur les Ops, commandant.

Au moins ne semblait-il pas désirer l'étrangler.

– Vous avez un problème avec monsieur Fitch, dit-il.

– J'espère que non, commandant.

– Je me suis contenté de citer un fait.

– Bien, commandant.

– J'ose croire que vous ne ferez rien d'insensé.

– Ce n'est pas dans mes intentions, commandant.

Il la fixa pendant un long, très long moment,

avant de lui poser des questions auxquelles elle ne désirait pas répondre.

Des informations spécifiques sur l'*Africa*, son capitaine, ce qu'il transportait, l'importance de ses effectifs...

Je ne sais pas, répondait-elle parfois. Elle voulait se dérober, mais c'était impossible – et elle comprit qu'elle devait franchir le pas, faire un choix entre le *Loki* et l'*Africa*, tout dire ou se taire.

Que puis-je leur apprendre que Mallory ignore ? Bon Dieu, ils ont avec eux une ex-capitaine de la Flotte qui peut leur dire tout ce qu'ils veulent savoir. Existe-t-il une seule chose que je sache et pas cette femme ?

Elle décida de répondre et fournit des renseignements qui entraîneraient peut-être la perte de l'*Africa*, un petit détail et un autre, de plus en plus précis – dans la mesure où une skut des ponts inférieurs détenait des informations préjudiciables à son vaisseau.

Car elle faisait désormais partie de l'équipage du *Loki*, se répétait-elle. Parce qu'ils avaient perdu cette guerre dont elle ignorait d'ailleurs la finalité, que Teo était mort et que seul importait désormais l'appareil à bord duquel elle naviguait...

Elle n'avait plus aucun point d'attache. On appelait ceux de la Flotte des pirates. Et peut-être n'étaient-ils rien de plus que cela.

– Le conflit est terminé, dit Orsini. Mazian n'a rien à gagner. Pas à long terme. Il peut seulement semer la destruction, massacrer sans raison. La seule chose positive qu'il pourrait faire pour les siens, ce serait de revenir et signer l'armistice – accepter son destin et sauver les pauvres diables qui sont à bord de ses vaisseaux. Mais il est trop obstiné pour cela.

Elle se représenta les docks et s'imagina condamnée à vivre à jamais dans une station, pour y faire des corvées si les lavages de cerveau ne l'avaient pas rendue trop schizo pour qu'elle pût se défendre. Peut-être à Thulé, ce grand dépotoir où ils déversaient tous les problèmes de l'Alliance, comme dans la zone-Q.

Non, ils ne déposeraient pas les armes. Certainement pas.

– Revenons à nos questions, dit Orsini.

Elle ne le voulait pas, pas pour l'instant. Elle pensait à Teo et se demandait si Bieji était toujours à bord de l'*Africa*.

Il l'eût regardée de travers en lui disant qu'il ne nourrissait aucune rancune envers elle, mais il eût tout fait pour l'éliminer.

Restez en vie, leur hurlait Junker Phillips. *Ne vous laissez pas descendre, bande d'enfoirés ! J'ai bien trop investi en vous...*

– Yeager ?

– Oui, commandant, dit-elle.

Elle revint au présent, au *Loki* à bord duquel vivaient ses nouveaux compagnons.

Rien de personnel, Bieji.

*

Elle restait assise, la gorge irritée tant elle avait parlé. Orsini prenait toujours des notes.

Qu'ai-je fait ? se demanda-t-elle. *Il n'existe pas de demi-mesures. Je ne peux trahir* tous *mes compagnons.*

Elle désirait s'éclipser, avaler une pilule pour son dos et une autre pour son crâne, aller prendre une douche, revoir BR et Musa, se retrouver en salle de détente avec ses compagnons et avoir sous les yeux les raisons pour lesquelles elle venait de prendre fait et cause pour ce vaisseau. Elle ne savait plus sur quoi était fondée cette décision, tous ses souvenirs se rapportaient à l'*Africa*, à Bieji, Teo et son passé...

Mais cela représentait les meilleures années de

sa vie, ce qu'elle avait vécu avant que l'*Africa* n'eût appareillé sans elle, sa traversée à bord de l'*Ernestine* jusqu'à Thulé puis le point de l'espace inconnu où elle était à présent...

... plus âgée. Plus lasse. N'avait-elle pas le droit de saisir ce que la chance pouvait lui offrir de mieux ? Elle en doutait. Elle n'aurait des certitudes qu'après avoir ressenti ce qu'elle éprouvait autrefois et chassé les démons qu'Orsini venait d'évoquer.

Il posa son style et se leva. Pour la renvoyer à l'Ingénierie, supposa-t-elle. Ce n'était pas encore l'heure de la relève.

Dieu, elle devrait retourner auprès de ses compagnons et se comporter comme s'il ne s'était rien passé d'important...

Il lui faudrait trouver un moyen de tout dire à BR... avant qu'il n'en fût informé par un tiers.

– J'ai quelque chose à vous montrer, lui dit Orsini en désignant la porte.

– Commandant ?

Il ne fournit pas d'explications. Il la poussa au-dehors, vers le haut de l'anneau et la passerelle. Il atteignit une soute de stockage, l'ouvrit et fit la lumière.

Tels des cadavres dans une chambre froide, elle vit des formes humaines livides et mutilées arrimées à la paroi de gauche.

Des armures.

Africa, lut-elle sur une étiquette, *Europe* sur l'autre. Et des noms.

Walid – M. Walid.

Le souvenir d'un petit homme brun qui souriait et plaisantait sans cesse.

Dieu...

Orsini la regardait. Elle entra dans le placard de stockage et toucha une des tenues de combat.

– J'ai connu celui qui la portait, expliqua-t-elle.

Puis, craignant que le second pût mal interpréter ses propos, elle ajouta :
– De vue.
– Nous les avons récupérées sur Pell.
– Vous pourriez avoir la mienne. Je l'ai abandonnée là-bas.
– Votre ami a peut-être eu autant de chance que vous.
Elle secoua la tête.
– Elles sont en mauvais état, mais nous nous sommes dit que nous pourrions les utiliser en cas d'urgence, ajouta Orsini. Pourquoi les aurions-nous laissées ? Les systèmes de survie fonctionnent tant bien que mal et la plupart des servos de celle-ci sont intacts. Elle peut se déplacer, en tout cas, mais nous n'avons pas eu le temps de la réparer.
– Pas très confortable, commenta-t-elle.
Seigneur, quels imbéciles ! Son ventre n'avait pas oublié l'effet qu'avait un servo sur les articulations d'un corps humain poussées au-delà des limites du raisonnable. Elle se demanda si Mallory avait fourni ces tenues de combat accompagnées de leurs manuels. Elle en caressa une, testa la résistance d'un bras. Ce qui traversait son esprit brassait son estomac : de vieilles informations qui s'assemblaient pour reconstituer le puzzle d'un désastre – paramètres, connexions...
Ses mains tremblaient. Elle se retrouvait dans les entrailles de l'*Africa*, dans l'armurerie, avec autour d'elle des voix qui avaient entre-temps sombré dans l'oubli, des odeurs et des sons qui appartenaient au passé...
– Réparable ? demanda Orsini.
– Je le pense, commandant.
Elle se tourna vers lui et tenta de revenir au présent, de chasser de son esprit ce lieu issu de ses souvenirs où tous les sons se réverbéraient.

Consciente que cela ne ferait pas la moindre différence, elle précisa :

– Mais je ne tiens pas à m'en charger.

– Pourquoi ?

Je ne veux plus toucher à ces machins, même pas y penser...

– J'espérais ne plus jamais voir du matériel de ce genre, précisa-t-elle lorsqu'elle comprit que sa réponse pouvait éveiller de la suspicion.

Puis elle découvrit son autre motivation, dans ses viscères.

– Et je ne veux pas que mes compagnons apprennent d'où je viens.

– Pouvez-vous remettre ce matériel en état de marche ?

– Oui, commandant. Sans doute.

Il ne lui prêtait pas attention. Prévisible.

– Ils n'en sauront rien. Nous naviguons dans l'espace normal à vitesse réduite, car nous allons sous peu apponter et nous ravitailler. Vous emprunterez l'ascenseur pour monter ici. Vous devez vous ménager.

Elle regarda par la porte, pensa à ce qu'elle pourrait aller chercher dans l'atelier.

– Oui, commandant.

Sans enthousiasme. Il venait de lui confier un travail à exécuter pendant leur escale, ce qui la priverait de sa perm. Mais elle ne s'était pas attendue à y avoir droit, de toute façon.

– Pas très facile. Mais je devrais y arriver.

– Sachez que pour être autorisé à quitter le bord il faut avoir cinq ans d'ancienneté, précisa Orsini. Et l'accord du capitaine.

– Oui, commandant.

– Cela devrait vous permettre d'améliorer votre statut, si vous avez une attitude satisfaisante.

Elle y réfléchit. *Attitude satisfaisante, bordel !* Et elle se dit que même si les mofs disposaient de ces armures il ne suffisait pas de les enfiler pour pouvoir s'en servir. Elle ne demanda pas : *Pour qui dois-je les préparer ?* et n'exprima pas le fond de sa pensée. Une skut n'était pas autorisée à faire des commentaires quand on ne sollicitait pas son opinion.

Orsini eût sans doute trouvé une telle attitude insatisfaisante.

– Je verrai ce que je peux faire, commandant, se contenta-t-elle de répondre.

23

Le com général les informait de l'imminence de l'appontage, alors qu'elle regagnait l'Ingénierie, trois quarts d'heure environ avant la relève.

– Tout va bien ? voulut savoir Bernie.

Cette question en contenait bien d'autres. Elle fronça les sourcils, incapable de regagner le présent et consciente de cette nécessité – elle devait feindre d'être détendue pour ne pas l'inciter à s'interroger à son sujet, parce qu'il restait vigilant et devait adresser des rapports réguliers à Orsini, Wolfe et peut-être même Fitch. Quand on demandait à des gens de retourner leur veste, il était logique de s'en méfier s'ils inspiraient un tant soit peu de respect.

Fichtrement vrai, monsieur.

Et il convenait d'être deux fois plus soupçonneux s'ils souriaient.

– Disons que j'aurais pu passer un moment plus agréable, monsieur.

Il en parut peiné. Mais au moins ne se renfrogna-t-il pas.

– Quelque chose ne va pas ?

C'était BR, qui avait pris l'initiative de venir vers elle alors qu'il restait habituellement à l'écart.

Elle réfléchit, très vite.

– Tout laisse supposer que je n'aurai pas de perm.

Il avait d'autres sujets d'inquiétude. Il semblait angoissé, et il lui caressa le bras.

– Bordel, je n'y ai jamais droit moi non plus. Je devrai rester à bord, moi aussi.

Elle en fut bouleversée. Pendant une seconde elle ne put avoir de pensées cohérentes, se rappeler ce qu'elle voulait lui dire deux battements de cœur plus tôt, remettre un peu d'ordre dans son esprit.

BR sera ici. Lui et moi. Seigneur !

– Tu ne t'y attendais pas ? s'enquit Musa qui était venu les rejoindre.

– Je ne sais pas. Je n'y avais pas pensé avant qu'ils ne signalent notre arrivée à proximité d'une station et qu'Orsini ne m'informe de cette histoire d'ancienneté. Merde...

Elle refusait d'envisager l'avenir en termes de mois et d'années. Une semaine serait déjà très longue, avec BR qui voudrait sans doute savoir pourquoi elle passait cette escale dans les ponts supérieurs, pour y effectuer une tâche qui la contraindrait à d'incessantes navettes entre l'atelier et la passerelle.

Merde !

Musa la prit par les épaules pour l'étreindre, avec affection. Bernie n'en fit pas cas, BR retrouva son mutisme habituel, et elle fit de son mieux pour paraître d'humeur plus joyeuse.

Merde, merde, et merde.

*

Les propulseurs furent mis à feu peu avant la relève de leur équipe. Ils entrèrent en action à plusieurs reprises, ensuite.

– *Appontage imminent à Thulé...* annonça Wolfe par le com général.

Elle eut des crampes d'estomac.

Je me demande si Nan et Ely sont toujours là. Quelle a été la durée de notre absence, dans l'espace réel ?

Elle dénombra leurs sauts et arriva à une estimation d'environ un an, en temps de station.

Elle rangea tout ce dont elle n'aurait pas besoin et fourra le reste dans un sac, comme ceux qui allaient débarquer.

– Pas de chance, Bet, venait-on lui dire.

McKenzie eut même le toupet de déclarer :

– Ouais, eh bien, vous êtes de sacrés veinards, toi et BR. Vous aurez des tas de couchettes pour vous tout seuls, et toute la bière qu'il y a à bord. Tu veux que je t'achète quelque chose ?

Elle s'adressa au bureau du commissaire et fut informée qu'elle toucherait sa solde de permission même en restant à bord. Elle apprit aussi que BR disposait d'un pécule conséquent, car il n'avait jamais eu l'occasion de dépenser ses creds autrement que pour s'offrir quelques bières.

Elle procéda à une ponction importante sur son compte et confia ses creds à McKenzie.

– Vodka, lui dit-elle. La Walford est moins chère dans le Vert. Ce n'est pas tout, et je t'offre trois bouteilles si tu acceptes de me procurer le reste.

– Bon Dieu, fais une liste. Il n'y a que nous, à l'appontage. Nous devrons nous arranger avec les dockers et tu sais que Figi se mettra à jouer aux cartes dès qu'il aura débarqué. C'est Park et moi qui irons faire les courses, et nous te prendrons tout ce que tu veux.

– Tu es un amour, lui dit-elle.

D'humeur plus joyeuse, elle s'isola avec McKenzie dans un recoin et consacra vingt minutes à rembourser les points de reconnaissance qu'il avait accumulés.

Très particulier, cette fois, bien que rapide – difficile de savoir pourquoi, peut-être parce qu'ils étaient tous deux pressés et prenaient leur temps par politesse, peut-être parce qu'ils se connaissaient mieux et se préoccupaient de leur partenaire.

Elle voulait faire l'amour sans attendre, avec un homme qui n'y accorderait pas d'importance mais avait de l'affection pour elle. Elle malmena son dos mais ne le regretta pas quand résonna la mise à couvert et qu'elle emporta son sac et un hamac de trente kilos jusqu'à la section de stockage, le tendit et s'y allongea comme les autres membres du faux-jour et la plupart de ceux du vrai-jour.

Pas les mofs. Les officiers et quelques techs empruntaient l'ascenseur pour descendre de la passerelle au sas, leur privilège – à l'exception de ceux qui resteraient de quart pendant une partie ou la totalité de l'escale.

J'espère de tout cœur que Fitch bénéficiera d'une longue perm et qu'il pourra tirer un coup. Ça le rendra peut-être un peu moins acariâtre.

Elle s'inquiétait surtout pour Musa qui se retrouverait dans la station avec Hughes et ses amis, sans elle et BR pour lui servir d'escorte.

– Veille sur lui, demanda-t-elle à McKenzie.

Il en prit l'engagement.

Ils appontèrent en douceur, ou presque : pas de dents cassées, pas de contusions. Puis les membres de l'équipage restèrent dans leurs hamacs pour attendre d'être autorisés à se déplacer. Ils en profitèrent pour dresser la liste des bars où ils iraient se soûler – *ouais, les gars, en bordée à Thulé...*

Le com donna le signal et ils débouclèrent leurs harnais, s'extirpèrent des filets, se penchèrent sur leurs sacs et comptèrent leurs jetons-creds.

Johnny Walters avait laissé ses affaires dans sa

couchette. Presque toujours, un étourdi oubliait son sac. Un volontaire proposait alors d'aller le récupérer avant le changement d'équipe.

– D'accord, dit Bet. BR ou moi. Qui d'autre ? Faites une liste.

Nombreux étaient ceux qui découvraient qu'il leur manquait quelque chose, lorsqu'ils apprenaient qu'une expédition aurait lieu dans les quartiers.

– Merde. Mettez tout par écrit ! Et n'oubliez pas que vous me devrez pour un an de points de reconnaissance, les gars...

Mais Dussad du Chargement de vrai-jour ne voulait pas que BR pût fouiller dans ses affaires...

– Tu veux une faveur ? demanda Bet qui se tourna vers lui, lut son nom sur sa poche, et répéta : Tu veux une faveur, Dussad ? Ou est-ce que tu as quelque chose à nous reprocher ?

– Tu ne sais pas choisir tes amis.

Liu décida d'intervenir :

– On se calme.

– On ne peut rien reprocher à BR, dit McKenzie. Sauf qu'il n'est pas très causant, c'est tout.

– Va le dire à Cassel, lança une femme du vrai-jour.

Seigneur, et ils étaient condamnés à attendre de recevoir l'autorisation de débarquer. BR aussi, car nul n'avait le droit de se déplacer pour l'instant.

– C'est le passé, déclara Gypsy. Il a assuré les permanences et en a bavé bien assez longtemps.

– Une valve a sauté, Ann, rappela Musa. Le crâne de Cassel était sur sa trajectoire, et ce n'est pas BR qui aurait pu y changer quelque chose. Le reste est bien trop ancien pour qu'on l'évoque.

– Qu'est-ce qu'il en pense ?

– Fichez-lui la paix, dit Bet.

Elle regarda BR, mais il ne la vit pas. Il fixait le néant, mâchoires serrées – Dieu, il ne pouvait répondre, il en eût été incapable, il s'était une fois de plus réfugié ailleurs.

– Laissez-le tranquille.

– Je sais quel est le point de vue de ses amis. Ce que je veux, c'est entendre le sien. Il se passe un tas de salades, ici. Je veux connaître son opinion.

– Je te paierai un verre et nous en discuterons, Dussad, intervint McKenzie.

Le calme revint, pour une ou deux secondes. L'atmosphère était tendue. La cabine de l'ascenseur claqua et gémit, dans les hauteurs de l'anneau – les mofs qui allaient régler des formalités dans le secteur d'appontage.

– Laisse tomber, dit Liu. Laisse tomber, Dussad. Plus tard. D'accord ?

– Et mes affaires ? demanda Walters dans le silence qui suivit. Qui va aller les chercher ?

Ils terminèrent de dresser leur liste, des mofs débarquèrent et franchirent le contrôle de la douane : beaucoup d'animation dans l'ascenseur et le sas. L'équipage attendait, discutait et râlait...

Il y avait de quoi être en rogne, lorsqu'on était de permanence et qu'il fallait dire aux autres de boire à sa santé, pendant que le capitaine utilisait le com général pour donner le signal et annoncer quand aurait lieu l'appel.

– J'ai deux amis, à Thulé, dit Bet à Musa. Passe au Bureau d'embauche et salue Nan Jodree et Don Ely de ma part. Paie-leur un verre, s'ils ont un moment de libre.

Déprimant de voir les autres sortir au sein d'une bousculade bruyante et la laisser dans la coursive du bas, seule avec BR revenu parmi eux mais désormais maussade et taciturne. Elle maudit ce Dussad.

Elle regarda BR, soupira et récupéra son sac et son hamac.

– Alors ? Où allons-nous ranger tout ça ?

Il tourna la tête vers le haut et le bas de l'anneau, soupira à son tour et déclara, dans le calme insoutenable du vaisseau désert :

– Les placards conviendront parfaitement.

*

Ils allèrent chercher les effets de Walters et les affaires de Bala, Gausen, Cierra... et Dussad. Ce fut BR qui se chargea de gravir la paroi incurvée en se hissant à l'aide des mousquetons de sécurité. C'était dangereux, car lorsqu'on se déplaçait dans les hauteurs des quartiers la moindre imprudence entraînait une très longue chute.

– Tu dois ménager ton dos, dit-il à Bet. Je monte là-haut et tu restes ici, pour réceptionner les bagages.

Il réagissait très bien. Elle eût aimé lui dire quelque chose sur Dussad et l'équipe de vrai-jour, à laquelle il avait autrefois appartenu... avec Cassel. Elle eût aimé savoir à quoi il pensait et regrettait que Musa ne fût pas là pour lui parler. Ou Bernstein. Bernie aurait su trouver les mots justes. Elle doutait d'en être capable et hésitait à aborder ce sujet.

Maudit Dussad. Hughes n'était pas intervenu dans la discussion. Mais il avait dû tout écouter et vouloir exprimer son opinion – ce qu'il ferait dans les bars et sur les docks. Il disposerait de cinq jours pour gagner les plus influençables à sa cause. Et tout au long des escales les diverses équipes se mélangeaient.

Merde, elle regrettait de ne pouvoir aller les rejoindre. Elle eût voulu savoir BR en compagnie de Musa, plutôt qu'à bord où il travaillerait seul en ruminant de sombres pensées pendant que sa partenaire s'absenterait pour effectuer des travaux dont elle ne pourrait lui parler...

Elle aurait dû tout lui dire, et elle *devrait* s'y résoudre tôt ou tard. Elle eût profité du fait qu'ils étaient les seuls membres du faux-jour à rester de quart, sans l'intervention de Dussad et de cette salope du vrai-jour : Thomas, Ann Thomas, navord, la contrepartie d'Hughes. Tous les navs étaient des emmerdeurs... à cause d'un état d'esprit dû à leur formation, peut-être. Dussad entrait simplement dans la catégorie des vieux cons et il ne lui inspirait pas trop d'animosité... seulement une violente envie de lui tordre le cou.

– Attrape ! cria BR dans les hauteurs. Attention, c'est fragile !

*

Ils n'étaient pas les seuls membres d'équipage consignés à bord. Parker et Merrill assuraient la permanence de vrai-jour à l'Ingénierie. Chargés de s'occuper du ravitaillement, Dussad et Hassan devraient faire preuve d'efficacité pour bénéficier d'un peu de temps libre. Wayland et Williams n'auraient que trois jours de perm, car ils superviseraient l'embarquement des marchandises. Quelques mofs de la passerelle se relaieraient pour aller prendre du bon temps car ils avaient la responsabilité du plein, de la surveillance des jauges et du maintien d'un contact constant avec le Central de Thulé. Bet connaissait ces procédures aussi bien que les enchevêtrements de câbles et de tuyaux, les dangers. Les risques de sabotage avaient été grands, tout au long du conflit, et à chaque appontage de l'*Africa* son escouade avait monté la garde et contrôlé les raccords...

Bordel.

Elle se le rappelait. A son corps défendant. Ces armures figées l'attendaient sur le pont supérieur, tels des spectres issus de son passé...

Et BR lui poserait des questions. Il aurait d'excellentes raisons de lui demander où elle allait chaque jour, et pourquoi.

*

Au moins eurent-ils la nuit.

– Je ne veux pas faire l'amour dans un hamac, lui déclara-t-elle.

Elle venait d'utiliser le com pour interroger Parker et Merrill sur ce qui leur servirait à tour de rôle de quartiers dans la cale de fret principale, et ils se contentèrent d'étaler deux hamacs à même le pont pour s'isoler du sol. Ils n'avaient pas terminé ces préparatifs que Walters et d'autres vinrent leur apporter une bouteille de vodka, pour les récompenser de s'être donné la peine d'aller chercher leurs affaires.

– Vous ne ratez pas grand-chose, prit le temps de leur déclarer Walters. La station est *morte*, la plupart des bars ont fermé et il n'en reste que deux, avec un dortoir miteux. On ne trouve plus rien, à Thulé, que des échos...

Elle en fut attristée, pour une raison impossible à analyser. Peut-être parce que ce lieu avait servi de cadre à un épisode de son existence ou parce qu'une colonie de l'humanité agonisait, que les ténèbres étendaient leur empire et prenaient possession des premières bases que les hommes avaient fondées à leur départ du Système de Sol.

Elle pensa aux graffiti des toilettes, sous la couche de peinture : *Polaris* et *Golden Hind*. Seigneur, Musa devait garder des souvenirs de Thulé à son apogée.

Et il était revenu dans cette station à bord d'un FTL pour la voir rendre son dernier soupir.

– Bet ? lui demanda BR.

Il la poussa du coude dès que la porte du sas se fut refermée derrière Johnny Walters. Et elle pensa, sans raison particulière : *Tout ce que nous avons fait – la Guerre, et le reste –, tout cela sera recouvert de peinture, comme s'il ne s'était rien passé, comme si nos compagnons n'avaient pas perdu la vie...*

Mazian ne s'en rend pas compte. Il poursuit les hostilités...

Enfer. Qu'a-t-il à gagner ? *Que peut-il espérer, quand la situation évolue si vite qu'il est impossible de prévoir ce qui aura encore un semblant de valeur le lendemain ?*

Elle sentit la main de BR sur son épaule. Elle revoyait les docks, le logement sordide de Ritterman, le Bureau d'embauche...

La tête nucléaire de l'étoile sombre de Thulé.

L'extinction des feux se fit entendre.

Ils avaient à leur disposition la vodka de Walters, un lit, de l'intimité, plus de bière qu'ils ne pourraient boire et plus de sandwiches qu'ils ne pourraient manger, dans les Services, la porte d'à côté.

Elle estima qu'elle aurait eu tort de se plaindre et chassa de son esprit toute pensée se rapportant au lendemain. Elle connaissait une technique qui permettait d'obtenir ce résultat. Il lui suffisait de s'abandonner à la nuit et de se soûler pour de bon avec BR...

Elle attendrait, pour lui dire la vérité. Il avait droit à un répit.

Ils mangèrent, burent de la bière puis de la vodka et firent l'amour.

Ils n'eurent pas besoin des microfilms pour se mettre en condition. Ils n'eurent besoin de rien. BR était prévenant, il veillait à ménager son dos...

Qui n'était pas fragile au point de justifier de telles précautions, déclara-t-elle.

Elle devint d'humeur folâtre et lui fit une démonstration des acrobaties qu'ils faisaient en bas dans les ponts, elle et Bieji.

– Seigneur, dit-il.

Il caressa sa nuque.

Avec plus de douceur que tout autre homme.

Elle n'avait encore jamais eu un amant qui lui faisait autant d'effet.

C'était BR qui souffrait de claustrophobie... mais pendant une seconde ce fut Bet qui eut des difficultés à respirer.

Le présent, Yeager. Ce vaisseau.

Cet homme. Son partenaire.

– Ça va ? lui demanda-t-il.

– On ne peut mieux.

Elle reprit son souffle, soupira, et précisa :

– Mais je n'arrive pas à chasser certaines pensées de mon esprit.

Il fit tout son possible pour lui apporter l'oubli. Il obtint des résultats après une ou deux minutes, et elle finit par ne plus songer qu'à l'instant présent. Elle devait reconnaître une chose, au sujet de BR : il ne posait pas de questions et savait ce qu'était la peur. Et ce qui permettait de la chasser pour un temps.

Un peu plus tard, quand elle en trouva le courage, elle lui dit :

– Bernstein m'a chargée de quelques travaux dans les ponts supérieurs et je devrai jouer à la mécanicienne pendant que tu resteras seul aux consoles.

Elle désirait lui apprendre de quoi il retournait mais ne l'osait pas. Elle ignorait ce qu'il ferait, quelle serait sa réaction. Elle souhaitait disposer d'un ou deux jours pour le préparer à cette révélation.

– Ça me déplaît vraiment. Tu devras rester là en bas, sans aucune compagnie.

– Ce ne sera pas la première fois, répondit-il. Il y a des années que j'attends seul la fin des escales du *Loki*.

Il ne lui demanda pas quel serait son travail. Elle savait que s'il lui avait posé cette question elle eût répondu avec franchise et tout dit. Mais il ne

l'interrogea pas. La déclaration qu'elle venait de lui faire n'avait même pas éveillé sa curiosité.
Dieu merci.

24

Bet arriva sur la passerelle et chercha du regard le mof de quart.
– Mademoiselle Yeager, fit Wolfe.
Elle ne s'était pas attendue à le voir.
– Capitaine ? Mr Orsini...
– Je sais, mademoiselle Yeager. Allez-y...
– Merci, capitaine.
Elle le salua en inclinant la tête et partit avec sa boîte à outils vers la soute de fret numéro un, où elle put respirer plus facilement.
Ce n'était donc pas Fitch qui assurait la permanence, Dieu merci, Dieu merci !
Elle espérait que le second de vrai-jour avait débarqué, mais pour être fixée sur ce point elle aurait dû poser des questions, ce qui eût constitué une grave erreur. Les mofs réglaient leurs différends d'une façon bien particulière, et si Fitch était à bord et recevait l'ordre de la laisser tranquille, il ne le lui pardonnerait jamais.
Il ne fallait rien précipiter. Pas même oser s'inquiéter.
Elle décida de se mettre à l'ouvrage et gravit les échelons encastrés dans la cloison pour installer un rail transversal dans les hauteurs, entre deux placards de stockage. Elle y suspendit une poulie, passa un câble, glissa des crochets dans les anneaux de la moins endommagée des deux armures et la hissa, afin de pouvoir travailler à son aise.
La mort de Walid était facile à imaginer : sa tenue de combat ne portait aucune trace d'impact et

les hommes expulsés dans l'espace ne figuraient pas sur la liste des priorités des équipes de secours.

Les responsables de Pell n'avaient jamais accordé d'importance à la survie des simples soldats, dont l'autonomie en air se limitait à six heures.

Six heures – passées à dériver dans les ténèbres glaciales du vide ou la clarté brûlante d'une étoile.

Les bras ne s'étiraient pas assez pour permettre d'atteindre l'inter général, ce qui supprimait l'option du suicide. Cette armure avait reçu un choc – lors de son expulsion dans le vide par une déchirure béante dans l'enveloppe externe de Pell, sans doute – et si l'impact ne l'avait pas détruite il avait donné du jeu à toutes les articulations...

... et fait sauter un joint du poignet droit et un autre dans l'épaule. Il fallait biffer les six heures d'autonomie. Une perte d'étanchéité à l'extrémité de l'avant-bras n'était pas fatale, car on pouvait vivre avec une main en moins, mais lorsqu'un tel problème se posait au niveau du torse il ne restait qu'à espérer mourir rapidement de froid plutôt que d'être porté lentement à ébullition – en fonction de la distance de l'étoile la plus proche.

– Une sale façon de crever, Walid, murmura-t-elle en tapotant l'armure. Tu aurais dû te mettre à couvert.

Ton sens de l'humour laisse à désirer, Bet...

La voix de Walid. Des bruits de ferraille dans les coursives, des skuts qui se chamaillaient et enfilaient leurs tenues de combat, la puanteur du produit qu'ils pulvérisaient à l'intérieur...

Elle en respira une bouffée quand elle se pencha pour jeter un coup d'œil aux joints. Un homme avait perdu la vie dans ce maudit cercueil ambulant qui était resté depuis entreposé pendant des années dans ce compartiment de stockage glacial, mais il s'en dégageait toujours cette odeur de désinfectant bon marché.

Elle répertoria les dégâts subis par l'armure de l'*Europe* : une cause de décès très simple, un grand trou dans les tripes, au niveau de l'aine. W. Graham, un type corpulent qui appartenait à la section B de l'escouade-tac de l'*Europe* – Willie, se souvint-elle, d'une force peu commune mais condamné par un choc assez violent pour perforer quatre plis de Flexyne.

Seigneur !

Pour s'assurer de l'état des articulations, le plus simple consistait à se dévêtir puis à assembler sur soi un élément après l'autre, en se gelant le cul et le reste du corps car le système de chauffage interne était commandé par l'inter général qu'il eût été téméraire d'actionner avant d'avoir procédé à tous les réglages. Il fallait pour cela batailler avec des saloperies de clés et de tournevis microscopiques, les insérer en claquant des dents dans des logements à peine visibles, de trois à cinq par articulation, les tourner dans tel ou tel sens en testant la souplesse des membres tant que le résultat n'était pas satisfaisant.

Avec la goutte au nez.

Mais le processus devenait plus rapide. Un élément après l'autre, en commençant par les bottes, l'armure enchâssait son porteur et s'assemblait, joint contre joint, contact contre contact, lourde comme une gangue de plomb. Elle était si pesante que Bet devait se contenter de plier légèrement la jambe pour tester la souplesse des genoux. Elle mettait tout en ordre en remontant vers le torse.

Chaque bande de tension prise en sandwich entre deux couches de céramique avait ses vis minuscules, sous de petits bouchons de protection. Tous les segments comportaient quatre ou cinq de ces réglages qui permettaient d'amener les capteurs au contact de la peau nue, d'où ils transmettaient des signaux aux systèmes hydrauliques. Il fallait les visser ou les dévisser afin que les bandes se détendent quand on actionnait le levier de déverrouillage pour se dépouiller de l'armure mais retrouvent leur position initiale lorsqu'on la renfilait et abaissait l'inter principal. Ces sondes devaient exercer une pression légère mais constante, et la fermeté du rembourrage devant protéger le corps des chocs brutaux se modifiait grâce à d'autres séries de petites vis à ressort.

Un imbécile avait cru qu'il suffisait de revêtir cette tenue et de mettre le contact. Il était tombé sur le derrière ou s'était foulé un membre en essayant de se lever.

Elle espéra avec ferveur que cet imprudent n'était autre que Fitch.

Il arriva, peut-être parce qu'elle venait de penser à lui.

Quand la porte s'ouvrit, Bet était assise sur le pont, en partie bardée de son armure, à moitié nue. Le mof se dressait dans le courant d'air chaud qui provenait de l'autre salle.

Il la fixait. Elle en fit autant, le cœur battant. Merde. Voir cet homme l'emplissait toujours de panique.

– Commandant, dit-elle. Excusez-moi si je ne me lève pas, mais je ne suis pas encore alimentée.

– Ça se présente comment ?

Une question simple et directe. Elle fit reposer son poignet sur son genou, deux parties de son corps lestées par une gangue de céramique.

– Elle est en sale état, déclara-t-elle. Mais réparable. Accordez-moi du temps. Quelques jours, pour celle-ci.

Un silence, puis :

– Escouade-tac, m'a-t-on dit ?

– C'est exact, commandant.

En cas de problème avec un mof, il ne fallait en aucun cas jouer la comédie mais prendre un air innocent et garder une voix posée, quels que soient ses sentiments.

– Feriez-vous montre d'insubordination, mademoiselle Yeager ?

– Non, commandant.

– De ressentiment, mademoiselle Yeager ?

– J'ai subi bien pire que ce que vous m'avez fait, commandant.

Il parut réfléchir à ses paroles.

Stupide, Yeager, vraiment idiot. Quand apprendras-tu à fermer ta grande gueule ?

– On fait à nouveau la forte tête, Yeager ?

– Non, commandant. Ce n'était pas dans mes intentions.

– En êtes-vous bien certaine, mademoiselle Yeager ?

– J'ai vécu vingt ans à bord de l'*Africa* et je n'ai jamais eu le moindre problème de ce genre.

– C'est bien, mademoiselle Yeager. C'est très bien.

Sur ces mots, il ressortit et referma la porte.

Bordel, ma vieille, je te félicite.

Seigneur, et BR qui travaille seul en bas ! Où est passé Wolfe ?

Qui d'autre est de quart, à bord ?

Elle releva les leviers de verrouillage du gantelet et le retira. Elle en fit autant avec la cuirasse, les cuissots et les bottes. Rapidement. Elle se mit debout, arrima les divers éléments à des câbles de sécurité et enfila ses vêtements.

*

– Je dois aller vérifier si nous avons certaines pièces en stock, trouva-t-elle comme excuse pour traverser la passerelle. Je n'en aurai pas pour longtemps.

L'ascenseur la descendit jusqu'au pont inf. Elle

remonta l'anneau d'un pas rapide, passa devant les Ops désertes et continua vers l'atelier.

En chemin, elle fit naturellement un saut à l'Ingénierie. BR lui tournait le dos.

– Salut !

Elle avait dû crier pour se faire entendre, à cause du grondement de la pompe.

BR sursauta et resta un instant ébranlé.

– Seigneur, fit-il.

– Fitch est à bord. Je voulais te prévenir.

Il se tourna vers Bet. Elle s'avança sur la première des sections basculantes qui transformaient cette salle en puzzle tridimensionnel.

– Rien de particulier, ajouta-t-elle avant de lever le pouce pour désigner le pont supérieur. Le capitaine est là-haut, lui aussi. Je l'ai vu.

– Les officiers ne cessent d'aller et venir. Il a pu débarquer, depuis. Evite de rester loin de tout témoin.

– Je travaille près de...

L'ascenseur s'était remis en marche. Elle reconnaissait son grondement, différent de celui de la pompe de la station.

– ... la passerelle. Dis à Fitch que je suis allée chercher des trucs dans l'atelier, s'il te demande où je suis.

– Il n'y manquera pas, lui répondit posément BR.

Elle repartit dans la coursive et s'immobilisa presque aussitôt, terrifiée à la pensée que le second pourrait tenter de lui nuire, raconter tout ce qu'il savait à BR.

– J'ai quelque chose à t'expliquer, revint-elle lui dire.

Il parut effrayé. Elle l'était. Peut-être s'influençaient-ils mutuellement. Et la cabine de l'ascenseur avait atteint le moyeu. Il se produisait un léger claquement, quand elle franchissait ce point.

– Fitch veut nous séparer, lui déclara-t-elle.

N'oublie pas ses intentions, quels que soient ses propos. Quoi qu'il arrive, ne crois rien avant que nous n'ayons pu en discuter... tu m'entends ? Tu m'entends, BR ? Tu dois me faire confiance.

– Qu'est-ce qui se passe ?

– Je...

La cabine venait de s'arrêter, en contrebas. Elle n'avait plus le temps de tenter quoi que ce soit, seulement de semer le doute sur la véracité des propos de Fitch si elle réussissait à s'exprimer aussi posément que le ferait le second.

– Pour l'amour de Dieu... il veut nous diviser. Quoi qu'il fasse, quoi qu'il dise, garde cela à l'esprit. D'accord ?

Il se contenta de la fixer.

Elle ressortit, se glissa dans l'atelier et fit la lumière.

L'air était glacial, ici. Seigneur, son haleine gelait ! Ses semelles ne l'isolaient pas suffisamment des plaques du pont incliné et elle subissait la morsure de l'air même sous ses vêtements. Elle brancha le chauffage, maudit les rapiats qui décidaient de faire des économies d'énergie et se hâta de se munir de câbles d'arrimage supplémentaires puis de taper *Flexyne ?* sur le terminal afin d'obtenir l'inventaire des tubes et des plaques, ainsi que leur emplacement dans le magasin.

Flexbond ?

La même chose. Elle souffla sur ses doigts, s'appropria six filins et se demanda ce qui pouvait se passer à l'Ingénierie, si elle devait y retourner, si c'était bien Fitch qui avait décidé de descendre discuter avec BR...

Elle ne savait plus ce qu'elle lui avait bredouillé. Il avait dû la prendre pour une idiote, ou pire...

Tu dois me faire confiance...

Seigneur ! Il n'existait rien d'aussi efficace pour inciter son interlocuteur à s'assurer qu'il avait toujours son portefeuille.

Elle frissonna puis prit une décision et ressortit dans la coursive. Elle passa devant l'Ingénierie. La porte était ouverte et elle vit Fitch parler à BR, qui lui accordait toute son attention. C'était préférable, face à cet homme...

Elle ne pouvait pas les entendre ni lire leurs paroles sur leurs lèvres. BR ne disait rien et le second lui tournait le dos. Elle repartit, vers l'ascenseur qui la remonta jusqu'à la passerelle.

A son arrivée, l'officier de quart se contenta de la regarder. Elle envisagea, par désespoir, d'aller voir le capitaine pour lui dire que Fitch les harcelait... mais ce n'était peut-être pas une excellente idée.

Elle s'arrêta, se tourna, prit une inspiration profonde.

– Excusez-moi, monsieur, mais Mr Bernstein ou Mr Orsini sont-ils à bord ?

– Pas pour l'instant, répondit le mof.

– Pourriez-vous les faire appeler ? J'ai un petit problème.

– C'est Mr Fitch qui est de quart.

– Je sais, monsieur, mais Mr Orsini m'a demandé de le tenir au courant.

– J'en informerai Mr Fitch.

Merde.

– Merci, monsieur.

Elle ne lui adressa pas un salut militaire, mais il s'en fallut de peu. Elle s'éloigna vers le placard de stockage.

Essayer de rencontrer Wolfe juste après que ce mof lui eut opposé une fin de non-recevoir n'eût pas été très malin. Mieux valait retourner travailler, attendre un peu, puis redescendre à l'atelier.

Le capitaine ne devait plus être à bord, sauf s'il était allé aux Ops du pont inférieur sans rien dire à personne. Mais les compartiments de stockage et l'infirmerie étaient les seules sections du haut qui pivotaient, en plus de la passerelle, les uniques lieux où il aurait pu se rendre car s'il avait fait un seul pas au-delà des sections montées sur rails il serait tombé sur le plafond des quartiers des mofs. Wolfe disposait peut-être d'une couchette en bas, dans les Ops ou le bureau du commissaire de bord. Les capitaines ne dormaient pas dans les dortoirs des docks comme les simples mortels. Pendant les escales, ils vivaient dans des Résidences de station où ils bénéficiaient d'un service sélect et n'avaient pas à côtoyer leur équipage en goguette.

Et si Wolfe était parti faire la tournée des grands-ducs, manger du porc véritable et boire du whisky authentique, ou ce que les capitaines pouvaient s'offrir et à quoi n'avaient jamais goûté les simples subalternes, eh bien, il serait certainement mécontent d'être dérangé parce que Mlle Bet Yeager avait la trouille de Mr Fitch.

Bordel, Orsini sait qui est de quart en ce moment. Il ne peut l'ignorer – il doit s'en soucier... il est assez malin pour prévoir ce qui risque de se produire...

Tes craintes sont ridicules. Fitch ne veut pas s'attirer d'ennuis, il est bien trop rusé pour ça. C'est d'ailleurs tout le problème. Bernie devrait demander à Wolfe d'ordonner au second de nous foutre la paix, de ne pas nous adresser la parole. Ce salopard ne pourrait plus rien tenter auprès de BR...

Plût à Dieu.

Elle referma le placard, fixa les mousquetons à l'anneau le plus proche et s'assit pour se remettre au travail sur cette maudite armure. Son odeur et son contact ravivaient des souvenirs, réveillaient d'anciennes habitudes liées à son utilisation et lui donnaient d'agréables pensées sur la façon d'éliminer le second de vrai-jour. Mais il suffirait de demander à n'importe quel membre de l'équipage qui avait des raisons de tuer cet homme pour s'entendre répondre : BR Ramey, et même si tous seraient soulagés d'apprendre que Fitch avait fait une chute fatale, on ne passait aux actes que s'il était possible d'organiser un décès accidentel, quand la victime avait un grade aussi élevé.

Dieu, quand va-t-il remonter ?

Que fait-il, là en bas ?

Elle restait assise et réglait toujours ces saloperies de petites vis...

Elle n'osait espérer que le mof de quart eût fait appeler Orsini. Elle pourrait s'estimer heureuse s'il n'avait pas averti Fitch.

Oh, bon Dieu ! Revenez, Bernie. Vous savez que ce salopard veut prendre sa revanche... Ramenez-vous, bordel ! Avec Orsini...

Rien. Il ne se passait rien de nouveau. Elle tournait des vis, démontait des pièces puis les remettait en place. Elle avait des nausées et cherchait des moyens de se débarrasser de Fitch.

Elle pourrait l'inciter à la frapper et l'attirer jusqu'à la limite de la zone de sécurité, dans la coursive, là, dehors...

Je suis vraiment désolée, capitaine. Il a voulu me pousser et je me suis écartée...

Mais rien ne garantissait qu'il en mourrait.

Elle entendit l'ascenseur remonter jusqu'à la passerelle. Elle resta assise pour procéder patiemment aux réglages, en pensant : *Il me faut de la Flexyne, la température doit être plus supportable, à présent. Je vais descendre chercher des tubes. Je pourrai voir BR... mais rien ne prouve que c'est bien Fitch qui vient de remonter. Peut-être est-il toujours en bas, à lui parler...*

Merde, si je descends je devrai tout dire à BR...

J'espère qu'il n'est pas de trop mauvaise humeur, je...

Bon Dieu, pourvu qu'il n'ait pas cédé à la violence.

Elle emboîta le gantelet du bras gauche, plia les

doigts – et fut épuisée par l'effort réclamé pour vaincre la résistance de ce foutu machin.

Si je prévois à l'avance ce que je lui dirai, je risque de tout ficher par terre... Je dois descendre lui apprendre qui je suis, c'est tout. Et, selon la teneur des propos de Fitch, il ne me restera ensuite qu'à tenter d'arrondir les angles ou à vider l'abcès...

Elle attacha la manche à la paroi, referma le couvercle de sa boîte à outils.

La porte s'ouvrit. Elle leva les yeux sur Fitch qui entra et regarda les éléments épars de l'armure.

– Vous avez un problème, mademoiselle Yeager ?

Elle entendit le sas effectuer son cycle d'ouverture, un écho lointain à travers le vaisseau. Elle tenta de se reprendre et de se rappeler ce qu'elle avait dit au mof de la passerelle.

– Mr Orsini n'a pas précisé s'il voulait que je pose une pièce ou que je colmate la perforation, commandant.

– Ça se présente comment ?

Une question posée et courtoise, ce qui l'étonna. Elle fit un deuxième essai pour réordonner ses pensées, inspira à fond.

– Je ne saurais le dire, commandant. Cette armure n'a rien de très grave, mais elle a percuté quelque chose et...

– Combien de temps ?

– Il est difficile de se prononcer, commandant. Tout dépend si je fais une réparation dans les règles ou un simple rafistolage.

– Quelle serait la fiabilité, dans le deuxième cas ?

– C'est presque comparable. Ce n'est qu'une question de...

– Combien de temps ?

...conscience professionnelle, faillit-elle ajouter. *De fierté procurée par un travail bien fait.* Quelque

chose de ce genre. L'attitude de Fitch l'irritait, mais elle se contenta de répondre :

– Pour celle-ci... entre quatre-vingts et cent heures. Il me reste à démonter les pompes pour vérifier...

– Et la seconde ?

– Je ne sais pas, commandant. Plus longtemps.

– Avez-vous besoin d'aide ?

– Je doute qu'on puisse me donner un coup de main. On connaît ou pas ces mécanismes, et toucher aux articulations de façon empirique aurait un résultat catastrophique. Celui qui procède seul aux réglages a une chance de s'en sortir, mais si un tiers s'en mêle il ne dispose d'aucun point de repère et ça devient un vrai casse-tête, commandant.

Elle restait assise dans une position inconfortable depuis trop longtemps et son genou était agité de soubresauts. Son bras droit tentait d'en faire autant. Mais peut-être était-ce dû au froid, ou à la présence de Fitch qui restait debout devant elle.

– Je veux que celle-ci soit prête ce soir, ordonna-t-il. Pour l'autre, je vous laisse jusqu'à demain. Alors, estimez-vous toujours pouvoir vous passer d'aide, mademoiselle Yeager ?

Ecoutez-moi, espèce de fils de pute...

Mais dire cela était impossible.

– C'est irréalisable.

– Je me fiche de savoir comment vous vous y prendrez, mademoiselle Yeager. J'exige que ce matériel soit remis en état. Rafistolé mais capable de fonctionner. Et il me faut ces deux tenues de combat pour demain. Est-ce bien compris, mademoiselle Yeager ?

– C'est irréalisable, répéta-t-elle.

– Vous reposer est naturellement hors de question, mademoiselle Yeager. Vous ne ferez aucune pause. *Je veux que vous répariez ces armures, mademoiselle Yeager, et sans perdre un instant.*

– Je ne sais même pas si la seconde peut être rendue opérationnelle. Ses foutues pompes ont pu griller. J'ignore combien de circuits sont coupés, à l'endroit de la perforation, si tous les moteurs fonctionnent encore et si quelques-unes de ces saloperies de vis de réglage n'ont pas été perdues, ce qui m'obligera à en usiner d'autres et à tout démonter...

– Faites-le, Yeager.

Elle resta assise sur le sol, les yeux levés sur son interlocuteur, trop en colère pour trembler. Elle se demandait s'il cherchait à la prendre en faute, si ce salopard voulait lui rendre la vie impossible, ou si...

– Aurions-nous des ennuis, commandant ?

– Ce ne sont pas vos affaires, Yeager. Mais il est exact qu'un léger différend nous oppose aux responsables de la station.

Elle dut renoncer à bâcler ce travail.

– J'irai même jusqu'à dire que c'est sérieux, ajouta Fitch entre ses dents. Nous avons besoin de ce matériel, un pressant *besoin*, et nous risquons de devoir tester son efficacité.

Le pouls de Bet ralentit. Elle se sentait toujours en danger, mais Fitch n'était plus seul en cause.

– Pouvez-vous m'en expliquer les raisons, commandant ?

Il la regarda comme si elle était une tache sur le pont. Elle le fixa, en serrant les dents. Elle avait l'impression, la brusque certitude, d'être devenue très importante pour cet homme. Il ne l'appréciait guère, il ne l'aimait pas, elle l'exaspérait, mais elle représentait son seul espoir.

– Tenez-vous à des membres de cet équipage, mademoiselle Yeager ?

– Certains.

– Vous couchez avec Ramey, mademoiselle Yeager ?

Elle le dévisagea et se demanda : *Seigneur, où veut-il en venir ?*

– Ça m'arrive, commandant. Oui, commandant.

– Je vous fais une proposition, mademoiselle Yeager. Vous effectuez cette réparation d'ici demain et je classe son dossier. Cette perspective vous séduit ?

Ce type est complètement fou.

– Qu'en dites-vous, mademoiselle Yeager ?

– J'en dis que c'est envisageable, commandant. Mais j'aurai besoin d'un coup de main. Mettez à ma disposition un bon mécanicien, ou quelqu'un capable de me préparer quatre plis de Flexyne...

Elle lui mentait, parce que c'était ce qu'il voulait entendre. Elle énuméra ses exigences sur ses doigts, en se demandant : *Puis-je faire confiance à cette ordure ? Dois-je croire une seule de ses paroles ? Que cherche-t-il, qu'espère-t-il obtenir ?*

Ou que se passe-t-il, là dehors ?

– Je vous donne Merrill.

– ... et un cobaye, ajouta-t-elle en désignant l'armure de l'*Europe*. Pour celle-ci.

– Taille standard.

– C'est l'unique façon de la tester.

Elle rouvrit sa boîte à outils, enfila le gantelet et poussa l'interrupteur manuel. Elle serra son poing.

– Si les réglages ne sont pas très précis, on tombe sur son cul ou on rentre dans quelque chose, commandant. Qui est censé utiliser ces engins ?

Un long silence, troublé par les pulsations lointaines de la pompe.

– Vous et moi, Yeager.

Les éléments et les faits lui échappèrent, hors d'atteinte. Elle le dévisagea et ne vit qu'un mof qui semblait avoir perdu la raison.

– Bien, commandant.

Elle éprouvait à nouveau l'angoisse qu'engendraient l'odeur et le contact des armures, sans commune mesure avec celle que procuraient les scaphandres ordinaires. Très différente. Il ne fallait pas tenter d'analyser les ordres des mofs. Il n'était pas nécessaire de leur donner un sens. On vous disait d'aller descendre des salopards et on s'empressait de le faire, pour ne pas être abattus les premiers. Point. On ne demandait pas pourquoi. On ne demandait pas qui. On exécutait les instructions, tout simplement.

Mais j'ai des amis, dans cette station...

Et aussi des compagnons d'équipage qui risquaient de se retrouver dans la ligne de mire.

BR était en bas et ignorait tout cela.

– BR sait-il ? demanda-t-elle. Lui avez-vous révélé d'où je viens ?

Le mof lui adressa un regard glacial.

– Il ne serait pas heureux de l'apprendre, pas vrai ?

– Que lui avez-vous dit ?

– Que s'il veut avoir des chances de survivre il devra faire des heures supplémentaires. Nous ne sommes que six, à bord, et nous resterons tous de quart pendant vingt-quatre heures d'affilée. Faute de quoi le *Loki* terminera sa carrière à Thulé. Cette remarque est également valable pour BR, vos amis descendus à l'escale et vous-même. Vous avez compris ?

– Oui, monsieur. Cinq sur cinq.

– Alors remettez-moi ça en état, Yeager.

Il repartit et referma la porte derrière lui. Bet prit le gantelet et l'avant-bras et connecta les circuits, emboîta les éléments, torturée par son dos qui ne tarderait guère à la faire souffrir encore bien plus...

Et elle regrettait que ce ne fût pas son seul sujet de préoccupation.

Merde, merde, merde ! Tu vas crever dans cette putain d'armure, Yeager. Elle a déjà des relents de mort. Ils sont tous sacrément pressés, ici. Je me demande où sont les autres. Dans quel merdier nous sommes-nous fourrés et pourquoi cette foutue pompe continue-t-elle de fonctionner, si nos rapports avec les responsables de la station se sont dégradés à ce point ?

Fitch ment. Il m'a raconté des bobards. Il ne songe qu'à ses intérêts.

Je vais crever dans ce machin. Crever. Crever. Qu'en pensera BR ?

Il se dira que je l'ai laissé tomber, c'est tout. Que pourrait-il croire d'autre ?

Merde.

Elle attacha le bras terminé à la cloison, se redressa sur un genou puis sur ses pieds, se dirigea vers la porte et traversa la passerelle en redescendant ses manches.

– Yeager ! hurla Fitch.

Elle atteignit l'ascenseur, pressa le bouton et se tourna pour le voir venir dans sa direction. Elle leva la main.

– Cinq minutes, commandant. Cinq minutes sur le pont inférieur. Si vous voulez que ces tenues de combat soient prêtes à temps, laissez-moi tranquille et fichez la paix à mes amis, *commandant*.

Pendant que la porte s'ouvrait.

Elle entra dans la cabine, regarda derrière elle. Fitch s'était figé sur place et le sang lui montait au visage.

Le panneau se remit en place et l'ascenseur s'ébranla.

Fitch pourrait le stopper de la passerelle. Il avait la possibilité de faire beaucoup de choses, depuis le poste de commandement.

Mais pas de rendre ces armures opérationnelles.

25

Elle s'élança dans la coursive inférieure, courut vers le haut de la courbe, se précipita dans l'Ingénierie et sauta sur l'élément du pont qui formait la première marche. Le métal résonna et BR se tourna brusquement, effrayé, avant qu'elle ne l'eût rejoint.

– J'ai cinq minutes, lui dit-elle. Fitch me les a accordées. Je dois t'avertir... il dit que nous avons des problèmes et qu'ils ont besoin de moi pour réparer des machins...

Merde, elle passait l'essentiel sous silence. Elle s'interrompit et il resta là, à la fixer...

Elle comprit qu'il s'inquiétait pour elle et sentit sa gorge se serrer.

– Fitch m'a proposé un marché, commença-t-elle.

Mais ce n'était pas le plus important.

– Ils ont ce boulot...

Troisième essai raté.

– BR... Je ne sais pas si tu t'en doutes... Bordel, je ne suis pas une marchande, comprends-tu ce que je te dis ?

Elle avait le mot milice sur la langue, un dernier mensonge dicté par le désespoir. Mais elle ne le prononça pas. Il était possible de prendre un homme pour un imbécile, mais pas deux fois. Il ne fallait plus espérer obtenir son pardon, ensuite.

– J'étais avec Mazian.

Elle cherchait un indice sur la conduite à tenir mais BR ne réagissait pas. Il restait immobile, le regard vitreux, l'air effrayé.

– Il n'était pas dans mes intentions de te mentir, ajouta-t-elle. Mais je ne voulais pas te tourmenter en t'apprenant d'où je venais. De tous les membres de cet équipage, tu es sans doute celui qui a le plus de raisons de vouloir ma peau, et de bonnes raisons...

Peut-être avait-il regagné son refuge mental. Peut-être ne l'écoutait-il plus. Il ne semblait pas en colère, simplement coupé du monde extérieur.

Elle se pencha et toucha sa main, aussi froide et dure que la console sur laquelle elle reposait.

– Je voulais que tu saches. Je ne t'ai menti que par omission, et uniquement dans ce domaine. Je n'ai rien fait qui pourrait te blesser. Et je ne te ferai jamais le moindre mal, tu m'entends ?

Elle secoua son bras.

– BR. Tu m'écoutes ?

Peut-être, ou pas. Il dégagea sa main et regarda ailleurs.

Elle aurait pu préciser le nom de son vaisseau. Il avait constitué pour elle un sujet de fierté, tout au long de sa vie d'adulte. Mais l'*Africa* jouissait d'une sinistre réputation, auprès des marchands. Elle avait eu l'occasion de l'apprendre, dans les docks de Pell. Et il n'était pas indispensable de le lui dire, à ce stade. Mieux valait parfois rester dans l'ignorance.

Il continua de fixer le néant sans mot dire, puis il parut remarquer qu'il tenait une ardoise et baissa les yeux sur le rectangle de plastique comme dans l'espoir d'y lire des réponses à ses interrogations.

Logique. Il fallait s'accorder un délai avant de pouvoir penser à certaines choses.

Elle décida de repartir sans faire de bruit, de le laisser seul pendant qu'il assimilait cette information et l'analysait dans la mesure de ses moyens. Merrill arriverait sous peu. Merrill et Parker devaient venir travailler à l'Ingénierie et BR ne resterait pas seul, grâce à Dieu.

Elle s'éloigna, et il saisit son bras. Elle s'arrêta,

voulut l'étreindre – mais il ne l'y invita pas. Il posa une main sur son épaule ; un geste qui signifiait : "Je ne te hais pas, Bet..."

Mais aussi : "C'est la seule chose que je peux te dire pour l'instant."

Il la lâcha. Elle tourna la tête pour le regarder sitôt après avoir atteint la porte.

Et elle lui demanda, parce qu'elle ne pouvait se résoudre à le quitter ainsi :

– Merrill est-il monté ? Le second devait le convoquer.

– Fitch a parlé d'un travail d'atelier en précisant que nous devrions assurer la permanence pendant vingt-quatre heures.

Elle hocha la tête. Il savait encore être poli, faire son boulot, mettre de côté ses problèmes personnels en attendant de pouvoir les affronter. Ce fut pour elle un soulagement.

– Que se passe-t-il ? voulut-il savoir.

– Je ne sais pas. Ils ont récupéré des armures en mauvais état et pensent s'en servir car nous sommes dans une situation délicate. Ils en auront besoin... très bientôt, d'après Fitch. Mais il ne faut pas prendre tout ce qu'il dit pour argent comptant...

Tu m'entends, BR ?

– Il parle de frictions avec les responsables de la station. Il ne reste que six membres d'équipage, à bord. Tous les autres sont en perm. J'ai la sale impression que les consignés ne le sont pas par hasard.

Il semblait à nouveau terrifié.

– Ne refuse surtout pas d'exécuter ses ordres, ajouta-t-elle.

Le flux d'adrénaline se tarissait. Elle commençait à trembler, à avoir des nausées.

– Je dois te laisser. Il ne m'a accordé que cinq minutes. Il faut que je remonte. Evite les ennuis.

J'ai besoin de toi, comprends-tu ? J'ai besoin de toi, bon Dieu !

– Quel marché ? demanda-t-il brusquement.

Il avait donc été attentif, depuis le début. Il démontrait posséder un esprit plus vif qu'elle ne le supposait. Son cœur rata un battement. Elle alla pour mentir...

Et se rappela juste à temps ses bonnes résolutions.

– Il efface l'ardoise, déclara-t-elle en mode automatique.

Elle se sentait à son tour engourdie. Elle tentait d'analyser ce que BR pouvait comprendre et cherchait désespérément un argument à même de modifier la situation.

– Pour toi et moi. Mais s'il est exact que nous avons un différend avec ceux de la station... pourquoi n'arrêtent-ils pas la pompe ?

– *Yeager !*

La voix de Fitch, par le com général.

Elle vit BR vaciller sous le choc. Elle se tourna et courut vers la porte puis dans la coursive, à toutes jambes.

Il a dû m'entendre. Seigneur ! Je suis sûre que ce salopard a tout écouté...

*

– *Dix* minutes, fit remarquer Fitch à son arrivée sur la passerelle.

– Désolée, commandant. Mais je devais mettre des choses au point avec BR. Il l'a bien pris. Il a réagi avec calme. Je vous l'assure.

Il la foudroya du regard.

– Vingt-quatre heures, Yeager.

– Je sais, commandant.

Elle repartit. Elle retourna dans le placard de stockage et se remit à l'ouvrage, deux fois plus vite... on n'exigeait pas d'elle un travail soigné.

Elle se contenterait de faire en sorte que les systèmes puissent fonctionner six heures d'affilée.

L'autonomie maximale en air.

Ils ne disposaient quoi qu'il en soit d'aucun réservoir de secours.

*

Une des pompes du circuit de circulation avait grillé. Un pépin prévisible. Grâce à Dieu la valve de sécurité s'était fermée avant de geler. Elle chargea Jim Merrill de la réparer. Il se renfrogna quand il ouvrit la porte du placard de stockage numéro un, apprit à quoi servait la Flexyne et d'où provenait l'élément qu'il devrait remettre en état.

– Merde, grommela-t-il. Ils ne s'attendent tout de même pas à ce qu'on rende ces machins opérationnels ?

Fitch ne lui avait donc rien dit. Mais plusieurs membres de l'équipage avaient pu apprendre ce que contenait la soute supérieure, depuis des années ou seulement pour ce voyage. Elle l'ignorait. Il lui donna la pièce qu'il venait d'usiner et elle lui remit la pompe.

– Ramène-la-moi le plus vite possible, lui dit-elle avant d'ajouter : Comment se comporte BR ?

– Il fait sa tête de cochon, comme d'habitude.

– Merde.

– Il m'a dit...

Merrill hésitait à s'aventurer sur ce terrain.

– Il m'a dit... de te demander ce qui se passe.

Elle regretta de ne pas avoir une réponse à fournir. Mais, bon sang, BR avait posé cette question, il venait d'adresser la parole à Merrill et il restait à son poste.

– Réponds-lui... qu'il en sait autant que moi, qu'il doit garder un profil bas, et que je n'ai pas la moindre intention de crever ici.

– Mais à quoi rime tout ce bordel ?

– Fitch a mentionné des accrochages avec la station. Est-il toujours là ?

– Sur la passerelle. De quoi veut-il parler, bon Dieu ?

– Sais pas. Aucune idée. Le capitaine est introuvable, tout l'équipage a été envoyé à terre...

– C'est dingue. Complètement dingue.

Il comprit qu'elle n'ajouterait rien et la laissa. Elle testait un circuit quand elle entendit l'ascenseur redescendre.

Un son qui se superposait aux battements de la pompe de Thulé, cette vieille machine qui continuait de transvaser le contenu des cuves de la station dans les réservoirs du *Loki*, à son débit maximum. Thump. Thump.

Nul n'est remonté à bord. En d'autres circonstances l'équipage serait revenu ranger ses achats... les risques de se faire voler sont grands, dans les docks. On ne garde rien sur soi, que les jetons-cred indispensables.

Fitch avait parlé d'ennuis et le plein se poursuivait, comme s'il était assuré par un service indépendant...

L'un d'entre nous a pu défoncer le crâne d'un stationneur. Il a maille à partir avec la justice et ceux de la passerelle veulent intimider les responsables de la station pour obtenir sa libération. Le Loki *est au-dessus des lois, surtout dans un coin aussi skuz...*

Mais pourquoi Fitch est-il resté seul à bord ? Où sont Orsini et le capitaine ? Pourquoi Fitch a-t-il envoyé tout le monde en perm, à l'exception de moi, BR, Parker et Merrill ? Il n'y a que des membres de l'Ingénierie, en plus de ses fidèles de la passerelle...

Que des gens qui figurent sur sa liste noire...

Il a pu vouloir faire une démonstration de force en expédiant les autres dans les docks...

Mais rien ne prouve qu'il m'ait dit la vérité.

Elle installa une pompe prélevée sur l'armure de l'*Europe*. Elle partait du principe qu'il fallait en préparer au moins une pour pouvoir la tester. Elle alimenta la cuirasse et testa les valves. Les circuits résistèrent.

Elle n'en avait pas douté un seul instant. Elle eût parié sa chemise, même sa vie...

... comme on disait chez les Marines.

*

Merrill lui apporta un sandwich. Elle en croquait des bouchées et les mâchonnait sans interrompre son travail. Elle s'endormit, à son corps défendant. Elle piqua du nez, et sursauta quand sa tête toucha le casque posé sur ses genoux. Elle se demanda où elle était et ce qu'elle faisait dans ce compartiment glacial avec un élément d'armure sur ses cuisses.

Elle ne comptait pas les heures, elle se contentait d'exécuter son travail le plus vite possible et de biffer les systèmes vérifiés sur une liste écrite au crayon gras sur une simple ardoise, une mémoire de skut qui remplaçait l'habituelle check-list informatique qui défilait sur une transplaque, accompagnée de suggestions. Et elle devait improviser, faire fabriquer des pièces introuvables dans le magasin. Une vis de réglage tomba de l'épaule droite, et elle en préleva une dans la hanche gauche. Elle en perdit deux dans un coude et les emprunta dans l'autre.

Des petits problèmes de ce genre.

Elle alla demander à Fitch un thé et un tube de Flexbond. L'officier se détourna de son poste et lui gronda de retourner à son travail, mais peu après Merrill lui apporta la boisson chaude.

Une attention du second, pensa-t-elle.

Merrill était porteur d'autre chose. Il se pencha vers elle et lui dit à voix basse :

– Fitch maintient les Systèmes en activité.

Il lui tendit un bout de papier taché, écrit au crayon gras.

Elle lut : *Panne importante. Il faut saisir la première opportunité de quitter le bord. Demande à Merrill.*

Et aussi : *Pour le reste – Je m'en doutais. Tout est O.K.*

Le message était signé : *BR.*

Elle regarda l'homme. Elle avait froid à l'intérieur de son être autant qu'à l'extérieur.

– De quoi parle-t-il ? murmura-t-elle.

Merrill lui répondit à l'oreille :

– Les Systèmes ont signalé je ne sais combien de fois que le *Loki* avait une sérieuse avarie. Il finira par exploser, si nous continuons de naviguer dans ces conditions. Le plein doit durer cinq jours. Ça représente une *sacrée* masse. Ce que nous voudrions connaître, c'est les intentions du capitaine...

Une *avarie sérieuse*, l'incident qui avait eu lieu pendant leur retour...

– Que pourrions-nous faire ? Nous avons un problème, mais ce n'est pas ici qu'il est possible d'y remédier.

– Un plein partiel nous suffirait pour rejoindre Pell. Ils avaient prévu de ne prendre que la quantité de carburant nécessaire à cette traversée et de regagner la base pour procéder aux réparations. C'est ce qu'avaient compris Mike, Smitty et Bernstein. Et les Systèmes de vrai-jour se demandent à présent à quoi rime cette histoire. Les commandants ont fait débarquer tout l'équipage, comme si ceux qui sont au-dehors ne savaient pas que le plein se poursuit. Ils espèrent peut-être que les Systèmes ne diront rien, ou que l'Ingénierie n'est pas capable de calculer la masse que nous devrons transporter... Nous nous demandons qui commande, si nos chefs ne sont pas devenus fous. Il faudrait peut-être coincer le sas. Quitter le bord...

Elle avait froid, de plus en plus. Elle essuya la plaque de plastique, à deux reprises à titre de précaution. Ce qui y était écrit eût valu à son auteur la peine capitale.

– Je ne sais pas, murmura-t-elle. Je ne sais pas. Dis à BR... dis-lui d'attendre vingt-quatre heures. Dis-lui de patienter, pour l'amour de Dieu. Il doit me faire confiance. Je finirai par découvrir de quoi il retourne.

Merrill prit une inspiration.

– C'est entendu.

Il ouvrit la porte.

Et se retrouva nez à nez avec Fitch.

– Aurions-nous un problème, monsieur Merrill ? Mademoiselle Yeager ?

– Non, commandant, répondit Merrill en sortant.

– Nous avons fait un test concluant sur la première armure, s'empressa de dire Bet sans laisser à Fitch le temps de poser une question. J'ai utilisé des pièces de la seconde et je compte effectuer des réglages approximatifs sur moi. Pour vous éviter de perdre trop de temps, commandant. Mais je devrai ensuite la tester sur celui qui la portera, et cela prendra environ deux heures. Je ne peux pas faire mieux.

Fitch restait devant elle. Il la fixait, et elle se demanda si sa gêne était à ce point évidente.

– Etes-vous certaine de ne pas avoir quelque chose à me dire, mademoiselle Yeager ?

– Absolument, commandant.

Sa voix la trahissait. Elle se brisait.

– Tout va bien, commandant.

– Etes-vous sûre que l'Ingénierie n'a pas un problème ?

– Oui, commandant.

– Nous prenons du *retard*. Comprenez-vous ce que je vous dis, mademoiselle Yeager ?

Elle avait cessé de percevoir l'écoulement du temps.

– Oui, commandant, répondit-elle.

Mais elle pensait : *J'ai besoin de sommeil. Je dois dormir. Je ne peux pas avoir des idées cohérentes, dans cet état...*

Elle tremblait, quand Fitch referma la porte. Elle but du thé, en renversa.

Il ne dit pas la vérité. Cet homme ment.

Que diable veut-il de moi, pourquoi Wolfe s'est-il absenté en me laissant seule avec lui ?

Je fais une sacrée erreur. Je sers les intérêts de Fitch, je lui prépare cette armure, merde, je...

Elle avait des pensées folles. Elle voyait le second s'emparer d'un pistolet et l'abattre de sang-froid sitôt qu'elle aurait terminé, pour attribuer cette tenue de combat à un de ses partisans...

Qui a la même taille que moi et soutient Fitch ?

Prendre les devants. Je pourrais le tuer. Ce serait facile, avec ça. Je n'aurais qu'à sortir sur la passerelle. Je rendrais service à tout le monde...

Mais c'est le capitaine qui m'a chargée de ce travail. Il est au courant de cette avarie dont parle BR...

Merde. Merde ! Pourquoi sont-ils si pressés de disposer de ces armures ? Qu'est-ce qui a changé, depuis notre appontage ?

Qui prendrait le risque de provoquer la destruction du Loki *s'il suffisait de tordre le cou à Wolfe, placer ses amis aux postes clés et repartir vers Pell pour régler la question ?*

26

Elle attendait le retour de Merrill, qui devait terminer une pièce et la lui apporter, et elle s'endormit à même le pont, une joue sur le métal glacé. Elle demeura ainsi pendant un précieux quart d'heure, peut-être une demi-heure, parce qu'il ne lui restait qu'à remonter cet élément pour avoir terminé son travail.

S'accorder ce repos fut peut-être une erreur, car lorsque Merrill la réveilla elle ne put se rappeler où elle était et fut dans l'incapacité de tendre les bras pour décoller son visage du sol. Son dos ne supportait plus son poids et elle était torturée par sa colonne vertébrale, ses articulations et le froid qui l'ankylosait.

– Ça va ? Ça va, Yeager ?

Elle surmonta sa peur de mourir et voulut en finir au plus vite. Elle détacha du sol son nez puis ses fesses en se redressant sur ses coudes, et elle resta ainsi pendant que Merrill lui annonçait que BR supportait très bien cette attente en compagnie de Mike Parker. Ils se préparaient à toute éventualité. Ils comptaient descendre trafiquer les commandes du sas externe, deux individus habitués à manipuler des giga-nombres qui tenteraient de court-circuiter un système de sécurité...

Seigneur !

– Fitch va l'apprendre, murmura-t-elle.

Elle craignait que le second n'eût fait placer les lieux sous écoute, qu'il fût derrière la porte.

– Merde, où est passé le capitaine ?

L'Ingénierie se situait à côté des Ops et du sas. Ils auraient dû l'entendre sortir.

– Rien de nouveau, chuchota Merrill. Rien. C'est comme s'il n'y avait personne, à l'extérieur...

– Nos compagnons doivent pourtant savoir que le vaisseau a été bouclé, bordel ! Qu'attendent-ils pour s'interroger ? Ils ne se posent donc pas de questions ? Que diable font-ils, là-bas ?

– Nous n'en savons rien. Nous avons contacté la passerelle. Mike a demandé une autorisation de sortie, à tout hasard. Rien à faire. Il n'y a plus que deux mofs et nous, à bord.

– C'est Fitch, qui est là, dehors ?

– Goddard.

L'opérateur d'Hughes.

– Merde !

Elle s'assit. Son dos et sa nuque heurtèrent la paroi.

– Fitch est allé *dormir*, bordel ! Va dire à Goddard que j'ai besoin de lui, qu'il doit le réveiller. Il est temps de procéder à cet essayage.

*

Il fallait se dévêtir, pour enfiler l'armure. On commençait par les bottes et on continuait vers le haut, dans une atmosphère glaciale. Nul placard de stockage de ce vaisseau n'était doté d'un système de chauffage digne de ce nom.

Mais cela lui procura quelques satisfactions, voir Fitch en sous-vêtements – et il n'était pas mal, ce salopard. Il prenait de l'exercice en se servant des membres d'équipage comme punching-ball. Quelques balafres, une cicatrice importante au niveau des côtes, sans doute un coup de couteau reçu dans un dortoir et probablement bien mérité, pensa-t-elle en serrant des vis.

Elle enduisit de pâte noire les renforts internes de la botte, referma la chaussure et la régla de façon que les trois points d'appui laissent une marque sur la peau. C'était salissant, tant pour la tenue que pour le corps, mais plus rapide et fiable que de demander à un novice s'il sentait les contacts : on croyait toujours qu'ils touchaient l'épiderme, quand on n'avait pas l'habitude.

En outre, le novice en question n'était autre que Fitch.

Botte gauche, botte droite, jambière gauche, jambière droite, genouillères, cuissots.

Pendant que le mof se dressait devant elle et que le com inséré dans son oreille lui communiquait des informations qu'elle eût aimé entendre.

Avec une indifférence irritante pour son inconfort, comme si ce qu'on lui disait était bien plus important.

Le plastron. Elle devrait sous peu s'asseoir et faire une pause. Ses mains tremblaient tant, qu'elle ne réussissait plus à insérer la lame de son tournevis dans ces fentes minuscules.

Fitch bougea soudain et l'outil sauta des doigts de Bet. Elle eut mal, bon sang, et elle tomba sur son postérieur. Pendant une seconde, elle se demanda s'il n'allait pas la piétiner.

Mais on ne pouvait se déplacer rapidement, ainsi lesté. Il utilisa son com pour dire à son interlocuteur invisible :

– On ne répond pas.

Avant de répéter, d'une voix plus forte :

– On ne répond pas, bordel ! Suivez mes instructions...

Elle se releva, tapota la jambe de l'armure pour attirer son attention et se remit au travail – flexion, torsion, commandant, ne bougez plus, commandant... Exercez une pression à cet endroit, commandant, si vous ne voulez pas vous retrouver bloqué...

Merde, elle eût aimé donner un peu de jeu supplémentaire.

Mais il fallait accorder une chose à cet homme, il savait se concentrer et quand on lui disait de ne pas bouger, il restait immobile, sans broncher, sans se plaindre. Il n'avait pu se reposer véritablement, lui non plus. Elle le lisait dans ses yeux.

– Je pense que ça va marcher, lui confia-t-elle d'une petite voix. J'ai fait un test et rien n'a sauté...

Et elle passa à la question qui lui brûlait les lèvres.

– Que devrons-nous affronter ? Le feu, le vide... quoi ?

– Tout. Tout ce qui se présentera.

– Avez-vous déjà utilisé une armure de ce type, commandant ?

Rien.

– Quand on met le contact, il est impératif d'être détendu. C'est le plus important. Les servos interprètent la moindre contraction musculaire comme un ordre qui leur est donné. Si vous vous crispez, en cas de chute par exemple, l'armure en fait trop et vous perdez son contrôle. Certains veulent un temps de réaction immédiat, d'autres préfèrent s'accorder un délai. Ce choix vous revient, commandant... La sensibilité de celle-ci est élevée et je peux la réduire de moitié.

– Je vous laisse seul juge.

– De combien de temps disposons-nous, pour cet essayage ?

– J'aimerais le savoir.

Il regardait ailleurs, quand elle travaillait, mais elle n'en profita pas.

– Rien du tout, peut-être.

Il inspira, libéra son haleine et dit dans le com :

– Bien reçu.

– Ces tenues de combat sont dotées d'une interface d'armement, expliqua-t-elle. Il est possible de leur connecter tout pistolet muni d'une prise entrée-sortie, pour le contrôle de la portée, la poursuite de la cible, le tir automatique... toutes les options dont il dispose.

De l'arrogance pure et simple. Elle doutait qu'on

pût trouver à bord de ce vaisseau des armes aussi perfectionnées.

Et même s'il y en avait, Fitch ne lui permettrait pas d'y toucher.

– Nos pistolets sont rudimentaires, fit-il un moment plus tard. Nous devrons compter sur la chance pour atteindre nos cibles.

Un Fitch différent de celui habituel... un homme las, poli, avec un tic musculaire dans le bras droit et une peau aussi froide que celle d'un cadavre.

Ils formeraient une sacrée équipe. Finalement, il se plaignit d'une voix rauque :

– Qu'est-ce que vous fichez, Yeager ?

Ses frissons l'empêchaient d'insérer la lame du tournevis dans la fente.

– Désolée, commandant.

Elle tremblait, l'outil lui échappait des doigts. L'angle sous lequel elle devait travailler la gênait pour serrer au maximum les vis de réglage des articulations du torse.

Mais elle effectuait sa tâche en mode semi-automatique et assembla le plastron puis mit en place la manche et le gantelet droits. Elle mordit sa lèvre inférieure et tourna des petites vis jusqu'au moment où Fitch utilisa son com pour demander à Goddard du coca chaud et des sandwiches.

Petit déjeuner ou dîner, elle n'aurait su le dire. Mike Parker leur apporta ce repas, sans faire de commentaire. Elle se souvenait que cet homme et BR étaient descendus près du sas pour commettre un acte de mutinerie et que si Fitch découvrait qu'on avait trafiqué ces circuits...

Quelques déductions leur vaudraient de se retrouver en cour martiale.

Elle n'avait plus d'appétit. Elle se contentait de mâchonner et d'avaler de grosses bouchées qu'elle faisait glisser avec le coca, en regrettant que ce ne fût pas de la bière.

Elle eût surtout aimé boire une bonne rasade de

vodka, en bas dans leurs quartiers improvisés. Mais si elle avait absorbé de l'alcool elle serait partie très loin de là, elle aurait sombré dans l'inconscience moins de dix secondes plus tard.

Fitch dut entendre une information qui lui déplut. Elle le regarda écouter Goddard, ou quelqu'un d'autre, puis se renfrogner et secouer la tête.

– Bien reçu, fit-il.

– Que se passe-t-il, commandant ? demanda-t-elle sans espérer recevoir de réponse.

Il la fixa durement, puis :

– Un simple problème à régler. Finissons-en. Je vous promets que, si ce machin fonctionne, vous pourrez aller vous reposer.

Et s'il ne fonctionne pas, pensa-t-elle en s'imaginant des pompes qui grillaient, des servos qui sautaient et des filtres qui cédaient de toutes parts. *Il ne me restera qu'à faire mes prières.*

– Alors, allons-y.

Elle assembla la manche droite, pour faire la paire.

Toutes ces articulations et ces petites vis, le long de l'épaule, du poignet, des phalanges.

Tout était indistinct, lorsqu'elle termina. Elle envisagea de mettre le contact sans avertissement, parce que Fitch tremblait et vacillait et qu'elle savait ce qui se produirait quand les sondes enregistreraient ces contractions musculaires.

Mais elle s'en abstint – pour ne pas prendre la responsabilité d'ouvrir les hostilités, pour ne pas ridiculiser cet homme juste au moment où il se montrait presque courtois avec elle.

– Je dois vous dire quelque chose, fit-elle d'une voix rauque. Vous êtes resté longtemps debout et, si nous disposons d'un peu de temps, vous devriez vous reposer avant l'essai. Une fois le contact mis, le moindre tremblement vous fera tomber et je ne voudrais pas que vous vous retrouviez assis par terre.

– Où est l'interrupteur ?

Elle le lui montra. Il l'abaissa et le remonta aussitôt, car l'armure s'était mise à vibrer.

– C'est normal, dit-elle. Les vibrations, c'est vous qui les lui communiquez.

Et pour ménager sa susceptibilité, comme eût dit Teo :

– La plupart des gens font une chute, la première fois. Il vaudrait mieux attendre, commandant. Vous devriez aller dormir un moment.

– Si c'est normal, c'est qu'elle fonctionne. Et si elle fonctionne, je peux l'utiliser. Apprenez-moi ce que je dois savoir, Yeager. A quoi servent les inters, les détails techniques. C'est seulement quand nous aurons obtenu la confirmation qu'elle est opérationnelle que nous pourrons envisager de prendre un peu de repos. Vous *m'entendez ?*

Oui, bordel.

– Oui, commandant. Je vous entends.

*

Enfiler son armure avant de donner sa première leçon à un novice était une nécessité première. Fitch émit des objections.

– Inutile, dit-il.

– C'est au contraire indispensable, rétorqua-t-elle. Sauf si je peux vous transmettre des instructions de l'extérieur de cette salle tant que vous n'aurez pas maîtrisé les principes de base, commandant.

Il fallait le lui accorder, Fitch comprit très vite de quoi elle voulait parler. Il lui obéit lorsqu'elle lui dit de se détendre, et il attendit patiemment pendant qu'elle se déshabillait puis enfilait sa propre tenue de combat.

Qui vibra et claqua quand elle mit le contact. Mais ce fut bref.

– Le potentiomètre numéro trois règle la sensibilité des capteurs. Si on a la tremblote, il suffit de le tourner jusqu'à ce que ça s'arrête. Trop de bruit peut attirer le feu de l'ennemi.

Il ne parut pas trouver ce commentaire amusant.

– Des gyros assurent votre équilibre, s'empressa-t-elle d'ajouter.

Fitch était une silhouette sans visage, prise entre les parenthèses luminescentes des écrans verdâtres qui offraient en haut et en bas du casque de Bet l'image comprimée de ce qu'eût révélé une vision sur 360 degrés. Une grille jaune se superposait aux mains ou au torse du second sitôt qu'il les déplaçait et les cliquetis de son armure étaient matérialisés par le voyant clignotant d'un détecteur de sons situé dans la partie inférieure gauche de la visière. Elle prit sa main et la guida vers une commande placée sous son col.

– Vous pouvez voir votre avant-bras sur l'écran panoramique du bas. On s'habitue aux distorsions de l'image. C'est un inter à trois positions : verrouillage, gyros, déplacements libres. Regardez dans l'angle droit de l'écran. Vous pouvez y lire que vous êtes en mode B, la stabilisation. A, c'est le blocage, C la liberté de mouvements. Compris ?

– A verrou, B gyro et C rien.

– Vous aurez l'impression que l'armure est déséquilibrée car son centre de gravité est différent du vôtre, mais n'oubliez pas que vous avez de grosses bottes. Sur B les gyros rétablissent l'équilibre et il devient presque impossible de tomber, mais aussi de s'agenouiller. Je vous conseille de ne pas changer de position pour l'instant. La commande numéro trois ajuste la sensibilité. Je l'ai préréglée à 85%. C'est un peu fatigant, mais moins ennuyeux que de faire une chute. La mienne est sur 150, avec une puissance maxi de 300. Mais j'ai vingt ans d'expérience. Vous n'aurez pas à vous servir du quatre. Comme nous ne sommes pas reliés à une base, il ne sert à rien. Vous vous sentez comment, à 85 ?

– Empoté. Raide.

– Il est possible de régler différemment chaque élément, mais ce n'est pas très pratique. Montez le trois à 90 puis augmentez progressivement d'une ou deux graduations à la fois, pour choisir ce qui vous va le mieux. Mais soyez très prudent si vous dépassez 100. Cette commande contrôle la façon dont l'armure réagit aux contractions de vos muscles. A 100 elle se déplace plus vite, frappe plus durement, saisit avec plus de force. C'est proportionnel. A 150, on peut briser le fût d'un fusil entre deux doigts, et il est rare de monter à plus de 250. Vous veillez à marcher sans à-coups, vous manipulez chaque objet comme s'il était en verre, vous ne faites aucun geste brusque. Tous vos mouvements sont amplifiés et l'inertie augmente plus que tout le reste. Quand vous avancez, prévoyez une distance d'arrêt importante. Pour courir, vous essayez d'être léger, et pour marcher rapidement c'est la même chose. Beaucoup de souplesse est indispensable. En cas de chute, ne résistez pas, laissez-vous aller. Vous ne courez aucun risque de vous blesser, alors suivez le mouvement puis relevez-vous. On va stopper les gyros, à présent. Détendez-vous. Restez debout. Levez le bras. Doucement.

– Merde ! laissa échapper Fitch quand son armure bourdonna et s'inclina.

Un soubresaut. Leurs bras se heurtèrent et il brisa la poignée d'un placard en se balançant sur ses talons.

Elle le retint, le stabilisa. Elle l'entendait respirer par le com, des halètements sonores.

Un mof habitué à dominer la situation.

Un homme épuisé, en colère, et peut-être inquiet.

Il fit un geste brusque, saccadé, et une vibration descendit le long de ses membres. Il se dégagea et son bras suivit un parcours plus long qu'il ne l'avait prévu, mais il se reprit.

– Parfait, dit-elle. Si vous devez refaire ce mouvement, penchez-vous plus en arrière que vous ne le feriez autrement. Toujours à cause de l'inertie... Pourriez-vous me dire contre qui nous sommes censés nous battre, commandant ?

Il ne dit rien pendant une minute. Mais elle entendait siffler sa respiration.

– Contentez-vous de faire votre travail, répondit-il. Expliquez-moi à quoi servent les autres interrupteurs, sans vous écarter du sujet.

– Il y en a des centaines, commandant, et vous m'avez dit que notre temps est limité. Si je savais avec précision ce que nous devrons affronter, je pourrais me cantonner à ceux qui vous seront utiles, commandant.

Un silence. Puis :

– Je vous suggère de ne pas faire la forte tête, Yeager. Apprenez-moi à me déplacer dans ce machin.

– A vos ordres, commandant, fit-elle d'une voix rauque.

Ses articulations tremblaient, sa vision se brouillait et elle bouillait de colère.

– La balance de vos réglages de base est bonne, commandant. Essayez de marcher.

Il le fit à 95 et 100, puis il monta à 110 et s'en tira assez bien. Il resta debout grâce aux gyros quand elle le frappa au bas-ventre. Au deuxième essai, il les coupa, et fut projeté contre des placards, mais l'impact sur les mains de Bet ne fut pas brutal lorsqu'il revint vers elle lors de son rétablissement.

– Vous êtes doué, commandant.

Elle régla sa puissance et le poussa à 130. Il percuta la cloison, repartit en avant. Elle le renvoya en arrière et cette fois il réussit à rester sur ses pieds.

– Voulez-vous que nous passions au tir, commandant ? Tout ce qui se rapporte aux armes ?

Elle alla vers lui, mit sa propre armure en position de verrouillage et se reposa en lui récitant le cours d'initiation pour nouveaux skuts. Elle fermait les yeux par instants. Il ne pouvait s'en rendre compte.

– Vous avez quatre réglages, un pour les droitiers, un pour les gauchers. La position 1 place l'arme sous contrôle automatique. Laissez tomber, nous n'avons pas le matériel adapté. Passez sur 2. Voyez-vous le réticule jaune sur votre pied, commandant ? Ce sont les fibres optiques du gant droit qui permettent de savoir avec une précision acceptable ce que vous visez. La netteté est réglable. L'ord exécute les ordres oraux tels que Programme, Cible, Manuel. Annulation suffit pour tout arrêter...

Une apparition fugace de grilles et de pointeurs dans sa propre visière, interrompue par le mot Annulation.

– Vous pouvez aussi lui dire gauche/droite, haut/bas, et paré quand vous vous estimez satisfait...

– Compris, dit Fitch, qui ne paraissait pas y accorder beaucoup d'importance.

– Vous savez l'essentiel, dit-elle en espérant ne pas mentir. Je vous communiquerai les autres ordres verbaux lors du prochain essai, si nous en avons le temps. Je préfère les commandes manuelles, car ces machins confondent parfois certains mots, en fonction du timbre de la voix. Je me demande pourquoi ils n'ont pas réussi à mettre au point un système vraiment fiable. Désirez-vous sortir de là, commandant ?

Elle ne voulait pas attendre une confirmation, et encore moins une réponse négative, et elle se leva pour tendre la main vers le déblocage principal.

– Voilà vos sangles de tension. En place à gauche, détendues à droite. On les remonte et on les déboucle, exactement comme pour un simple scaphandre rigide, une fois que tout a été monté et assemblé. Le sens est le même pour les verrous – manches en premier, torse, bottes et culotte... Attendez que j'aille chercher des mousquetons de suspension, commandant.

Elle défit les manches et l'aida à retirer la droite. Il enleva seul la gauche et se glissa sous son plastron et son casque dès qu'elle les eut suspendus, en sueur et couvert de graisse jusqu'à la taille, pendant qu'elle désaccouplait ses propres articulations et passait des crochets dans ses anneaux d'épaule.

Fitch semblait sur le point de s'effondrer, livide et ruisselant de transpiration. Ce fut en titubant qu'il s'essuya puis remit ses vêtements.

Pas la moindre manifestation de sympathie de cette espèce de salopard. Le dos de Bet lui rappelait un vieux contentieux et, Seigneur, elle avait une forte envie de bière.

Fitch s'épongeait le visage, debout à moitié habillé pendant qu'elle enfilait sa combinaison.

– C'est bon, Yeager, vous avez quartier libre. Pour peut-être six heures.

Elle cilla, trop étonnée pour s'interroger sur ce qu'une telle générosité devait cacher.

– Vous pouvez disposer ! ajouta-t-il.

Elle remonta sa fermeture à glissière.

– Suis-je autorisée à aller boire une bière, commandant ?

– Baisez qui vous voulez, buvez et dormez. Vous êtes libre de faire ce que bon vous semble, à condition de vous présenter ici fraîche et dispose dès que je vous convoquerai. Compris ?

– Oui, commandant ! Merci, commandant.

– *Filez !*

Elle glissa ses pieds dans ses bottes, sortit en titubant sur la passerelle où Goddard était toujours de quart, prit l'ascenseur et s'adossa à la paroi de la cabine, avec le crâne parcouru par des élancements et les genoux qui fondaient sous son poids.

Elle ne se dirigea pas vers le placard où ils avaient installé leurs quartiers provisoires. Elle remonta la courbe d'une démarche vacillante et entra dans l'Ingénierie où BR était au travail. Il sursauta en la voyant.

– Fitch m'a accordé six heures de repos et nous souhaite de passer une bonne nuit, lui dit-elle. Et toi, comment ça va ?

27

Elle se déplaçait au jugé et était tout juste bonne à rester avachie dans le siège du pupitre numéro trois, en infraction avec une demi-douzaine de regs...

Bernie en ferait une attaque, se dit-elle en buvant la bière bien fraîche que BR avait été lui chercher aux Services. De la bière et non de la vodka, parce que cette boisson était plus nutritive et moins alcoolisée. Ses mains l'auraient sans doute torturée, si elle n'avait été engourdie à ce point. Elle souffrait du dos mais n'osait prendre une des pilules de Fletcher qui eût achevé de l'assommer, et elle pensait que tout le reste de son corps la ferait sous peu souffrir si elle ne bougeait pas.

Mais BR était à son côté et c'était le plus important. Il lui parlait et paraissait désespéré, comme s'il désirait ardemment que la situation eût un peu plus de sens.

Ce sas, au niveau inférieur, représentait une solution pour laquelle il venait de risquer sa vie...

– Nous disposons d'une issue, lui avait-il murmuré avant d'aller lui chercher cette bière dans les Services. Ça marchera.

Et elle lui avait répondu, sans savoir si ce n'était pas une erreur peut-être fatale :

– Pas encore.

– Quand ? Lorsqu'ils te gardent là-haut ?

– Ne le fais pas. *Ne le fais pas*. Ce n'est pas aussi simple. Il y a quelque chose qui cloche, à l'extérieur. Je l'ai entendu par le com.

Il avait paru dépité mais s'était abstenu d'insister.

Il se pencha vers elle.

– Ça va mieux ?

– Beaucoup mieux.

Il restait là. Il attendait.

Parce qu'elle lui avait demandé de faire montre de patience.

Tu n'as jamais voulu savoir de quel vaisseau je venais, ce que j'avais fait, où j'étais allée. Et tu ne m'as pas dit un seul mot sur ce que tu as vécu avant d'arriver ici.

Que crois-tu ? Qu'il est possible d'en faire abstraction ? Le passé ne peut s'effacer, mec. Il existe, un point c'est tout. Les deux seules choses qu'on peut modifier sont le présent et l'avenir.

L'as-tu découvert, là où tu étais ?

Moi, je l'ai fait.

Elle avait des difficultés à tenir sa bière et devait concentrer sa volonté pour garder ses doigts serrés autour du gobelet. Elle était presque sur le point de perdre connaissance.

L'équipage finirait par apprendre ses origines et cela réveillerait de vieilles rancœurs – sur un vaisseau fantôme, la plupart devaient être des victimes de la Flotte. Elle avait joué un sale tour à BR, en le poussant à sortir de son trou pour le rendre à peu près acceptable avant de se discréditer aux yeux de tout le monde...

Quelles seront les conséquences, pour lui ? Seigneur...

Mais BR attendait, alors que des types aussi posés que Parker et Merrill voulaient abandonner le vaisseau. Pendant qu'à l'extérieur les autres fomentaient sans doute une mutinerie, s'ils n'étaient pas déjà passés aux actes. A bord, tous se tenaient tranquilles simplement parce qu'elle le leur avait demandé, elle ne savait trop pourquoi. Sans doute s'interrogeaient-ils sur les conséquences d'une erreur d'appréciation de la situation, mais si BR perdait les pédales il ne suivrait pas longtemps une telle ligne de raisonnement, il ne ferait équipe avec aucun d'eux...

... il en avait l'habitude.

Le gobelet glissait dans sa main. Elle serra ses doigts gourds, le leva vers sa bouche, but les deux dernières gorgées de bière et permit ensuite à son bras de se reposer. Elle se contentait de regarder BR.

Il ne m'a pas demandé quelles sont mes intentions.

Il ne peut rien me dire, lui non plus... ce qui se passe au-dehors, où est l'équipage...

– *Merrill et Parker, débarquement immédiat.*

La voix de Goddard, par le com général.

Elle s'éveilla en sursaut et se répéta cette phrase. Les deux intéressés se levaient des lits qu'ils avaient improvisés avec des couvertures dans l'angle de la salle, visiblement effrayés.

– Qu'est-ce que ça veut dire ? grommela Mike Parker.

Il regardait dans sa direction, comme s'il pensait qu'elle leur cachait quelque chose.

– Sais pas, fit-elle.

Elle essaya de redresser son siège, de se lever. BR vint l'aider.

Parker alla jusqu'au com du poste d'entrée et demanda à Goddard pourquoi, pour quelle raison, ce qui se passait.

Le mof se contenta de répéter son ordre. Il leur dit de prendre leurs affaires, de se grouiller.

– Et Yeager et BR ? voulut savoir Parker.

Dieu le bénisse. Il était en colère et bien décidé à obtenir une réponse.

– Vont-ils être relevés, monsieur ? Avons-nous des problèmes, à bord de ce vaisseau ?

– *Ils restent à leurs postes,* dit simplement Goddard.

Parker insista. Le mof coupa la liaison. Parker les regarda et grommela :

– Le fils de pute !

Elle se retenait à l'épaule de BR, si engourdie qu'elle ne pouvait se lever. Mais au moins BR lui donnait-il une impression d'équilibre.

– J'ai pas mal de questions à poser, une fois hors d'ici, déclara Mike Parker.

Elle resta sur place, pour réfléchir. *Les questions importent peu, pas plus que l'opinion de l'équipage, sinon ils n'auraient pas autorisé ces deux hommes à débarquer à présent qu'ils n'ont plus besoin d'eux. Ils savent trop de choses sur ce qui se passe à bord...*

Nous sommes les derniers, les préférés de Fitch...

Pendant que Merrill et Parker s'empressaient de sortir avant qu'il n'y eût un contrordre. Le bruit de leurs pas se perdit dans celui de la pompe. Une minute plus tard, ou moins, ils entendirent le sas effectuer son cycle et se retrouvèrent seuls dans les ponts inférieurs du *Loki*.

– Nous pouvons nous aussi quitter le vaisseau, lui murmura BR en la soutenant.

– Ils nous tueraient, fit-elle.

C'était sa seule certitude.

– Pour agir ainsi, il nous faudrait un prétexte que nous n'avons pas. J'ignore ce qui se passe à l'extérieur mais il y a quelque chose qui ne tourne pas rond...

Des mots malheureux. BR la guida vers un fauteuil, la fit asseoir. Elle prit l'homme par le cou et resta agrippée à lui, en proie à des vertiges.

– Tu veux que je te dise le fond de ma pensée ? demanda-t-elle. Ils ont tous disjoncté.

Mais pendant quelques secondes elle n'eut pas aussi peur que l'exigeaient la situation, et le simple bon sens. A cause de ce qu'elle avait vu sur le pont supérieur, peut-être, et du fait que trop de pensées se bousculaient dans son esprit...

Fitch, courtois envers elle...

Fitch qui disait à Goddard, si c'était bien son interlocuteur : *On ne répond pas...*

Fitch qui envoyait un spécialiste des Systèmes et le seul mécanicien qualifié présent à bord dans les docks, et donc vers la source des problèmes qui étaient censés se poser.

Fitch qui ne laissait de quart sur le *Loki* que les deux éléments les plus douteux de l'équipage...

Trois, en le comptant...

Quatre, avec ce salopard de Goddard.

Un tech un peu fêlé, le chef navord, un ex-sergent des Marines et le second de vrai-jour...

– Goddard est un navord, marmonna-t-elle contre l'épaule de BR.

Elle redressa la tête pour le regarder dans les yeux.

– Ils font du boulot de surveillance, non ? Ils laissent tous les pupitres allumés.

BR parut comprendre.

Il fut terrifié. A juste titre.

– En cas d'alerte, tu fiches le camp en quatrième vitesse. Tu m'entends ? Nous disposons de deux armures, là-haut. Elles sont opérationnelles. Il y a des scaphandres rigides dans ce placard, là-bas. Sors-en un. A la première sonnerie tu l'enfiles et en cas d'attaque tu abandonnes le vaisseau. Tu files dans les docks, point final. Tu ne perds pas de temps à réfléchir. A ce stade, nul n'y prêtera attention. Et Fitch aura bien d'autres chats à fouetter.

La noirceur de l'espace, un puits béant derrière le hublot. Des papiers et des débris tournoyants, des panaches de poussière et d'air glacial expulsés si rapidement qu'ils en devenaient invisibles, seulement...

... l'onde de choc de l'explosion, ressentie dans les ténèbres, et ensuite quand on fermait les yeux, terrassé par l'épuisement et la solitude, et qu'on laissait les souvenirs remonter à la surface...

– Tu penses que c'est un vaisseau de guerre ? voulut savoir BR.

– J'en suis convaincue. Ils n'ont pas confiance en moi mais m'ont demandé de remettre ces tenues de combat en état. Voilà pourquoi je suis toujours à bord. Ils n'ont jamais eu le moindre accrochage avec les responsables de la station. C'est pour cela que le second peut parler d'un délai de six heures, ou de vingt-quatre. Ceux de la passerelle savent qui approche, et à quelle vitesse. Fitch a ordonné à quelqu'un de ne pas répondre. Nous restons à l'appontage comme un cargo qui a une avarie, dans un silence radio complet. Une tactique de fantôme, pour autant que je sache.

– Jusqu'à ce qu'ils nous voient, intervint BR. Ce qu'ils feront de très loin. Nous constituons une cible immobile et ils se fichent de faire un millier de victimes innocentes...

– Tu ne crois pas que nous pouvons fuir ? Tu penses que ce vaisseau est dans l'incapacité de manœuvrer ?

– Cinquante/cinquante, dit-il.

Il avait à nouveau son regard de dément. Peut-être se rappelait-il ce que tous enfouissaient sous les tranks pour ne pas le revivre lors des sauts.

– Je ne sais pas, ajouta-t-il. J'ai étudié ces chiffres au point de ne plus y voir clair, mais je ne sais pas. Il se produit une distorsion quand on tombe dans l'espace réel, et nous avons essayé d'écrire un programme capable d'analyser la différence, mais la moitié des capteurs sont inutilisables... Nous avons suggéré à Wolfe de réduire la masse, de limiter les contraintes...

Les détails s'embrouillaient dans l'esprit de Bet et la salle se mettait à tourner. Elle savait seulement qu'elle avait peur et que si elle ne trouvait pas de solution c'était peut-être parce qu'il n'en existait aucune.

Elle ne pouvait se bercer d'illusions. BR disait vrai, il eût été vain d'espérer que ceux de la Flotte s'abstiendraient d'ouvrir le feu pour la simple raison qu'ils étaient amarrés à une station. Leurs adversaires n'avaient rien à perdre, ni à gagner. Mazian n'aurait pu occuper Thulé, il lui manquait les vaisseaux nécessaires pour une opération d'une telle envergure. Et l'Alliance ne s'intéressait qu'à son métal récupérable, pas à sa population constituée de réfugiés de la zone-Q dont elle eût été ravie d'être débarrassée. Si cette station volait en éclats, un avocat de Pell protesterait sans doute mais ce n'était pas ce qui changerait leur destin.

Un vieux tas de ferraille. Rien qui valait la peine d'être conservé.

– Une seule pompe asthmatique, se rappela-t-elle soudain.

Les docks de Thulé. Des feuilletés au fromage. Ritterman. Elle et Nan Jodree, devant la vid du Bureau d'embauche...

– Il n'y a ici qu'une pompe qui permet d'assurer le plein d'un FTL. Nous y sommes branchés. Plus important – nous pouvons mettre à sec les cuves de la station et il faudra des semaines aux écumeurs pour reconstituer les réserves. Si c'est bien ce qui se passe là dehors, s'il y a un autre vaisseau, s'il est sur le point de tomber en panne sèche et qu'il nous fasse sauter – la pompe sera détruite en même temps que le contenu de nos réservoirs et nos adversaires se retrouveront coincés dans ce secteur perdu. Ils ne peuvent pas détruire notre appareil, ils *doivent* s'en emparer.

Ce salopard de Wolfe le savait, quand il nous a conduits ici. A court de carburant. Avec un grave pépin mécanique dans les propulseurs. Nulle part où nous réfugier.

Alors il a décidé d'apponter, de vider les cuves de Thulé et de défier les salopards qui nous filaient le train de venir se servir.

Et ils comptent sur nous pour empêcher l'abordage d'une station avec deux armures et les bordées que peuvent tirer les petits canons du Loki *?*

Putain de bordel, c'est vraiment la meilleure !

28

Elle dormit un moment. A son réveil, elle ne gardait aucun souvenir de l'instant où elle s'était allongée et elle découvrit qu'elle se trouvait dans un fauteuil au dossier incliné, sous une couverture, avec des lumières devant elle.

Puis elle se rappela trop de choses et se tourna pour chercher BR du regard. Elle le vit effondré sur le pupitre suivant. Il faisait un somme, lui aussi, sans doute après avoir enclenché l'alarme automatique. Il avait été chercher le sac de Bet et ses vêtements de rechange qui étaient posés près d'elle, sur la console. Elle se leva avec précaution, ankylosée, et fit un saut aux toilettes. Il n'était pas facile de se laver dans le lavabo encastré de ce réduit exigu, mais c'était mieux que rien.

Il avait préparé ses affaires et pris soin d'elle, cet homme qui ne s'était jusqu'alors préoccupé que de ses propres besoins...

Mais peut-être s'inquiétait-il plus qu'il ne le laissait voir et voulait-il l'inciter à réduire sa vigilance pour pouvoir tenter une action stupide – s'en prendre à Fitch, par exemple...

Un fou n'aurait pu cependant se ressaisir ainsi, il ne se serait pas remis au travail. Elle réfléchit à sa conduite depuis le jour où il avait compris qu'il ne pourrait empêcher Musa, elle ou Bernie de s'attacher à ses pas.

Il paraissait avoir dérivé dans son univers intérieur jusqu'au moment où il avait découvert une balise. *Il y a quelqu'un là dehors, mon vieux, quelqu'un de solide – fais attention, maintenant – j'ai des informations à te communiquer...*

Il avait pu lui arriver la même chose, à elle aussi, au cours de ces dernières années. Peut-être était-ce pour cela qu'elle ne pouvait se désintéresser de son sort. Il était pour elle une voix qui lui disait dans les ténèbres : *Je sais ce que tu as vu. Tu n'as pas à y chercher un sens. Tu n'as rien à expliquer. Ce n'est pas une nécessité...*

Un moment bien mal choisi pour le comprendre, Yeager.

*

Telles étaient ses pensées quand elle regagna l'autre salle. Elle allait se pencher vers BR afin de le réveiller et lui faire part de ses conclusions, l'informer de ce qu'elle ressentait...

Mais c'était embarrassant, et ses idées s'embrouillèrent sitôt qu'elle se demanda comment lui dire tout cela. Ce qu'ils éprouvaient pouvait être différent, plus ou moins irrationnel, et lui imposer son fardeau émotionnel eût été injuste. Des gens se déchargeaient de leurs problèmes sur des tiers, et il en résultait un embarras que rien ne pouvait ensuite dissiper. Voilà ce qui se produirait sans doute, alors que tout avait déjà été dit et que la situation serait supportable tant qu'ils ne commettraient pas l'erreur de se tenir des propos stupides...

Alors, ferme-la, Yeager. Contente-toi de le réveiller et d'être bien gentille avec lui. Tu vas bientôt devoir le laisser et tu ne peux t'éclipser sans lui faire tes adieux.

Elle se pencha, et le souffle de son haleine effleura la tempe de l'homme. Il ouvrit les yeux et sursauta, et elle dut reculer pour protéger sa mâchoire.

– Je voulais te faire quelque chose de gentil, mais tu as réagi trop vite, lui dit-elle.

Il massa son menton couvert d'une barbe naissante. Il avait un air pitoyable. Il marmonna, se leva, lui donna une tape sur l'épaule, prit son nécessaire de toilette et alla se laver.

Restée seule, Bet s'assit pour regarder les nombres visibles sur les écrans. Il revint peu après. Il ne s'était pas rasé, il n'avait fait qu'asperger d'eau son visage, et il rapportait deux sodas et deux sandwiches qu'il avait été chercher dans le placard du poste un.

Elle but. Elle n'avait pas d'appétit. Elle fourra le sandwich dans sa poche.

– Pour plus tard, expliqua-t-elle.

Et elle veilla à ne pas lever les yeux vers l'horloge.

Prends bien soin de toi, voulait-elle lui dire. Impossible, c'était trop proche d'un adieu. Elle eût aimé en parler avec lui, s'assurer qu'il partageait son point de vue, mais elle seule en eût été réconfortée, pas lui.

– *Yeager*, gronda le com. *Au rapport sur la passerelle. Dans cinq minutes.*

– Merde, marmonna-t-elle.

BR prit sa main dans la sienne.

– Je dois y aller, fit-elle.

Elle se leva et s'écarta avant de faire ou de dire

quelque chose qu'ils n'auraient pas le temps d'approfondir.

– Je dois aider Fitch à se préparer...

– Méfie-toi de lui. Ne lui accorde pas ta confiance.

– *Yeager ! Branle-bas de combat ! Immédiatement, Yeager !*

– Oh, meeer-de !

Son cœur bondit, son corps aussi. Elle se leva de l'accoudoir du siège et se tourna, pour étreindre BR avec force et lui dire :

– Ça y est, ça y est... *Débarque tout de suite !*

La sirène résonna. Elle se dégagea et se mit à courir. Elle heurta le chambranle de la porte au passage, sauta vers la coursive et fila vers l'ascenseur.

Elle ne lui dit pas adieu, et ne regarda même pas derrière elle. Elle s'éloigna d'un pas rapide le long de la courbe, sans s'arrêter. Seule une idiote eût perdu ainsi de précieuses secondes, quand l'alerte retentissait.

Elle désirait lui dire d'enfiler un scaphandre et demeurer près de lui pour s'assurer qu'il le ferait. Il risquait de se conduire comme un imbécile, elle lui en avait trop dit...

Seigneur, l'horloge des Ops indiquait que moins de six heures s'étaient écoulées. Il y avait du nouveau, de l'inattendu, quelque chose qu'ils n'avaient pas repéré, pas prévu...

Maudit Goddard ! Maudit Fitch ! Vous avez affaire à la Flotte, à des transporteurs de troupes, et il y a trop d'impondérables pour que vous puissiez vous permettre de courir le moindre risque...

Elle atteignit l'ascenseur et écrasa le bouton. La cabine s'ébranla et s'éleva avec sa lenteur habituelle, et Bet rongeait son frein quand le plancher fit une embardée au niveau du moyeu...

Les battements de la pompe devinrent plus

bruyants que la sirène pendant quelques secondes, la cabine se mit à trembler...

Si c'est un tour de ce salopard de Fitch pour que je me magne...

Le *Loki* résonnait et vibrait, comme frappé à coups de marteau. Elle agrippa la main courante et la serra, si fort que ses jointures étaient livides. Elle venait de mordre sa lèvre et goûtait à son sang...

Seigneur ! Nous ont-ils touchés ou avons-nous ouvert le feu ?

Un petit vaisseau arrimé contre une station... Fitch a-t-il fait tirer une bordée ?

C'est possible...

La cabine stoppa et sa porte s'ouvrit sur la passerelle. Bet se précipita au-dehors à l'instant où la sirène s'arrêtait. Elle passa en courant devant Goddard, qui lui hurla quelque chose. Il était assis à son poste, mais elle ne vit qu'une tache kaki indistincte car elle allait très vite. Elle se dirigeait vers le placard de stockage du haut, déjà ouvert. Fitch s'y trouvait et revêtait son armure.

– Que s'est-il passé ? demanda-t-elle en descendant la fermeture à glissière de sa combinaison.

– Vos amis.

– Enfer !... C'est l'*Africa* ?

– Nous ne savons pas exactement à qui nous avons affaire, car ils ne cessent de changer d'id... Merde !

– Doucement, reculez. Avant toute chose, il faut retirer ces foutus anneaux de fixation.

Elle tendit la main mais il refusa son aide. Elle enfila sa culotte et rabattit le levier de fermeture, puis elle mit ses bottes et se baissa sous le plastron et le casque suspendus à la paroi pour y glisser ses bras et son torse.

Rabattre les blocages. Les manches en dernier,

assemblées au milieu de l'épaule, gauche et droite. Joindre les éléments sans trop les comprimer.

Elle battit Fitch d'une seconde, joints hermétiques et le reste. Elle entendit sa respiration et celle du mof, sentit un impact ébranler le vaisseau et vit le détecteur audio s'affoler.

– Qui a tiré, eux ou nous ? demanda-t-elle.

– Nous.

Il se tourna. Il faisait glisser ses pieds sur le sol, bien à plat comme tous ceux qui apprenaient à se déplacer. Il mit le contact et fit une embardée avant de recouvrer son équilibre.

Ils tiraient chaque fois que la rotation de la station les amenait en face d'une cible.

– Nous partons de l'hypothèse qu'ils ont besoin de notre carburant ?

– Disons que tout le laisse supposer.

– Qu'avons-nous à affronter ? Un torpilleur, un transporteur, ou les deux ?

– Et si vous laissiez à vos supérieurs le soin de s'en préoccuper, Yeager ?

– Je sais ce qu'ils feront, commandant. Ils vont s'en prendre à la station, pour que nous ayons un sérieux problème sur les bras : deux mille stationneurs sans *équipement de survie*, commandant...

– Cela ne vous a pas empêchée de dormir jusqu'à présent, sergent Yeager.

Elle inspira à fond, se détendit et continua dans la même voie.

– Lorsque nos bordées auront cessé de les amuser, ils ouvriront une brèche importante dans Thulé et ensuite nos canons ne nous seront plus d'aucune utilité, commandant.

– Nous connaissons la situation, Yeager, et les options qui s'offrent à nous...

– J'ai vécu vingt ans à bord de l'*Africa*, en tant que sergent d'escouade-tac. J'ai effectué un tas d'opérations de ce genre dans le camp adverse. Vous vous êtes placés en situation d'abordage, commandant, et si j'ai un conseil à vous donner, c'est...

– J'ai passé vingt ans sur le *Loki* à combattre votre bande d'assassins... et vous pouvez vous mettre vos conseils où je pense, Yeager !

– A mon avis, commandant, nous devrions faire en sorte de pouvoir détruire nos réservoirs et la pompe, les en informer, puis aller prendre position dans les docks parce qu'il leur sera très facile d'entrer dans le *Loki*, par l'intérieur ou l'extérieur de la station. Vous pouvez me croire, commandant.

Les sifflements de leur respiration, puis :

– Ce vaisseau est sans doute l'*India*, bien qu'il se dissimule sous une id de cargo. Nous avons aussi détecté un torpilleur. Peut-être deux.

– Le *Gange* et le *Tigris*. Nous n'avons que deux AP et deux armures pour repousser dans le meilleur des cas une escouade-tac d'une trentaine d'hommes expérimentés et dotés d'armes sync dont nous sommes démunis. Ils débarqueront dans un des docks réservés au trafic inter-système et envahiront la station par le moyeu, ou les secteurs externes... la seconde hypothèse s'ils connaissent un tant soit peu Thulé. Ils avanceront sur nous pendant que l'autre torpilleur arrivera avec une deuxième escouade qui s'ouvrira un passage dans la coque du *Loki*.

Fitch n'aimait pas ce qu'il entendait. Il ne disait plus rien.

– J'attends vos ordres, commandant. C'est à vous de décider, à présent.

*

Deux petits points sur les détecteurs de la station, du côté opposé de Thulé, un autre bien plus loin, à une distance qu'ils ne pouvaient calculer que de façon approximative. Goddard n'aimait pas la savoir derrière lui, et sans doute eût-il préféré être ailleurs lui aussi.

– Nous allons prendre position dans les docks, lui annonça Fitch par le com externe de sa tenue de combat. Vous resterez à bord et serez seul juge, pour les réservoirs.

– Bien, commandant.

Goddard détourna les yeux le temps d'abaisser un inter.

– Bonne chance, commandant.

Elle n'avait pas entendu le cycle du sas, alors que le gémissement de ses commandes hydrauliques était audible malgré le grondement de la pompe. *Il est toujours là, nous tirons encore, il attend la toute dernière minute...*

Bon Dieu, BR, fiche le camp...

– Où est passé l'équipage ? demanda-t-elle à Fitch quand ils prirent l'ascenseur. Dans l'abri de la station ?

– Tout au fond.

La cabine s'ébranla.

– Pour tenir le Central. Tous ne brillent pas par leur courage. Vous devriez être à votre aise, dans cette situation.

– Je le suis, répondit-elle d'une voix calme et posée.

Elle passa à l'offensive.

– Vous vous êtes porté volontaire ?

– La fine fleur de l'équipage.

– Les réservoirs sont-ils piégés ?

– Oui. Goddard s'en est chargé.

– Va-t-il pouvoir se mettre à l'abri ?

Pas de réponse.

L'ordure, pensa-t-elle. Mais elle ne dit rien. Elle ne le pouvait pas.

La cabine atteignit le pont inf. Elle emboîta le pas à Fitch, en se disant : *Je pourrais tuer ce salaud.*

Le démembrer.

Une articulation après l'autre.

– Allez-vous ordonner à Goddard de quitter le bord, commandant ?

– Il est seul maître à bord, désormais. Il est libre d'agir à sa guise.

Il ouvrit l'armurerie.

– Voilà tout ce que nous avons.

AP 200, cartouches, détonateurs, télécommandes. Elle prit une de ces dernières et un rouleau de câble, repéra une boîte de détonateurs-Gibbs et tendit la main vers elle. Fitch s'appropria la commande à distance.

– Avons-nous des explosifs ? On devrait en trouver, dans la station, des fournitures pour les mineurs.

Sans lui répondre, il lui passa un AP et des bandes chargeur.

– Du matériel de démolition, insista-t-elle. Où, commandant ?

– Nous nous en chargeons.

– Merde, vous avez l'intention de vous suicider ou quoi ?

Il se tourna, pour la regarder. Il était maladroit. Pas elle. Pas du tout. Sans doute en était-il conscient et n'avait-il pas un seul instant cessé d'y penser.

– Ces armures sont-elles dotées d'un lien-com direct avec les leurs ?

Une question pleine de bon sens.

– C'est possible, commandant. Nos adversaires doivent essayer de capter nos communications. Mais ils n'entendent que des bribes de phrases. Restez sur le canal B, limité à nos armures. Je ne crois pas qu'ils disposent de récepteurs assez sensibles pour pouvoir nous écouter, pas à bord d'un torpilleur.

– Pouvez-vous passer sur leur fréquence ?

Deuxième question pleine de bon sens.

– Je peux reproduire leurs ids, commandant, leur parler et les entendre, mais ils identifieront mon émetteur dès que je le ferai et ils sauront que ma tenue provient de l'*Africa*. Ils ont envisagé cette éventualité il y a longtemps.

– Vous ne pensez pas qu'ils vous accueilleraient à bras ouverts ?

– Certainement pas. Mes codes n'ont pas été réactualisés et m'expédier en enfer deviendrait pour eux une priorité. Vous sentez-vous soulagé, commandant ?

– Enormément, dit Fitch.

Il ramassa ses affaires et la poussa.

– On y va.

Elle s'avança, suspendit son AP et ses deux bandes chargeur à son épaule gauche, fourra le câble et les détonateurs dans une cartouchière et se dirigea vers le sas. Il lui vint à l'esprit qu'elle pourrait tenter de joindre l'*India*. Il y avait à son bord de nombreux copains de beuverie qui connaissaient bien Bet, Teo et Beiji Hager. Sans doute accepteraient-ils d'attendre un peu avant de la descendre, merde, et elle pouvait passer sur leur fréquence sans que Fitch l'apprenne...

Pour leur dire d'épargner un type des Systèmes un peu schizo sur les bords et de le ramener vivant...

A bord de l'*India*, BR se retrouverait dans les ponts d'un appareil de la Flotte.

Ouais, c'était le genre de faveur dont il lui serait éternellement reconnaissant.

Elle suivit Fitch hors du sas, vers le bas de la rampe, dans les docks qui servaient de cadre à bon nombre de ses cauchemars.

Les portes hermétiques de la section étaient closes, comparables à des murs qui barraient les deux extrémités de la salle. De petits sas individuels étaient aménagés dans la partie inférieure des montants circulaires. Thulé était divisée en quatre secteurs hermétiques, pour isoler les docks et éviter qu'une décompression pût affecter l'ensemble de la station. Elle voyait dans les hauteurs le carburant suivre les conduites transparentes. La pompe continuait de transvaser le contenu des cuves dans les réservoirs du *Loki*.

On disait que Mazian pouvait se réapprovisionner, qu'il disposait d'une base dans l'Espace-profond. On parlait de la vieille station Bêta, où nul individu sain d'esprit n'eût accepté d'aller – mais les routes commerciales s'interrompaient bien avant et selon Fitch la situation de l'*India* était désespérée. Bet pouvait en déduire que ce vaisseau avait été repoussé, pourchassé, éloigné de ses points de ravitaillement habituels, toujours plus loin – et que les appareils de l'Alliance l'avaient empêché d'apponter à d'autres stations.

Le *Loki* aurait pu continuer sur sa lancée et se dissimuler pendant que l'*India* effectuait son plein à Thulé – mais Wolfe avait au contraire décidé de se placer bien en vue. Sans doute devaient-ils rejoindre une station de toute urgence, et l'*India* n'avait eu qu'à suivre le sillage de chaleur qu'ils laissaient derrière eux. Ensuite, le *Loki* s'était trouvé dans l'impossibilité d'appareiller.

Il existait une autre hypothèse. Leur capitaine savait que l'*India* les suivait. Quand ils s'étaient esquivés hors système avec tant de hâte qu'un membre de l'équipage avait perdu la vie, quand Wolfe s'était adressé à eux par le com général pour annoncer qu'un transporteur les avait pris en chasse, il devait déjà connaître l'id de l'appareil avec lequel ils jouaient à cache-cache.

Il les avait informés qu'ils venaient de transmettre des informations à un vaisseau de l'Alliance, juste avant que le *Loki* ne fît ce saut vers Thulé.

Ce vieux fantôme, en si piteux état qu'une telle manœuvre était presque suicidaire, avait mis le cap sur une station quasi déserte et vouée à la démolition...

L'équation était facile à résoudre, quand on savait quelles formules employaient les mofs de haut rang.

– Je crois avoir compris, dit-elle à Fitch. Nous devions attendre des renforts dans ce système. Mais nous étions à court de carburant et ne pouvions aller nulle part sans faire un plein. Nous avons donc pris l'initiative d'apponter, afin de vider ces foutues cuves, détruire la pompe et filer, en laissant les stationneurs en subir les conséquences. Mais c'est l'*India* qui est arrivé à la place de nos vaisseaux... Ai-je vu juste ?

Pas de réponse à espérer, pensa-t-elle. Pourtant :

– En partie. Nous nous sommes approchés sur notre lancée, le plus discrètement possible. Nous aurions pu faire sauter cette pompe ou ordonner aux responsables de la station de s'en charger. Si nous avions semé cette saloperie de transporteur, nous aurions gagné Dorado, mais le destin en a voulu autrement. C'est pourquoi le *Loki* a apponté à Thulé avec un problème qui n'a fait que s'aggraver depuis, mademoiselle Yeager. Nous voici confrontés à des torpilleurs qui ont réduit leur vitesse pour nous aborder. Tout confirme que nous avons vu juste et que leurs réservoirs sont à sec, car leur masse est pour ainsi dire inexistante. Alors nous décidons de nous faire passer pour d'inoffensifs marchands, afin de les inciter à croire que nous déguerpirons dès que nous les verrons approcher. Mais depuis qu'ils nous ont identifiés, ils savent qu'ils ont un problème. Ils n'ont d'autre choix que de nous aborder, bien que leurs chances de s'en tirer soient infimes. Est-ce ce que vous vouliez savoir ?

Ça tenait debout. Pour la première fois, elle eut l'impression que Fitch était à la hauteur.

– Ce qui signifie que nous recevrons peut-être de l'aide ?

– Ce qui signifie que nous avons pris au piège

un transporteur de la Flotte. Ce qui signifie que ce salopard de Keu se retrouve bloqué dans ce système, que nous sabotons tous les écumeurs de Thulé, tous les sas des sections et cette pompe, et que nous lançons des missiles contre ces torpilleurs qui ne peuvent riposter par crainte de faire sauter les installations ou nos réservoirs. Ils n'arrêtent pas de nous adresser des offres de capitulation, depuis une demi-heure.

Cet homme la surprenait. Une fois sorti de son mutisme, il n'arrêtait plus de parler.

– Keu ne tiendra pas ses engagements, lui dit-elle. Kreshov est un des capitaines de la Flotte en qui on pourrait avoir confiance, mais pas Keu. Remettriez-vous votre destin entre les mains de Mallory, par hasard ?

– Que contraint et forcé, répondit-il.

Et elle trouva cela très amusant : un mof de vaisseau fantôme et une skut de l'*Africa* qui partageaient la même opinion. Pendant une fraction de seconde, elle le trouva presque sympathique.

– Et je me méfie de vous tout autant, ajouta-t-il. Mais sans doute pensez-vous à Ramey. L'explosion du *Loki* ne serait pas ce qui pourrait lui arr[illegible] pire – pas avec ses problèmes. Il n'accepte[illegible] recevoir des ordres. Combien de temps [illegible] vous qu'il résisterait, à bord de l'*India* ?

Elle ne dit rien. Fitch ne devait pas atte[illegible] réponse.

– A titre d'assurance, fit-il.

Ils atteignirent l'écoutille de la séparation, l'accès le plus probable avec les portes hermétiques coupées depuis le Central. Fitch lui désigna le sas et l'invita à passer devant, à essayer de l'ouvrir, comme s'il la prenait pour une idiote.

– Vous voulez critiquer notre travail, Yeager ? Après vous, je vous en prie.

– Certainement pas, commandant. Si Mr Bernstein ou Mr Smith s'en sont chargés, j'ai toute confiance en eux. Je voudrais seulement installer quelques charges supplémentaires, si ça ne vous ennuie pas. Une demi-douzaine de cartouches AP privées de leurs douilles et avec leurs amorces au milieu.

Fitch remonta sa bande chargeur sur son épaule.

– Si vous y tenez, j'en profiterai pour aller faire une petite promenade.

Elle faillit lui sourire.

– Savez-vous ce que veut dire le terme mof, commandant ?

– Ouais, dit-il en s'éloignant. Ça signifie que je vais me mettre en lieu sûr pendant que vous faites le sale boulot, Yeager.

29

Une explosion. Elle perçut l'onde de choc à travers ses semelles. Et une skut nerveuse qui avait dû retirer ses gants pour torsader des fils dénudés reliés à des explosifs avait vraiment *horreur* d'entendre des bruits de ce genre.

Mais l'air ne se rua pas hors de la station.

Merci, mon Dieu.

Elle gardait son filin de sécurité accroché au longeron métallique le plus proche, car les risques de décompression étaient réels, comme ceux de voir un projectile tel qu'un missile jaillir du sol ou d'une paroi : la carte de visite du torpilleur numéro deux de l'*India* désormais à proximité.

Elle effectuait un travail très délicat, Fitch avait raison. On appelait cela une grappe de raisin, mais nul n'aurait pu en expliquer la raison : un bouquet de cartouches d'AP à la douille retirée et avec un fil dénudé glissé à leur extrémité, sous le petit point noir de l'amorce. On torsadait ensuite ces fils pour que le contact fût parfait d'un bout à l'autre et on complétait le tout par un détonateur-Gibbs glissé au milieu. Il ne restait ensuite qu'à recourber les brins pour suspendre cette bombe à quelque chose.

Des poutrelles, par exemple, et à hauteur de tête dans la mesure du possible. Il convenait alors de tresser une longueur de fils importante pour que l'ensemble ne risque pas de tomber.

Une nouvelle explosion, loin dans une autre direction.

Elle poursuivait son travail. Ses mains nues gelaient. Le chauffage avait été coupé mais elle laissait l'air glacial entrer par les évents de l'armure pour économiser le contenu de son module de survie. Il n'avait que six heures d'autonomie, un laps de temps qui serait prolongé si elle ne l'utilisait pas alors qu'elle restait assise pour torsader ces fils, plus angoissée par les risques de voir se produire une étincelle d'électricité statique que par les déflagrations qui ébranlaient la station.

Au moins le second lui fichait-il la paix. Il restait à l'écart, sans rien dire. Il se contentait de la regarder en économisant ses forces et son énergie. Il avait relevé sa visière et discutait avec Goddard, peut-être en liaison avec le Central, Wolfe ou Orsini grâce à la ligne téléphonique du *Loki* qui passait près du poste de pompage.

Elle prit un autre détonateur et régla son petit bouton sur trois. Elle le glissait dans une grappe de cartouches quand le sol trembla et que Fitch se leva en titubant.

Elle torsada les fils, suspendit les explosifs, décrocha son filin de sécurité et renfila ses gants. Puis elle saisit son arme et les munitions restantes.

– Programme, dit-elle. Fermeture des évents, puissance 220, gyros.

Une deuxième déflagration, alors qu'elle se redressait. Elle lut sur un écran que l'explosion s'était produite droit devant elle. Soit à bord du *Loki,* soit dans son berceau d'appontage.

Merde !

Elle courut vers la position occupée par Fitch et dut utiliser les gyros pour s'arrêter.

– Ils sont entrés dans le vaisseau, commandant. Faites sortir Goddard et BR, ordonnez-leur de descendre nous rejoindre !

– C'est chose faite. Goddard arrive, mais votre marchand ne répond pas, Yeager.

– Bordel !

– Il y a le téléphone. Il est relié au com général. Dites-lui de foutre le camp.

Elle saisit l'appareil, tira sa fiche et l'enfonça dans sa prise de com.

– BR ? BR, ici Bet. Réponds, bon sang !

Le pont vibra. Dans son dos, lui indiquèrent les voyants des détecteurs. Le sas, donc. Elle vit Fitch accroupi derrière la pompe et pensa que si leurs adversaires étaient expérimentés, ils testeraient le sas avant de s'y engager. Ils s'ouvriraient un chemin avec des explosifs dans ses divers compartiments. Cela leur prendrait une minute, à quelque chose près.

– BR ? Inutile de me répondre. Enfile ton scaphandre et fiche le camp tout de suite ! Grouille-toi, bordel !

Une apparition des parenthèses du détecteur de mouvement, du côté de la rampe de débarquement, une silhouette.

Elle n'osait espérer que c'était celle de BR.

– Cet imbécile est introuvable, fit la voix de Goddard.

BR avait pu descendre plus tôt, sans attirer l'attention. Peut-être se cachait-il dans les docks et avait-il peur de répondre...

Peut-être avait-il perdu la tête et se tapissait-il dans un recoin du vaisseau...

Ce foutu renfoncement, au fond de l'entrepôt...

Seigneur !

– *BR, sors du* Loki *!*

Un déplacement du réticule comme Goddard se mettait à couvert près de Fitch, avec un AP et deux bandes chargeur. Ce fils de pute avait du cran, il fallait le lui accorder...

Elle eût aimé le tuer.

– BR ?

Elle eût surtout voulu être avec BR, pour secouer cet idiot dont les réactions l'exaspéraient...

– *Sors de là, BR !*

De nouvelles déflagrations, signalées sur l'écran panoramique. Un point clignotait à l'emplacement du sas, derrière elle. Grâce à cette vision sur 360° il n'était pas nécessaire de se tourner vers ce qu'on désirait surveiller et elle continuait d'observer la rampe dans l'espoir d'y apercevoir un fieffé imbécile.

Le marqueur clignotait toujours. Un point apparut, au centre d'un réticule, pour désigner Goddard qui chargeait son arme...

Plus de temps à perdre. Elle retira la fiche de la ligne téléphonique, s'accroupit près des deux mofs, tira sa sangle de sécurité et l'arrima à la pompe, la seule chose située à proximité capable de résister. Fitch l'imita, et Goddard également.

BR, bordel !

De la fumée s'élevait du sas, de la vapeur...

– Seigneur !

La voix de Fitch.

L'air qui gelait au contact du vide.

A l'instant où le Central faisait sauter le compartiment de séparation.

Elle s'agrippa à la pompe. Le souffle projeta vers eux de la poussière et des débris. Les micros captaient les sifflements de l'air qui s'échappait dans le vide...

– Il faut les descendre au fur et à mesure qu'ils apparaîtront ! dit-elle à Fitch et Goddard. Nous devons pour l'instant tourner le dos au *Loki*, mais une deuxième escouade arrive derrière nous...

Des objets se détachaient du sol pour aller percuter la paroi et s'y coller sous l'effet du vent. D'autres glissaient ou roulaient sur le pont et deux bidons s'envolèrent comme des bouts de papier. Les lumières s'éteignaient, les ampoules des vieux projecteurs éclataient dans le vide, et il se produisait de nouvelles explosions désormais assourdies par la raréfaction de l'atmosphère.

Elle savait que leurs adversaires n'étaient pas restés debout dans cette tempête. Ils avaient dû s'arrimer et s'accroupir. Ils ne s'étaient pas aventurés dans un sas qui risquait de sauter, ils avaient préféré attendre que Thulé mourût d'asphyxie.

Comme eux.

Ils les chargeraient dès qu'ils le pourraient, et elle disposait de la télécommande, Fitch et Goddard de leurs AP. Et quand la section d'assaut de l'*India* traversa finalement le sas, elle fut accueillie par un tir nourri. Ses hommes ripostèrent et se mirent à couvert derrière les poutrelles situées des deux côtés du passage.

Bet attendit qu'ils se soient mis à l'abri puis tapa 001 sur le clavier. Les grappes explosèrent, à hauteur de tête, à l'instant où la deuxième vague arrivait sous le feu des AP, puis la troisième...

002, 003.

Elle ne voulait pas regarder les résultats.

Leurs visières se trouvaient au mauvais endroit.

– Nous les avons eus, s'exclama Goddard.

– Il y en a d'autres qui vont nous prendre à revers, bordel ! rétorqua-t-elle.

Elle déboucla sa sangle de sécurité, ramassa les bandes chargeur et son arme puis se leva.

– Il nous reste tous les effectifs d'un vaisseau à affronter, là-bas. Ils arrivent par le *Loki*, dans lequel ils ont ouvert une brèche. Ils ne vont pas tarder à se manifester, bon sang...

Elle se fichait de savoir ce que feraient Goddard et Fitch. Elle entendit ce dernier crier :

– Attendez, Yeager.

Mais elle ne s'arrêta pas pour discuter. Elle régla son armure sur sa puissance maximale et gravit la rampe du *Loki*.

Le sas explosa et l'air chassé hors du vaisseau la frappa comme un coup de poing et la projeta à la renverse. Les gyros la relevèrent et elle se contenta de suivre les mouvements de son exosquelette. Son fusil se redressa le premier. Elle était presque debout quand les vibrations de la rampe l'informèrent que quelqu'un de très lourd y courait...

Ses entrailles lui dirent qu'il s'agissait d'un homme en armure et son cerveau n'eut pas le temps d'en débattre. Ses mains savaient utiliser un AP et quand la partie consciente de son être apprit qu'elle avait une cible en joue elle venait déjà de presser la détente.

Elle se demanda si c'était un scaphandre rigide ou une tenue de combat, quand la tête de cette silhouette explosa.

Et elle sut qu'elle venait d'être touchée et projetée au sol. L'armure la releva et l'entraîna vers le *Loki*...

Elle ne fit aucune pause.

Elle ne s'arrêta pas dans le sas, quand elle vit devant elle deux membres d'un groupe-tac. Ils ne purent croire que l'armure qui approchait était occupée par quelqu'un appartenant à l'équipage de ce vaisseau fantôme, jusqu'au moment où elle en tua un et fut touchée par lui. Elle hurla :

– Arrêt programme, gyros !

Et se demanda si sa jambe ne venait pas d'être

perforée, car ses mouvements lui paraissaient anormaux.

Elle tira sur l'autre homme qui avançait en position gyro et l'atteignit à l'aine. L'impact le renvoya au-delà de la porte interne, pendant que son AP se déchargeait dans le sas qui disparut derrière un voile de fumée.

De la suie recouvrait sa visière. Elle avançait toujours. Sa jambe fonctionnait encore, endommagée mais utilisable. Elle souffrait du froid et pensa que le produit de colmatage avait dû combler l'ouverture, mais ce n'était qu'une supposition. Elle entendit Fitch déclarer, le souffle court :

– Goddard est mort...

Elle progressait dans le pont inférieur du *Loki*, accompagnée par les cliquetis de son armure. Elle ignorait quelles vis étaient toujours en place dans son épaule gauche, elle se demandait laquelle de ses jambes ne gelait pas dans le vide. Elle regarda la représentation graphique de sa tenue de combat et obtint la confirmation des dommages : la jambe gauche clignotait en rouge, l'épaule en jaune...

Ils atteignirent le puits de l'ascenseur. La porte était ouverte mais elle ne voyait pas la cabine, que des câbles qui pendaient dans l'obscurité : les filins que les escouades-tac utilisaient pour descendre rapidement.

– Le moyeu, dit-elle à Fitch. Ils sont entrés par là.

Bordel, elle eût voulu s'arrêter et utiliser le com du *Loki* pour tenter de joindre l'Ingénierie, mais elle n'en avait pas le temps. Pendant ces quelques instants n'importe quoi pourrait se produire...

Une explosion, quelque part, ébranla le vaisseau.

– Les réservoirs, peut-être, suggéra Fitch.

– Merde !

Elle releva la griffe de fixation de son épaule gauche et la rabattit sur un des câbles.

– Direction le moyeu...

Elle tendit à Fitch un autre filin et enclencha son treuil. Elle en fit autant avec le sien et s'agrippa fermement.

Les mâchoires d'acier glissèrent parfois, au cours de l'ascension. C'était effrayant, à mi-hauteur.

Mais elle était encore plus angoissée lorsqu'elle pensait qu'un adversaire risquait d'apparaître au-dessus d'elle et de la prendre pour cible alors qu'elle était suspendue dans les airs. Elle devait utiliser les veilleuses nocturnes pour voir ce qu'ils faisaient dans les ténèbres, où ils allaient, et leur faible clarté eût amplement suffi à tout tireur embusqué au niveau supérieur...

Fitch s'élevait, lui aussi. Son câble était tendu et elle voyait les fixations se rapprocher au-dessus d'elle, sur les traverses de la cloison de l'accès au moyeu, des points d'attache dégagés, ce qui leur éviterait de se contorsionner pour sortir de ce puits. Elle donna un ordre aux gyros, leva les jambes, cala ses bottes sur le rebord et se pencha en avant. Elle se retrouva confrontée à une noirceur absolue, au-delà du pourtour faiblement éclairé de la porte.

Des graffiti sur la paroi, de la peinture...

Fitch la bouscula et repartit vers le milieu du puits. Elle le retint, en s'agrippant au support. Son armure gémit, le bras gauche glissa, mais elle ramena Fitch qui conserva son équilibre grâce à ses gyros.

Les ténèbres. Aucun son, à l'exception des sifflements de leur respiration, rien des micros. Le néant.

L'accès au moyeu était grand ouvert. Quelqu'un avait dû utiliser une manivelle de secours pour bloquer les portes et il y avait au-delà un grand cercle blanc traversé d'un trait, peint à l'aérosol sur les commandes du sas...

... un symbole qu'on ne pouvait voir qu'en arrivant de cette direction.

Fitch saisit son bras, le choc brutal de deux armures.

Un signe qu'a pu laisser Goddard après avoir installé des explosifs sur les réservoirs ?

Une mise en garde adressée à l'équipage du Loki ?

La pompe n'était plus en action. Le pont ne vibrait pas. Elle s'était arrêtée.

Le moyeu débutait en cet endroit et s'éloignait sur toute la longueur de la colonne vertébrale du vaisseau, démesuré, au cœur du néant. Les veilleuses et le système de vision nocturne ne révélaient que le début des conduites et de la passerelle en grillage du berceau d'appontage qui longeait leur partie inférieure.

Elle resta immobile, effrayée. Fitch ne bougeait pas, lui non plus.

Des rais de lumière caressèrent le moyeu. Les faisceaux des projecteurs du torpilleur, pensa-t-elle pendant que son cœur s'emballait. Puis elle comprit que c'était le soleil qui traversait une brèche ouverte dans la coque du *Loki*, un éclat aveuglant qui se reflétait sur de la glace, embrasée et éblouissante. Les modules de réglage avaient fort à faire pour atténuer le contraste sur les écrans de sa visière. Cette clarté projeta de longues ombres à partir des deux faisceaux de conduites géantes quand la rotation de Thulé emporta le soleil au-delà du zénith. Des barres de noirceur et de blancheur mouvantes venaient effleurer la passerelle et révéler les silhouettes blanches qui y gisaient, le grillage tordu et fondu... et recouvert d'une pellicule de glace.

Face à cette vision, s'orienter devenait impossible.

Les feux de l'étoile poursuivirent leur chemin et gravirent la paroi, puis ce fut le crépuscule.

Elle décrocha un mousqueton de son armure et le lança sur les mailles de métal.

Aucune étincelle...

Fitch la prit par le bras, sans pouvoir ébranler sa tenue de combat réglée sur une puissance bien supérieure à celle qu'il portait. Il n'y eut qu'un bruit, le crissement de la céramique.

– Yeager, nous n'avons plus rien à faire ici, laissons tomber. Il reste deux croiseurs et une saloperie de transport de troupes dont nous sommes sans nouvelles. Venez, Yeager !

Elle ne pouvait crier pour appeler un éventuel survivant. Elle ne savait que tenter. Il n'y avait pas d'air pour véhiculer les sons et la totalité du moyeu constituait un piège qui venait de coûter la vie à tous les membres d'une escouade-tac – à l'exception de l'avant-garde qui s'était déjà engagée dans le puits de l'ascenseur...

Ce n'était pas l'œuvre de Goddard, ce ne pouvait être lui...

Il avait fallu pour cela une intensité prodigieuse... Un câble branché sur le générateur électrique du *Loki* et amené jusqu'à cette grille.

– Yeager !

– Programme, dit-elle à l'armure. Com-Flotte.

Elle entendit des crachotements et des voix lointaines sifflantes, mais rien qui provenait d'un torpilleur situé à proximité.

– *Numéro un ? Numéro un ?*

Un pauvre skut perdu de l'autre côté de la station.

D'un point plus éloigné encore, une voix interrompue à tout bout de champ :

– *...Charlie neuf un, ici quarante.*

Et, quelques secondes plus tard :

– *Nous vous recevons, quarante...*

Elle revint sur le canal B en manuel et dit à Fitch :

– Je suis passée sur le com-Flotte. Ils sont en décalage temporel respectif, ils se déplacent.

Ils battaient en retraite. Et vite.

Ops standard. Les capitaines des torpilleurs s'en tenaient aux instructions, comme toujours – assurer la couverture du transporteur. Quand une opération tournait mal, les membres des escouades-tac devaient se débrouiller par leurs propres moyens. Il fallait protéger l'unité la plus importante...

*Ils ne pourront s'en sortir. Ils sont pris au piège. Ils le savent. L'*India *est coincé dans ce système.*

– Allons nous mettre à couvert dans les profondeurs de la station, insista Fitch. Nous allons avoir des nouvelles du transporteur de troupes. Il ne va pas tarder à faire demi-tour. Keu n'est pas du genre à accepter sa défaite en gardant les bras croisés. Venez, Yeager, bordel...

Il tirait son bras. Sans en faire cas, elle marmonna :

– Allez au diable, commandant.

Elle réfléchit, tenta de se rappeler en quels points il était possible de décrocher un des câbles du système d'alimentation principal, d'imaginer où on pouvait mettre en place un piège de ce genre et le déclencher en voyant l'ennemi sans pour autant être vu. C'était possible depuis l'Ingénierie – mais pas sans une surveillance vid que le moyeu ne possédait pas et que nul n'aurait eu le temps d'installer. Il avait fallu employer une méthode rudimentaire – se poster là où l'adversaire serait visible pour attendre son arrivée à l'endroit désiré avant d'établir le contact. Et peut-être de mourir en même temps que ses victimes.

Elle s'avança sur la passerelle, brancha le projecteur de son casque et entendit :

– Pauvre imbécile !

La voix de Fitch. Elle continua de s'éloigner, en sueur. Elle espérait que le câble d'alimentation avait fondu. Ce qu'elle voyait le lui laissait supposer...

Elle scrutait les ombres et dirigeait le faisceau de sa lampe d'un côté et de l'autre, angoissée. Le grillage avait pu fondre par endroits, perdre de sa solidité, et elle risquait de s'engager sur une section qui se détacherait du reste – elle redoutait de tomber de la passerelle ou de marcher sur le câble rendu invisible par les ténèbres.

L'étoile de Thulé passa à nouveau, lentement. Elle emplit de lumières et d'ombres les grilles et les canalisations des décombres du moyeu, et son éclat se refléta sur la glace, là où des conduites avaient éclaté, sur les cadavres aux armures blanches givrées...

Des choses allongées pendaient d'un des faisceaux du moyeu, des bouts de tuyaux brûlés...

Ou de câble électrique.

Surfaces vernissées de glace, corps enchâssés dans cette gangue transparente, nouvelles ombres créées par le soleil.

Elle regarda de tous côtés, dirigea son projecteur au-delà de l'enchevêtrement menaçant et vit les parenthèses du détecteur de mouvement apparaître sur l'écran panoramique. Elle se tourna, l'AP au poing, et le réticule de tir se superposa au précédent pour lui confirmer qu'elle visait...

Un scaphandre civ ! Dieu !

La décharge l'atteignit, la projeta au sol. Elle se releva, au milieu d'un nuage de fumée. Tous deux avaient tiré...

Elle se figea, l'arme levée. Il en fit autant, pour la viser. Il était toujours en vie parce que le doigt de Bet s'était crispé sur la détente – une silhouette qui se découpait contre la coque, un homme armé d'un fusil et uniquement révélé par le reflet du soleil sur son scaphandre, une combinaison civ qui eût été transpercée par n'importe quel tir direct.

Il devait avoir compris, ou être à court de munitions, car il ne tirait plus. Il restait figé dans la cachette offerte par l'ombre des poutrelles.

– BR ? demanda-t-elle.

Sur la fréquence du *Loki*. Elle ne savait pas s'il pouvait l'entendre, elle craignait qu'il ne fût sourd et aveugle à tout ce qui n'appartenait pas au passé, à un autre abordage...

Par des gens bardés d'armures identiques...

Elle laissa redescendre son arme, leva sa main gauche, recula sur le grillage d'une démarche saccadée. Toutes ses articulations tremblaient...

Elle lui fit un signe. *Sors.*

Elle le vit relever son arme.

Et interrompre ce mouvement.

Elle effectua une autre tentative. BR se redressa lentement, entraîné du côté de la station par le poids de son scaphandre.

Le détecteur de mouvements signala autre chose – Fitch qui se dressait sur le seuil de l'accès au moyeu. Elle espérait que ce n'était pas un de leurs adversaires.

BR vint en titubant vers la passerelle. Elle le prit par le bras et l'aida à monter la rejoindre, tapota son épaule et le poussa vers la porte.

– Tirez-vous de là, bordel ! grommela Fitch.

Elle comprit qu'il ne savait pas comment redescendre le long du câble, qu'il n'avait pas trouvé le levier d'inversion.

Et qu'il bouillait de rage.

Puis ils redescendirent. Ils venaient de regagner les docks quand ils entendirent dans leurs coms la voix d'Orsini leur annoncer qu'un appareil important venait d'effectuer son entrée dans le système, sous l'id de Mallory.

Elle saisit BR, colla son casque au sien et lui hurla tant qu'il n'eut pas assimilé ses propos :

– Le *Norway* vient d'arriver ! Les torpilleurs se

sont déployés ! Nous recevons de l'aide, tu comprends ? L'*India* est fichu. Keu n'a plus une seule chance de s'en sortir.

Et, peut-être pour la première fois, BR n'eut aucune difficulté à savoir qui était qui.

Car il n'eût certainement pas pris Fitch dans ses bras.

30

A nouveau des files de réfugiés, des pauvres hères effrayés qui attendaient de pénétrer dans le manchon de liaison improvisé à l'intérieur du Dock vert. Ils restaient là avec leurs maigres possessions, car la progression s'interrompait souvent, mais on ne pouvait leur dire d'aller ailleurs car il y avait à l'extérieur un vaisseau qui pourrait les prendre à son bord et nul n'eût respecté les instructions, pris un numéro et attendu la navette suivante. Les stationneurs formaient spontanément des files qu'ils refusaient ensuite de quitter.

S'y opposer eût provoqué une émeute. Wolfe disait de ne pas s'en mêler. Neihart, le commandant du plus gros des appareils arrivés dans le système, tenait des propos comparables. Quant à Mallory, elle était repartie Dieu sait où.

La foule présente dans la coursive gênait les déplacements des spatiaux. Ils devaient se frayer un chemin au sein de ces files de stationneurs affolés, pour aller embarquer aussitôt. Mais tous s'écartaient devant ceux du *Loki* qu'ils devaient croire encore plus redoutables que les tueurs de Mallory et à peine un peu plus fréquentables que ceux de Keu.

Un chemin s'ouvrit devant Bet lorsqu'elle descendit dans les docks. Tous tiraient leurs bagages pour dégager le passage.

Mais elle s'arrêta quand elle reconnut deux personnes dans la file d'attente.

L'homme leva les yeux vers elle, l'air inquiet.

– Monsieur Ely, fit-elle.

Elle ne lui tendit la main que lorsqu'il eut esquissé ce geste. Peu de stationneurs devaient souhaiter être considérés comme leurs amis.

– Mademoiselle Yeager, je vous présente ma femme, Hally Kyle.

– Madame Kyle, enchantée de vous rencontrer.

Sur sa gauche, Nan Jodree imita Ely. Bet se tourna vers elle et eut droit à une poignée de main énergique et froide comme la glace.

– Je suis heureuse de vous revoir, dit Nan. Vraiment heureuse, Bet.

– J'ai essayé de vous retrouver, tous les deux. Un de mes compagnons affirmait avoir lu vos noms sur le manifeste d'embarquement, mais la situation est plutôt confuse.

– Nous allons repartir, déclara Nan. Une fois de plus.

– On m'attend à bord de cette navette, dit Bet. Je vous prie de m'excuser mais je dois passer devant vous. Je retourne à Pell. Ils vont nous prendre en remorque. Le module de l'équipage, tout au moins. Mais c'est le plus important, sur un vaisseau... Ça va ?

– Ça ira, fit Ely. Et vous ? Nous nous sommes inquiétés pour vous, Bet.

– Bien, merci.

Elle entendit le signal d'embarquement.

– Merde, je dois y aller. On se reverra à Pell ! Charmée d'avoir fait votre connaissance, madame Kyle.

*

Bernstein était dans tous ses états, la coque du porte-conteneurs était rafistolée de toutes parts et on avait improvisé des postes d'équipage de tous côtés. Trois semaines avaient été nécessaires pour accrocher ce module à l'autre vaisseau et Smith disait que c'était parfait, Bernie disait que c'était un beau merdier et Musa disait que ça aurait pu être pire...

Bet estimait quant à elle que c'était de loin préférable à ce qu'ils n'auraient pu faire tout seuls.

Bien mieux que ce qu'ils avaient fait en venant à Thulé.

La plupart des pupitres ne fonctionnaient pas. Les Systèmes étaient plongés dans la pénombre. La majeure partie du *Loki* avait tout simplement cessé d'exister et l'ensemble de sa section caudale partirait vers le soleil, comme la station.

Un fragment de l'histoire de l'humanité qui disparaîtrait.

Elle alla vers BR pour lui demander :

– Comment ça va ?

Il haussa les épaules, ce geste qui lui servait à traduire de la frustration, et répondit :

– Je n'ai pas à me plaindre...

C'était le plus étrange. Il avait eu sa chance, d'après Bernie. Après avoir été informé de son exploit Neihart lui avait proposé un poste à bord de son vaisseau, le *Finity's End*.

Et BR lui avait rétorqué :

– Non, merci.

Bien qu'irrité de savoir que Neihart s'était permis d'essayer de débaucher son responsable des Systèmes, Bernstein avait déclaré à Bet et à Musa :

– Je ne le comprends pas.

BR ne s'était pas donné la peine de fournir la moindre explication. Il n'avait à aucun moment abordé ce sujet.

Bet finit par lui dire, torturée par sa conscience :

– J'ai appris qu'on t'avait fait une offre.

Et il lui répondit, en secouant la tête :

– Celle de Bernie était bien supérieure.

POLAR

Cette collection présente tous les genres du roman criminel : le policier classique avec des auteurs tels que Ellery Queen, Boileau-Narcejac, le roman noir avec Raymond Chandler, Ed McBain et les œuvres de suspense illustrées par Stephen King ou Tony Kenrick.
C'est un panaroma complet du roman criminel qui est ainsi proposé aux lecteurs de J'ai lu.

BARKER Clive	**Le jeu de la damnation** 2655/**6**
BAXT George	**Du sang dans les années folles** 2952/**4** Inédit
BOILEAU-NARCEJAC	**Les victimes** 1429/**2**
	Maldonne 1598/**2**
BOURGEAU Art	**Sanglants désirs** 2815/**3** Inédit
BROWN Fredric	**La nuit du Jabberwock** 625/**3**
CHANDLER Raymond	**Playback** 2370/**3**
COGAN Mick	**Black Rain** 2661/**3** Inédit
CONSTANTINE K.C.	**Meurtres à Rocksburg Station** 2858/**3**
	L'homme qui aimait se regarder 3073/**4**
COUSIN Philippe	**Le Pacte Pretorius** 2436/**4**
DEMOUZON Alain	**Paquebot** 2651/**3**
DePALMA Brian	**Pulsions** 1198/**3**
FARRIS John	**L'intrus** 2640/**3**
FRANCIS Dick	**Ecran de fumée** 2630/**3**
GALLAGHER Stephen	**Du fond des eaux** 3050/**6** Inédit
GARBO Norman	**L'Apôtre** 2921/**7**
GARDNER Erle Stanley	**Les doigts de flamme** 2431/**3**
	L'évêque bègue 2571/**3**
	Le perroquet faux témoin 2608/**3**
JUST Ward	**Le dernier ambassadeur** 2671/**5**
KENRICK Tony	**Shanghaï surprise** 2106/**3**
	Les néons de Hong-kong 2706/**5** Inédit
KING Stephen	**Running Man** 2694/**3**
	Chantier 2974/**6**
LEE Stan	**Puzzle** 2761/**5**
LEPAGE Frédéric	**La fin du 7e jour** 2562/**5**
McBAIN Ed	**Manhattan blues** 2594/**3**
	Le chat botté 2891/**4** Inédit
MCDONALD Gregory	**Fletch père et fils** 2717/**3** Inédit
MOSS Robert	**Un carnaval d'espions** 2634/**7** Inédit
NAHA Ed	**Dead-Bang** 2635/**3** Inédit
	Robocop 2310/**3** Inédit
	Robocop 2 2931/**3** Inédit
NICOLAS Philippe	**Le printemps d'Alex Zadkine** 3096/**5**
OSBORN David	**Le sang à la tête** 2799/**3**
PARKER Jefferson	**Little Saigon** 2861/**6** Inédit
PEARSON Ridley	**Le sang de l'albatros** 2782/**5** Inédit
	Courants meurtriers 2939/**6** Inédit
PÉRISSET Maurice	**Les maîtresses du jeu** 2570/**4**
	Le banc des veuves 2666/**3**
	Les noces de haine 2759/**4**
QUEEN Ellery	**La ville maudite** 1445/**3**
	Et le huitième jour 1560/**3**

	La Décade prodigieuse 1646/**3**
	Face à face 2779/**3**
	Le mystère des frères siamois 2905/**4**
	Le cas de l'inspecteur Queen 3023/**3**
	La mort à cheval 3130/**3**
SADOUL *Jacques*	**L'Héritage Greenwood** 1529/**3**
	L'inconnue de Las Vegas 1753/**3**
	Trois morts au soleil 2323/**3**
	Le mort et l'astrologue 2797/**3**
	Doctor Jazz 3008/**3**
SLADE *Michael*	**Chasseur de têtes** 2738/**5**
SPILLANE *Mickey*	**En quatrième vitesse** 1798/**3**
STRASSER *Todd*	**Pink Cadillac** 2598/**2** Inédit
THOMAS *Louis*	**Sueurs froides (Crimes parfaits et imparfaits)** 2438/**3**
TORRES *Edwin*	**Contre-enquête** 2933/**3** Inédit
VION *Marc*	**Panique au Pellerin** 2834/**3**
WILTSE *David*	**Le cinquième ange** 2876/**4**

Science-fiction

Depuis 1970, cette collection est leader du genre en France. Elle a publié la plupart des grands classiques (Asimov, Van Vogt, Clarke, Dick, Vance, Simak), mais elle a aussi révélé de nombreux jeunes auteurs qui seront les écrivains de premier plan de demain (Tim Powers, David Brin, Greg Bear, Kim Stanley Robinson, etc.). La S-F est reconnue aujourd'hui comme littérature à part entière, étudiée dans les écoles et les universités. Elle est véritablement la littérature de notre temps.

ANDERSON *Poul*	**La patrouille du temps** 1409/**3**
ASIMOV *Isaac*	**Les cavernes d'acier** 404/**4**
	Les robots 453/**3**
	Face aux feux du soleil 468/**3**
	Tyrann 484/**3**
	Un défilé de robots 542/**3**
	Cailloux dans le ciel 552/**3**
	La voie martienne 870/**3**
	Les robots de l'aube 1602/**3** & 1603/**3** Inédit
	Le voyage fantastique 1635/**3**
	Les robots et l'empire 1996/**4** & 1997/**4** Inédit
	Espace vital 2055/**3**
	Asimov parallèle 2277/**4** Inédit
	Le robot qui rêvait 2388/**6** Inédit
	La cité des robots 2573/**6** Inédit
	Cyborg (La cité des robots 2) 2875/**6**
	Refuge (La cité des robots 3) 2975/**6**
	Le renégat (Robots et extra-terrestres) 3094/**6**
BALLARD *J.G.*	**La forêt de cristal** 2652/**3**
	Le monde englouti 2667/**3**
	Salut l'Amérique ! 2704/**3**
	La plage ultime 2859/**3**
	La région du désastre 2953/**3** Inédit
BESSIERE *Richard*	**Les 7 anneaux de Rhéa** 2848/**2**

BLAYLOCK James — **Le dernier denier** 2860/**5** Inédit
Homunculus 3052/**4**
BOGDANOFF Igor et Grishka — **La machine fantôme** 1921/**3**
BRIN David — **Marée stellaire** 1981/**5** Inédit
Le facteur 2261/**5** Inédit
CANAL Richard — **Swap-Swap** 2836/**3** Inédit
CARD Orson Scott — **Abyss** 2657/**4** Inédit
CARROLL Jonathan — **Le pays du fou rire** 2450/**4** Inédit
Ombres complices 2718/**3** Inédit
CHERRYH C.J. — **Chasseurs de monde** 1280/**4**
Les adieux du soleil 1354/**3**
Les Seigneurs de l'hydre 1420/**4**
Chanur 1475/**4**
L'Opéra de l'espace 1563/**3**
L'épopée de Chanur 2104/**3**
La vengeance de Chanur 2289/**4**
Le retour de Chanur 2609/**7**
Les légions de l'enfer 2814/**5** Inédit
Cyteen 2935/**6** & 2936/**6** Inédit
CLARKE Arthur C. — **2001 : l'odyssée de l'espace** 349/**2**
2010 : odyssée deux 1721/**3**
2061 : odyssée trois 3075/**3**
Terre, planète impériale 904/**4**
Rendez-vous avec Rama 1047/**3**
Les fontaines du paradis 1304/**3**
Base Vénus :
- **Point de rupture** 2668/**4** Inédit
- **Maelström** 2679/**4** Inédit
- **Cache-cache** 3006/**4** Inédit

CURVAL Philippe — **Le ressac de l'espace** 595/**3**
La face cachée du désir 3024/**3**
DICK Philip K. — **Loterie solaire** 547/**2**
Dr Bloodmoney 563/**4**
Le maître du Haut Château 567/**4**
Les clans de la lune alphane 879/**3**
Les machines à illusions 1067/**3**
L'homme doré 1291/**3**
Le dieu venu du Centaure 1379/**3**
Le message de Frolix 8 1708/**3**
Blade Runner 1768/**3**
Coulez mes larmes, dit le policier 2451/**3**
DONALDSON Stephen R. — **Thomas l'Incrédule - L'éternité rompue** 2406/**6** Inédit
FARMER Philip José — **Les amants étrangers** 537/**3**
L'univers à l'envers 581/**2**
Des rapports étranges 712/**3**
La nuit de la lumière 885/**3**
Le soleil obscur 1257/**4**
Le Fleuve de l'éternité :
- **Le monde du Fleuve** 1575/**3**
- **Le bateau fabuleux** 1589/**4**
- **Le noir dessein** 2074/**6**
- **Le labyrinthe magique** 2088/**6**
- **Les dieux du Fleuve** 2536/**6**

FOSTER Alan Dean	***Alien*** 1115/**3**
	AlienS 2105/**4**
	Futur immédiat - Los Angeles, 1991 2505/**3** Inédit
FRÉMION Yves	***Rêves de sable, châteaux de sang*** 2054/**3** Inédit
GIBSON William	***Neuromancien*** 2325/**4**
	Mona Lisa s'éclate 2735/**4** Inédit
	Gravé sur chrome 2940/**3**
GODWIN Parke	***En attendant le bus galactique*** 2938/**4** Inédit
HALDEMAN Joe	***La guerre éternelle*** 1769/**3**
	Immortalité à vendre 3097/**5**
HAMILTON Edmond	***Les rois des étoiles*** 432/**4**
HEINLEIN Robert A.	***Une porte sur l'été*** 510/**3**
	Etoiles, garde à vous 562/**4**
	Double étoile 589/**2**
	Vendredi 1782/**5**
	Job : une comédie de justice 2135/**5** Inédit
	Le chat passe-muraille 2248/**6** Inédit
	Au-delà du crépuscule 2591/**7** Inédit
HOWARD Robert E.	***Conan*** 1754/**3**
	Conan le Cimmérien 1825/**3**
	Conan le flibustier 1891/**3**
	Conan le vagabond 1935/**3**
	Conan l'aventurier 2036/**3**
	Conan le guerrier 2120/**3**
	Conan l'usurpateur 2224/**3**
	Conan le conquérant 2468/**3**
JETER K. W.	***Machines infernales*** 2518/**4** Inédit
	Horizon vertical 2798/**4** Inédit
KEYES Daniel	***Des fleurs pour Algernon*** 427/**3**
KING Stephen	*La tour sombre :*
	- Le pistolero 2950/**3** Inédit
	- Les trois cartes 3037/**7** Inédit
KLEIN Gérard	*La saga d'Argyre :*
	- Le rêve des forêts 2164/**3**
	- Les voiliers du soleil 2247/**2**
	- Le long voyage 2324/**2**
LEE Tanith	*La sage d'Uasti :*
	- Vazkor 1616/**3**
	- La déesse voilée 1690/**4** Inédit
	- La quête de la Sorcière Blanche 2042/**4** Inédit
	Terre de lierre 2469/**3** Inédit
LÉOURIER Christian	***Mille fois mille fleuves...*** 2223/**2** Inédit
	Les racines de l'oubli 2405/**2** Inédit
	La loi du monde 2736/**3** Inédit
	Les masques du réel 2976/**3** Inédit
LEVIN Ira	***Un bonheur insoutenable*** 434/**4**
	Les femmes de Stepford 649/**2**
LOVECRAFT Howard P.	***L'affaire Charles Dexter Ward*** 410/**2**
	Night Ocean (et autres nouvelles) 2519/**3**
MAC AVOY R. A.	***Le troisième aigle*** 2835/**4** Inédit
MARTIN George R.R.	***L'agonie de la lumière*** 2692/**5**
MERRITT Abraham	***Les habitants du mirage*** 557/**3**
	La nef d'Ishtar 574/**3**

MERRITT (suite)	**Le gouffre de la lune** 618/**4**
	Un visage dans l'abîme 886/**4**
MOORE Catherine L.	**Shambleau** 415/**4**
MORRIS Janet E.	**La grande Fornicatrice de Silistra** 1245/**3**
MORROW James	**L'arbre à rêves** 2653/**4**
	Notre mère qui êtes aux cieux 3131/**5**
NOLAN et JOHNSON	**L'âge de cristal** 3129/**3**
OTTUM Bob	**Pardon, vous n'avez pas vu ma planète ?** 568/**3**
PARIS Alain	**Daïren** 2484/**3** Inédit
POHL Frederik	**Les Annales des Heechees** 2632/**4** Inédit
POWERS Tim	**Les voies d'Anubis** 2011/**5**
	Sur des mers plus ignorées... 2371/**4** Inédit
	Le Palais du Déviant 2610/**4**
	Le poids de son regard 2874/**6** Inédit
ROBINSON Kim Stanley	**La Côte Dorée** 2639/**6** Inédit
	Le géomètre aveugle 2922/**4**
SADOUL Jacques	**Les meilleurs récits de Weird Tales** 2556/**6**
SILVERBERG Robert	**L'homme dans le labyrinthe** 495/**4**
	Les ailes de la nuit 585/**2**
	Un jeu cruel 800/**3**
	Les chants de l'été 1392/**3**
	Pavane au fil du temps 2631/**4** Inédit
	Le château de Lord Valentin 2656/**8**
	La saison des mutants 3021/**5** Inédit
	Opération Pendule 3059/**3**
	Tom O'Bedlam 3111/**5**
SIMAK Clifford D.	**Demain les chiens** 373/**3**
	Dans le torrent des siècles 500/**4**
	Le pêcheur 609/**4**
	Chaîne autour du soleil 814/**3**
	Au carrefour des étoiles 847/**3**
	Une chasse dangereuse 903/**4**
	Les visiteurs 1194/**3**
	Projet Vatican XVII 1367/**4**
	Le chemin de l'éternité 2432/**4** Inédit
	La Confrérie du Talisman 2760/**4** Inédit
SPIELBERG Steven	**E.T. l'extra-terrestre** 1378/**3**
	E.T. La planète verte 1980/**3** Inédit
	Gremlins 1741/**3**
STEINER Kurt	**Le disque rayé** 657/**2**
STURGEON Theodore	**Les plus qu'humains** 355/**3**
	Cristal qui songe 369/**3**
	Les talents de Xanadu 829/**3**
	Le cœur désintégré 3074/**3**
TEPPER Sheri S.	**Un monde de femmes** 2907/**5** Inédit
VANCE Jack	**Cugel l'astucieux** 707/**3**
	Cugel saga 1665/**4**
	Cycle de Tschaï :
	- Le Chasch 721/**3**
	- Le Wankh 722/**3**
	- Le Dirdir 723/**3**
	- Le Pnume 724/**3**
	Le monde magique 836/**2**

3144

Impression Brodard et Taupin
à La Flèche (Sarthe) le 5 décembre 1991
6985E-5 Dépôt légal décembre 1991
ISBN 2-277-23144-4
Imprimé en France
Editions J'ai lu
27, rue Cassette, 75006 Paris
diffusion France et étranger : Flammarion